Lisa Kleypas

······ Série The Travis Family - 2 ······

A redenção

1ª REIMPRESSÃO

Tradução A C Reis

Copyright © 2008 Lisa Kleypas
Copyright © 2016 Editora Gutenberg

Título original: *Blue-Eyed Devil*

Todos os direitos reservados pela Editora Gutenberg. Nenhuma parte desta publicação poderá ser reproduzida, seja por meios mecânicos, eletrônicos, seja via cópia xerográfica, sem a autorização prévia da Editora.

EDITORA RESPONSÁVEL
Silvia Tocci Masini

EDITORES ASSISTENTES
Carol Christo
Nilce Xavier

ASSISTENTE EDITORIAL
Andresa Vidal Branco

PREPARAÇÃO
Nilce Xavier

REVISÃO FINAL
Mariana Paixão

CAPA
Carol Oliveira

DIAGRAMAÇÃO
Larissa Carvalho Mazzoni

Dados Internacionais de Catalogação na Publicação (CIP)
Câmara Brasileira do Livro, SP, Brasil

Kleypas, Lisa
  A redenção / Lisa Kleypas ; tradução A C Reis. -- 1. ed. ; 1. reimp. -- Belo Horizonte : Gutenberg Editora, 2016. -- (Série The Travis Family , 2)

  Título original: *Blue-Eyed Devil*.
  ISBN 978-85-8235-388-2

  1. Romance norte-americano I. Título. II. Série

16-04654   CDD-813.5

Índices para catálogo sistemático:
1. Ficção : Literatura norte-americana 813.5

A **GUTENBERG** É UMA EDITORA DO **GRUPO AUTÊNTICA**

São Paulo
Av. Paulista, 2.073,
Conjunto Nacional, Horsa I
23º andar . Conj. 2301 .
Cerqueira César . 01311-940
São Paulo . SP
Tel.: (55 11) 3034 4468

Belo Horizonte
Rua Carlos Turner, 420,
Silveira . 31140-520
Belo Horizonte . MG
Tel.: (55 31) 3465 4500

Rio de Janeiro
Rua Debret, 23, sala 401
Centro . 20030-080
Rio de Janeiro . RJ
Tel.: (55 21) 3179 1975

www.editoragutenberg.com.br

Para o meu marido Greg,
um cavalheiro gentil.
Amor, sempre,
L.K.

········· · · · · · · · · CAPÍTULO I ················

A primeira vez que eu o vi foi no casamento do meu irmão, nos fundos da tenda da recepção. Ele estava parado com um ar largado e insolente de alguém que preferiria estar passando seu tempo em um salão de sinuca. Embora estivesse bem vestido, era óbvio que ele não ganhava a vida sentado atrás de uma escrivaninha. Nenhum terno Armani conseguiria suavizar aquele corpo — grande e calejado —, que devia ser de um petroleiro ou vaqueiro. Os dedos longos, fechados com delicadeza ao redor de uma taça de champanhe, poderia ter quebrado a haste de cristal com facilidade.

Eu soube, à primeira vista, que ele era um garotão dos bons, capaz de caçar, jogar futebol e pôquer e beber sem dar vexame. Não era o meu tipo. Eu estava interessada em algo mais.

Mesmo assim, era uma figura atraente. Ele tinha boa aparência — era bonito até, se você ignorasse o nariz ligeiramente torto, que um dia deve ter sido quebrado. O cabelo castanho-escuro, espesso e brilhante como pele de marta, estava cortado em camadas curtas. Mas foram os olhos que prenderam minha atenção, azuis, mesmo à distância, uma cor volátil que não dava para esquecer depois de ter visto. Eu senti um arrepio quando ele virou a cabeça e olhou diretamente para mim.

Eu virei o rosto para o outro lado no mesmo instante, constrangida por ter sido flagrada encarando-o daquele modo. Mas a consciência da atenção dele continuou a se espalhar pela minha pele, um calor tão insistente que eu sabia que ele continuava olhando. Eu bebi meu champanhe em goles rápidos, deixando que a efervescência frisante acalmasse meus nervos. Só então arrisquei outro olhar.

Aqueles olhos azuis cintilaram grosseiramente sugestivos. Um sorriso quase imperceptível marcava um dos cantos daquela boca larga. *Com certeza eu não iria querer ficar sozinha em uma sala com esse cara*, pensei. O olhar dele me percorreu de cima a baixo em um exame preguiçoso, então voltou para o meu rosto e ele me deu um daqueles acenos de cabeça respeitosos que os homens texanos tinham elevado a uma forma de arte.

Eu me virei para o lado, ostensivamente, voltando toda minha atenção para Nick, meu namorado. Nós assistimos aos recém-casados dançando de rostos colados. Eu fiquei na ponta dos pés para sussurrar na orelha dele:

"Nós somos os próximos."

"Vamos ver o que seu pai tem a dizer sobre isso", ele disse enquanto passava o braço ao meu redor.

Nick queria pedir ao meu pai permissão para casar comigo, uma tradição que eu achava antiquada e desnecessária. Mas meu namorado era teimoso.

"O que acontece se ele não permitir?", eu perguntei. Dado meu histórico familiar, de raramente fazer algo que recebia aprovação paterna, essa era uma possibilidade real.

"Nós vamos nos casar assim mesmo." Afastando-se um pouco, Nick sorriu para mim. "Mas eu ainda gostaria de convencê-lo de que não sou tão mal negócio."

"Você é a melhor coisa que já aconteceu comigo." Eu me aninhei no abraço familiar de Nick. Eu achava que era um milagre alguém me amar como ele. Nenhum outro homem, por mais lindo que fosse, tinha me interessado.

Sorrindo, eu olhei para o lado mais uma vez, curiosa para ver se o sujeito de olhos azuis continuava lá. Não sei bem por que fiquei tão aliviada ao constatar que ele não estava mais lá.

Meu irmão Gage insistiu em uma cerimônia de casamento pequena. Apenas um punhado de pessoas foi convidada para aquela minúscula capela de Houston, que tinha sido usada por colonizadores espanhóis no século dezoito. A cerimônia foi curta e linda, com uma atmosfera impregnada de um carinho silencioso que dava para sentir até na sola dos pés.

A recepção, por outro lado, foi um circo.

Ela foi oferecida na mansão da família Travis, em River Oaks, uma comunidade exclusiva em Houston onde as pessoas confessam muito mais a seus contadores do que a seus pastores. Como Gage era o primeiro dos garotos Travis a se casar, meu pai teve que aproveitar a oportunidade para impressionar o mundo. Ou pelo menos o Texas, que na opinião dele era a parte do mundo que mais valia a pena impressionar. Da mesma forma que muitos texanos, meu pai acreditava firmemente que, se nosso estado não tivesse sido anexado em 1845, nós certamente teríamos dominado a América do Norte.

Então, à luz da reputação da família e do fato de que os olhos do Texas estariam sobre nós, papai contratou uma renomada planejadora de casamentos e lhe deu uma orientação simples: "O talão de cheques está à disposição."

Como o mundo sabia, aquele talão de cheques tinha fundos bem fundos.

Meu pai, Churchill Travis, era um famoso "gênio do mercado", criador de um fundo internacional de investimento em energia que quase dobrou em uma década. O fundo incluía produtores de petróleo e gás, oleodutos e gasodutos, carvão e fontes alternativas, e era representado em quinze países. Enquanto eu crescia, não via muito meu pai — ele estava sempre em algum lugar distante como Cingapura, Nova Zelândia ou Japão. Com frequência, ele viajava até Washington para conversar com o presidente do Banco Central, ou então ia a Nova York para participar como comentarista financeiro de algum programa de TV. Tomar café da manhã com meu pai significava ligar a CNN e observá-lo analisando o mercado enquanto nós comíamos nossos waffles.

Com sua voz encorpada e sua personalidade gigantesca, papai sempre pareceu grande para mim. Foi apenas na minha adolescência que eu percebi que ele era um homem de físico pequeno, um galinho de briga que dominava o terreiro. Ele desprezava a moderação e ficava incomodado com a ideia de que seus quatro filhos — Gage, Jack, Joe e eu — pudessem estar sendo mimados. Então, quando estava por perto, ele tomava para si a tarefa de nos dar doses de realidade, como se fossem doses de remédio amargo.

Quando minha mãe, Ava, ainda era viva, ela era diretora adjunta do Festival Literário do Texas, durante o qual encontrava o escritor Kinky Friedman. Mamãe era glamorosa, tinha as pernas mais belas de River Oaks e oferecia os melhores jantares. Como se dizia naquela época, era melhor que uma torneira de uísque. Depois de conhecê-la, os homens diziam ao meu pai que ele era um vagabundo sortudo, e isso o deixava mais que satisfeito. Ava era mais do que ele merecia, coisa que ele não cansava de repetir. E então ele soltava uma risada irônica, porque papai sempre pensou que merecia mais do que merecia.

Setecentas pessoas tinham sido convidadas para a recepção, mas pelo menos mil tinham aparecido. Elas se acotovelavam dentro da mansão e transbordavam para a enorme tenda branca, que foi revestida de milhares de luzinhas brancas e recoberta por orquídeas brancas e rosa. O calor úmido da primavera realçava a fragrância doce das flores.

No interior com ar-condicionado da casa, o salão com o bufê principal era dividido por um ice bar de dez metros de comprimento, que era uma bancada imensa com todos os tipos de frutos do mar. Havia doze esculturas de gelo, uma delas no meio de uma fonte de champanhe, enquanto outra estava numa fonte de vodca cravejada de canapés de caviar na borda. Garçons de luvas brancas enchiam copinhos cilíndricos de cristal fosco com vodca trincando de gelada e serviam blinis de creme azedo com caviar e picles de ovos de codorna.

As mesas do bufê quente exibiam terrinas de bisque de lagosta, *réchauds* repletos de fatias de lombo defumado em nogueira-pecã, atum-amarelo grelhado e pelo menos trinta outros pratos principais. Já fui a muitos eventos e festas em Houston, mas em toda minha vida eu nunca tinha visto tanta comida em um único lugar.

Repórteres do Houston Chronicle e do Texas Monthly estavam presentes para cobrir a recepção, que incluía convidados como antigos governadores e prefeitos, um famoso chef de cozinha que apresentava um programa na TV, gente de Hollywood e da indústria petroleira. Todos estavam esperando por Gage e Liberty, que tinham ficado na capela com o fotógrafo.

Nick estava um pouco assombrado. Vindo de uma respeitável família de classe média, aquilo tudo era um choque para ele. Eu e minha incipiente consciência social estávamos constrangidas com o excesso. Eu tinha mudado desde minha ida para Wellesley, uma faculdade para mulheres com o lema *non ministrari sed ministrare*. "Não ser servida, mas servir". Eu achei que era um bom lema para alguém como eu aprender.

Minha família me ironizava com delicadeza, comentando que eu estava passando por uma fase. Eles — principalmente meu pai — achavam que eu era um clichê vivo; a pobre garota rica imersa em um sentimento de culpa liberal. Voltei minha atenção para as imensas mesas de comida. Eu já tinha providenciado para que as sobras fossem encaminhadas a várias instituições de caridade em Houston, o que minha família acreditou ser uma ótima ideia. Ainda assim, eu me sentia culpada. Uma liberal falsa, esperando na fila do caviar.

"Você sabia", perguntei ao Nick enquanto ele se servia na fonte de vodca, "que é preciso peneirar o equivalente a uma tonelada de terra para encontrar um diamante de um quilate? Então, para produzir todos os diamantes nesta sala, seria necessário escavar quase toda a Austrália."

Nick fingiu que estava confuso.

"Da última vez que eu vi, a Austrália continuava lá." Ele passou a ponta dos dedos pelo meu ombro nu. "Fique tranquila, Haven. Você não precisa provar nada para mim. Eu sei quem você é."

Embora nós dois fôssemos texanos nativos, tínhamos nos encontrado em Massachusetts. Eu frequentava a Wellesley, e Nick, a Tufts. Eu o conheci em uma festa com o tema "a volta ao mundo", que foi organizada em um casarão em Cambridge. Cada sala representava um país diferente com sua bebida típica. Vodca na Rússia, Uísque na Escócia e assim por diante.

Em algum lugar entre a América do Sul e o Japão, eu encontrei um rapaz de cabelo castanho-escuro, olhos claros da cor de mel e um sorriso autoconfiante. Ele tinha o corpo esguio e definido de um corredor, e um ar intelectual.

Para meu encanto, ele falava com sotaque texano.

"Talvez fosse melhor você fazer uma pausa na sua turnê mundial. Pelo menos até recuperar o equilíbrio."

"Você é de Houston", eu disse.

O sorriso de Nick ficou mais largo quando ele ouviu meu sotaque.

"Não, senhora."

"San Antonio?"

"Não."

"Austin? Amarillo? El Paso?"

"Não, não e, graças a Deus, não."

"Dallas, então", eu disse, pesarosa. "Que pena! Você é praticamente um ianque."

Nick me levou para fora e nos sentamos nos degraus da entrada e conversamos, naquele frio congelante, por duas horas.

Nós nos apaixonamos muito depressa. Eu faria qualquer coisa pelo Nick, iria a qualquer lugar com ele. Eu iria me casar com ele e me tornaria a Sra. Nicholas Tanner. Haven Travis Tanner. Ninguém poderia me impedir.

Quando finalmente foi minha vez de dançar com meu pai, Al Jarreau estava cantando "Accentuate the Positive" com uma alegria contagiante que emanava de sua voz sedosa. Nick tinha ido até o bar com meus irmãos Jack e Joe; combinamos que depois ele me encontraria na casa.

Nick foi o primeiro homem que eu apresentei para a família. O primeiro homem que amei. E o único com quem me deitei. Eu nunca fui namoradeira. Minha mãe morreu de câncer quando eu tinha quinze anos e, durante alguns anos depois de sua morte, eu me senti deprimida e culpada demais para sequer pensar em ter uma vida amorosa. Depois, eu fui para uma faculdade só para mulheres, o que foi ótimo para minha formação, mas não tão ótimo para minha vida romântica.

Não era só o ambiente exclusivamente feminino que me impedia de ter relacionamentos. Muitas garotas frequentavam festas fora do campus, ou conheciam rapazes ao fazer cursos extras em Harvard ou no MIT. O problema era eu. Faltavam-me habilidades essenciais para atrair as pessoas, para dar e receber amor com facilidade. E isso era muito difícil para mim. Eu parecia afastar as pessoas que mais queria. Até que, enfim, eu percebi que fazer alguém te amar era como tentar convencer um passarinho a pousar no seu dedo... Nunca vai acontecer a menos que você pare de desejar com tanta intensidade.

Então eu desisti e, como reza o clichê, foi quando aconteceu. Eu conheci Nick e nós nos apaixonamos. Ele era o homem que eu queria. Isso deveria ter sido o suficiente para minha família. Mas ele não foi aceito. E eu me vi respondendo a perguntas que nem tinham sido feitas, como "Eu estou muito feliz", ou "Nick vai se formar em Economia", ou "Nós nos conhecemos em uma festa da universidade". A falta de interesse da minha família por ele, pela nossa história ou pelo futuro do nosso relacionamento me deixava exasperada. Era uma crítica por si só, aquele silêncio agourento.

"Eu sei, querida", disse meu amigo Todd quando telefonei para ele me queixando. Nós nos conhecíamos desde os doze anos, quando a família dele se mudou para River Oaks. O pai de Todd, Tim Phelan, era um artista que tinha obras em todos os grandes museus, incluindo o MoMA em Nova York e o Kimbell em Fort Worth.

Os Phelans sempre fascinaram os moradores de River Oaks. Eles eram vegetarianos, os primeiros que conheci. Vestiam roupas amarrotadas de cânhamo e calçavam Birkenstocks. Em uma vizinhança onde predominavam dois estilos de decoração — inglês rural e tex-mediterrâneo —, os Phelans tinham pintado cada aposento da casa com uma cor diferente, com listras e espirais exóticas nas paredes.

E o mais fascinante de tudo, os Phelans eram budistas, uma palavra que eu ouvia com frequência ainda menor que "vegetariano". Quando eu perguntei ao Todd o que os budistas faziam, ele me contou que passavam muito tempo contemplando a natureza da realidade. Todd e seus pais tinham até me convidado para ir a um templo budista com eles, mas, para minha decepção, meus pais não permitiram. Eu era uma batista, minha mãe disse, e os batistas não desperdiçam tempo pensando na realidade.

Todd e eu éramos tão próximos que as pessoas sempre concluíam que nós erámos namorados. Nós nunca tivemos um envolvimento romântico, mas o sentimento entre nós também não era apenas platônico. Não tenho certeza se um de nós conseguiria explicar o que representávamos um para o outro.

Todd era, creio, o ser humano mais lindo que eu já tinha conhecido. Ele era magro e atlético, tinha feições refinadas e cabelos loiros, e seus olhos eram do mesmo azul-esverdeado exuberante do oceano que aparece nos folhetos de viagem para o Caribe. E ele tinha algo de felino em seus modos que o diferenciava dos demais homens texanos que eu conhecia, que andavam estufando o peito. Uma vez eu perguntei ao Todd se ele era gay, e ele respondeu que não se importava se a pessoa era homem ou mulher, que estava mais interessado no interior dela.

"Então você é bissexual?", eu perguntei, e ele riu da minha insistência em um rótulo.

"Eu acho que sou bipossível", ele respondeu, e deu um beijo quente e despreocupado nos meus lábios.

Ninguém me conhecia ou compreendia tão bem quanto Todd. Ele era meu confidente, a pessoa que estava sempre do meu lado mesmo quando não defendia as mesmas posições que eu.

"Foi isso mesmo que você disse que eles iriam fazer", Todd comentou quando eu lhe contei que a minha família estava ignorando meu namorado. "Então, nenhuma surpresa."

"Só porque não é uma surpresa, não quer dizer que não é de dar nos nervos."

"Procure apenas se lembrar que este fim de semana não diz respeito a você e ao Nick, mas aos noivos."

"Casamentos nunca dizem respeito aos noivos", eu rebati. "Casamentos são palanques públicos para famílias disfuncionais."

"Mas precisam *fingir* que são para os noivos. Então colabore, comemore e não fale com seu pai sobre Nick até depois do casamento."

"Todd", eu perguntei, em tom pesaroso, "você conhece o Nick. Você gosta dele, não gosta?"

"Não posso responder isso."

"Por que não?"

"Porque se você ainda não percebeu, nada que eu disser vai fazer você perceber."

"Perceber o quê? O que é que você quer dizer?"

Mas Todd não respondeu, e eu desliguei o telefone me sentindo confusa e irritada.

Infelizmente, o conselho de Todd caiu no esquecimento assim que comecei a dançar foxtrote com papai.

Meu pai estava encharcado de champanhe e triunfo. Ele não fazia segredo de que queria ver aquele casamento acontecer, e a notícia da gravidez da minha cunhada foi a cereja do bolo. As coisas estavam acontecendo ao gosto de Churchill Travis. Eu tinha certeza de que ele, em sua cabeça, enxergava seus futuros netos dançando; gerações de DNA moldável ao seu dispor.

Papai tinha um peito largo, pernas curtas e olhos pretos, e o cabelo tão grosso que era até difícil encontrar o couro cabeludo. Tudo isso e mais seu queixo alemão o tornavam um homem marcante, até mesmo atraente. Ele tinha um pouco de sangue comanche pelo lado da mãe e um monte de ancestrais alemães e escoceses, cujo futuro em seus países nativos deve ter parecido desalentador. Então eles foram para o Texas à procura de terras baratas e sem inverno, que só precisavam do trabalho deles para trazer prosperidade. Em vez disso, eles sofreram com secas, epidemias, ataques indígenas, escorpiões e pragas agrícolas.

Os Travis que sobreviveram eram o tipo de gente mais teimosa da face da terra, do tipo que emprega uma força de vontade feroz quando tudo o mais dá errado. Isso explicava a teimosia do meu pai... e também a minha. Nós éramos muito parecidos, minha mãe sempre disse. Nós dois sempre queríamos fazer as coisas do nosso jeito, um sempre pronto para desafiar qualquer limite que o outro estabelecesse.

"Oi, pai."

"Minha gatinha!" Ele tinha uma voz áspera, temperada pela impaciência perpétua de um homem que nunca teve que conquistar as graças de ninguém. "Você está bonita esta noite. Lembra sua mãe."

"Obrigada." Elogios do meu pai eram raros. Eu gostei, embora soubesse que minha semelhança com mamãe era tênue, na melhor das hipóteses.

Eu estava usando um vestido tubinho de cetim verde-claro, bem colado ao corpo, com as alças dos ombros presas por duas fivelas de cristal. Meus pés calçavam delicadas sandálias prateadas com saltos de sete centímetros. Liberty tinha insistido em fazer meu penteado. Ela precisou de apenas quinze minutos para torcer e prender minhas madeixas longas em um penteado de aparência enganosamente simples que eu jamais conseguiria reproduzir. Ela era só um pouco mais velha que eu, mas seu jeito era maternal, delicado, de um modo que minha própria mãe poucas vezes foi.

"Pronto", Liberty murmurou depois que terminou, e então pegou um pincel de maquiagem e brincou de passar no meu nariz. "Perfeita!"

Era muito difícil não gostar dela.

Enquanto eu dançava com meu pai, um dos fotógrafos se aproximou. Nós fizemos pose e sorrimos para o flash branco ofuscante, e então retornamos ao nosso ritmo.

"Nick e eu vamos voltar para Massachusetts amanhã", eu falei. Nós íamos pegar um voo comercial e eu tinha comprado duas passagens de primeira classe com o meu cartão de crédito. Como era meu pai que pagava a fatura, e verificava cada item pessoalmente, ele já sabia que eu tinha comprado a passagem do Nick. Papai não tinha dito nada a respeito. Ainda.

"Antes de nós irmos", eu continuei, "o Nick quer conversar com você."

"Aguardarei ansiosamente por esse bate-papo."

"Eu gostaria que você fosse legal com ele", pedi.

"Às vezes eu não sou legal por um motivo. É um jeito de ver do que a pessoa é feita."

"Você não precisa testar o Nick. Só precisa respeitar as minhas escolhas."

"Ele quer casar com você", papai disse.

"Isso."

"E então ele acha que vai ter uma passagem de primeira classe para a vida. Isso é tudo que você representa para ele, Haven."

"Você já pensou", eu perguntei, "que alguém pode me amar pelo que eu sou, não pelo seu dinheiro?"

"Ele não é esse alguém."

"Sou eu quem decide isso", eu devolvi. "Não você."

"Você já tomou sua decisão", papai disse, e embora não fosse exatamente uma pergunta, eu respondi que sim, que já tinha me decidido. "Então não peça minha permissão", ele continuou. "Faça sua escolha e aceite as consequências. Seu irmão não veio me perguntar o que eu achava de ele se casar com Liberty."

"É claro que não. Você fez tudo o que podia para juntar os dois. Todo mundo sabe que você é louco por ela." Assustada com a inflexão de ciúme na minha própria voz, continuei sem perder tempo. "Nós não podemos fazer isso do jeito normal, pai? Eu trago meu namorado para casa, você finge que gosta dele, eu continuo com a minha vida, e nós dois nos falamos por telefone nos feriados." Tentei forçar um sorriso. "Não me atrapalhe, papai. Me deixe ser feliz."

"Você não vai ser feliz com ele. Nick é um encostado."

"Como é que você sabe? Você nunca passou mais de uma hora na companhia dele."

"Eu tenho experiência o bastante para reconhecer um sujeito encostado quando vejo um."

Eu acho que nenhum de nós dois levantou a voz, mas estávamos recebendo alguns olhares de curiosidade. Percebi que nossa discussão não precisava ser alta para chamar a atenção dos outros. Esforcei-me para manter a calma e mantive os pés em movimento, em um tipo de dança sem ritmo, mas esforçada.

"Qualquer homem que eu quiser vai ser um encostado para você", eu disse. "A menos que você o escolha."

Eu pensei que aquilo era nada além da verdade para deixar meu pai bravo.

"Eu vou lhe dar um casamento", ele disse, "mas você vai ter que arrumar outra pessoa para te levar ao altar. E não venha me procurar mais tarde quando precisar de dinheiro para o divórcio. Se você casar com ele, eu vou te cortar da minha vida e do meu testamento. Nenhum dos dois vai receber um centavo de mim, entendeu? Se ele tiver colhões para falar comigo amanhã, vou dizer isso para ele."

"Obrigada, papai." Eu me afastei dele assim que a música acabou. "Você não sabe dançar sem pisar nos calos."

Enquanto saía da pista de dança, passei por Carrington, que corria para meu pai de braços abertos. Ela era a irmãzinha de Liberty.

"Minha vez", ela exclamou, como se dançar com Churchill Travis fosse a melhor coisa do mundo.

Quando eu tinha nove anos, pensei com amargura, eu também me sentia assim a respeito dele.

Eu abri caminho em meio à multidão de gente e tudo que eu conseguia ver eram bocas e mais bocas... falando, rindo, comendo, bebendo, dando beijos no ar. A atmosfera barulhenta era atordoante.

Olhei para o relógio na parede do corredor, um mecanismo de pêndulo antigo que tinha pertencido à Ferrovia Buffalo Bayou, Brazos e Colorado. Nove horas. Em cerca de meia hora, eu devia me encontrar com Liberty em um dos quartos no andar de cima para ajudá-la a se trocar e vestir a roupa de despedida. Eu mal podia esperar para acabar logo com aquilo. Havia um limite de alegria alheia que eu podia aguentar por uma noite.

O champanhe tinha me deixado com sede. Fui até a cozinha, que estava repleta de fornecedores e seus funcionários, e consegui encontrar um copo limpo em um dos armários. Eu o enchi com água da torneira da pia e o esvaziei em grandes goles.

"Com licença", um garçom disse com urgência, tentando passar por mim com um prato fumegante. Eu me encolhi para deixá-lo passar e depois saí para o salão de jantar oval.

Para meu alívio, vi a silhueta familiar da cabeça e dos ombros de Nick perto da arcada que levava à grande adega, que tinha uma sala de jantar particular. Nick tinha passado pela porta de ferro forjado e a deixado entreaberta. Ele parecia estar se dirigindo à cava, que era revestida de suportes de barris de carvalho que deixavam o ar adocicado. Imaginei que Nick tinha se cansado da multidão e ido me procurar mais cedo.

Eu queria que ele me abraçasse. Eu precisava de um momento de paz em meio àquela cacofonia.

Passei ao redor da mesa de jantar e fui até a cava de vinhos. Fechei a porta atrás de mim com um clique suave. Eu estiquei a mão para o interruptor de luz e a apaguei antes de entrar na cava.

"Ei...". ouvi Nick murmurar.

"Sou eu." Eu o encontrei com facilidade no escuro, e soltei uma risada baixa quando deslizei minha mão por seus ombros. "Humm, você fica gostoso de smoking."

Ele começou a dizer algo, mas eu puxei a cabeça dele para baixo até minha boca encontrar a ponta do queixo dele.

"Senti sua falta", sussurrei. "Você não dançou comigo."

Ele prendeu a respiração e colocou as mãos em meus quadris enquanto eu oscilava um pouco sobre os saltos altos. O ar doce de vinho preencheu minhas narinas e algo mais... o cheiro de pele masculina, estimulante como noz-moscada ou gengibre... um tempero aquecido pelo sol. Pressionei os dedos em sua nuca e puxei sua boca para a minha, encontrando suavidade e calor, o gosto do champanhe se misturando ao sabor íntimo dele.

Uma das mãos dele subiu pela minha coluna, provocando um arrepio, um doce choque, à medida que a palma da mão dele encostava em minha pele nua. Eu senti a força de sua mão, e também a delicadeza, enquanto ela se fechava em volta da minha nuca e inclinava minha cabeça para trás. Sua boca mal tocou a minha, era mais a promessa de um beijo que um de verdade. Eu soltei um gemido abafado ao toque dos lábios dele e mantive o rosto virado para cima, querendo mais. Outro toque delicioso, uma pressão estonteante enquanto ele abria minha boca com seus lábios. Ele foi mais fundo, e sua língua encontrou lugares sensíveis que arrancaram um riso trêmulo da minha garganta.

Eu tentei me moldar a ele, colando meu corpo arqueado ao dele. Sua boca era lenta e curiosa, os beijos duros a princípios, mas depois se soltando como se relaxassem com seu próprio calor. O prazer foi crescendo, descargas fortes me percorriam inteira, fazendo a excitação amadurecer por completo. Eu não percebi que estava indo para trás até sentir o tampo da mesa de degustação contra meu traseiro, a borda aguda em contato com minha pele.

Nick me ergueu com uma facilidade espantosa e me colocou sentada na mesa fria. Ele tomou minha boca outra vez, por mais tempo, mais fundo, enquanto eu tentava capturar a língua dele, tentava atraí-la o mais para dentro possível. Eu queria deitar naquela mesa, oferecer a carne quente sobre o mármore frio, e deixá-lo fazer o que quisesse. Alguma coisa tinha se soltado dentro de mim. Eu estava saturada de excitação, bêbada de desejo, em parte porque Nick, que sempre era tão controlado, estava lutando para se segurar. A respiração dele saía em sopros irregulares e suas mãos agarravam todo meu corpo.

Ele beijou meu pescoço, saboreou meu queixo, a pele sensível, seus lábios explorando meu pulso latejante. Ofegante, eu deslizei meus dedos pelo cabelo dele, tão macio e espesso, camadas de seda pesada em minhas mãos.

Totalmente diferente do cabelo de Nick.

Uma dose fria de horror se revirou em meu estômago.

"Oh, Deus." Eu mal conseguia expulsar as palavras. Eu toquei o rosto dele no escuro e encontrei feições rígidas e desconhecidas, o maxilar áspero da barba nascente. Os cantos dos meus olhos arderam, mas não sei se as lágrimas iminentes vinham de vergonha, raiva, medo, decepção ou de uma combinação horrível de tudo isso.

"Nick?"

Meu pulso foi agarrado por uma mão poderosa e aquela boca se arrastou suavemente pelo lado de dentro dos meus dedos. Um beijo queimou o centro da minha palma, e então eu ouvi uma voz tão sombria e grave que eu podia jurar que pertencia ao diabo.

"Quem é Nick?"

CAPÍTULO 2

O estranho não me soltou naquela escuridão escaldante, apenas massageou minhas costas numa tentativa de relaxar minhas vértebras tensas.

"Meu Deus, eu sinto muito", eu disse por entre os dentes trêmulos. "Eu pe-pensei que você fosse meu namorado."

"Neste momento, eu queria muito ser." Ele soou pesaroso. Sua mão subiu até minha nuca desnuda e apertou com delicadeza, liberando a tensão dos pequenos músculos. "Quer que eu acenda a luz?"

"Não!", eu o segurei.

Ele obedeceu e ficou parado.

"Você poderia me dizer seu nome?", um sorriso coloriu a voz dele ao fazer a pergunta.

"Claro que *não*, de jeito nenhum! Nada de nomes."

"Tudo bem, chefe."

Ele me ajudou a descer da mesa, segurando-me enquanto eu me equilibrava. Meu coração martelava com violência.

"Eu nunca fiz nada assim antes. E-eu me sinto como se fosse desmaiar ou gritar ou algo..."

"Eu gostaria que você não fizesse nada disso."

"E eu gostaria *mesmo* que ninguém ficasse sabendo disso. *Eu* não queria ficar sabendo. Eu queria..."

"Você fala rápido quando está nervosa", ele observou.

"Eu falo rápido o tempo todo. E não estou nervosa. Estou em choque. Eu queria poder desfazer isso. Eu me sinto como uma daquelas páginas de erro que aparecem na internet..."

"Uma 404?"

"Isso mesmo. Isto aqui foi um grande 404."

Ele soltou um grunhido de divertimento.

"Está tudo bem", ele falou, puxando-me para mais perto. A proximidade do corpo dele era tão reconfortante que eu não consegui me obrigar a afastá-lo. E a voz dele era tão tranquilizadora que poderia ter detido um estouro de boiada. "Está tudo bem. Não aconteceu nada de errado."

"Você não vai contar para ninguém?"

"Claro que não. Se o Nick souber, ele vai me dar uma surra."

Eu aquiesci, embora a ideia de Nick dando uma surra naquele cara fosse risível. Mesmo por cima das camadas de roupa, dava para sentir os contornos de um corpo tão rígido e poderoso que parecia invulnerável. No mesmo segundo, eu me lembrei do sujeito na tenda da recepção e arregalei os olhos na escuridão.

"*Oh*."

"O que foi?", ele baixou a cabeça e sua respiração quente agitou o cabelo na minha testa.

"Eu te vi na tenda, de pé nos fundos. Você é o cara dos olhos azuis, não é?"

Ele ficou absolutamente imóvel.

"Você é a madrinha de vestido verde."

Uma risada baixa e irônica escapou por entre seus lábios, um som tão delicioso que fez todos os pelos do meu corpo ficarem eriçados.

"Cacete! Você é uma Travis, não é?"

"Não vou admitir nada."

Eu lutei para catalogar a vergonha e a agitação que ardiam dentro das minhas veias. A boca dele estava tão perto. Eu queria mais daqueles beijos sufocantes. E me senti péssima por isso. Mas a fragrância quente e ensolarada dele... ele tinha um cheiro mais gostoso do que qualquer ser humano que eu já tinha conhecido.

"Tudo bem", eu disse, vacilante, "esqueça o que eu disse sobre não falarmos nossos nomes. Quem é você?"

"Para você, querida... eu sou problema."

Nós dois ficamos imóveis e em silêncio, presos em um meio abraço como se cada um daqueles segundos proibidos tivesse formado um elo em uma corrente à nossa volta. A parte do meu cérebro que ainda funcionava me pedia para eu me afastar dele sem demora. Mas, ainda assim, eu não conseguia me mexer, paralisada pela sensação de que algo extraordinário estava acontecendo. Mesmo com todo barulho fora da adega, com as centenas de pessoas tão próximas, eu sentia como se estivesse em algum lugar distante.

Ele levou uma das mãos até o meu rosto, e seus dedos exploraram cada curva da minha face. Sem pensar, eu ergui a mão e senti o dorso dos dedos dele, procurando pelo metal frio de um anel.

"Não", ele murmurou. "Não sou casado."

A ponta de seu dedo mínimo encontrou a borda da minha orelha e a delineou com delicadeza. Eu me vi caindo em um estado estranho e agradável de passividade. *Eu não posso fazer isto*, pensei, enquanto deixava que ele me puxasse para mais perto, e que sua mão colasse meu quadril no dele. Senti minha cabeça pesar, e ela caiu para trás quando ele aninhou o nariz no espaço macio debaixo do maxilar. Eu sempre pensei que era muito boa em resistir às tentações. Mas essa era a primeira vez que eu sentia a atração de um desejo real, e não estava apta a lidar com isso.

"Você é amigo do noivo", eu consegui perguntar, "ou da noiva?"

Eu senti que ele sorria na minha pele.

"Eu não diria que sou popular com nenhum dos dois lados."

"Meu Deus. Você é um penetra, não é?"

"Querida, metade das pessoas aqui é penetra", ele argumentou percorrendo com o dedo uma das alças que segurava meu vestido, e senti um frio na barriga de excitação.

"Você está no ramo do petróleo? Ou no agropecuário?"

"Petróleo", ele respondeu. "Por que a pergunta?"

"Você tem corpo de peão."

Uma risada ecoou dentro do peito dele.

"Eu já carreguei minha cota de tubos de perfuração", ele admitiu. Sua respiração era suave e quente no meu cabelo. "Então... você costuma sair com operários? Aposto que não. Uma garota rica como você... só deve andar com gente do seu clubinho, não é mesmo?"

"Você está usando um belo smoking, para um operário", eu respondi. "Armani?"

"Até os petroleiros precisam se vestir bem de vez em quando", ele apoiou as mãos dos lados do meu corpo, segurando de leve a borda da mesa. "Para que serve isto aqui?"

Eu recuei para preservar a pequena mas crucial distância entre nossos corpos.

"A mesa de degustação?", perguntei.

"Isso."

"É para abrir as garrafas e decantar. Nós guardamos os acessórios de vinho nas gavetas. Também guardanapos brancos para envolver a garrafa, para que se possa avaliar a cor do vinho."

"Eu nunca estive em uma degustação de vinho antes. Como se faz isso?"

Eu olhei para o contorno da cabeça dele, agora um pouco visível em meio às sombras pesadas.

"Você segura a taça pela haste e enfia o nariz no bojo, para inspirar o aroma."

"No meu caso é uma quantidade considerável de nariz."

Eu não consegui resistir e o toquei. Meus dedos subiram até o rosto dele para investigar a linha assertiva de seu nariz. Eu toquei a curva perto dos olhos.

"Como você quebrou?", perguntei com a voz abafada.

Os lábios quentes dele deslizaram pela palma da minha mão.

"Essa é uma das histórias que eu só conto quando estou bebendo algo bem mais forte do que vinho."

"Oh", puxei minha mão. "Desculpe."

"Não se desculpe. Eu não me importo de te contar algum dia."

Obstinada, eu recoloquei a conversa no rumo.

"Quando você toma um gole do vinho, deve segurá-lo na boca. Existe um lugar no fundo da boca que leva a pequenos receptores na cavidade nasal. Isso se chama retro-olfato."

"Interessante." Ele fez uma pausa. "Então, depois que prova e cheira o vinho, você cospe em um balde, certo?"

"Eu prefiro engolir a cuspir."

Quando eu percebi o duplo sentido daquelas palavras, fiquei tão vermelha que tive certeza de que ele percebeu, mesmo no escuro. Felizmente, ele não comentou, embora eu tenha notado um toque de diversão em sua voz.

"Obrigado pela aula."

"De nada. É melhor nós irmos, agora. Você sai primeiro."

"Tudo bem."

Mas nenhum de nós se moveu.

E então as mãos dele encontraram meu quadril, subiram e um calo em seu dedo raspou no tecido delicado do meu vestido. Eu estava atenta a cada gesto dele, aos movimentos sutis dos ossos e dos músculos poderosos. O som de sua respiração era eletrizante.

As mãos grandes e calejadas não pararam até aninharem meu rosto com um carinho que fez minha garganta estreitar. Sua boca procurou a minha, quente e suave como seda. Mas apesar de toda delicadeza do beijo, havia algo de tão primitivo naquela carícia que, quando ele se afastou, meus nervos ardiam de prazer e pulsavam, insuportavelmente vivos. Um ganido emergiu da minha garganta, um som que me envergonhou, mas eu não tinha controle. Sobre nada.

Eu ergui as mãos para segurar aqueles pulsos grossos, principalmente para não cair. Meus joelhos estavam bambos. Eu nunca tinha sentido nada tão explosivo ou insidioso. O mundo tinha diminuído para aquela saleta com aroma de vinho, dois corpos no escuro, o meu doendo de desejo por alguém que nunca poderia ter. Ele moveu a boca até minha orelha, e eu senti o calor úmido de sua respiração e me encostei nele em um tipo de torpor.

"Escute, querida", ele sussurrou. "Foram poucas as vezes na minha vida em que alguma coisa estava tão boa que não dei a mínima para as consequências", ele passeou os lábios pela minha testa, pelo meu nariz, pelas minhas pálpebras trêmulas. "Vá dizer ao Nick que você não está se sentindo bem e venha embora comigo. Agora. A lua cheia está linda esta noite. Vamos achar algum lugar, algum gramado macio, dividir uma garrafa de champanhe. E então eu te levo até Galveston para ver o sol nascer na baía."

Eu fiquei atônita. Os homens nunca me propunham coisas assim. E eu nunca teria pensado que ficaria assim, tão tentada.

"Não posso. É loucura."

Os lábios dele pegaram os meus em um beijo que terminou com uma mordida delicada.

"Talvez seja loucura não irmos", ele sussurrou.

Eu me contorci e me afastei até conseguir estabelecer alguma distância entre nós.

"Eu tenho namorado", eu disse, trêmula. "Eu não sei por que eu não... eu não sei por que deixei isso acontecer. Sinto muito."

"Não sinta. Pelo menos, não por isso", ele se aproximou e eu fiquei tensa. "Você deveria sentir muito", ele continuou, "porque, pelo resto da minha vida, vou ter que evitar adegas de vinho para não pensar em você."

"Por quê?", eu perguntei, aflita e envergonhada. "Me beijar foi assim tão ruim?"

"Não, meu amor. Foi assim tão bom", ele respondeu num sussurro diabólico de tão delicado.

E ele saiu primeiro, enquanto eu me encostava na mesa de degustação com o equilíbrio seriamente comprometido.

Eu voltei para o meio da algazarra e me esgueirei até a escadaria que levava aos quartos no segundo andar. Liberty estava à minha espera no quarto que Gage ocupou durante a infância. Eu tinha irrompido ali milhares de vezes em busca de atenção da única pessoa que parecia sempre ter tempo para mim. Eu devo ter sido muito chata, tagarelando enquanto ele tentava fazer a lição de casa, levando meus brinquedos quebrados para ele consertar. Mas Gage aguentou tudo aquilo com o que agora parecia uma paciência notável.

Eu lembrei de uma vez quando tinha a mesma idade de Carrington, talvez um pouco mais nova, e Jack e Joe jogaram minha boneca favorita pela janela e Gage foi ao resgate dela. Eu tinha entrado no quarto do Jack, um caos de brinquedos, livros e roupas jogadas, e o vi com Joe, os dois ajoelhados junto à janela aberta.

"O que vocês estão fazendo?", eu perguntei, arriscando me aproximar. As duas cabeças castanhas se viraram ao mesmo tempo.

"Sai daqui, Haven", Jack mandou.

"O papai disse que vocês têm que me deixar brincar."

"Depois. Agora cai fora."

"O que você está segurando?", eu me aproximei, e meu coração quase parou quando vi algo nas mãos deles, amarrado com barbante. "É a... é a *Bootsie*?"

"Nós só apegamos emprestada", Joe falou com as mãos ocupadas com barbante e um tipo de tecido plástico.

"Vocês não podem fazer isso!", eu senti o pânico dos indefesos, a afronta dos despossuídos. "Vocês não me pediram. Devolvam! Devol..."

Minha voz se esfacelou em um grito quando vi Bootsie sendo pendurada por sobre o parapeito, seu corpo cor-de-rosa no preso por uma confusão de barbantes, fitas adesivas e clipes de papel. Minha boneca tinha sido recrutada para uma missão de paraquedista.

"*Nããããããão!*"

"Pelo amor de Deus!", Jack reclamou com um tom de indignação. "Ela é só um monte de plástico."

E, para piorar a situação toda, ele olhou feio para mim e a deixou cair. Bootsie caiu como uma pedra. Eu não teria ficado mais arrasada se os meninos tivessem jogado um bebê de verdade pela janela. Uivos rasgaram minha garganta enquanto eu saía correndo do quarto e descia a escadaria. Eu continuei uivando enquanto saí afobada para a lateral da casa, sem prestar atenção às vozes dos meus pais, da governanta, do jardineiro.

Bootsie tinha caído no meio de um arbusto imenso de alfena. A única coisa visível era o paraquedas amassado, que tinha ficado preso em um galho mais alto. Minha boneca permanecia escondida em meio à folhagem verde e às flores brancas. Como eu era baixa e pequena demais para alcançar no meio dos galhos, eu só pude ficar lá chorando, enquanto o calor do sol do Texas pesava sobre mim como um cobertor de lã.

Alertado pela gritaria, Gage apareceu e vasculhou o alfeneiro até encontrar Bootsie. Ele tirou a poeira das folhas de alfena que tinha caído na boneca e me segurou contra ele até minhas lágrimas serem absorvidas por sua camiseta.

"Eu te amo mais que todo mundo", eu sussurrei para ele.

"Eu também te amo", Gage sussurrou em resposta, e eu pude senti-lo sorrindo contra meu cabelo. "Mais do que todo mundo."

Quando eu entrei no quarto de Gage, na noite do casamento, vi Liberty sentada na cama em meio a uma pilha de organza cintilante, os sapatos dela no chão e o véu flutuando como uma espuma sobre o colchão. Parecia impossível que ela pudesse ficar mais deslumbrante do que estava antes, na igreja. Mas sua aparência era ainda melhor naquele momento, com a maquiagem borrada. Ela era parcialmente mexicana, com uma pele lisa e macia e grandes olhos verdes, além de um corpo que fazia a gente pensar na palavra *bombástica*. Ela também era tímida. Cautelosa. Dava para perceber que as coisas não tinham sido fáceis para ela, que ela conhecia de perto o que era dificuldade.

Liberty fez uma careta cômica quando me viu.

"Minha salvadora. Você precisa me ajudar a sair desse vestido. Ele tem mil botões, e todos ficam nas costas."

"Tudo bem." Eu me sentei na cama ao lado dela, e Liberty virou as costas para mim, para facilitar meu trabalho. Eu me senti constrangida, lutando com tensões mudas que nenhuma quantidade de gentileza da parte dela ajudaria a desfazer.

Eu tentei pensar em alguma coisa gentil para dizer.

"Eu acho que hoje foi o melhor dia da vida de Gage. Você sabe fazer dele um homem feliz de verdade."

"Ele também me faz feliz", Liberty disse. "Mais do que feliz. Ele é o homem mais incrível, o mais...", ela se interrompeu e ergueu os ombros, como se fosse impossível pôr os sentimentos em palavras.

"Nós não somos a família mais fácil de entrar. Muitas personalidades fortes."

"Eu amo os Travis", ela disse sem hesitar. "Todos vocês. Eu sempre quis uma família grande. Depois que minha mãe morreu, ficamos só eu e a Carrington."

Eu nunca tinha pensado no fato de que nós duas perdemos a mãe quando éramos adolescentes. Exceto que deve ter sido mais assustador para Liberty, porque ela não tinha um pai rico, nem família, nem casarão ou vida confortável. E ela criou a irmãzinha completamente só, o que eu tinha que admirar.

"Sua mãe ficou doente?", eu perguntei.

Ela meneou a cabeça.

"Acidente de carro."

Eu fui até o closet e peguei o terninho branco que estava pendurado atrás da porta. Eu o levei até Liberty, que se contorceu para fora do vestido de casamento. Ela era uma visão de curvas suntuosas contidas em renda branca. O volume de sua gravidez estava mais pronunciado do que eu teria imaginado.

Liberty vestiu as calças brancas e o blazer combinando, com scarpins bege de saltos baixos. Foi até a cômoda, aproximou-se do espelho e limpou o delineador borrado com um lenço de papel.

"Bem", ela disse, "isso é o melhor que vai ficar."

"Você está maravilhosa", eu disse.

"Meio caída."

"Mas de um jeito maravilhoso."

Ela olhou para mim por cima do ombro e deu um sorriso deslumbrante.

"Seu batom sumiu, Haven." Ela apontou para o espelho ao lado dela. "Nick te pegou em algum canto, não foi?"

Ela me deu um tubo de algo brilhante e claro. Por sorte, antes que eu tivesse que responder, alguém bateu na porta. Liberty foi abrir e Carrington entrou, acompanhada da minha tia Gretchen.

Tia Gretchen era a única irmã do meu pai, mais velha que ele. Sem dúvida, era minha parente favorita dos dois lados da família. Ela nunca foi elegante como a minha mãe. Gretchen tinha nascido no campo e era valente como as mulheres pioneiras que cruzaram o Rio Vermelho na Trilha Cherokee. Nessa época, as mulheres texanas aprenderam a tomar conta de si mesmas porque os homens estavam sempre viajando quando se precisava deles. As versões contemporâneas continuavam sendo assim, com uma determinação férrea por baixo de cosméticos Mary Kay.

Tia Gretchen devia ter todos os motivos para ser uma figura trágica. Ela tinha ficado noiva três vezes, e perdeu todos os três noivos. O primeiro morreu na Guerra da Coreia, o segundo em acidente de carro e o terceiro de um problema não diagnosticado no coração. Todas as vezes, tia Gretchen enfrentou a perda, ficou de luto e a aceitou. Ela dizia que nunca mais pensou em se casar — era evidente que ela não estava destinada a ter um marido.

Mas tia Gretchen conseguia extrair da vida toda diversão possível. Ela vestia tons vivos de coral e vermelho, sempre combinava o batom com as roupas e usava joias em todos os lugares possíveis. O cabelo dela estava sempre armado em um bola prateada fofa. Quando eu era pequena, tia Gretchen viajava bastante e sempre trazia presentes para nós.

Quando ela aparecia e passava uma semana e pouco conosco, minha mãe sempre achava inconveniente. Colocar duas mulheres de gênio forte na mesma casa era como colocar dois trens na mesma linha e ficar esperando a colisão. Mamãe gostaria de ter limitado as visitas da tia Gretchen, mas não teve coragem. Uma das únicas vezes que ouvi meu pai ser ríspido com a minha mãe foi quando ela estava reclamando da irmã intrometida dele.

"Eu não dou a mínima se ela virar a casa toda de cabeça para baixo", papai falou. "Ela salvou a minha vida."

Quando papai ainda estava no ensino fundamental, o pai dele, meu avô, abandonou a família para sempre, e disse para todo mundo que a esposa dele era a mulher mais malvada com quem ele tinha vivido, e a mais maluca também. E embora ele pudesse ter aguentado ficar com uma maluca, não havia nada pior do que ser casado com uma malvada. Ele desapareceu de Conroe, onde os dois moravam, e nunca mais foi visto.

Alguém poderia ter a esperança de que o fato de o vovô ter ido embora faria a vovó parar e repensar, e talvez até a inspiraria a ser uma pessoa melhor. Muito pelo contrário, vovó desandou de vez. Ela descia o braço nos dois filhos, Gretchen e Churchill, sempre que era provocada. E parecia que tudo a provocava. Ela pegava utensílios de cozinha, ferramentas de jardinagem, qualquer coisa que estivesse ao alcance e quase matava os filhos de pancada.

Naquela época, as pessoas tinham mais tolerância com esse tipo de coisa, então ninguém interferia no que era visto como assunto particular da família. Gretchen sabia que ela e o irmãozinho estariam condenados à morte certa se ela não tirasse os dois dali.

Ela economizou dinheiro lavando e costurando roupa para fora e, logo depois de completar 16 anos, Gretchen pegou Churchill no meio da noite, empacotou as roupas dos dois em uma mala improvisada com uma caixa de papelão e foi com ele até o fim da rua, onde seu namorado a esperava de carro. O namorado os levou por mais de 60 quilômetros, de Conroe a Houston, onde os deixou com a promessa que logo voltaria a vê-los. Ele nunca mais apareceu. Tia Gretchen não ficou decepcionada — ela esperava por isso. Ela teve que sustentar a si própria e Churchill com um emprego na companhia telefônica. Vovó nunca os encontrou, e ninguém sabe se ela chegou a procurar pelos filhos.

Anos mais tarde, quando os dois chegaram à conclusão de que a vovó estaria velha demais para lhes fazer mal, Gretchen mandou alguém ver como ela estava. Eles descobriram que ela vivia em condições miseráveis, com pilhas de lixo e pragas por toda a casa. Então Gretchen e Churchill a colocaram em uma casa de repouso, onde ela atormentou alegremente os outros moradores e a equipe por cerca de dez anos, até morrer. Churchill nunca foi visitá-la, mas Gretchen ia de vez em quando. Ela levava a vovó até lojas de roupa da região para comprar vestidos novos, e depois a devolvia à casa de repouso.

"Ela era legal com você, quando você a levava para passear?", uma vez eu perguntei à tia Gretchen.

A pergunta fez com que ela sorrisse.

"Não, querida. Ela não sabia como ser legal. Qualquer coisa que alguém fizesse por ela, mamãe achava que era direito dela, e que merecia ainda mais."

"Então por que você tomou conta dela, e a visitava, depois de tudo que ela fez? Eu a teria deixado apodrecer."

"Bem...", Gretchen fez um beicinho, pensativa, antes de responder. "Eu acredito que ela não podia evitar de ser como era. Mamãe estava acabada quando a encontrei."

Os últimos anos tinham deixado Gretchen um tanto abalada. Ela andava meio esquecida, um pouco ranzinza. Movimentava-se como se suas articulações não estivessem tão firmes como deveriam. Sua pele fina tinha adquirido um aspecto translúcido, e as veias azuladas eram evidentes como se fossem um diagrama que alguém não conseguiu apagar por completo. Ela foi morar conosco depois que minha mãe morreu, o que alegrou meu pai, porque ele queria ficar de olho na irmã.

A chegada de Carrington à nossa casa pareceu dar um estímulo muito necessário em Gretchen. Ninguém tinha dúvida de que as duas se adoravam.

Vestida de roxo e cor de rosa, com o cabelo loiro-claro preso por um grande laço brilhante em um rabo de cavalo alto, Carrington parecia uma modelo de alta costura com nove anos de idade. Ela trazia o buquê da noiva, a versão menor feita para Liberty jogar.

"Acho que eu vou jogar esta coisa", Carrington anunciou. "Liberty não arremessa tão bem quanto eu."

Gretchen se aproximou, exultante.

"Você foi a noiva mais linda que eu já vi", ela disse, abraçando Liberty. "O que você vai usar como roupa de despedida?"

"Esta é minha roupa de despedida", Liberty respondeu.

"Você vai usar calças?"

"É um conjunto Escada, tia Gretchen", eu disse. "Tem muito estilo."

"Você precisa de mais joias", Gretchen disse para Liberty. "Essa roupa é muito comum."

"Eu não tenho muitas joias", Liberty disse, sorrindo.

"Você tem um anel de diamante do tamanho de uma maçaneta", eu comentei. "Já é um começo."

Eu ri diante da reação constrangida de Liberty por causa do anel de noivado, que ela julgava grande demais. É claro que meu irmão Jack ajudou a deixar Liberty pouco à vontade quando apelidou o diamante de "pedra de estimação".

"Você precisa de uma pulseira", Gretchen declarou, decidida, e estendeu alguma coisa dentro de uma bolsinha de veludo. "Pegue isto, Liberty. Algo barulhento, para as pessoas saberem que você está chegando."

Liberty abriu a bolsa com cuidado, e senti meu coração apertar quando vi o que era: a pulseira de ouro que Gretchen usava desde sempre, adornado com os berloques que ela recolheu em todos os lugares exóticos por onde passou ao longo da vida.

Ela tinha prometido me dar aquela pulseira quando eu tinha cinco anos de idade.

Eu lembrava do dia exato — ela tinha me comprado um conjunto infantil completo de ferramentas, que vinha com um cinto de couro com bolsos e prendedores. E eram ferramentas de verdade, de trabalho, e incluíam um grampo-sargento, serrote, furador, alicate, nível, martelo, oito chaves-inglesas e um conjunto de chaves Phillips.

Assim que mamãe me viu colocando o cinto de ferramentas, ela fez uma careta. Ela abriu a boca para falar, mas antes de a primeira sílaba sair, eu soube que ela iria dizer para tia Gretchen pegar o presente de volta. Então eu agarrei um punhado de ferramentas e corri para o papai, que naquele instante entrava na sala de estar.

"Olha o que a tia Gretchen trouxe para mim!"

"Veja só que legal!", papai exclamou, sorrindo primeiro para Gretchen, depois para minha mãe. O sorriso ficou duro quando ele viu o rosto da esposa.

"Gretchen", minha mãe disse, ríspida. "Eu gostaria de ser consultada na próxima vez em que você comprar um presente para minha filha. Não estou planejando criar uma operária da construção civil."

Eu parei de saltitar na mesma hora.

"Não vou devolver", eu falei.

"Não responda para sua mãe", papai ralhou.

"Minha nossa", Gretchen exclamou, "são brinquedos, Ava. Haven gosta de fazer coisas. Não há nada de errado nisso."

A voz da minha mãe soou toda espinhosa.

"Sou eu quem decide o que é melhor para minha filha, Gretchen. Se você entende tanto de crianças, deveria ter tido as suas."

Ela saiu pisando duro, passando por mim e pelo meu pai, deixando um silêncio gelado em seu rastro. Gretchen suspirou, balançando a cabeça enquanto olhava para meu pai.

"Posso ficar com as ferramentas?", perguntei.

Papai me deu um olhar exasperado e foi atrás da minha mãe.

Eu me aproximei devagar da tia Gretchen, as mãos apertadas à minha frente. Ela estava em silêncio, mas eu sabia o que tinha que fazer. Eu tirei o cinto de ferramentas e o coloquei com cuidado de volta na caixa.

"Acho que você deveria ter me dado um conjunto de chá", eu disse, carrancuda. "Pode levar, tia Gretchen. Ela não vai me deixar brincar com isso, mesmo."

Gretchen bateu em seu joelho e eu subi no colo dela, envolvendo-me nos aromas de talco, laquê e perfume Rive Gauche. Vendo como eu estava encantada com sua pulseira de berloques, ela a tirou e me deixou segurá-la. Ela comprava um novo berloque toda vez que viajava para um lugar novo. Eu vi uma Torre Eiffel pequenina, um abacaxi do Havaí, um fardo de algodão de Memphis, um toureiro com a capa esvoaçante, esquis de neve cruzados de New Hampshire e muitos outros.

"Algum dia", Gretchen falou então, "eu vou dar esta pulseira para você. E você vai poder pendurar seus próprios berloques."

"Eu vou conhecer tantos lugares quanto você, tia Gretchen?"

"Talvez você não queira. Pessoas como eu só viajam porque não têm motivos para ficar parada num lugar."

"Quando eu for grande", eu disse, "eu *nunca* vou ficar parada."

Gretchen tinha se esquecido da promessa, eu pensei. Não era culpa dela. Ela vinha esquecendo de muitas coisas ultimamente. *Tudo bem*, eu pensei. *Deixe para lá*. Mas eu conhecia a história por trás de cada berloque. E parecia que Gretchen estava tirando de mim aqueles pedaços de memória e dando para Liberty. De algum modo, consegui forçar um sorriso e o mantive.

Minha tia transformou em espetáculo o ato de prender a pulseira no pulso de Liberty. Carrington dançava em volta das duas, agitada, enquanto pedia para ver os berloques. Meu sorriso não parecia fazer parte do meu rosto. Ele ficou pendurado ali como um quadro na parede, suspenso por fios e tachas.

"Acho que deveria estar fazendo alguma coisa com isto", eu disse casualmente, pegando o véu da cama e o pendurando no braço. "Sou uma péssima madrinha, Liberty. Você devia me despedir."

Ela me deu um olhar rápido. Apesar da minha máscara de alegria, Liberty percebeu algo que a fez parecer preocupada.

Quando nós todas saímos do quarto, Carrington e Gretchen foram na frente e Liberty me deteve com um leve toque no braço.

"Haven", ela sussurrou, a pulseira tilintando, "isto aqui era para ser seu algum dia?"

"Oh, não, não", eu disse sem hesitar. "Não sou fã de pulseiras com berloques. Eles ficam enroscando nas coisas."

Nós descemos pela escada, enquanto Gretchen e Carrington ficaram esperando o elevador.

Quando chegamos ao último degrau, alguém se aproximou com passos longos e tranquilos. Eu levantei o rosto e vi um par de extraordinários olhos azuis. Um arrepio de alerta me percorreu quando ele parou junto ao pilar do corrimão, onde se apoiou, bem à vontade. Meu rosto ficou branco-aspirina. Era ele, o cara da adega. O Sr. Operário-de-smoking, grande, sexy e atrevido como um cachorro de ferro-velho. Ele me deu um olhar breve e impessoal, e logo sua atenção se concentrou em Liberty.

Para minha surpresa, Liberty não olhou para ele com espanto nem curiosidade, apenas com um sorriso resignado. Ela parou e cruzou os braços à frente do peito.

"Um pônei de presente de casamento?"

Um sorriso delineou os grandes lábios.

"Carrington gostou do animal quando nós fomos cavalgar", o sotaque dele soou um pouco mais pronunciado do que quando estávamos na adega, com aquela característica arrastada que costuma se ouvir em cidades pequenas ou estacionamentos de trailer. "Eu pensei que você já tinha tudo de que precisava, então comprei uma coisinha para sua irmã."

"Você sabe quanto custa para manter essa 'coisinha'?", Liberty perguntou sem se alterar.

"Eu pego de volta, se você quiser."

"Você sabe que Carrington nunca nos perdoaria. Você deixou meu marido em uma situação difícil, Hardy."

O sorriso dele tornou-se levemente irônico.

"Você sabe que eu detesto ouvir isso."

Hardy.

Eu virei o rosto para o lado e fechei os olhos bem apertado, só por um segundo. Merda. Que... merda! Eu não só tinha beijado um homem que não era meu namorado, mas acontece que esse homem era um inimigo da família. O pior inimigo do meu irmão, que tinha arruinado de propósito um imenso negócio de biocombustível que significava muito para Gage — pessoal e profissionalmente.

Pelo que eu sabia, Hardy Cates tinha sido apaixonado por Liberty, mas ele sumiu e partiu o coração dela, e agora tinha voltado para arrumar mais confusão.

Era o que esse tipo de homem fazia.

Era humilhante perceber que ele não tinha se sentido atraído por mim, que a proposta dele na adega teve o objetivo de ser mais um golpe contra os Travis. Hardy Cates queria constranger a família, e não via nenhum problema em me usar para isso.

"Haven", Liberty disse, "este é um velho amigo meu. Hardy Cates, esta é minha cunhada, Haven Travis."

"Srta. Travis", ele cumprimentou.

Eu me obriguei a olhar para ele. Seus olhos eram de um incrível azul-sobre-azul em uma pele curtida pelo sol. Embora ele estivesse impassível, reparei nas minúsculas linhas de riso que partiam dos cantos daqueles olhos. Ele estendeu a mão, mas não consegui apertá-la. Eu senti medo do que poderia acontecer, de como poderia me sentir, se eu o tocasse outra vez.

Sorrindo da minha hesitação, Hardy falou com Liberty enquanto seu olhar permanecia cravado no meu.

"Sua cunhada parece um pouco indócil, Liberty."

"Se você veio para fazer uma cena...", ela começou, calma.

Hardy desviou o olhar para ela.

"Não, senhora. Só queria lhe desejar tudo de bom."

A expressão dela se suavizou e Liberty apertou brevemente a mão dele. "Obrigada."

Uma nova voz entrou na conversa.

"Olá!", era meu irmão Jack, parecendo tranquilo. Mas havia um brilho em seus olhos pretos que avisava, em silêncio, de problemas se aproximando. "Sr. Cates, fui avisado que você não está na lista de convidados. Então, tenho de lhe pedir que saia."

Hardy o mediu com o olhar.

No silêncio que se seguiu, senti cada músculo do meu corpo se enrijecer, enquanto rezava em silêncio para que uma briga não irrompesse no casamento do meu irmão Gage. Olhei para Liberty e vi que ela tinha ficado pálida. Eu pensei, rancorosa, que Hardy Cates era um maldito egoísta, por aparecer no casamento dela daquele modo.

"Sem problemas", Hardy disse com uma insolência relaxada. "Já consegui o que eu queria."

"Deixe-me acompanhá-lo até a saída", Jack falou.

Liberty e eu soltamos a respiração quando eles se foram.

"Espero que ele vá embora antes que o Gage o veja", disse Liberty.

"Pode deixar que o Jack vai cuidar disso", então eu entendi por que ela tinha escolhido meu irmão em vez daquele malandro. "Dá para ver que esse

Cates é um sujeito ambicioso", eu observei. "Ele provavelmente conseguiria vender manteiga para uma vaca."

"Hardy é ambicioso", Liberty admitiu. "Mas ele veio do nada. Se você soubesse as coisas que ele teve que superar...", ela suspirou. "Aposto que em menos de um ano ele vai estar casado com alguma debutante de River Oaks, alguém que irá ajudá-lo a chegar ao topo."

"Ele vai precisar de muito dinheiro para isso. Nós, debutantes de River Oaks, somos caras."

"De todas as coisas que ele quer", Liberty concluiu, "dinheiro é a mais fácil de conseguir."

Carrington correu até nós, tendo finalmente descido com o elevador.

"Vamos", ela chamou, agitada. "Todo mundo está saindo. Os fogos de artifício vão começar!"

Era só o que me faltava, pensei. Mais um espetáculo.

Na manhã seguinte eu estava fazendo minha mala no quarto quando Nick entrou. Nós ficamos em quartos separados durante a estadia em River Oaks, o que Nick alegou ser o correto, porque ele disse que de modo nenhum iria tocar em mim enquanto estivéssemos sob o mesmo teto que meu pai.

"Ele é velho e tem metade do seu tamanho", eu brinquei com Nick, rindo. "O que você acha que ele vai fazer, bater em você ou algo do tipo?"

"É o 'algo do tipo' que me assusta", Nick respondeu.

Assim que entrou no quarto, percebi que Nick tinha conversado com meu pai. O nervosismo era evidente em seu rosto. Ele não era o primeiro homem a ficar daquele jeito depois de uma conversa em particular com Churchill Travis.

"Eu lhe disse", eu falei. "Meu pai é impossível. Ele não te aceitaria de jeito nenhum, não importa o quão maravilhoso você possa ser."

"Possa ser?", ele me dirigiu um olhar engraçado.

"Seja", eu o envolvi com meus braços e deitei a cabeça em seu peito. "O que ele disse?", sussurrei.

"Basicamente, uma variação do tema 'nem um centavo' ", Nick afastou minha cabeça para trás e olhou para mim. "Eu disse para ele que você sempre estaria em primeiro lugar, sempre. Que eu iria ganhar o bastante para cuidar de você. Eu disse que só queria a aprovação dele para que não houvesse conflito entre mim e sua família."

"Os Travis adoram um conflito", eu disse.

Um sorriso brilhou em seus olhos cor de mel, uma mistura de verde, dourado e castanho. No alto das bochechas dele havia um toque de cor, resquícios do confronto com meu pai-buldogue. O sorriso sumiu dos olhos dele enquanto Nick alisava meu cabelo, sua mão descrevendo com delicadeza a curva da minha nuca. Ele estava atraente, sério e preocupado.

"É isso mesmo que você quer, Haven? Eu não conseguiria conviver comigo mesmo se fizesse algo que te prejudicasse."

A emoção fez minha voz tremer.

"A única coisa que me faria mal seria você deixar de me amar."

"Isso não é possível. Você é a mulher da minha vida, Haven. Sempre vai ser", ele baixou a cabeça e sua boca tomou a minha em um beijo longo, lento. Eu respondi com avidez, colando meu corpo ao dele.

"Ei", ele disse em voz baixa. "O que você acha de sairmos daqui e nos casarmos?"

········· CAPÍTULO 3 ·········

Ao contrário da minha expectativa de uma fuga para casar em uma cerimônia furtiva celebrada por Elvis em Las Vegas, havia hotéis na Flórida, no Havaí e no Arizona que ofereciam "pacotes de fuga" que incluíam o serviço de casamento, a estadia no hotel, massagens e pensão completa. Gage e Liberty pagaram nossa fuga para o arquipélago de Florida Keys — foi o presente de casamento deles para mim e Nick.

Um vez que tinha assumido uma posição contrária ao meu casamento com Nick, papai cumpriu sua ameaça de me cortar da vida dele. Nada de dinheiro nem comunicação.

"Uma hora ele vai ceder", meus irmãos disseram, mas eu respondi, enfática, que não queria que meu pai cedesse. Eu já tinha aguentado demais o jeito controlador dele, o suficiente por toda uma existência.

Liberty e eu tivemos nossa primeira discussão quando ela tentou me dizer que Churchill ainda me amava e sempre amaria.

"Claro que ama", eu rebati. "Como um peão, uma criança. Mas como adulta, com minhas próprias opiniões e preferências... não. Ele só ama quem passa a vida tentando agradá-lo."

"Ele precisa de você", Liberty insistiu. "Algum dia..."

"Não, ele não ama", eu cortei. "Ele tem você!", era injusto da minha parte descontar nela, e eu sabia disso, mas não consegui me segurar. "Seja você a boa filha", eu disse, impulsiva. "Eu já o aguentei demais."

Demorou muito tempo até que eu e Liberty nos falássemos de novo.

Nick e eu nos mudamos para Plano, ao norte de Dallas, onde Nick começou a trabalhar como orçamentista em uma empreiteira. Não era algo que ele quisesse fazer para sempre, mas o pagamento era bom, principalmente das horas extras. Eu consegui um emprego básico como coordenadora de marketing do Hotel Darlington, o que significava que eu ajudava o diretor de comunicações com projetos de marketing e relações públicas.

O Darlington era um hotel moderno e avançado, que tinha uma estrutura única e elíptica, o que por si só já seria bem fálico, mas que ainda foi revestido de granito cor-de-rosa. Talvez essa sugestão subliminar tenha sido responsável, em parte, pelo Darlington ser eleito o hotel mais romântico de Dallas.

"O povo de Dallas e sua arquitetura", eu zombei com Nick. "Todo prédio desta cidade parece um pênis ou uma caixa de cereal."

"Você gosta do cavalo vermelho voador", Nick retrucou.

Eu tive que admitir que ele tinha razão. Eu tinha um fraco por aquele Pégaso de neon, um ícone que estava encarapitado no alto do edifício Magnólia desde 1934. Ele conferia um bocado de personalidade a um horizonte estéril.

Eu não sabia muito bem o que pensar de Dallas. Comparada a Houston, tinha um ar minimalista, cosmopolita, bem encaixado. Poucos chapéus de caubói, educação muito melhor. E Dallas era politicamente mais consistente do que Houston, cuja política oscilava drasticamente de eleição para eleição.

Dallas, tão cheia de bom gosto e comportamento, parecia que tinha que provar alguma coisa, como uma mulher que se preocupa demais com o que vestir em um segundo encontro. Talvez isso tivesse algo a ver com o fato de que, ao contrário da maioria das grandes cidades do mundo, ela não tinha um porto. Dallas ganhou importância na década de 1870 quando duas ferrovias, a *Houston and Texas Central* e a *Texas and Pacific*, se encontraram e cruzaram em um ângulo de noventa graus, transformando, assim, a cidade em um grande centro comercial.

Toda a família do Nick vivia em Dallas ou nos arredores. Os pais dele tinham se divorciado e casado com outras pessoas quando ele ainda era garoto. Em meio a todos os meios-irmãos, e os irmãos e irmãs por afinidade, além dos irmãos de sangue, eu tinha dificuldade em saber quem era quem. Isso não parecia ter importância, contudo, porque nenhum deles era muito próximo.

Nós compramos um apartamento pequeno com duas vagas de garagem e uma piscina comum. Eu decorei o imóvel com mobília contemporânea, colorida e barata, e adicionei cestas e peças de cerâmica mexicana. Na nossa sala de estar, eu pendurei uma imensa reprodução de um antigo pôster de viagem, que mostrava uma garota de cabelo castanho segurando uma cesta de frutas debaixo de um letreiro que dizia "Visite o México: Terra do Esplendor".

"É o nosso estilo especial", eu disse para Nick quando ele reclamou que nossos móveis eram uma porcaria e reclamou que não gostava de decoração estilo sudoeste. "Eu chamo de 'Ikea Loco'. Acho que acabei de inventar um novo estilo e logo todo mundo vai nos copiar. Além disso, é o que nós podemos pagar."

"Nós poderíamos pagar um maldito palácio", Nick respondeu, azedo, "se o seu pai não fosse tão cuzão."

Eu fiquei chocada com aquela demonstração de hostilidade, um ataque relâmpago que pareceu vir do nada. Minha alegria com o apartamento era uma irritação para Nick. Eu estava brincando de casinha, foi o que ele me disse. Ele queria ver se eu continuaria feliz depois de viver durante algum tempo como classe média.

"É claro que vou continuar feliz", eu disse. "Eu tenho você. Não preciso de uma mansão para ser feliz."

Às vezes, Nick parecia estar muito mais afetado pela mudança nas minhas circunstâncias do que eu mesma. Ele dizia que se ressentia do nosso orçamento apertado por minha causa. Ele detestava não termos condição de bancar um segundo carro.

"Eu não me importo", eu falei, e isso o deixou mais bravo, porque se ele se importava, eu também deveria me importar.

Depois que as tempestades passavam, contudo, a paz voltava ainda mais doce. Nick me telefonava no trabalho pelo menos duas vezes por dia só para ver como eu estava. Nós nos falávamos o tempo todo.

"Eu quero que a gente conte tudo um para o outro", ele disse uma noite, quando estávamos no meio de uma garrafa de vinho. "Meus pais sempre tiveram segredos. Eu e você devemos ser completamente abertos e honestos."

Eu adorava aquela ideia — na teoria. Na prática, entretanto, era demais para minha autoestima. Honestidade total, como acabei vendo, nem sempre era bondosa.

"Você é tão bonita", Nick me disse uma noite, depois que fizemos amor. Ele passeou a mão pelo meu corpo, subindo pela curva delicada do meu peito. Eu tinha seios pequenos, que não enchiam muito bem um bojo. Nick tinha reclamado, brincando, da minha falta de atributos, dizendo que pagaria implantes para mim, se um par de peitões não ficasse ridículo em uma mulher tão baixa e magra quanto eu. Seus dedos chegaram ao meu rosto, acompanhando a curva da minha face. "Grandes olhos castanhos... narizinho arrebitado... uma boquinha linda. Não importa que você não tenha corpo."

"Eu tenho corpo", eu disse.

"Eu quis dizer peitos."

"Eu tenho isso também. Eles só não são grandes."

"Bem, eu te amo de qualquer jeito."

Eu queria comentar que Nick também não tinha um corpo perfeito, mas eu sabia que isso daria início a uma briga. Ele não reagia bem a críticas, mesmo quando delicadas e bem-intencionadas. Nick não estava acostumado a ter seus defeitos apontados. Eu, por outro lado, tinha sido criada com uma dieta contínua de críticas e avaliações.

Mamãe sempre me contava histórias das filhas de suas amigas, detalhando como as meninas se comportavam bem, como elas ficavam lindamente sentadas quietas durante as aulas de piano, ou como faziam flores de lenços de papel para suas mães, ou exibiam os últimos passos de balé. Eu desejava com todo meu coração, nessas ocasiões, que pudesse ser um pouco mais parecida com essas garotinhas encantadoras, mas eu não conseguia deixar de me rebelar contra a tentativa de me transformar na versão mirim de Ava Travis. E então ela morreu, deixando-me com uma montanha de culpas e nenhum modo de expiá-las.

Nossos feriados — o primeiro Dia de Ação de Graças, o primeiro Natal, o primeiro Ano Novo — foram silenciosos. Nós ainda não tínhamos ingressado em nenhuma igreja, e parecia que todos os amigos de Nick, aqueles que ele dizia serem sua família, estavam ocupados com suas próprias famílias. Eu me dediquei à preparação do jantar de Natal como se fosse um projeto de ciências. Estudei livros de culinária, fiz diagramas, arrumei cronômetros, medi ingredientes e cortei carne e vegetais nas dimensões corretas. Eu sabia que o resultado dos meus esforços eram razoáveis, mas não notáveis, mesmo assim Nick disse que foi o melhor peru, o melhor purê de batatas e a melhor torta de noz-pecã que ele já tinha comido.

"Deve ser porque você me viu com pegadores de panelas nas mãos", eu brinquei.

Nick começou a distribuir beijos barulhentos pelo meu braço como se ele fosse o Pepe Le Gambá dos desenhos animados.

"*Vozê é uma diuza da cuzinha*", ele imitou um sotaque francês.

O Darlington tinha ficado tão cheio durante as festas de fim de ano que eu tive que fazer hora extra, enquanto o trabalho de Nick diminuiu até o Ano Novo. Com nossos horários fora de sincronia, Nick ficou tomando conta de casa, o que o deixou irritado e reclamando sem parar de que não tinha tempo para mais nada. Nenhuma tarefa era concluída... o apartamento estava sempre uma bagunça, raramente tinha comida na geladeira e sempre havia pilhas de roupa suja.

"Não temos condição de levar todas as minhas camisas para o tintureiro", Nick disse no dia seguinte ao Natal. "Você vai ter que aprender a passar."

"Eu?", eu nunca tinha passado uma peça de roupa na vida. Passar bem uma camisa era um dos mistérios do universo, semelhante a buracos negros e matéria escura. "Por que você não pode passar suas próprias camisas?"

"Eu preciso da sua ajuda. É demais pedir que você me dê uma mão com as minhas roupas?"

"Não, é claro que não. Desculpe. Eu só não sei o que fazer. Tenho medo de estragar suas camisas."

"Eu vou lhe mostrar como é. Você vai aprender", Nick sorriu e me deu um tapa no traseiro. "Você só precisa entrar em contato com sua Martha Stewart interior."

Eu respondi que sempre mantive minha Martha Stewart interior acorrentada no porão, mas que por ele eu a libertaria.

Nick foi muito paciente enquanto me mostrava com exatidão o passo a passo de como gostava que suas camisas fossem engomadas e passadas. Ele foi muito específico nos detalhes. A princípio foi divertido, do mesmo modo que assentar azulejos é divertido quando você aplica o primeiro... até ter que encarar um banheiro inteiro. Ou uma cesta de roupa suja cheia de camisas. Não importava o quanto eu tentasse, parecia que eu nunca deixava as camisas do jeito que Nick gostava delas.

Minha técnica no ferro de passar se tornou o foco de uma inspeção quase diária. Nick ia até o armário, examinava a fileira de roupas passadas e me dizia no que eu tinha errado.

"Você precisa passar as bordas mais devagar para tirar todos os vincos", ou, "Você precisa seguir as costuras da cava do braço." "Você precisa usar menos goma." "As costas não estão lisas o bastante."

Exasperada e derrotada, eu finalmente decidi usar meu dinheiro pessoal — nós dois separávamos quantias iguais para gastar por semana — para que as camisas de Nick fossem lavadas e passadas profissionalmente. Eu pensei que era uma boa solução, mas quando Nick deparou-se com uma fileira de camisas penduradas dentro de sacos plásticos no armário, ele ficou puto da vida.

"Eu pensei que nós tivéssemos concordado", ele disse, seco, "que você ia aprender a passar as camisas."

"Eu usei meu dinheiro pessoal", expliquei com um sorriso conciliador. "Eu sou deficiente de ferro. Talvez devesse tomar um multivitamínico."

Ele se recusou a retribuir o sorriso.

"Você não está se esforçando."

Mal conseguia acreditar que nós estávamos brigando por algo tão banal quanto camisas. Não era, de fato, pelas camisas. Talvez ele achasse que eu não estava contribuindo o bastante com a relação. Talvez eu precisasse ser mais amorosa, ou apoiá-lo mais. Ele estava passando por muito estresse. Estresse dos feriados, do trabalho, de ser recém-casado.

"Eu vou me esforçar mais", eu disse. "Mas, amor,... tem alguma outra coisa te incomodando? Algo de que deveríamos falar, além de passar camisas? Você sabe que eu faria qualquer coisa por você."

Nick me encarou com frieza.

"Tudo que eu preciso é que você faça alguma coisa certa para variar."

Eu fiquei com raiva por cerca de dez minutos. Depois disso, fui dominada pelo medo. Eu estava fracassando no casamento, a coisa mais importante que eu já tinha tentado fazer.

No dia seguinte, telefonei para o Todd, que foi compreensivo e disse que todo mundo tem discussões idiotas com o cônjuge. Nós concordamos que aquilo fazia parte de um relacionamento normal. Eu não ousei conversar com ninguém da minha família, porque eu preferia morrer a deixar meu pai suspeitar que o casamento não ia bem.

Eu pedi desculpas de modo humilhante.

"Não, a culpa foi minha", ele afirmou, passando os braços ao meu redor com um abraço firme e caloroso. Ganhar o perdão dele foi um alívio tão grande que senti lágrimas aflorando nos meus olhos. "Estou exigindo muito de você", ele continuou. "Você não consegue escapar à forma como foi criada. Nunca ninguém esperou que você fizesse algo pelos outros. Mas, no mundo real, é nos pequenos gestos, nas pequenas coisas que você mostra para um cara que você o ama. Eu gostaria que você se esforçasse mais", ele massageou meus pés depois do jantar e pediu que eu parasse de me desculpar.

No dia seguinte, vi uma nova lata de spray de engomar no armário da lavanderia. A tábua de passar tinha sido montada para mim, para que eu pudesse praticar enquanto Nick começava o jantar.

Uma noite nós saímos com outros dois casais, colegas de trabalho de Nick lá da empreiteira e suas respectivas esposas. Eu fiquei animada por ter alguma atividade social. Tinha sido uma surpresa descobrir que, embora Nick tivesse crescido em Dallas, ele não tinha velhos amigos para me apresentar. Todos haviam se mudado, e não valia a pena esquentar a cabeça com os que ficaram, foi o que ele me disse. Eu estava ansiosa para fazer amizades em Dallas, e queria causar uma boa impressão.

Na hora do almoço, eu fui até o salão de beleza do hotel e pedi que uma das cabeleireiras cortasse vários centímetros do meu cabelo comprido. Quando ela terminou, o chão estava coberto de mechas onduladas pretas e meu cabelo estava médio e sedoso.

"Você não devia deixar seu cabelo ficar mais comprido que isto", a cabeleireira me aconselhou. "Do jeito que estava, era pesado demais para uma mulher delicada como você. Estava escondendo seu rosto."

Eu não tinha comentado com Nick que ia cortar o cabelo. Ele o adorava comprido, e eu sabia que ele teria tentado me convencer a não cortar. Além disso, pensei que quando ele visse como tinha ficado bom — para não dizer que era bem mais fácil de cuidar —, Nick mudaria de ideia.

Assim que me pegou, Nick armou uma carranca.

"Parece que alguém andou ocupada hoje", ele apertava os dedos no volante.

"Você gostou? A sensação é ótima", eu balancei a cabeça de um lado para outro, como uma modelo de shampoo. "Estava na hora de dar uma boa aparada."

"Isso não é uma aparada! A maior parte do seu cabelo sumiu", cada palavra vinha carregada de decepção e reprovação.

"Eu cansei da minha aparência universitária. Acho que assim fica mais profissional."

"Seu cabelo longo era especial. Agora ficou comum."

Eu senti como se alguém tivesse injetado uma seringa de ansiedade líquida nas minhas veias.

"Sinto muito se você não gostou, mas dava muito trabalho. E o cabelo é meu, afinal."

"Bem, sou eu quem tenho que olhar para você todos os dias."

Senti que minha pele encolhia, até meu corpo ficar comprimido dentro de um envelope apertado.

"A cabeleireira disse que o cabelo estava escondendo o meu rosto."

"Fico feliz que você e ela pensam que o mundo precisa ver mais da sua maldita cara", ele murmurou.

Eu aguentei cerca de quinze minutos de um silêncio espesso, sufocante, enquanto Nick dirigia em meio ao tráfego das seis horas. Nós estávamos indo direto para o restaurante encontrar os amigos dele.

"A propósito", Nick disse bruscamente, "para que você não fique surpresa, eu disse às pessoas que seu nome é Marie."

Eu fiquei encarando o perfil dele totalmente confusa. Marie era meu nome do meio, que nunca era usado, a menos que eu estivesse encrencada. O som de "Haven Marie" sempre tinha sido um sinal garantido de que alguém tinha jogado merda no ventilador.

"Por que você não disse para eles o meu primeiro nome?", eu consegui perguntar.

Nick não olhou para mim.

"Porque faz você parecer uma caipira."

"Eu gosto do meu primeiro nome. Eu não quero ser Marie. Eu quero..."

"Jesus! Será que eu não posso ter uma mulher normal com um nome normal?", ele estava ficando vermelho, com a respiração pesada, e o ar ficou carregado de hostilidade.

A situação toda parecia irreal. Eu estava casada com um homem que não gostava do meu nome. Ele nunca tinha dito nada a respeito até então. *Esse não é o Nick*, disse para mim mesma. O Nick verdadeiro é o cara com quem me casei. Olhei para ele de soslaio. Ele parecia um marido normal, exasperado. Nick estava pedindo normalidade, mas eu não sabia o que isso era.

Eu me esforcei para controlar minha respiração. Nós estávamos quase no restaurante — não podíamos entrar lá parecendo que tínhamos acabado de brigar. Eu sentia como se meu rosto estivesse revestido de vidro.

"Tudo bem", concordei. "Então vamos ser Nick e Marie esta noite."

"Ótimo", ele pareceu relaxar um pouco.

Depois daquela noite, em que tudo correu bem com os amigos dele, era difícil Nick me chamar de Haven, mesmo quando estávamos só nos dois. Ele alegou que seria muito confuso quando saíssemos com outras pessoas, se eu não estivesse acostumada a ser chamada de Marie. Eu disse para mim mesma que essa mudança de nome poderia ser boa. Eu poderia me desfazer da minha bagagem do passado. Eu podia me tornar quem eu quisesse, uma pessoa melhor. E isso agradava Nick, algo que eu queria desesperadamente fazer.

Meu nome é Marie, repetia para mim mesma. *Marie, a mulher casada que mora em Dallas, trabalha no Darlington e sabe como passar a ferro uma camisa*. Marie, cujo marido a amava.

Nosso casamento era como uma máquina que eu tinha aprendido a operar, mas que nunca compreendi os mecanismos internos que a faziam funcionar. Eu sabia como fazer as coisas que a mantinham rodando sem problemas, com todos os pequenos e grandes detalhes que mantinham Nick nivelado. Quando Nick estava feliz, eu era recompensada com afeto. Mas quando alguma coisa o incomodava, ele ficava rabugento ou irritado. Às vezes, demorava dias para eu conseguir fazer com que ele recuperasse o bom humor. O temperamento volúvel dele era o termostato que regulava nosso lar.

Quando começamos a nos aproximar de nosso primeiro aniversário de casamento, eu me dei conta de que os dias ruins do Nick — os dias em que eu precisava ser compreensiva e contrabalançar cada uma das pequenas injustiças que ele sofria — eram mais numerosos que os dias bons. Eu não sabia como consertar isso, mas suspeitei que a culpa fosse minha. Eu sabia que outros casamentos eram diferentes, que as mulheres não precisavam ficar sempre preocupadas em prever as necessidades do marido nem estavam sempre pisando em ovos. Com certeza, o casamento dos meus pais não tinha sido assim. E se tivesse sido, ainda assim a casa girava ao redor das necessidades e vontades da minha mãe, e era meu pai que aparecia de vez em quando para agradá-la.

Nick nutria uma raiva cada vez mais profunda da minha família, culpava meu pai por não nos dar dinheiro para comprarmos uma casa. E me pressionava a entrar em contato com ele e com meus irmãos, a pedir coisas para eles, e ficava bravo quando eu me recusava.

"Não vai adiantar nada", eu argumentava, embora isso não fosse verdade. Apesar da atitude do meu pai, meus irmãos teriam me dado qualquer coisa que eu pedisse. Principalmente Gage. Nas poucas ocasiões em que nos falamos ao telefone, ele perguntou se havia algo que podia fazer por mim e Nick, e eu respondi que não, de modo algum, que tudo estava ótimo. Eu receava dar alguma pista para o Gage de como a situação realmente estava. Se ele puxasse uma ponta, eu podia me desfazer por completo.

"Seu pai vai ter que começar a fazer algo por nós quando tivermos filhos", Nick me disse. "Seria um constrangimento público para ele ter netos vivendo num barraco caindo aos pedaços. Aí ele vai ter que soltar algum dinheiro, aquele pão-duro desgraçado."

Eu ficava preocupada com o fato de que Nick parecia ver nossos futuros filhos como ferramentas que seriam usadas para abrir os cofres da família Travis. Eu sempre planejei ter filhos quando me sentisse pronta, mas aquela situação não tinha como acomodar um bebê cheio de dificuldades e exigências. Eu não conseguia manter feliz nem meu marido difícil e exigente.

Eu nunca tive problemas para dormir, mas comecei a ter sonhos que me acordavam à noite, o que me deixava exausta no dia seguinte. Mas se eu ficava me revirando na cama, Nick também acordava, então com frequência eu ia para o sofá no meio da noite, e ficava tremendo debaixo de uma manta. Eu sonhava que perdia meus dentes, que caía de prédios altos.

"Foi tão esquisito", eu comentei com Nick certa manhã enquanto ele tomava café, "esse sonho que tive a noite passada. Eu estava em algum parque, caminhando sozinha, e aí minha perna direita caiu. Sem sangue nem nada. Era como se eu fosse uma boneca Barbie. Eu fiquei tão nervosa, imaginando como faria para andar sem aquela perna, e então meu braço quebrou no cotovelo, e eu o peguei e tentei encaixar no lugar, enquanto pensava, 'eu preciso deste braço, eu tenho que encontrar alguém para consertar isso.' Então..."

"Você já tomou sua pílula esta manhã?", Nick me interrompeu.

Eu tomava anticoncepcional desde que nós começamos a dormir juntos.

"Não", respondi, "eu sempre tomo depois do café da manhã. Por quê? Você acha que os hormônios podem estar me dando pesadelos?"

"Não, eu acho que você mesma é a causa dos seus pesadelos. Eu perguntei porque acho que está na hora de você parar com a pílula. Nós deveríamos começar a ter filhos enquanto somos jovens."

Eu o encarei. Uma onda enorme de relutância passou por mim, com todas as células do meu corpo resistindo à ideia de um grande desamparo alimentado por hormônios que tornaria tudo impossível. Mas eu não podia dizer não. Isso desencadearia um mau humor que duraria dias. Eu tinha que achar um jeito de fazer Nick mudar de ideia.

"Você acha mesmo que estamos prontos?", perguntei. "Acho que é melhor nós economizarmos algum dinheiro antes."

"Não precisamos fazer isso. Seu pai vai ficar muito mais razoável quando descobrir que Gage e Liberty não são os únicos que podem produzir um bebê."

Percebi, então, que Nick tinha menos interesse no bebê em si do que na utilidade que a criança teria para manipular Churchill Travis. Será que ele sentiria algo diferente quando o bebê nascesse? Ele seria um daqueles pais que se derretem com a visão da pessoinha que ajudou a trazer para o mundo?

Por mais que tentasse imaginar, eu não conseguia visualizar Nick com a paciência necessária para lidar com um bebê gritando, uma criança bagunceira, um filho carente. Eu ficava assustada só de pensar em como estaria presa a ele, como seria dependente dele se tivéssemos um filho juntos.

Entrei no banheiro para me aprontar para o trabalho; passei rímel nos cílios e brilho nos lábios. Nick veio atrás e começou a remexer na variedade de cosméticos e produtos para cabelo que eu mantinha sobre a bancada. Ele encontrou o frasco de plástico com as minhas pílulas anticoncepcionais e o abriu, revelando o disco com comprimidos de cor pastel.

"Você não precisa mais disto", ele jogou as pílulas no lixo.

"Eu tenho que terminar o ciclo", protestei. "E normalmente, antes de tentar engravidar, a mulher tem que fazer um check-up..."

"Você é saudável. Deve estar bem", ele pôs a mão no meu ombro e me forçou a levantar quando me curvei para resgatar as pílulas do lixo. "Não pegue."

Uma risada de incredulidade espocou da minha garganta. Eu tinha sido condicionada, ao longo de meses, a tolerar os caprichos de Nick em nome da harmonia, mas aquilo era demais. Eu não seria forçada a ter um bebê que nenhum de nós estava pronto para criar.

"Nick, eu prefiro esperar", peguei uma escova de cabelo e comecei a pentear meu cabelo embaraçado. "E este não é um bom momento para conversarmos sobre filhos, com os dois se aprontando para o trabalho e..."

"Eu decido sobre o que nós conversamos e quando!", a intensidade explosiva da voz dele me assustou e eu deixei a escova cair. "Eu não sabia que precisava marcar uma droga de reunião com você para falar da nossa vida pessoal!"

Eu fiquei branca com o susto; meu coração batia em ritmo violento. "Nick..."

"Você alguma vez já pensou em alguém ou alguma coisa além de si mesma?", a raiva contraía a garganta e os músculos do rosto dele. "É sempre o que *você* quer... sua vaca egoísta, e o que *eu* quero?"

Ele se inclinou sobre mim, enorme e furioso, e eu me encolhi contra o espelho.

"Nick, eu só...", minha boca tinha secado tanto que eu mal consegui expelir as palavras. "Eu não estou me recusando. Eu só quero... gostaria... de conversar a respeito mais tarde."

Isso me fez receber um olhar de desprezo absoluto.

"Eu não sei", ele disse. "Talvez não valha a pena conversar sobre isso. Este casamento todo não vale um peido. Você acha que me fez uma grande merda de favor casando comigo? Fui eu que te fiz um favor. Quem mais iria aguentar todas as suas cagadas?"

"Nick...", em pânico e confusa, eu o observei voltar para o quarto. Comecei a ir atrás dele, mas me segurei, com medo de enfurecê-lo ainda mais. No geral, era difícil enfurecer os homens da minha família, e depois que eles explodiam, logo passava. O temperamento de Nick era diferente, um incêndio que alimentava a si próprio, e crescia até atingir proporções muito maiores que a causa original. Neste caso, eu não sabia qual seria a melhor estratégia a seguir... se eu fosse atrás dele para me desculpar, poderia ser o mesmo que jogar gasolina no fogo. Mas se eu permanecesse no banheiro, ele poderia se ofender ainda mais por ser ignorado.

Eu decidi ficar à porta, com um pé em cada aposento, esperando por um sinal do que Nick queria. Ele foi até o armário e começou a empurrar as roupas com movimentos rápidos e violentos, à procura de uma camisa. Eu decidi recuar e voltei para o banheiro.

Minhas bochechas pareciam brancas e duras. Eu passei um pouco de blush rosa com pinceladas leves, mas o pó colorido parecia ficar depositado sobre a minha pele, sem ser incorporado. O pincel pegou a umidade do suor de nervosismo e produziu listras avermelhadas. Eu estiquei a mão para pegar uma toalhinha para limpar o rosto, e foi aí que o mundo pareceu explodir.

Nick tinha voltado e me encurralou, trazendo alguma coisa em sua mão crispada. Gritando. Jamais alguém tinha gritado na minha cara daquele jeito; com certeza nenhum homem, e aquilo foi um tipo de morte. Eu fui reduzida a um animal sendo atacado, incapaz de enxergar além da lividez do medo, congelada na incompreensão muda.

A coisa na mão dele era uma camisa listrada... que não sei como eu tinha estragado... foi um erro... mas Nick disse que era sabotagem. Eu tinha feito de propósito, ele acusou, justo quando ele precisava dela para uma reunião importante naquela manhã, e eu disse *não eu não fiz de propósito eu sinto muito*, mas cada palavra minha piorava a expressão assassina no rosto de Nick, que levou o braço para trás e o mundo pegou fogo.

Minha cabeça foi jogada para o lado, o rosto ardendo, gotículas de suor e lágrimas saíram voando. Uma imobilidade ardente veio a seguir. Parecia que as veias do meu rosto estavam enormes e latejantes.

Eu demorei para entender que Nick tinha batido em mim. Eu fiquei balançando, sem entender, usando a ponta dos dedos para explorar o lugar em que calor se transformou em torpor.

Eu não conseguia enxergar através do borrão em meus olhos, mas ouvi a voz de Nick, carregada de desprezo.

"Olha só o que você me fez fazer."

Ele voltou para o quarto.

Não sabia como reagir. Não podia fugir do apartamento. Nós só tínhamos um carro. E eu não saberia para onde ir. Eu segurei a toalhinha debaixo da água fria, sentei no vaso sanitário tampado e encostei o tecido encharcado na minha bochecha.

Eu não tinha com quem conversar. Todd não poderia me reconfortar quanto a isso, não dava para dizer que fazia parte de um relacionamento normal. Uma onda de vergonha se espalhou por mim, vazando da medula dos meus ossos... a sensação de que eu tinha feito por merecer, ou não teria acontecido. Eu sabia que isso não estava certo. Mas alguma coisa em mim, no modo como fui formada, tornava impossível fugir àquela vergonha que se espalhava. Ela estava escondida dentro de mim desde sempre, esperando para emergir. Esperando por Nick, ou por alguém como ele. Eu estava marcada com aquilo, como tinta invisível... sob a luz certa, ela aparecia.

Eu esperei imóvel enquanto Nick terminava de se arrumar para o trabalho. Eu nem me mexi quando o ouvi ligar para o Darlington e dizer que eu não iria naquele dia. Sua esposa estava doente, ele disse, pesaroso. Uma gripe ou um resfriado, ele não sabia direito. Nick parecia preocupado e afetuoso. Ele riu um pouco de alguma coisa que a pessoa no outro lado da linha disse.

"Pode deixar", ele respondeu, "eu vou cuidar bem dela."

Eu esperei até ouvir o tilintar das chaves e a porta da frente sendo fechada.

Movimentando-me como uma velha, eu enfiei a mão no lixo e peguei minhas pílulas. Tomei uma e levei água até a boca com a mão, engolindo tudo com dificuldade.

Vi a camisa listrada no chão do quarto e a coloquei sobre o colchão. Não encontrei nada de errado nela. Não consegui achar o defeito que havia enlouquecido Nick.

"O que foi que eu fiz?", perguntei em voz alta, meus dedos acompanhando as listras da camisa como se fossem barras de ferro. O que eu tinha feito de errado?

Minha vontade de agradar parecia uma doença. Eu sabia disso, e continuava mesmo assim. Eu lavei, engomei e passei a camisa listrada outra vez. Cada fio da trama de algodão estava perfeitamente liso, cada botão brilhante e imaculado. Eu a pendurei no armário e examinei todas as outras camisas, alinhei os sapatos e pendurei as gravatas de modo que todas ficassem perfeitamente alinhadas pela parte de baixo.

Quando Nick voltou para casa, o apartamento estava arrumado e a mesa posta. Eu tinha colocado uma caçarola de frango com molho ranch no forno. Era o jantar favorito dele. Mas foi difícil olhar para Nick.

Ele entrou arrependido e sorridente, com um buquê de flores mistas na mão, e me entregou a oferenda cheirosa; as pétalas farfalharam ao raspar nas camadas de papel e celofane.

"Pra você, querida", ele se inclinou para beijar minha face, a que ele tinha estapeado no começo do dia. Esse lado do meu rosto estava rosado e inchado. Fiquei imóvel enquanto a boca dele tocava minha pele. Eu queria empurrá-lo para longe de mim. Queria devolver a agressão. Mais que tudo, eu queria chorar.

Em vez disso, levei as flores para a pia e comecei a desembrulhá-las mecanicamente.

"Eu não deveria ter feito aquilo hoje de manhã", Nick disse atrás de mim. "Eu pensei em você o dia todo."

"Eu também pensei em você", pus o buquê em um vaso e o enchi com água, incapaz de encarar a tarefa de cortar e arrumar as flores.

"Foi só a gota d'água, ver o que você fez com a minha camisa."

Eu limpei o balcão devagar, descrevendo círculos pequenos com uma toalha de papel.

"Eu não entendi o que havia de errado com a camisa."

"Tinha dez vezes mais goma que o necessário. Quero dizer, eu poderia cortar uma fatia de pão com uma daquelas mangas", uma pausa longa, e então ele suspirou. "Eu exagerei na minha reação. Eu sei disso. Mas como eu disse, foi só a gota d'água. Tantas outras coisas tem me deixado maluco, e ver o que você fez com a minha camisa foi demais."

Eu me virei para encará-lo, segurando os punhos das minhas mangas longas por cima dos meus dedos, de modo que eles pareciam patas de gato.

"Que outras coisas?"

"Tudo. O modo como nós vivemos. Este lugar nunca está limpo e organizado. Nós nunca comemos uma refeição caseira. Tem sempre um monte de porcaria por todos os cantos", ele ergueu as mãos, como que para se defender, quando viu que eu ia começar a falar. "Oh, eu sei, está tudo muito bonito agora. E eu vi que você está com o jantar no forno. Eu admiro isso. É assim que deveria ser o tempo todo. Mas não dá para ser com nós dois trabalhando."

Eu logo entendi o que Nick queria. Só não entendia por que ele queria aquilo.

"Eu não posso parar de trabalhar", aleguei, entorpecida. "Nós não podemos ficar sem o meu salário."

"Eu estou para ser promovido. Nós vamos ficar bem."

"Mas... o que eu vou fazer o dia todo?"

"Ser uma esposa. Cuidar da casa. De mim. E de si mesma", ele se aproximou. "E eu vou cuidar de você. Logo, logo você vai ficar grávida. Você ia ter mesmo que parar de trabalhar. Então já pode parar agora mesmo."

"Nick, eu não acho que..."

"Nós dois estamos estressados, querida. Isso ajudaria a aliviar a pressão, e você poderia cuidar de todas essas coisas que nunca são feitas", estendendo o braço, Nick pegou delicadamente uma das minhas mãos, que levou até seu rosto. "Eu sinto muito por ter feito o que fiz esta manhã", ele murmurou, passando o rosto na minha palma. "Eu juro que nunca mais vai se repetir. Não importa o que aconteça."

"Você me assustou, Nick", eu sussurrei. "Não parecia você."

"Tem razão. Você sabe que aquele não sou eu", com carinho infinito, ele me puxou para si. "Ninguém nunca vai conseguir te amar tanto quanto eu. Você é tudo para mim. E nós vamos cuidar um do outro, certo?"

"Não sei", minha voz saiu irregular e comprimida. Eu nunca me senti tão dividida, querendo ficar e querendo fugir, sentindo amor e medo.

"Você pode arrumar outro emprego depois, se quiser", Nick emendou, parecendo razoável. "Mas vamos tentar do meu jeito. Eu quero que você seja livre, para variar."

"Por favor, não faça isso de novo, Nick", eu me ouvi sussurrar.

"Nunca", ele disse sem hesitar, beijando minha cabeça, minha orelha, meu pescoço. Com delicadeza, os dedos dele alcançaram minha face avermelhada. "Pobrezinha", ele murmurou. "Que bom que eu dei com a mão aberta, senão você estaria com um hematoma e tanto."

Capítulo 4

Pouco a pouco o casamento foi se fechando à minha volta. Primeiro, eu senti que estava no paraíso quando parei de trabalhar. Eu tinha todo o tempo do mundo para deixar o apartamento perfeito. Eu passava o aspirador no carpete de modo que as fibras de poliéster formassem listras simétricas. Cada centímetro quadrado da cozinha estava sempre limpo e brilhante. Eu passava horas estudando receitas, aprimorando minhas habilidades culinárias. Eu arrumava a gaveta de meias do Nick em fileiras organizadas por cor.

Pouco antes de ele chegar do escritório, eu passava maquiagem e trocava de roupa. Eu comecei a fazer isso depois que, certa noite, ele disse que esperava que eu não fosse uma daquelas mulheres que relaxava depois de fisgar um marido.

Se Nick fosse um babaca o tempo todo, eu não teria sido tão complacente. Foram os momentos entre os surtos que me mantiveram com ele; as noites em que ficávamos abraçados em frente à TV e assistíamos ao noticiário, quando ele inesperadamente me puxava para dançar depois do jantar, ao som da nossa música preferida. Ele sabia ser afetuoso e divertido. Ele sabia ser amoroso. E ele tinha sido a primeira pessoa, em toda a minha vida, que precisou de mim. Eu era sua plateia, seu reflexo, seu consolo, a pessoa sem a qual ele nunca seria completo. Ele tinha descoberto minha maior fraqueza; eu era uma dessas pessoas desesperadas para ser necessária, para ser importante para alguém.

Havia muita coisa no nosso relacionamento que funcionava. A parte com a qual eu tinha dificuldade de lidar era a sensação constante de desequilíbrio. Os homens da minha vida, meu pai e meus irmãos, sempre foram previsíveis. Nick, por outro lado, reagia de modo diferente, em momentos diferentes, a coisas iguais. Eu nunca sabia se algo que eu fazia seria recebido com elogios ou críticas. Isso me deixava ansiosa, sempre em busca de dicas sobre como eu deveria me comportar.

Nick se lembrava de tudo o que eu já tinha lhe contado a respeito da minha família e da minha infância, mas pintava tudo de um jeito diferente. Ele me dizia que eu nunca tinha sido amada de verdade, a não ser por ele. Ele me dizia o que na verdade eu pensava, quem na verdade eu era, e ele falava com tanta autoridade sobre mim que comecei a duvidar do meu próprio entendimento. Principalmente quando ele repetia frases típicas da minha infância... "Você precisa superar isso." "Você está exagerando." "Você leva tudo para o lado pessoal." Minha própria mãe tinha dito essas coisas para mim, e agora Nick as repetia.

Ele explodia sem aviso quando eu fazia o sanduíche errado para o almoço dele, quando esquecia de realizar alguma tarefa. Como eu não tinha carro, precisava ir andando ou de bicicleta até o mercado, que ficava a uns quatro quarteirões, e nem sempre dava tempo de fazer tudo que era necessário. Nick nunca mais bateu em mim depois daquela vez. Em vez disso, ele quebrava objetos de que eu gostava, como quando arrancou uma correntinha de ouro da minha garganta, ou quando jogou um vaso de cristal no chão. Às vezes ele me prendia contra a parede e gritava na minha cara. Eu temia isso mais que qualquer coisa, a força da voz do Nick devastando meus circuitos, despedaçando partes de mim que não poderiam ser consertadas.

Eu comecei a mentir compulsivamente, com medo de revelar qualquer coisinha que eu tivesse feito ou dito que Nick não gostaria, qualquer coisa que pudesse irritá-lo. Eu me tornei uma bajuladora, e dizia para Nick que ele era mais inteligente que todo o mundo junto, mais que seu chefe, que as pessoas no banco, que qualquer um na família dele ou na minha. Eu dizia que ele estava certo quando era óbvio que ele estava errado. E, apesar de tudo isso, Nick nunca estava satisfeito.

Nossa vida sexual desmoronou, pelo menos do meu ponto de vista, e tenho quase certeza de que Nick nem reparou. Nossa vida entre quatro paredes nunca foi mil maravilhas — eu não tive experiência nenhuma antes do Nick, e não sabia direito o que fazer.

No começo do nosso relacionamento, eu sentia algum prazer ao ficar com ele. Mas aos poucos ele foi parando de fazer as coisas que sabia que eu gostava, e o sexo se tornou algo mecânico. Mesmo que eu soubesse explicar para Nick o que eu queria, não teria feito diferença. Ele não tinha interesse nas possibilidades do sexo que iam além da simples questão de um corpo entrando no outro.

Eu tentava ser o mais prestativa possível, fazendo o que fosse necessário para que o ato acabasse rapidamente. A posição favorita de Nick era por trás, penetrando em mim com estocadas retas, egoístas, que não me davam estímulo algum. Ele me elogiava por ser uma dessas mulheres que não fazia muita questão de preliminares. Na verdade, eu gostava que não tivéssemos preliminares, que só serviriam para prolongar um ato que era sujo, com frequência desconfortável e que não tinha nada de romântico.

Eu percebi que não era uma pessoa sexual. Não me excitava ver o corpo bem trabalhado de Nick, tonificado pelas boas horas de almoço que ele passava na academia. Quando nós saíamos, eu percebia como as outras mulheres olhavam para o meu marido e me invejavam.

Uma noite eu recebi um telefonema de Liberty, e pelo som da voz dela eu soube, no mesmo instante, que havia algo errado.

"Haven, eu tenho más notícias. É a Gretchen...", enquanto ela falava, eu senti o peso do choque e do desespero, e tive que me esforçar para entendê-la, como se Liberty estivesse falando alguma língua estrangeira. Gretchen teve dor de cabeça durante dois dias seguidos e caiu inconsciente em seu quarto — papai ouviu o baque na sala de baixo. Quando os paramédicos chegaram, ela já estava morta. Um aneurisma no cérebro, disseram no hospital.

"Meus sentimentos", Liberty disse, com a voz embargada pelas lágrimas. Eu ouvi quando ela assoou o nariz. "Ela era uma pessoa tão maravilhosa. Eu sei o quanto vocês se amavam."

Eu sentei no sofá e reclinei a cabeça, deixando as lágrimas correrem em trilhas quentes pelos lados do meu rosto.

"Quando é o funeral?", eu consegui perguntar.

"Em dois dias. Você vem? Quer ficar aqui em casa comigo e com o Gage?"

"Vou. Obrigada. Eu... como está meu pai?", não importava a situação do nosso relacionamento, eu sentia uma compaixão imensa por meu pai. Perder Gretchen seria difícil para ele, uma das coisas mais difíceis que ele jamais teve que enfrentar.

"Eu acho que ele está bem, na medida do possível", Liberty assoou o nariz outra vez. Ela acrescentou, com um sussurro apertado, "Nunca o vi chorar antes."

"Eu também não", ouvi a chave na fechadura da porta da frente. Nick tinha chegado. Fiquei aliviada, querendo o consolo dos braços dele. "Como está Carrington?", perguntei, sabendo que a irmãzinha de Liberty era muito chegada em Gretchen.

"Obrigada por perguntar... ela está arrasada, mas vai ficar bem. É difícil para ela entender como tudo pode mudar assim tão de repente."

"É difícil até para os adultos entenderem", eu encostei a manga da blusa nos olhos molhados. "Não sei se vou de avião ou carro. Eu ligo para você depois que conversar com Nick e planejar o que vou fazer."

"Tudo bem, Haven. Tchau."

Nick entrou no apartamento e deixou a pasta no chão.

"O que aconteceu?", ele perguntou, franzindo o rosto ao se aproximar de mim.

"Minha tia Gretchen morreu", eu contei e comecei a chorar de novo.

Nick veio sentar do meu lado e pôs o braço ao meu redor. Eu me aninhei em seu ombro.

Depois de alguns minutos de conforto, Nick levantou, foi até a cozinha e pegou uma cerveja na geladeira.

"Sinto muito, querida. Eu sei que é difícil para você. Mas até que vai ser bom para você não poder ir ao funeral."

Eu pisquei, surpresa.

"Eu posso ir. Se nós não tivermos dinheiro para passagem de avião, eu posso..."

"Nós só temos um carro", a voz dele mudou. "Então quer dizer que eu tenho que ficar sentado no apartamento o fim de semana todo enquanto você vai para Houston?"

"Por que você não vem comigo?"

"Eu devia saber que você esqueceria. Nós já temos compromisso para esse fim de semana, Marie", ele me encarou e eu lhe devolvi um olhar vazio. "O festival anual de lagostim da empresa, na casa do dono. Como este é o meu primeiro ano, não posso perder isso de jeito nenhum."

Eu arregalei os olhos.

"Eu... eu... você quer que eu vá a um festival de lagostim em vez de ir ao funeral da minha tia?"

"Não existe alternativa. Por Deus, Marie, você quer destruir minhas chances de promoção? Eu vou a esse festival de lagostim, e pode ter certeza de que não vou sozinho. Eu preciso de uma esposa lá, e preciso que você cause uma boa impressão."

"Não posso", eu disse, mais perplexa do que brava. Eu não podia acreditar que meus sentimentos por Gretchen significassem tão pouco para ele. "Eu preciso ir ficar com a minha família. As pessoas vão entender se você disser para elas que..."

"*Eu* sou a sua família!", Nick arremessou a cerveja longe, e a lata acertou em cheio o canto da pia, produzindo uma explosão de espuma. "Quem é que paga suas contas, Marie? Quem é que põe um teto sobre a sua cabeça? *Eu*. Ninguém na porra da sua família está nos ajudando. Eu sou o chefe da família. E você vai fazer o que eu mandar."

"Eu não sou sua escrava", rebati. "Eu tenho direito de ir ao funeral da Gretchen, e eu vou..."

"Tente", ele debochou, chegando até mim em três passadas grandes e furiosas. "Tente, Marie. Você não tem dinheiro nem meios para chegar lá", ele agarrou meus braços e me sacudiu, e eu cambaleei para trás, até encontrar a parede. "Só Deus sabe como uma imbecil que nem você conseguiu se formar na faculdade", ele disse. "Eles não dão a mínima para você, Marie. Tenta enfiar isso nessa sua cabeçona."

Eu enviei um e-mail para Liberty dizendo que não poderia comparecer ao funeral. Não expliquei por que, e não recebi resposta dela. Como não recebi ligações do resto da minha família, entendi o que eles pensaram de mim por não ir. O que quer que eles pensassem, contudo, nem de perto era tão ruim quanto o que eu pensava de mim mesma.

Eu fui ao festival de lagostim com Nick. Sorri o tempo todo. Todo mundo me chamou de Marie. Eu fui com mangas compridas, para esconder os hematomas nos meus braços. Eu não chorei uma única lágrima no dia do funeral de Gretchen.

Mas eu chorei na segunda-feira, quando recebi um pacote pequeno pelo correio. Ao abri-lo, vi a pulseira de Gretchen com todos os pequenos e tilintantes berloques.

Cara Haven, dizia o bilhete de Liberty, *eu sei que isto era para ser seu.*

Na metade do nosso segundo ano de casamento, a determinação de Nick em me engravidar se tornou uma obsessão. Eu desconfiava que ele me mataria se soubesse que eu continuava tomando as pílulas anticoncepcionais em segredo, então eu as escondi em uma das minhas bolsas, que enfiei em um canto do nosso armário.

Convencido de que o problema era eu — não podia ser ele —, Nick me fez ir ao médico. Eu chorei no consultório do médico por uma hora, e disse para ele que me sentia infeliz, ansiosa e não sabia por que, então voltei para casa com uma receita para antidepressivos.

"Você não pode tomar essa porcaria", Nick ralhou, amassando a folha de papel antes de jogá-la no lixo. "Pode fazer mal para o bebê."

Nosso bebê inexistente. Eu pensei, culpada, na pílula que tomava todas as manhãs, um ato secreto que tinha se tornado meu último esboço de autonomia. Era difícil tomá-la durante os fins de semana, quando Nick me vigiava como um falcão. Eu tinha que correr até o armário quando ele estava no chuveiro, tatear em busca do disco de papelão, tirar uma pílula e tomá-la a seco. Se ele descobrisse... não sei o que faria.

"O que o médico disse sobre você engravidar?", Nick perguntou, enquanto me observava atentamente.

"Ele disse que pode demorar até um ano."

Eu não tinha sequer mencionado para o médico sobre tentar engravidar, só pedi para ele renovar minha receita de anticoncepcional.

"Ele disse quando são os melhores dias? Os dias em que você está mais fértil?"

"Longo antes de ovular."

"Vamos olhar no calendário para ver. Com quantos dias de ciclo você ovula?"

"Dez dias, eu acho."

Quando fomos até o calendário, no qual eu sempre marcava um X nos dias em que minha menstruação começava, minha relutância parecia não importar para Nick. Eu seria invadida, fecundada e forçada a passar pelo processo de gravidez simplesmente porque ele tinha decidido assim.

"Eu não quero engravidar", eu me ouvi dizer com uma voz emburrada.

"Você vai ficar feliz quando acontecer."

"Mesmo assim não quero. Não estou pronta."

Nick bateu o calendário no balcão com tanta força que pareceu o estrondo de um tiro.

"Você nunca vai estar pronta. Isso nunca vai acontecer a menos que eu force. Pelo amor de Deus, Marie, quando você vai crescer e virar uma mulher adulta?"

Eu comecei a tremer. Sangue correu para o meu rosto e a adrenalina fez meu coração estressado bater mais depressa.

"Eu sou uma mulher. Não preciso ter um bebê para provar isso."

"Você é uma vadia mimada. Uma parasita. É por isso que sua família não dá a mínima para você."

Eu também explodi.

"E você é um babaca egoísta!"

Ele me bateu com tanta força que jogou meu rosto para o lado e meus olhos foram inundados. Eu ouvi um assovio agudo nas orelhas. Engoli em seco e ergui o rosto.

"Você disse que nunca mais ia fazer isso", falei com a voz rouca.

Nick respirava com dificuldade, os olhos arregalados e enlouquecidos.

"A culpa é sua por me deixar maluco! Foda-se, eu vou colocar você na linha."

Ele me agarrou por um braço e com a outra mão me segurou pelo cabelo, e assim me arrastou até a sala de estar. Ele gritava palavrões enquanto me jogava de barriga para baixo no sofá.

"Não", eu gritei, sufocada pelo estofamento. "*Não.*"

Mas ele puxou meu jeans e minha calcinha para baixo e entrou na minha carne seca, e doeu, uma pontada violenta que ardeu como fogo, e eu soube que ele tinha rasgado alguma coisa dentro de mim. Ele continuou metendo com mais força, mais rápido, só diminuindo a intensidade quando eu parei de gritar *não* e fiquei em silêncio. Minhas lágrimas deslizavam em uma trilha salgada e quente até a almofada. Eu tentei pensar em algo além da dor, dizendo para mim mesma que logo iria acabar. *É só aguentar. Aguente que ele vai acabar em um minuto.*

Uma última estocada dolorosa e Nick estremeceu sobre mim, e eu estremeci também quando pensei no líquido dele dentro de mim. Eu não queria saber de ter filhos dele. Eu tampouco queria saber de sexo.

Arfei de alívio quando ele saiu de mim, e senti o calor escorrendo pelas minhas coxas. Ouvi o som de Nick puxando o zíper e fechando as calças.

"Sua menstruação começou", ele disse, grosseiro.

Nós dois sabíamos que era cedo demais para minha menstruação, que não era daí que vinha o sangue. Eu não falei nada, só me levantei do sofá e coloquei minhas roupas no lugar.

Nick falou de novo, parecendo mais normal.

"Eu vou terminar o jantar enquanto você se limpa. O que eu preciso fazer?"

"Cozinhar o macarrão."

"Por quanto tempo?"

"Doze minutos."

Eu estava dolorida da cintura aos joelhos. Eu nunca tinha feito sexo violento com Nick antes. *Isso é estupro*, uma vozinha se manifestou dentro de mim, mas eu logo disse para mim mesma que se estivesse mais relaxada, menos seca, não teria doído tanto. *Mas eu não queria*, a voz insistiu.

Eu me endireitei, franzi o rosto devido à dor brutal e latejante e fui mancando até o banheiro.

"Um pouco menos de drama, se você não se importar", ouvi Nick dizer.

Segui em silêncio até o banheiro e fechei a porta. Liguei o chuveiro e deixei esquentar o máximo que eu conseguia aguentar, então tirei a roupa e entrei. Fiquei debaixo da água pelo que pareceu uma eternidade, até meu corpo estar limpo, ardendo e doendo. Eu estava em meio a uma névoa de confusão, imaginando como minha vida tinha chegado àquele ponto. Nick não sossegaria até eu ter um bebê, e então iria querer outro, e o jogo inconcebível de tentar satisfazê-lo nunca acabaria.

Aquilo não era uma questão de tentar sentar com alguém para conversar francamente sobre seus sentimentos. Isso só funciona quando o outro se importa com o que você sente. Nick, mesmo quando parecia estar escutando, só estava reunindo argumentos para usar contra mim mais tarde. A dor dos outros, fosse emocional ou física, não fazia sentido para ele. Mas eu pensei que ele me amava. Será que ele tinha mudado tanto desde que nos casamos, ou eu teria cometido um erro fatal de avaliação?

Desliguei o chuveiro, enrolei uma toalha no meu corpo dolorido e fui até o espelho. Usei a mão para limpar um círculo no espelho embaçado. Meu rosto estava distorcido, com o canto externo de um olho inchado.

Nick bateu na porta do banheiro.

"Você já está aí há muito tempo. Saia para comer."

"Não estou com fome."

"Abra a porra dessa porta e pare de birra."

Eu destranquei e abri a porta, e o encarei, aquele homem furioso que parecia pronto para me despedaçar. Eu estava com medo dele, mas mais do que isso, estava derrotada por completo. Eu tinha me esforçado muito para jogar pelas regras dele, mas ele não parava de mudá-las.

"Eu não vou me desculpar desta vez", ele disse. "Você que pediu. Você sabe que não deve falar comigo daquele jeito."

"Se nós tivéssemos filhos", eu disse, "você bateria neles também."

Uma nova onda de raiva começou a tingir o rosto dele.

"Cale a boca."

"Bateria sim", eu insisti. "Você desceria pancada neles sempre que fizessem algo que você não gostasse. Esse é um dos motivos pelos quais não quero ter um filho com você."

A falta de reação do Nick me assustou. O silêncio foi tão grande que o gotejar do chuveiro me fez estremecer. Ele ficou me encarando sem piscar, aqueles olhos cor de mel brilhando como pequenos botões. As gotas não paravam. Toda pele do meu corpo nu, a toalha úmida e fria me cobrindo, ficou eriçada.

"Onde estão?", ele perguntou de repente, e passou por mim. Ele começou a revirar as gavetas do banheiro, jogando para o lado maquiagem, grampos e pincéis, que aterrissavam com estrépito nos ladrilhos molhados do chão.

"Onde estão o quê?", eu perguntei, meu coração acelerando ao máximo, num martelar que fazia minhas costelas doer. Eu fiquei espantada com a calma que eu demonstrava enquanto o terror corroía meus órgãos internos como ácido de bateria. "Eu não sei do que você está falando."

Ele jogou um copo de água vazio no chão, estilhaçando-o. E continuou a esvaziar as gavetas como um louco.

"Você sabe exatamente do que eu estou falando."

Se encontrasse minhas pílulas anticoncepcionais, Nick me mataria. Uma estranha resignação, enjoativa, instalou-se por baixo do medo e meu pulso se acalmou. Eu estava zonza e gelada.

"Eu vou me vestir", falei, ainda calma, mesmo enquanto ele quebrava, rasgava, jogava, destruía; líquidos e pós eram derramados, misturando-se em poças coloridas.

Fui até minha cômoda e peguei jeans, lingerie e uma camiseta, embora fosse tarde e eu devesse ter pegado um pijama. Acho que meu subconsciente já tinha avaliado que eu não dormiria aquela noite. Enquanto terminava de me vestir, Nick irrompeu no quarto e me empurrou de lado. Ele puxava as gavetas e as revirava, formando pilhas com minhas roupas no chão.

"Nick, pare."

"Então me diga onde estão!"

"Se você está procurando uma desculpa para me bater de novo", eu respondi, "apenas vá em frente e bata", meu tom não era de desafio. Eu nem estava mais com medo. Eu estava cansada; o tipo de cansaço que te domina quando seus pensamentos e emoções secam e você fica sem nada.

Mas Nick estava decidido a encontrar a prova de que eu o tinha traído, para me punir até eu ficar com medo para sempre. Depois que terminou com as gavetas, ele foi até o armário e começou a jogar meus sapatos e arregaçar minhas bolsas. Eu não sabia se tentava fugir ou me esconder. Fiquei parada ali, entorpecida, esperando a execução.

Ele veio do armário com as pílulas na mão, o rosto transtornado. Eu compreendi vagamente que, tanto quanto eu, ele não estava mais no controle de suas ações. Havia um monstro nele que precisava ser saciado, e ele não pararia até estar satisfeito.

Eu fui agarrada e jogada contra a parede. Minha cabeça se encheu de um ruído indefinido quando a parte de trás do meu crânio atingiu a superfície dura. Nick me bateu mais forte do que jamais tinha batido, com a mão fechada dessa vez, e eu senti meu maxilar estalar. Eu só entendi algumas palavras, alguma coisa sobre as pílulas, que eu ia tomar todas as pílulas que queria, e ele tirou algumas da embalagem e enfiou na minha boca, que tentou manter fechada enquanto eu tentava cuspir, expeli-las. Ele me socou no estômago e eu me dobrei, e então ele me arrastou pelo apartamento até a porta da frente.

Eu fui arremessada ao chão e aterrissei com tudo na borda do degrau da frente. Uma dor agonizante me sacudiu quando o pé dele atingiu minhas costelas.

"Você vai ficar aí até de manhã", ele rosnou. "Pense no que você fez."

E ele bateu a porta.

Eu estava deitada na calçada, o piso aquecido pelo sol fumegando como um forno, apesar de já estar escuro. Outubro no Texas é quente como alto verão. Cigarras fervilhavam e cantavam, a vibração de suas vozes preenchendo o ar. Depois de um longo tempo eu me sentei, cuspi um bocado de líquido salgado e avaliei o estrago. Eu sentia dores na barriga, nas costelas, entre as pernas e na nuca. Minha boca sangrava.

Meu maior medo era que Nick abrisse a porta e me arrastasse para dentro.

Tentando pensar apesar da cabeça que latejava com violência, considerei minhas opções. Sem bolsa. Sem dinheiro. Sem carteira de motorista. Sem celular. Sem chave do carro. Sem sapatos, também. Eu olhei para meus pés descalços e tive que rir, embora isso fizesse minha boca inchada doer. Merda, aquilo não estava nada bom. Então me ocorreu que eu provavelmente teria que passar a noite toda lá fora, como um gato que Nick tinha posto para fora. Quando a manhã chegasse, ele me deixaria entrar, e eu rastejaria de volta, castigada e derrotada.

Eu queria me enrolar e começar a chorar, mas de repente eu estava me levantando, tentando me equilibrar.

Vá para o inferno, eu pensei, olhando para a porta fechada. Eu ainda podia andar.

Se eu pudesse ir para qualquer lugar naquele momento, teria ido procurar meu melhor amigo Todd. Eu precisava da compreensão e do consolo que ele me proporcionava. Mas naquelas circunstâncias, só havia uma pessoa que podia realmente me ajudar. Gage. Todo mundo, de McAllen a El Paso, ou lhe devia favores ou queria lhe fazer um favor. Ele sabia resolver problemas com rapidez, eficiência e sem estardalhaço. E não havia ninguém no mundo em quem eu confiasse mais.

Eu fui descalça até o mercado, a quatro quarteirões. Conforme eu adentrava na escuridão, uma lua cheia cor de laranja foi subindo no céu. Ela tremeluzia diante dos meus olhos como se fosse um adereço em uma peça escolar, pendurada em ganchos. Uma lua de caçador. Eu me sentia boba e com medo quando era iluminada pelos faróis dos carros que passavam. Mas logo as dores acumuladas foram crescendo e chegaram a um ponto em que eu parei de me sentir boba. Eu tinha que me concentrar em pôr um pé diante do outro. Eu receava que pudesse desmaiar. Mantive a cabeça baixa, não querendo que ninguém parasse o carro para falar comigo. Nada de perguntas, nada de estranhos, nada de polícia. Eles poderiam me levar de volta para o meu marido. Na minha cabeça, Nick tinha se tornado tão poderoso que eu pensava que ele conseguiria explicar qualquer coisa, para então me levar para aquele apartamento e talvez me matar.

A dor no maxilar era a pior. Eu tentei ver se os dentes estavam todos no lugar, se não tinha quebrado ou entortado nenhum, mas até o menor movimento da minha boca era uma agonia. Quando cheguei ao mercado, pensei seriamente em oferecer meu anel de casamento em troca de Tylenol. Mas de jeito nenhum que eu ia entrar naquela loja toda iluminada com gente entrando e saindo. Eu sabia como estava minha aparência, a atenção que eu iria chamar, e isso era a última coisa que eu queria.

Encontrei um telefone público do lado de fora e fiz uma chamada a cobrar, apertando cada botão com total concentração. Eu sabia de cor o número do celular do Gage. *Por favor, atenda,* eu pensei, imaginando o que eu faria se ele não atendesse. *Por favor, atenda. Por favor...*

E então eu ouvi a voz dele e a gravação perguntando se ele aceitava a ligação.

"Gage?", eu segurava o aparelho com as duas mãos, agarrando-me a ele como se fosse uma corda salva-vidas.

"Sim, sou eu. O que houve?"

A tarefa de responder e explicar me pareceu tão opressiva que não consegui falar por um momento.

"Eu preciso que você venha me pegar", eu consegui sussurrar.

A voz dele ficou muito calma, delicada, como se ele estivesse falando com uma criança.

"O que aconteceu, querida? Você está bem?"

"Não."

Um silêncio breve, elétrico, e então ele perguntou com urgência na voz:

"Onde você está, Haven?"

Demorei um momento para conseguir responder. O alívio de ouvir meu próprio nome, pronunciado por aquela voz familiar, derreteu o torpor. Minha garganta trabalhou muito, e eu senti lágrimas quentes correndo pelo meu rosto, ardendo na minha pele machucada.

"No mercado", consegui finalmente soltar.

"Em Dallas?"

"É."

"Haven, você está sozinha?", ouvi Gage perguntar.

"Hum-hum."

"Você pode pegar um táxi até o aeroporto?"

"Não", eu funguei e engoli em seco. "Estou sem minha bolsa."

"Onde você está?", Gage repetiu, paciente.

Eu lhe disse o nome do mercado e da rua onde ficava.

"Tudo bem. Quero que você espere perto da entrada principal... tem um lugar onde você pode sentar?"

"Tem um banco."

"Minha garota. Haven, sente-se nesse banco e não se mexa. Vou mandar alguém aí o quanto antes. Não saia daí, entendeu? Fique sentada e espere."

"Gage", eu sussurrei, "não ligue para o Nick, está bem?"

Eu o ouvi inspirar profundamente, mas quando ele falou, sua voz era calma.

"Não se preocupe, querida. Ele nunca mais vai chegar perto de você."

Enquanto eu esperava, sentada, percebi que atraía olhares curiosos. Meu rosto estava machucado, um olho quase fechado e o maxilar imenso. Uma criança perguntou para a mãe o que havia de errado comigo, mas ela mandou o garoto ficar quieto e não ficar encarando. Fiquei grata que ninguém tivesse se aproximado de mim, que o instinto natural das pessoas fosse evitar o tipo de confusão em que, era óbvio, eu estava metida.

Não sei dizer quanto tempo se passou. Pode ter sido alguns minutos ou uma hora. Mas um homem se aproximou do banco, um jovem negro vestindo calça cáqui e camisa. Ele se agachou na minha frente e eu encarei um par de olhos pretos preocupados. Ele sorriu, como se para me tranquilizar.

"Srta. Travis?", a voz dele era suave e espessa como calda quente de chocolate. "Meu nome é Oliver Mullins, sou amigo do seu irmão. Ele me ligou e disse que você precisava de uma carona." Observando-me, ele acrescentou lentamente, "Mas agora estou me perguntando se você talvez não precise ir para o pronto-socorro."

Eu sacudi a cabeça, em pânico.

"Não, não. Não quero ir. Não me leve..."

"Tudo bem", ele procurou me acalmar. "Tudo bem, sem problema. Vou levar você para o aeroporto. Deixe-me ajudá-la até o meu carro."

Eu não me mexi.

"Prometa que não vamos para o pronto-socorro."

"Eu prometo. Pode acreditar."

Mesmo assim não me mexi.

"Não posso entrar em uma avião", eu murmurei. Estava ficando muito difícil falar. "Estou sem minha identidade."

"É um avião particular, Srta. Travis." O olhar dele era gentil e condoído. "Você não vai precisar de identidade. Nem de passagem. Vamos, meu carr..." Ele parou de falar quando viu meus pés sangrando. "Cristo", ele sussurrou.

"Nada de hospital", eu balbuciei.

Sem pedir permissão, Oliver se sentou do meu lado. Eu fiquei olhando enquanto ele tirava os sapatos e as meias, recolocava os pés nus dentro dos mocassins e punha suas meias em mim.

"Eu lhe daria os sapatos", ele disse, "mas você não vai conseguir mantê-los nos pés. Posso carregar você até o carro?"

Eu neguei com a cabeça. Eu tinha certeza de que não conseguiria tolerar que alguém me segurasse, por qualquer que fosse o motivo, ainda que brevemente.

"Tudo bem", Oliver falou baixo. "Leve o tempo que precisar", ele levantou e esperou com paciência enquanto eu lutava para me levantar do banco. Oliver mantinha as mãos para cima, como se precisasse se segurar para não me pegar. "O carro está ali. O Cadillac branco."

Juntos nós caminhamos devagar até o carro, um sedã branco-pérola brilhante, e Oliver abriu a porta para mim e eu me arrastei para dentro.

"Você acha que pode ser mais confortável com o encosto abaixado?", ele perguntou.

Eu fechei os olhos, exausta demais para responder. Oliver se inclinou, apertou um botão e desceu o assento até eu ficar semirreclinada.

Ele foi até o outro lado, entrou e deu partida. O Cadillac ronronou baixo enquanto saíamos do estacionamento para a avenida. Ouvi o som de um celular sendo aberto e um número sendo discado.

"Gage", Oliver disse depois de um instante. "Sim, ela está comigo. Indo para o aeroporto. Mas eu tenho que lhe dizer... ela levou uma bela surra. Ela está um pouco em choque", uma pausa longa e Oliver respondeu em voz baixa. "Eu sei, cara." Gage falou mais alguma coisa. "É, eu acho que ela pode viajar, mas quando chegar aí... aham. É o que eu acho, com certeza. Eu aviso quando ela decolar. Sem problema."

Não existe carro mais macio que um Cadillac — a coisa mais parecida com um colchão sobre rodas que existe —, mas cada solavanco delicado produzia novas dores no meu corpo. Eu tentei rilhar os dentes contra a dor, apenas para arfar contra a erupção de dor no meu maxilar.

Eu ouvi a voz de Oliver em meio ao batimento que latejava alto nas minhas orelhas.

"Está sentindo vontade de vomitar, Srta. Travis?"

Eu soltei um som de negação. De modo algum eu iria fazer aquilo — doeria demais.

Um pequeno recipiente de plástico foi colocado com cuidado no meu colo.

"Só para garantir."

Eu fiquei em silêncio, de olhos fechados, enquanto Oliver manobrava com cuidado em meio ao tráfego. Os faróis dos carros que passavam produziam um brilho vermelho fraco nas minhas pálpebras. Eu estava vagamente preocupada com a dificuldade que sentia para pensar de modo coerente...

Eu não conseguia ter nenhuma ideia do que aconteceria a seguir. Tentar sustentar um pensamento coerente era como ficar debaixo de uma grande nuvem tentando pegar gotas de chuva com uma colher de chá. Eu senti que nunca mais conseguiria estar no controle de nada.

"Sabe", ouvi Oliver dizer, "minha irmã costumava apanhar do marido. Com frequência. Sem motivo nenhum. Por qualquer motivo. Eu não fiquei sabendo disso na época, ou teria matado o filho da puta. Quando ela finalmente o deixou e foi para a casa da nossa mãe com os filhos, ficou lá até conseguir dar um jeito na vida. Ela fez terapia e tudo mais. Minha irmã disse que o que mais a ajudou foi ouvir que não tinha sido culpa dela. Ela precisava ouvir muito isso. Então eu quero ser o primeiro a lhe dizer... não foi culpa sua."

Eu não me mexi nem falei. Mas senti lágrimas escorrendo das minhas pálpebras fechadas.

"Não foi culpa sua", Oliver repetiu com firmeza, e dirigiu o resto do caminho em silêncio.

Eu cochilei um pouco e acordei minutos depois com o carro parado e Oliver abrindo a porta. O rugido de um jato pronto para decolar rompeu o silêncio protetor do Cadillac, e os cheiros de combustível, equipamento e do ar úmido do Texas chegaram até mim. Piscando e me endireitando devagar, eu percebi que estávamos na pista.

"Deixe-me ajudar você", Oliver pediu, estendendo as mãos para mim. Eu me afastei da mão dele e neguei com a cabeça. Passando o braço por cima do lugar em que Nick tinha chutado minhas costelas, eu lutei para sair sozinha do carro. Quando me coloquei de pé, minha cabeça girou e uma névoa cinzenta cobriu meus olhos. Eu oscilei e Oliver pegou meu braço livre para me apoiar.

"Srta. Travis", ele disse, continuando a segurar meu braço embora eu tentasse me soltar. "Srta. Travis, por favor me escute. Tudo o que eu quero fazer é ajudá-la a entrar nesse avião. Você tem que me deixar ajudar. Se você cair ao subir sozinha nessa escada, com certeza vai ter que ir para o hospital. E eu vou ter que ir junto, caso contrário seu irmão vai quebrar minhas pernas."

Eu anuí e aceitei o apoio, embora meus instintos gritassem para eu o empurrar. A última coisa que eu queria era ser tocada por outro homem, ainda que aparentasse ser confiável e amistoso. Por outro lado, eu queria entrar naquele avião. Eu queria cair fora de Dallas, ir para longe de Nick.

"Muito bem", Oliver murmurou, ajudando-me a chegar até o avião. Era um Lear 31, um jato leve feito para acomodar até seis passageiros.

Com aletas de um metro e vinte de altura e estabilizadores em delta no cone da cauda, ele parecia um pássaro pronto para alçar voo. "Não falta muito", Oliver disse, "e você vai poder se sentar de novo. Gage vai estar lá, no destino, para te pegar." Enquanto subíamos a escada com uma lentidão torturante, Oliver continuou em seu monólogo, como se tentasse me distrair da agonia produzida por minhas costelas e meu maxilar. "Este é um belo avião. Ele é de uma empresa de software com sede em Dallas. Eu conheço muito bem o piloto. Ele é ótimo e vai te levar com toda segurança."

"Quem é o dono da empresa?", eu murmurei, imaginando se seria algum conhecido.

"Eu", Oliver sorriu e me ajudou a sentar em um dos assentos da frente com muito cuidado e prendeu o cinto. Depois, ele foi até o bar, onde embrulhou alguns pedaços de gelo em um pano, que trouxe para mim. "Para o seu rosto. Descanse agora. Vou trocar uma ideia com o piloto e então você vai poder ir embora."

"Obrigada", eu sussurrei, segurando o embrulho gelado junto ao meu maxilar. Eu me afundei no assento e procurei moldar o pano com gelo ao lado inchado do meu rosto.

O voo foi horrível, mas graças a Deus curto, aterrissando no Aeroporto Hobby, no sudeste de Houston. Eu demorei para reagir quando o avião parou na pista, tentando soltar o cinto de segurança com os dedos sem coordenação. Depois que a escada foi encostada no avião, o copiloto emergiu da cabine e abriu a porta. Em questão de segundos, meu irmão estava dentro do avião.

Os olhos de Gage estavam um tom incomum de cinza-claro, não como névoa ou gelo, mas claros como um relâmpago. As sobrancelhas e os cílios pretos se destacavam no rosto pálido de preocupação. Ele congelou por um milissegundo quando me viu, então engoliu em seco e se aproximou.

"Haven", ele disse, a voz áspera. Gage se ajoelhou e apoiou as mãos nos braços da poltrona enquanto passava os olhos por mim. Eu consegui, enfim, me livrar do cinto de segurança e me inclinei para frente, na direção do aroma familiar do meu irmão. Ele fechou os braços ao meu redor em um abraço frouxo, diferente de seu toque firme, e percebi que ele estava tentando não me machucar. Eu o senti tremer por baixo da aparente imobilidade.

Inundada pelo alívio, descansei o lado bom do meu rosto no ombro dele.

"Gage", eu sussurrei, "amo você mais que tudo."

Ele teve que pigarrear antes de conseguir falar.

"Também te amo, irmãzinha."

"Não me leve para River Oaks."

Ele entendeu de imediato.

"Não, querida. Você vai para a minha casa. Eu ainda não contei para o papai que você está aqui."

Ele me ajudou a chegar ao carro dele, um Maybach prateado.

"Não durma", ele disse, firme, quando fechei meus olhos e apoiei a cabeça no encosto.

"Estou cansada."

"Você tem um galo na parte de trás da cabeça. É bem provável que teve uma concussão, o que significa que não deve dormir."

"Eu dormi no avião", eu disse. "Estou bem, vê? Só me deixe..."

"Você não está bem", Gage disse com uma selvageria que me fez estremecer. "Você..." Ele se interrompeu e moderou o tom da voz assim que viu o efeito que estava surtindo em mim. "Diabos, me desculpe. Não precisa ter medo. Eu não vou gritar. É só que... não é fácil... ficar calmo quando estou vendo o que ele fez com você", ele inspirou fundo, aos trancos. "Fique acordada até chegarmos no hospital. Só vai demorar alguns minutos."

"Hospital, não", eu gemi, saindo do meu torpor. "Eles vão querer saber como aconteceu."

A polícia seria avisada e iria abrir uma queixa de agressão contra Nick, e eu não me sentia nem perto de estar pronta para lidar com tudo aquilo.

"Eu cuido disso", Gage me tranquilizou.

É claro que sim. Ele tinha poder e dinheiro para evitar os procedimentos de costume. Mãos seriam engraxadas, favores seriam trocados. As pessoas olhariam para o outro lado no momento certo. Em Houston, o nome Travis era uma chave para abrir ou fechar todas as portas, conforme necessário.

"Eu quero ir descansar em algum lugar", tentei parecer decidida, mas minha voz saiu arrastada e chorosa, e minha cabeça latejava demais para que eu conseguisse enfrentar uma discussão.

"Seu maxilar pode estar quebrado", Gage disse em voz baixa. "E Deus sabe o que mais ele fez com você. Você pode me dizer o que aconteceu?", ele soltou num suspiro explosivo.

Eu neguei com a cabeça. Às vezes, a resposta para uma pergunta simples era muito complicada. Eu mesma não tinha certeza de como ou por que aquilo tinha acontecido, se tinha sido Nick, eu ou nós dois éramos responsáveis por todo aquele estrago. Eu me perguntei se ele já tinha se dado conta de que eu não estava mais lá, se ele tinha ido até a entrada da casa e visto que estava vazia. Ou se dormia confortavelmente em nossa cama.

Gage ficou em silêncio durante o resto do percurso até o Centro Médico de Houston, o maior distrito médico do mundo. Ele é composto de muitos hospitais diferentes, instituições acadêmicas e de pesquisa. Eu não tinha dúvida de que minha família havia doado novas alas e equipamentos para pelo menos meia dúzia dessas instituições.

"Essa foi a primeira vez?", Gage perguntou quando parou o carro no estacionamento do pronto-socorro.

"Não."

Ele murmurou algumas palavras.

"Se eu tivesse imaginado que esse desgraçado ia levantar a mão para você, nunca teria deixado que você fosse com ele."

"Você não teria conseguido me impedir", eu disse, a voz grossa. "Eu estava decidida. E estúpida."

"Não diga isso", Gage olhou para mim com os olhos repletos de uma fúria angustiada. "Você não foi estúpida. Você se arriscou com alguém, e ele se revelou... merda, não existe palavra para isso. Um monstro." O tom dele foi sombrio. "Um cadáver ambulante, porque quando eu o pegar..."

"Por favor...", eu já tinha aguentado muitas vozes furiosas e violência por uma noite. "Eu não sei se Nick percebeu o quanto me machucou."

"Um machucadinho já seria o bastante para me fazer matar o canalha", ele me tirou do carro, pegando-me no colo para depois me carregar como se eu fosse uma criança.

"Eu posso andar", protestei.

"Você não vai andar pelo estacionamento calçando apenas meias. Droga, Haven, sossega o facho."

Ele me carregou até a área de espera do pronto-socorro, onde pelo menos uma dúzia de pessoas já aguardava, e me colocou delicadamente ao lado do balcão da recepção.

"Gage Travis", meu irmão falou ao entregar um cartão para a mulher atrás do vidro. "Eu preciso que alguém veja minha irmã agora mesmo."

A mulher arregalou os olhos brevemente e indicou com a cabeça a porta à esquerda da recepção.

"Vou encontrá-lo na porta, Sr. Travis. Pode entrar."

"Não", eu sussurrei para o meu irmão. "Eu não quero passar na frente de ninguém. Quero esperar, como as outras pessoas."

"Você não tem escolha."

A porta foi aberta e eu me vi sendo empurrada e puxada para o corredor bege-claro. Uma onda de raiva me tomou ao ser arrastada pelo meu irmão. Não me importava que suas intenções fossem boas.

"Não é justo", eu reclamei, determinada, enquanto uma enfermeira se aproximava. "Não vou fazer isso. Não sou mais importante do que ninguém que está ali..."

"Para mim você é."

Fiquei afrontada em nome das pessoas na sala de espera, todas aguardando sua vez enquanto eu passava na frente. E também fiquei mortificada por interpretar o papel de herdeira privilegiada.

"Tem até crianças lá fora", eu argumentei, tentando fazer Gage me largar. "Elas precisam de um médico tanto quanto eu."

"Haven", Gage disse com a voz baixa, mas inexorável. "Todo mundo naquela sala de espera está em melhores condições que você. Fique quieta, acalme-se e siga a enfermeira."

Com uma força alimentada pela adrenalina, eu me afastei dele com um repelão e bati contra a parede. Dor, muita dor, veio rápido demais de muitos lugares. Minha boca se encheu de água, meus olhos começaram a correr e eu senti a pressão da bile crescer.

"Eu vou vomitar", sussurrei.

Com uma velocidade milagrosa, uma vasilha de plástico em formato de rim apareceu como que por mágica, e eu me debrucei sobre ela, gemendo. Como eu não tinha jantado, não havia muita coisa para expelir. Eu vomitei sentindo muita dor, e terminei com algumas contrações secas.

"Eu acho que ela teve uma concussão", ouvi Gage dizer para a enfermeira. "Ela está com um galo na cabeça, falando arrastado. E com náusea.'

"Nós vamos cuidar dela, Sr. Travis."

A enfermeira me acomodou em uma cadeira de rodas. A partir daquele ponto, não havia nada a fazer a não ser me entregar ao processo. Tirei radiografias, fiz ressonância magnética, procuraram fraturas e hematomas, fui desinfetada, remendada e medicada. Houve longos períodos de espera entre cada procedimento. Tudo demorou a maior parte da noite.

Fiquei sabendo que havia fraturado uma costela, mas o maxilar estava apenas contundido, não quebrado. Eu tive uma concussão ligeira, que não era o bastante para me fazer ficar no hospital. E eu recebi uma dose de Vicodin forte o bastante para deixar um elefante pirado.

Eu estava irritada demais com Gage, e exausta demais, para dizer alguma coisa depois que recebi alta. Eu dormi durante o trajeto de quinze minutos até o apartamento dele no 1800 da Main Street, um prédio de propriedade da família Travis feito de aço e vidro. Era uma estrutura de uso misto, com apartamentos milionários no alto e escritórios e lojas na base. A característica pirâmide de vidro no topo tinha conferido ao 1800 Main um status de ícone da cidade.

Eu já estive ali algumas vezes para comer em um dos restaurantes no térreo, mas nunca entrei no apartamento do Gage. Ele sempre foi bastante reservado.

Nós pegamos um elevador rápido até o décimo-oitavo andar. A porta do apartamento foi aberta antes mesmo que chegássemos ao fim do corredor. Liberty nos esperava com um robe cor de pêssego e o cabelo preso em um rabo de cavalo.

Eu preferia que ela não estivesse lá, minha cunhada linda e perfeita, que fazia todas as escolhas certas, a mulher que todos na minha família adoravam. Ela era uma das últimas pessoas que eu queria que me vissem daquele jeito. Eu me senti humilhada, uma aberração, enquanto me arrastava pelo corredor na direção dela.

Liberty nos colocou para dentro do apartamento, que era ultramoderno, com decoração minimalista, e fechou a porta. Eu a vi ficar na ponta dos pés para beijar Gage. Então ela se virou para mim.

"Espero que você não ligue...", eu comecei, e silenciei quando ela colocou os braços ao meu redor. Ela era tão macia, e cheirava a pó perfumado e pasta de dente, e o pescoço dela era quente e suave. Eu tentei me afastar, mas ela não deixou. Fazia muito tempo que eu não era abraçada assim por uma mulher adulta, desde a minha mãe. Era o que eu precisava.

"Estou tão feliz que você tenha vindo para cá", ela murmurou. Eu me senti relaxar, e compreendi que não receberia críticas de Liberty; nada além de bondade.

Ela me levou até o quarto de hóspedes e me ajudou a trocar de roupa e colocar uma camisola. Ela me pôs na cama e me cobriu como se eu não fosse mais velha que Carrington. O quarto era imaculado, decorado em tons verde-azulados e cinza.

"Durma o quanto você quiser", Liberty sussurrou e fechou a porta.

Deitada, eu me sentia tonta e pasma. Meus músculos contraídos conseguiram liberar a tensão, soltando-se como uma trança que se desfaz. Em algum lugar do apartamento, um bebê começou a chorar e foi logo acalmado. Eu ouvi a voz de Carrington perguntar onde estavam os tênis roxos dela. A menina devia estar se aprontando para a escola. Algumas batidas de pratos e panelas... café da manhã sendo preparado. Eram sons reconfortantes. Sons de uma família.

E eu fui caindo, agradecida, no sono, enquanto parte de mim desejava nunca mais acordar.

Quando se é sistematicamente agredida, sua capacidade crítica vai sendo solapada até o ponto em que é quase impossível tomar decisões. Pequenas decisões são tão difíceis quanto as importantes. Até escolher o cereal do café da manhã parece perigoso. Você sente tanto medo de fazer a coisa errada, e ser culpada e punida por isso, que prefere que outra pessoa assuma a responsabilidade.

Para mim, deixar o Nick não trouxe alívio. Quer estivesse ou não com ele, eu continuava enterrada em um sentimento de inutilidade. Ele tinha me culpado por ser responsável pela agressão que sofri, e a convicção dele me contaminou como um vírus. Talvez eu tivesse provocado. Talvez eu tivesse feito por merecer.

Outro efeito colateral de ter vivido com Nick foi que a realidade tinha adquirido a consistência e a estabilidade de uma gelatina. Eu questionava a mim mesma e minhas reações a tudo. Eu não sabia mais o que era verdade. Eu não saiba dizer se meus sentimentos a respeito de qualquer coisa eram adequados.

Eu acordei, fui ao banheiro e examinei meu rosto no espelho. O olho estava preto, mas o inchaço tinha diminuído. Meu maxilar continuava inchado e estranho de um lado, e parecia que eu tinha saído de um acidente de carro. Mas eu estava com fome, o que pensei que era, provavelmente, uma coisa boa. E eu definitivamente estava me sentindo mais humana e menos um bicho morto na beira da estrada.

Fui cambaleando até a sala, grogue e dolorida, e vi Gage sentado à mesa de vidro.

Ele, que normalmente se apresentava impecável, no momento vestia camiseta velha e calça de moletom, e seus olhos boiavam no meio de grandes círculos escuros.

"Uau", eu disse, indo me sentar ao lado dele, "você está horrível."

Ele não sorriu da minha tentativa de fazer graça, só ficou olhando preocupado para mim.

Liberty entrou com o bebê no colo.

"Aqui está ele", ela disse, alegre. Meu sobrinho Matthew era um bebê de um ano gordinho e lindo, com um sorriso cheio de gengivas, grandes olhos cinzentos e uma tira de cabelo preto.

"Você fez um corte moicano no bebê?", eu perguntei quando Liberty sentou-se ao meu lado com Matthew.

Ela sorriu e fez carinho na cabeça dele.

"Não, o cabelo caiu um pouco dos lados e continuou em cima. O médico falou que depois vai crescer de novo."

"Eu gostei. O sangue comanche da família está aparecendo."

Eu queria pegar o bebê, mas achei que minha costela quebrada não iria aguentar, mesmo com o apoio da cinta elástica colocada no meu abdome. Então me contentei em brincar com os pezinhos dele, enquanto ele ria e resmungava.

Liberty olhou para mim.

"Está na hora do seu remédio", ela disse. "Você acha que consegue comer torrada e ovos primeiro?"

"Sim, por favor", eu observei enquanto ela colocava Matthew no cadeirão e espalhava cereais no tampo. O bebê começou a recolher os grãos de cereal com a mãozinha, e depois os levava à boca.

"Café?", Liberty perguntou. "Chá quente?"

Eu normalmente prefiro café, mas pensei que poderia fazer mal para o meu estômago.

"Chá está ótimo."

Gage terminou o café, colocou a xícara na mesa e esticou a mão para mim.

"Como você está?", ele perguntou.

Assim que ele me tocou, uma terrível sensação de ameaça me dominou. Eu não consegui evitar de retirar minha mão. Meu irmão, que nunca tinha sido violento com mulher alguma, olhou para mim espantado, de boca aberta.

"Desculpe", eu disse, envergonhada quando vi a reação dele.

Ele desviou o olhar, parecendo se ocupar com uma violenta luta interna, e vi que ele ficou vermelho.

"Não é você que tem que se desculpar", ele disse entre dentes.

Depois que Liberty me trouxe chá e os comprimidos, Gage pigarreou.

"Haven, como você fugiu do Nick ontem à noite?", ele perguntou, impaciente. "Como você acabou sem bolsa nem sapatos?"

"Bem, ele... meio que... me jogou para fora. Eu acho que ele esperava que eu ficasse ali no degrau até ele me deixar voltar para dentro."

Eu vi Liberty fazer uma pausa enquanto servia mais café para ele. Fiquei surpresa pelo modo como ela parecia chocada.

Gage pegou um copo de água, que quase derrubou. Ele tomou goles longos.

"Ele bateu em você e te jogou para fora", ele repetiu. Não era uma pergunta, mas uma declaração na qual ele estava tentando acreditar. Eu anuí e estiquei o braço para empurrar um dos cereais de Matthew para deixá-lo ao alcance do bebê.

"Não sei o que Nick vai fazer quando vir que eu fui embora", eu me ouvi dizendo. "Receio que ele faça uma queixa de desaparecimento. Acho que eu devia telefonar para ele. Embora eu não queira dizer onde estou."

"Daqui a pouco eu vou ligar para um dos nossos advogados", disse Gage. "Vou descobrir o que precisamos fazer agora."

Ele continuou falando em um tom controlado sobre como nós precisávamos tirar fotos dos meus machucados, como conseguir o divórcio o mais rápido possível, como minimizar meu envolvimento para que eu não tivesse que ver o Nick nem falar com ele...

"Divórcio?", perguntei estupidamente, enquanto Liberty colocava um prato na minha frente. "Eu não sei se estou pronta para isso."

"Você acha que não está pronta? Já se olhou no espelho, Haven? Quanto mais você precisa apanhar para ficar pronta?"

Eu olhei para ele, tão grande, decidido e teimoso que tudo em mim se rebelou.

"Gage, eu acabei de chegar. Você pode me dar um tempo? Só um pouquinho? Por favor?"

"O único jeito de você conseguir um tempo é se divorciando desse filho de uma...", Gage parou e olhou para o filho, que prestava atenção no pai. "...de uma mãe."

Eu sabia que meu irmão estava querendo me proteger, que ele queria o melhor para mim. Mas a proteção dele dava a sensação de intimidação. E isso me lembrou do meu pai.

"Eu sei disso", falei. "Eu só quero pensar nas coisas antes de falar com um advogado."

"Pelo amor de Deus, Haven, se você está pensando em voltar para ele..."

"Não estou. Eu só estou cansada de ouvir o que devo fazer e quando. O tempo todo! Eu sinto como se estivesse em um trem desgovernado. Eu não quero que você tome as decisões sobre o que *eu* tenho que fazer."

"Ótimo. Então você tome suas decisões. Mas seja rápida, senão eu vou tomar."

Liberty interveio antes que eu pudesse responder.

"Gage", ela murmurou. Os dedos esguios dela alcançaram a superfície tensa do bíceps contraído e o tocaram de leve. A atenção dele foi desviada no mesmo instante. Gage olhou para ela e as linhas de seu rosto se alisaram, e ele inspirou profundamente. Eu nunca tinha visto alguém exercer esse tipo de poder sobre meu irmão, sempre tão assertivo. Fiquei impressionada. "Isso tudo é um processo", ela disse, tranquila. "Eu sei que nós queremos que Haven pule etapas e chegue logo ao final... mas acho que o único meio de ela sair disso é passando por tudo. Passo a passo."

Ele franziu o rosto, mas não discutiu. Eles trocaram um olhar íntimo. Ficou claro que a discussão continuaria depois, quando eu não estivesse ouvindo. Ele se voltou para mim.

"Haven", Gage começou, em voz baixa, "o que você diria se uma das suas amigas lhe contasse que o marido dela a jogou para fora de casa no meio da noite? Qual seria seu conselho?"

"Eu... eu lhe diria para deixar o marido no mesmo instante", admiti. "Mas é diferente porque é comigo."

"*Por quê?*", ele perguntou, estupefato.

"Não sei", respondi.

Gage massageou o rosto com ambas as mãos. Ele se levantou da mesa.

"Eu vou me vestir e dar uma chegada no escritório. Não vou fazer nenhuma ligação", ele fez uma pausa deliberada antes de acrescentar, "ainda." Gage foi até o cadeirão, pegou Matthew e o levantou para fazer o bebê gritar de alegria. Abaixando o filho, Gage beijou a nuca dele e o abraçou. "Ei, parceiro. Seja bonzinho com a mamãe enquanto eu estiver fora. Mais tarde eu volto para nós fazermos coisas de homem."

Gage ajeitou o bebê de novo na cadeira e se inclinou para beijar a esposa, passando a mão por trás da nuca dela. Foi mais que um beijo de despedida, e foi ficando mais quente, mais longo, até ela esticar a mão e tocar o rosto dele. Interrompendo o beijo, ele continuou com os olhos nos dela, e pareceu que toda uma conversa se passou entre os dois.

Liberty esperou até Gage ir tomar banho para falar comigo.

"Ele estava tão nervoso ontem à noite, depois que trouxe você para casa. Ele te ama. Ele ficou louco de pensar em alguém te machucando. O esforço que ele fez para se segurar e não ir até Dallas para... fazer algo que não é nem um pouco interessante."

Eu fiquei branca.

"Se ele for procurar o Nick..."

"Não, não, ele não vai. Gage tem bastante autocontrole quando se trata de conseguir os resultados que ele quer. Acredite em mim, ele vai fazer o que for necessário para te ajudar, não importa quão difícil seja."

"Sinto muito por te envolver nisso", eu disse. "Eu sei que é a última coisa que você ou Gage precisam."

"Nós somos sua família", ela se inclinou e me pegou em outro daqueles abraços longos e reconfortantes. "Nós vamos dar um jeito nisso. E não se preocupe com o Gage, eu não vou deixar que ele tente mandar em você. Ele só quer que você fique em segurança... mas ele tem que deixar você decidir como isso vai ser feito."

Eu senti uma onda de afeto e gratidão por ela. Se ainda havia algum traço de ressentimento ou ciúme no meu coração, desapareceu naquele momento.

Depois que eu comecei a falar, não parei mais. Eu contei tudo para Liberty, o modo como Nick controlava a casa, as camisas que eu tinha que passar, como ele me chamava de Marie. Ela arregalou os olhos ao ouvir esse detalhe.

"Oh, Haven", ela disse em voz baixa. "É como se ele estivesse tentando te apagar."

Nós tínhamos estendido uma colcha grande na sala com tema de fazenda, e Matthew engatinhou entre os animais bordados à mão até adormecer sobre um rebanho de ovelhas. Liberty abriu uma garrafa de vinho branco gelado.

"As instruções do seu remédio dizem que álcool pode aumentar os efeitos", ela avisou.

"Ótimo", eu disse, estendendo minha taça. "Não regule."

Relaxada sobre a colcha com o bebê adormecido, tentei encontrar uma posição confortável na pilha de almofadas que Liberty tinha arrumado para mim.

"O que confunde a minha cabeça", eu disse para ela, ainda refletindo sobre a minha relação com Nick, "são as vezes em que ele estava bem, porque então você pensa que tudo está melhorando. Você sabe as coisas que deve evitar. Mas então aparecem novas coisas. E não importa o quão arrependida você esteja, não importa o quanto se esforce, tudo que você diz e faz vai aumentando a tensão até vir a explosão."

"E as explosões pioram a cada vez", ela acrescentou com uma certeza que chamou minha atenção.

"É, isso mesmo. Você já namorou algum cara assim?"

"Minha mãe namorou", os olhos verdes de Liberty ficaram distantes. "O nome dele era Louis. Um tipo de médico e monstro. No começo ele era legal, encantador, e atraiu minha mãe passo a passo para o relacionamento. Quando as coisas ficaram ruins o bastante para fazer com que ela fosse embora, sua autoestima estava em frangalhos. Na época, eu era muito nova para entender por que minha mãe deixava que ele a tratasse tão mal."

O olhar dela passeou pelo corpinho adormecido de Matthew, mole e pesado como um saco de farinha.

"Eu acho que o que você precisa avaliar é se o comportamento do Nick é algo que pode ser melhorado com terapia. Se o fato de você ter ido embora pode ser suficiente para que ele queira mudar."

Eu bebi um gole do vinho e refleti um pouco sobre isso. A agressividade do Nick era algo que poderia ser removido como a casca de uma laranja? Ou estaria toda entranhada nele?

"Eu acredito que, com o Nick, a questão vai ser sempre ele estar no controle", eu disse, afinal. "Não consigo vê-lo admitindo que algo é culpa dele, ou que ele precisa mudar de algum modo. A culpa é sempre minha." Pondo de lado minha taça de vinho vazia, eu esfreguei a testa. "Eu fico pensando... será que algum dia ele me amou? Eu fui mais do que uma coisa que ele podia mandar e manipular? Porque se ele nunca se importou comigo, isso faz eu me sentir ainda mais idiota por tê-lo amado."

"Talvez ele gostasse de você tanto quanto era capaz", Liberty ponderou.

Eu dei um sorriso sem graça.

"Que sorte a minha...", percebi que nós conversávamos sobre o meu relacionamento com Nick como se já estivesse no passado. "Se eu tivesse esperado mais tempo", eu continuei, "namorado mais, talvez eu tivesse enxergado além da superfície. Foi minha culpa casar assim tão depressa."

"Não, não foi", Liberty insistiu. "Às vezes uma imitação de amor pode ser muito convincente."

Aquelas palavras me lembraram de algo que eu a ouvi dizer há muito tempo, na noite do casamento dela. Parecia que tinha se passado uma vida desde então.

"Como a imitação que você teve com Hardy Cates?"

Ela anuiu e sua expressão se tornou pensativa.

"É, mas eu nunca colocaria Hardy na mesma categoria do Nick. Ele nunca machucaria uma mulher. Na verdade, Hardy tinha o problema oposto... sempre tentando salvar alguém... eu esqueci o nome disso..."

"Complexo de cavaleiro."

"Isso. Mas quando o salvamento acabava, essa era a deixa para o Hardy ir embora."

"Ele não foi nenhum cavaleiro quando arruinou o negócio do Gage", eu não consegui deixar de lembrar.

O sorriso de Liberty ficou amargo.

"Você tem razão, mas acredito que Hardy considerou isso um golpe contra Gage, não contra mim", ela balançou a cabeça, parecendo querer afastar aquela lembrança. "Quanto a você e Nick... não é sua culpa que ele tenha ido atrás de você. Eu já li que homens com esse tipo de personalidade escolhem mulheres que podem manipular com facilidade — eles têm um tipo de radar para encontrá-las. Por exemplo, se você enchesse o estádio do Astrodome de gente e colocasse um homem assim e uma mulher vulnerável, os dois se encontrariam."

"Oh, que ótimo", eu fiquei indignada. "Eu sou um alvo móvel."

"Você não é um alvo, você só... confia demais. É amorosa. Qualquer homem normal admiraria isso. Mas eu acho que alguém como Nick provavelmente vê o amor como uma fraqueza que ele pode usar para tirar alguma vantagem."

Independentemente do que eu queria ouvir, aquilo me pegou. Era uma verdade que eu não podia evitar, ignorar ou pôr de lado... ela ficava no caminho, bloqueando qualquer possibilidade de eu voltar para o Nick.

Não importava o quanto eu o amasse, ou o que eu faria por ele, Nick nunca mudaria. Quanto mais eu tentasse agradá-lo, mais desprezo ele teria por mim.

"Eu não posso voltar para ele", eu disse lentamente. "Posso?"

Liberty só negou com a cabeça.

"Eu fico imaginando o que meu pai vai dizer se eu me divorciar", eu murmurei. "Vai começar com um grande, 'Eu te disse'."

"Não", Liberty falou, franca. "Sério. Eu conversei com o Churchill mais de uma vez sobre o jeito como ele estava se comportando. Ele está arrependido de ter sido tão durão."

Eu não acreditei naquilo.

"Meu pai *vive* para ser durão."

"O que o Churchill diz ou pensa não é importante agora", Liberty deu de ombros. "O importante é o que *você* quer."

Eu estava prestes a dizer para Liberty que talvez demorasse um bom tempo para descobrir isso, mas quando me deitei perto do corpo quente do bebê e me aninhei nele, algumas coisas ficaram muito claras. Eu nunca mais queria apanhar ou ouvir gritos. Eu queria ser chamada pelo meu nome. Eu queria que meu corpo pertencesse a mim. Eu queria todas as coisas que qualquer um merece apenas por ser humano. Incluindo amor.

E eu sabia que não era amor quando uma pessoa detinha todo o poder e a outra era completamente dependente. Amor verdadeiro não se desenvolve em uma hierarquia.

Eu encostei o nariz na cabecinha de Matthew. Nada no mundo cheira melhor que um bebê limpo. Como ele era inocente e confiante ao dormir. Como Nick trataria uma criatura indefesa como essa?

"Eu quero conversar com o advogado", eu falei, sonolenta. "Porque eu não quero ser a mulher no Astrodome."

Liberty cobriu nós dois delicadamente com uma manta.

"Tudo bem", ela sussurrou. "Você é quem manda, Haven."

Capítulo 5

No Texas, havia um período obrigatório de 60 dias de espera quando se entrava com o pedido de divórcio. Em algum momento, alguém no legislativo estadual decidiu que era uma boa ideia estabelecer um período para que as pessoas que desejavam se divorciar esfriassem a cabeça. Eu preferia que eles tivessem deixado que eu decidisse se desejava esfriar a cabeça ou não. Depois que tomei a decisão, eu queria acabar com aquilo o mais rápido possível.

Por outro lado, fiz bom uso desses dois meses. Eu fui curada por fora, os hematomas sumiram, e comecei a ir duas vezes por semana a uma terapeuta. Como nunca tinha feito isso antes, eu esperava que iria ter que me deitar no sofá e falar enquanto algum profissional impessoal de jaleco branco tomava notas.

Em vez disso, fui recebida em um escritório pequeno, aconchegante, com um sofá de sarja amarela florida, por uma terapeuta que não parecia ser muito mais velha que eu. O nome dela era Susan Byrnes, e ela tinha cabelos castanhos, olhos brilhantes e era sociável. Foi um alívio indescritível poder desabafar com ela. Susan era compreensiva e inteligente, e enquanto eu descrevia as coisas pelas quais tinha passado e o que eu senti, parecia que ela tinha o poder de explicar os mistérios do universo.

Susan disse que o comportamento de Nick parecia ser o de alguém com Transtorno de Personalidade Narcisista, o que é comum em maridos abusadores. Enquanto ela me explicava o transtorno, parecia estar descrevendo como minha vida tinha sido no ano anterior. Uma pessoa com TPN é tirânica, egoísta, gosta de culpar os outros e não tem empatia... e usa a raiva como tática de controle. Ela não respeita os limites pessoais de ninguém, o que significa que se sente no direito de criticar e amedrontar até que sua vítima esteja em pedaços.

Ter um transtorno de personalidade é diferente de ser louco, Susan explicou, porque ao contrário de uma pessoa louca, o narcisista consegue controlar onde e quando vai explodir. Nick nunca bateria em seu chefe na empresa, por exemplo, porque isso iria contra os interesses dele. Em vez disso, ele iria para casa para bater na mulher e chutar o cachorro. E ele nunca se sente culpado por isso, porque consegue se justificar para si mesmo. A dor dos outros não significa nada para ele.

"Então você está dizendo que o Nick não é louco, mas um sociopata?", eu perguntei.

"Bem... no fundo, sim. Mas é preciso ter em mente que a maioria dos sociopatas não é de assassinos, mas de indivíduos não empáticos e altamente manipuladores."

"Ele pode ser curado?"

Ela negou com a cabeça.

"É triste pensar que tipo de abuso ou abandono o deixou desse jeito. Mas o resultado é que Nick é quem ele é. É notória a resistência dos narcisistas à terapia. Por causa do sentimento de grandiosidade que têm, eles não veem a necessidade de mudar." Susan abriu um sorriso sombrio, como se evocasse alguma lembrança desagradável. "Acredite em mim, nenhum terapeuta quer um narcisista como paciente. Isso só resulta em imensa frustração e perda de tempo."

"E quanto a mim?", eu me obriguei a perguntar. "Eu posso ser curada?", naquele momento meus olhos arderam e eu tive que assoar o nariz, então Susan precisou repetir a resposta.

"É claro que sim, Haven. Nós vamos trabalhar nisso. Nós vamos conseguir."

A princípio, tive receio de que teria que me esforçar para perdoar Nick. Foi um alívio indescritível ouvir Susan dizer que não, que eu não precisava ficar presa em um ciclo de abuso e perdão. As vítimas de abuso com frequência são sobrecarregadas com a chamada responsabilidade de perdoar, e até mesmo reabilitar, seus algozes. Eu não tinha que fazer isso, Susan me explicou. Mais tarde, nós poderíamos tentar encontrar algum nível de conclusão para que o veneno do meu relacionamento com Nick não afetasse outras áreas da minha vida. Mas naquele momento eu precisava me concentrar em outras questões.

Eu descobri que era uma pessoa com limites pessoais tênues. Fui ensinada pelos meus pais, principalmente minha mãe, que ser uma boa filha significa não ter limites. Eu fui criada para deixar minha mãe sempre ter razão e poder me criticar, e também tomar decisões por mim em assuntos que não eram da conta dela.

"Mas meus irmãos não tiveram esse tipo de relacionamento com ela. Eles tinham limites. Não deixavam que ela interferisse na vida pessoal deles."

"Às vezes, uma mãe, ou um pai, tem expectativas diferentes de filhos e filhas", Susan respondeu, irônica. "Meus pais, por exemplo, insistem que devo ser eu a cuidar deles na velhice, e não conseguem conceber pedir isso ao meu irmão."

Susan e eu fizemos um bocado de interpretação de papéis, o que me fez sentir incrivelmente boba no começo, mas enquanto ela fingia ser Nick, depois meu pai, um amigo, um irmão e até minha mãe há muito falecida, eu ia praticando como defender meus limites. Foi um trabalho duro, tenso, de fazer suar.

"Dizer 'não' é uma vitamina."

Essa frase se tornou meu mantra. Eu imaginei que se a repetisse bastante, eu começaria a acreditar nela.

Gage cuidou dos procedimentos do divórcio que eu permiti. Possivelmente devido à influência moderadora de Liberty, ele mudou seu modo de falar comigo. Em vez de me dizer como as coisas iriam acontecer, ele me explicava com muita paciência quais eram as minhas opções, e não discutia minhas decisões. Quando Nick teve coragem de ligar no apartamento e exigiu falar comigo, e eu disse que o atenderia, Gage se obrigou a me passar o telefone.

Foi uma conversa e tanto, basicamente unilateral, com Nick falando e eu escutando. Meu marido despejou tudo que tinha, indo da culpa à fúria até chegar à súplica, alegando que o acontecido era tanto culpa minha quanto dele.

"Não dá para desistir de um casamento na primeira dificuldade", ele argumentou.

"Foi bem mais do que uma dificuldade."

"Quando duas pessoas se amam, elas encontram uma maneira de resolver as coisas."

"Você não me ama", eu sentenciei.

Mas ele disse que amava. Talvez ele não tivesse sido o melhor marido do mundo, mas com certeza eu também não tinha sido a melhor esposa.

"Pode ser que você tenha razão. Mas acho que eu não merecia que você quebrasse minha costela."

Nick disse que era impossível ele ter quebrado minha costela, que isso deve ter acontecido por acidente quando eu caí.

Eu fiz questão de ressaltar que ele me empurrou, me bateu. E fiquei atônita quando Nick falou que não se lembrava de ter me batido. Talvez uma de suas mãos tivesse escorregado.

Eu me perguntei se ele não lembrava mesmo, se teria conseguido reescrever a realidade para si mesmo, ou se estava apenas mentindo. E então eu me dei conta de que isso não importava.

"Eu não vou voltar", concluí. E repeti depois de cada observação que ele fez depois disso. "Eu não vou voltar. Eu não vou voltar."

Desliguei o telefone e fui até Gage, que esperava sentado na sala de estar. Ele tinha segurado com tanta força nos braços da poltrona de couro que seus dedos deixaram buracos fundos no estofamento macio, mas ele tinha me deixado lutar sozinha minha batalha, como eu precisava fazer.

Eu sempre amei Gage, mas nunca tanto como nessa época.

Entrei com o pedido de divórcio por incompatibilidade de gênios, o que significava que o casamento tinha se tornado impossível devido a conflitos de personalidade que destruíam "a finalidade legítima do matrimônio". Esse era o modo mais rápido de encerrar o casamento, informou o advogado. Se Nick não contestasse. Do contrário, haveria um julgamento, e todos os tipos de humilhação e sordidez surgiriam contra os dois.

"Haven", Gage me disse em particular, seus olhos cinzentos gentis, a boca apertada em uma expressão sombria. "Eu fiz meu melhor para me segurar e deixar você fazer as coisas do seu modo... mas eu tenho que lhe pedir algo agora."

"O que é?"

"Nós dois sabemos que o Nick não vai deixar esse divórcio acabar amigavelmente se nós não fizermos valer a pena para ele."

"Você quer dizer pagá-lo?", indaguei e meu sangue ferveu quando pensei em Nick recebendo uma recompensa financeira depois do modo como me tratou. "Bem, lembre Nick que eu fui deserdada. Eu..."

"Você ainda é uma Travis. E Nick vai jogar as cartas dele até o fim... um pobre rapaz trabalhador que casou com uma garota rica e mimada, e agora foi jogado de lado como um trapo velho. Se o Nick quiser, Haven, ele vai tornar esse processo o mais longo, difícil e público possível."

"Dê para ele minha parte do apartamento, então. É toda propriedade comum que nós temos."

"Nick vai querer mais do que só o apartamento."

Eu sabia aonde Gage queria chegar. Ele queria pagar para que o Nick ficasse quieto tempo suficiente para o divórcio ser concluído. Nick iria receber uma recompensa gorda depois de tudo que fez comigo. Aquilo me deixou tão furiosa que comecei a tremer.

"Eu juro", falei com uma sinceridade feroz, "que se conseguir me livrar dele, nunca mais vou me casar."

"Não, não diga isso", Gage esticou a mão para mim sem pensar, e eu recuei. Eu ainda não gostava de ser tocada, em especial por homens. Susan disse que isso era um mecanismo de proteção, que com o tempo iria melhorar. Eu ouvi Gage praguejar em voz baixa, e ele deixou os braços cair. "Desculpe", ele murmurou e então suspirou. "Sabe, meter uma bala na cabeça dele seria muito mais rápido e barato do que o divórcio."

"Você está brincando, né?", eu olhei preocupada para ele.

"Claro", ele assumiu uma expressão neutra, mas eu não gostei do que vi em seus olhos.

"Vamos continuar com a opção do divórcio", eu disse. "Eu prefiro que Matthew e Carrington não tenham que visitar o pai na prisão. Que tipo de condições você está pensando? E suponho que vou ter que rastejar aos pés do meu pai para implorar dinheiro para dar ao Nick? ... Porque eu mesma não tenho nada."

"Pode deixar que eu me ocupo das condições. O acordo fica mais para frente."

Percebendo que meu irmão não ia apenas assumir as despesas do divórcio, mas também do acordo, eu lhe dei um olhar enviesado.

"Gage..."

"Não se preocupe", ele disse em voz baixa. "Você faria o mesmo por mim. E não está causando dificuldades para ninguém, querida."

"Não é certo que você pague pelos meus erros."

"Haven... ser forte também significa ser capaz de admitir que precisa de ajuda às vezes. Você entrou nesse casamento sozinha, sofreu bastante sozinha, e com certeza não precisa sair dele sozinha. Me deixe bancar seu irmão mais velho."

A determinação dele fez com que eu sentisse meus pés apoiados em terreno firme. Eu senti que talvez, algum dia, tudo pudesse ficar bem.

"Eu vou lhe pagar algum dia."

"Está bem."

"Acho que a única vez que me senti mais grata", falei para o meu irmão, "foi quando você resgatou a Bootsie do arbusto de alfena.

Eu engoli o orgulho e telefonei para o meu pai depois que o divórcio terminou, em fevereiro. Para meu imenso alívio, Nick não apareceu no tribunal quando o juiz homologou o divórcio. Duas pessoas têm que estar presentes para o casamento, mas só uma basta para o divórcio. Gage tinha me garantido que Nick ficaria longe do tribunal naquele dia.

"O que você fez, ameaçou quebrar as pernas dele?", perguntei.

"Eu disse que se o visse, cinco minutos depois as tripas dele estariam penduradas no portão do tribunal", eu ri, e então percebi que Gage não estava brincando.

Gage e Liberty avisaram minha família que eu tinha voltado a Houston, mas que ainda iria demorar para conseguir ver alguém ou para falar ao telefone. É claro que meu pai, que sempre precisava estar no centro de qualquer coisa que acontecesse, ficou ofendido com minha reserva. Ele pediu para Gage me dizer que, quando eu estivesse pronta para descer do meu pedestal, ele gostaria que eu fosse visitá-lo.

"Você contou para ele que eu estava me divorciando?", perguntei para Gage.

"Contei. Não dá para dizer que ele ficou surpreso."

"Mas você contou o motivo?"

Eu não queria que ninguém soubesse o que aconteceu entre mim e Nick. Talvez com o tempo eu contasse para Jack ou Joe, mas por enquanto eu precisava manter esse segredo. Eu não queria nunca mais ser vista como fraca ou desamparada, vítima. Acima de tudo, não queria que sentissem pena de mim.

"Não", Gage disse, procurando me tranquilizar. "Eu só contei para o papai que não tinha dado certo, e que se ele quisesse ter algum relacionamento com você, era melhor manter a boca fechada a respeito do seu casamento."

Eu liguei, afinal, para o meu pai, com as mãos suadas crispadas no telefone.

"Oi, pai", eu tentei parecer despreocupada. "Faz um tempão que não falo com você. Só queria saber como você está."

"Haven." O som daquela voz rouca era familiar e reconfortante. "Quanto tempo, docinho! O que andou fazendo?"

"Meu divórcio."

"Ouvi dizer."

"É, bem... está tudo terminado entre mim e o Nick." Já que meu pai não podia me ver, eu franzi o rosto como se tivesse comido quiabo cru enquanto me obrigava a admitir: "O casamento foi um erro."

"Nessas horas eu nunca fico feliz de ter razão."

"Até parece", eu disse, e fui saudada pela risada rascante dele.

"Se você de fato se livrou dele", papai declarou, "vou telefonar para o meu advogado esta tarde e recolocar você no meu testamento."

"Ah, que ótimo! Foi por isso que eu liguei."

Ele precisou de um instante para se dar conta de que eu estava sendo sarcástica.

"Pai", eu falei, "você não vai segurar esse testamento como uma espada sobre a minha cabeça pelo resto da minha vida. Graças a você, eu tenho uma ótima formação, e não existe motivo para eu não conseguir arrumar um emprego. Então não se incomode de ligar para o advogado — eu não quero estar no testamento."

"Você vai estar no meu testamento se eu quiser", papai respondeu e eu tive que rir.

"Tanto faz. O verdadeiro motivo da minha ligação é que eu queria te ver. Faz muito tempo desde a última vez que tive uma boa discussão com alguém."

"Ótimo", ele disse. "Pode vir."

E com isso nosso relacionamento voltou aos trilhos, com as mesmas falhas e frustrações de sempre. Mas eu procurei me lembrar que agora tinha limites, e ninguém iria violá-los. Eu seria minha própria fortaleza.

Eu era uma pessoa nova em um mundo igual, o que era muito mais difícil do que ser uma pessoa igual em um mundo novo. As pessoas acreditavam me conhecer, mas não conheciam. Exceto Todd, meus antigos amigos não eram mais relevantes para essa nova versão de mim. Então busquei apoio nos meus irmãos, e descobri que a vida adulta tinha feito maravilhas com a personalidade deles.

Joe, fotógrafo comercial, fez questão de me dizer que tinha uma casa grande e que havia espaço de sobra se eu quisesse ficar com ele. Ele disse que passava muito tempo fora, e que não invadiríamos a privacidade um do outro. Eu lhe disse o quanto agradecia a oferta, mas que precisava do meu próprio lugar. Ainda assim, não teria sido nem um pouco ruim morar com ele. Joe era uma pessoa de fácil convivência. Nunca o ouvi reclamar de nada. Ele encarava a vida um dia de cada vez, o que era uma qualidade rara na família Travis.

Mas a verdadeira surpresa foi Jack, o irmão com quem nunca me dei bem — ele que me fez um corte de cabelo horrível quando eu tinha três anos, e vivia me assustando com insetos e cobras-d'água. O Jack adulto acabou se revelando um aliado inesperado. Um amigo. Na companhia dele, eu conseguia relaxar de verdade e minha sensação de ansiedade e medo evaporava como gotas de água pingando em uma chapa quente.

Talvez porque Jack fosse tão descomplicado. Ele afirmava ser a pessoa menos complexa na família Travis, e era provável que isso fosse verdade. Jack era um caçador, à vontade com sua condição de onívoro predador. Ele também era um ambientalista, e não via conflito nisso. Qualquer caçador, ele dizia, devia fazer o possível para proteger a natureza, já que passa tanto tempo nela.

Com Jack é fácil saber onde se está pisando. Se ele gosta de alguma coisa, diz isso sem hesitação. Em caso contrário, também vai ser sincero a respeito. Jack gostava de mulheres fáceis, carros velozes, vida noturna e bebidas fortes, mas gostava mesmo de tudo isso junto. No entender dele, você é obrigado a pecar no sábado à noite, para ter do que se arrepender na manhã de domingo. Do contrário, o pastor pode perder o emprego.

Depois que Jack se formou na Universidade do Texas, ele foi trabalhar em uma pequena administradora de imóveis. Com o tempo, conseguiu um empréstimo, comprou a empresa e a fez crescer quatro vezes o tamanho original. Era a ocupação perfeita para ele, que gostava de consertar coisas e resolver problemas. Da mesma forma que eu, Jack não se interessava nem um pouco pelo jargão financeiro e pelas estratégias de investimento que meu pai e Gage adoravam. Jack preferia enfrentar questões práticas no trabalho e na vida. Ele era bom em negócios secretos, em contornar burocracia, em falar de homem para homem. Com Jack não existia nada mais forte que uma promessa feita com um aperto de mãos. Ele preferia morrer — literalmente escolheria a morte — a quebrar sua palavra.

À luz da minha experiência hoteleira no Darlington, Jack disse que eu era perfeita para trabalhar na parte residencial de sua administradora, cuja sede era no 1800 Main. A gerente estava de saída por causa da gravidez, e ela queria passar os primeiros anos de vida do filho em casa.

"Obrigada, mas eu não posso", recusei quando Jack sugeriu, pela primeira vez, que eu ficasse com o cargo.

"Por que não? É perfeito para você."

"Cheira a nepotismo", eu disse.

"E daí?"

"E daí que existem pessoas mais qualificadas para o cargo."

"E?"

Eu comecei a sorrir com a insistência dele.

"E as pessoas vão reclamar se você contratar sua irmã."

"Veja", Jack retrucou, tranquilo, "essa é a vantagem de a empresa ser minha. Eu posso contratar a porra do palhaço Bozo se eu quiser."

"Isso é tão lisonjeiro, Jack."

"Vamos lá", ele sorriu. "Pelo menos tente. Vai ser divertido."

"Você está me oferecendo um emprego para poder ficar de olho em mim?"

"Na verdade, nós mal vamos nos ver, pois vamos ficar ocupados o tempo todo."

Eu gostei de ouvir aquilo — ficar ocupada o tempo todo. Eu queria trabalhar, realizar coisas, depois do ano em que passei sendo a escrava pessoal de Nick.

"Você vai aprender muito", Jack insistiu. "Você vai ficar a cargo do dinheiro — seguro, folha de pagamento, contas de manutenção. Você também vai negociar contratos de serviço, comprar equipamentos e suprimentos, e vai trabalhar com uma corretora de locação e uma assistente. Como administradora do edifício, você tem direito a um apartamento de um dormitório no local. Mas não vai ficar presa ao escritório o tempo todo... você vai fazer muitas reuniões fora. Depois, quando estiver pronta, você vai poder se envolver nos aspectos comerciais, o que vai me ajudar muito, porque estou planejando diversificar e começar com administração de construção, e depois, talvez..."

"Quem vai pagar o meu salário?", perguntei, desconfiada. "Você ou o papai?" Jack pareceu ficar ofendido.

"Eu, é claro. Papai não tem nada a ver com a minha empresa de administração."

"Ele é dono do prédio", eu lembrei.

"Você vai ser minha empregada, da minha empresa... e, pode acreditar, o 1800 Main *não* é o único cliente que nós temos. Nem de longe." Jack fez uma expressão de paciência esgotada. "Pense bem, Haven. Vai ser ótimo para nós dois."

"Tudo parece ótimo", eu concordei. "E não consigo pôr em palavras o quanto eu fico agradecida. Mas não posso começar por cima, Jack. Eu não tenho experiência. E não vai ficar bonito, para nenhum de nós, você me dar um emprego desses sem eu fazer por merecer. Mas e se eu começar como assistente do gerente? Eu poderia aprender tudo."

"Você não tem que fazer por merecer", Jack insistiu. "Você tem seus direitos por ser uma Travis."

"Ser uma Travis implica justamente ter que fazer mais por merecer", eu rebati.

Ele olhou para mim e balançou a cabeça, enquanto murmurava alguma coisa sobre bobagem liberal ianque.

Eu sorri para ele.

"Você sabe que assim faz mais sentido. É justo dar o emprego de gerente para alguém que fez mesmo por merecer."

"No mundo dos negócios", Jack disse, "justiça não quer dizer merda nenhuma."

Mas ele acabou cedendo e disse que "longe dele" me impedir de começar por baixo, se era isso mesmo que eu queria.

"Pode cortar tudo", eu falei para Liberty, sentada no banheiro dela, envolta em plástico. "Estou tão cansada de ter tanto cabelo. É quente, fica embaraçado e eu nunca sei o que fazer com ele."

Eu queria um novo visual para começar no meu novo emprego. E, como tinha sido cabeleireira, Liberty sabia o que estava fazendo. Eu imaginei que qualquer coisa que ela fizesse já seria uma melhoria.

"Talvez fosse melhor avançar em estágios", Liberty disse. "Pode ser chocante para você se eu tirar muito de uma vez."

"Não, porque não dá para doar menos de 25 centímetros. Pode cortar", nós iríamos doar 30 centímetros do meu cabelo para o programa

Mechas de Amor, que fazia perucas para crianças que sofriam perda de cabelo por razões médicas.

Liberty escovou habilmente meu cabelo.

"Ele vai ficar ondulado depois de cortar", ela comentou. "Todo esse peso puxa o cabelo para baixo e ele fica mais liso."

Ela trançou o cabelo e cortou tudo de uma vez na altura da nuca. Eu segurei a trança enquanto Liberty pegava um saco plástico, onde eu coloquei o cabelo, fechei e selei com um beijo.

"Boa sorte para a próxima pessoa que o usar", eu desejei.

Liberty borrifou água no meu cabelo e trabalhou à volta toda com uma navalha, tirando e desfiando mechas até formar uma pilha no chão.

"Não fique nervosa", ela disse quando me viu examinando uma mecha que tinha caído no meu colo revestido de plástico. "Você vai ficar ótima."

"Não estou nervosa", eu respondi, sincera. Não me importava minha aparência, desde que eu ficasse diferente.

Ela secou meu cabelo usando uma escova redonda, depois passou os dedos para deixá-lo solto e sorriu de satisfação.

"Dá uma olhada."

Eu ergui o rosto e levei um choque — agradável — ao ver meu reflexo. Liberty tinha me deixado com uma franja longa que cruzava a testa e a parte de trás estava curta, um pouco abaixo das orelhas, e repicada em camadas, com as pontas delicadamente viradas para cima. Eu parecia ter estilo. E confiança.

"É irreverente", eu disse, brincando com as camadas.

"Você pode virar as pontas para dentro ou para fora", ela explicou, sorrindo. "Gostou?"

"Adorei."

Liberty me virou para que nós duas pudéssemos ver o corte no espelho.

"É sexy", ela disse.

"Você acha? Eu espero que não."

Ela sorriu para mim, zombeteira.

"Eu acho que é sim. Por que você não quer ficar sexy?"

"Propaganda enganosa", eu disse.

A gerente que Jack trouxe de seu outro escritório se chamava Vanessa Flint. Ela era uma dessas mulheres muito bem arrumadas que provavelmente aparentava ter 35 anos quando tinha 25, e ainda aparentaria 35 quando tivesse 55. Embora ela fosse de estatura média, seu corpo esguio e sua boa postura davam a impressão de que ela era muito mais alta. Seu rosto tinha ossos finos e um aspecto sereno por baixo do cabelo loiro-acinzentado. Eu admirei sua compostura, que ela vestia como se fosse uma blusa abotoada até o pescoço.

A voz dela, clara e suave, não tinha muita força, parecendo gelo embrulhado em veludo. Mas, de algum modo, aquilo obrigava o interlocutor a prestar mais atenção, como se compartilhasse da responsabilidade de Vanessa se fazer entender.

Eu gostei dela a princípio. Ou, pelo menos, eu quis gostar dela. Vanessa foi amistosa, simpática, e quando saímos para beber depois do nosso primeiro dia de trabalho, eu me peguei confidenciando a ela mais do que devia sobre meu casamento fracassado e o divórcio resultante. Mas Vanessa também tinha se divorciado há pouco, e parecia haver tantas semelhanças entre nossos ex-maridos que foi um prazer fazer comparações.

Vanessa foi franca quanto à sua preocupação com relação ao meu relacionamento com Jack, e eu fiquei grata pela honestidade. Eu lhe garanti que não tinha intenção de me encostar nem de passar por cima dela só porque ele era meu irmão. Minha intenção era oposta, na verdade. Eu iria trabalhar mais pesado, porque tinha que provar algo. Ela pareceu satisfeita com minhas declarações sinceras e disse acreditar que nós trabalharíamos bem juntas.

Vanessa e eu recebemos apartamentos no 1800 Main. Eu me senti um pouco culpada por isso, sabendo que nenhum outro assistente de gerência recebeu um apartamento, mas essa foi a única concessão que fiz ao Jack. Ele insistiu nisso e, para dizer a verdade, gostei da segurança de morar tão perto do meu irmão.

Os outros empregados não moravam ali no prédio e vinham para lá todos os dias, incluindo a loira pequenina chamada Kimmie, subgerente do escritório, a corretora de locação Samantha Jenkins, o agente de marketing Phil Bunting, e Rob Ryan da contabilidade. Nós entrávamos em contato com o escritório comercial do Jack sempre que havia necessidade de suporte legal, quando tínhamos dúvidas técnicas ou se havia algo com que não éramos capazes de lidar sozinhos.

Parecia que todo mundo que trabalhava com Jack no escritório comercial tinha adquirido o mesmo estilo pessoal dele... todo mundo era tranquilo e quase jovial, em comparação com nosso escritório. Vanessa mantinha uma disciplina rígida, o que significava nada de *casual Fridays* e uma política de "tolerância zero a erros", que nunca era dita explicitamente. Contudo, todo mundo parecia considerá-la uma boa chefe — rígida, mas justa. Eu estava preparada para aprender com ela, seguir seu exemplo. Eu pensei que ela teria uma grande influência na minha nova vida.

Mas em questão de dias eu percebi que estava sendo manipulada.

Eu conhecia bem a tática, pois Nick a tinha empregado bastante. Um tirano ou alguém com transtorno de personalidade precisa manter suas vítimas confusas, indecisas, sempre inseguras sobre si mesmas. Dessa forma, ele ou ela pode manipular você com mais facilidade. Pode ser qualquer coisa que faça você duvidar de si mesmo. Por exemplo, um tirano faz uma declaração sobre algo, e quando você concorda, ele discorda de sua própria declaração original. Ou ele o faz pensar que você perdeu algo quando não perdeu, ou o acusa de esquecer de algo que, na verdade, ele nunca lhe pediu.

O que me preocupou foi que eu parecia ser o único alvo de Vanessa. Ninguém mais parecia ter problemas com ela.

Ela tirava uma pasta do lugar e me pedia para buscá-la, e ia aumentando a tensão até eu estar desesperada para encontrá-la. Se eu não conseguia, ela me acusava de ter escondido a pasta em algum lugar. E, então, ela aparecia em algum lugar esquisito, como embaixo de uma planta ou no alto de um armário, ou enfiado entre o carrinho da impressora e a mesa dela. Vanessa passava, para os outros, a impressão de que eu era descuidada e desorganizada. E eu não tinha prova das maldades que ela estava fazendo. A única coisa que me fazia não duvidar de mim mesma era minha noção incerta de sanidade.

Não havia como prever o humor ou as solicitações de Vanessa. Eu aprendi a guardar tudo, depois que ela me pediu para escrever três versões diferentes de uma carta e então se decidiu pela primeira versão, que eu já tinha apagado. Ela me dizia para comparecer a uma reunião a uma e meia. Quando eu chegava, estava trinta minutos atrasada. E ela jurava que tinha me dito uma da tarde. Ela dizia que eu não tinha prestado atenção.

Vanessa comentou que durante anos teve uma assistente chamada Helen, e a teria trazido consigo para o novo emprego, só que eu já tinha ficado com aquela posição. Não tinha me ocorrido que eu poderia ter atrapalhado uma antiga parceria profissional e roubado de alguém uma vaga que essa pessoa merecia. Quando Vanessa pediu que eu telefonasse para Helen, que continuava no emprego antigo, para pedir o telefone da manicure favorita dela, eu aproveitei a oportunidade e pedi desculpas a Helen.

"Nossa, não precisa se sentir mal", Helen disse. "Foi a melhor coisa que podia ter acontecido comigo."

Eu quis pedir demissão naquele momento, mas eu estava presa ali, e Vanessa sabia disso. Com meu currículo magro, eu não podia sair de um emprego logo depois de começar. E eu não sabia quanto tempo eu demoraria para encontrar outra coisa. Reclamar de Vanessa estava fora de questão — isso me faria parecer uma diva exigente, uma louca paranoica ou as duas coisas. Então eu decidi aguentar por um ano. Eu faria contatos e construiria meu próprio caminho para sair dali.

"Por que eu?", perguntei para Susan, minha terapeuta, depois de descrever a situação com Vanessa. "Ela poderia ter escolhido qualquer um naquele escritório como alvo. Eu tenho 'vítima' escrito na testa, ou algo assim? Eu pareço fraca?"

"Não creio", Susan disse, séria. "Na verdade, é mais provável que Vanessa te encare como uma ameaça. Alguém que ela precisa dominar e neutralizar."

"Eu, uma ameaça?", meneei a cabeça. "Não para alguém como Vanessa. Ela é autoconfiante e equilibrada. Ela é..."

"Pessoas autoconfiantes não são manipuladoras. Eu aposto que a confiança aparente de Vanessa não é nada além de fachada. Uma personagem falsa que ela construiu para cobrir suas deficiências", Susan sorriu da minha expressão de ceticismo. "E, sim, você pode representar uma ameaça para uma pessoa insegura. Você é inteligente, bonita, tem formação... e ainda existe a questão do seu sobrenome. Vencer alguém como você aumentaria muito a sensação de superioridade da Vanessa."

Na primeira sexta-feira depois que comecei a trabalhar na Travis Management Solutions, Jack apareceu no meu cubículo trazendo uma grande sacola de compras com um laço.

"Tome", ele disse, passando a sacola para mim por cima da montanha de papel sobre minha escrivaninha. "Uma lembrancinha para comemorar sua primeira semana."

Eu abri a sacola e encontrei uma pasta feita de couro cor de chocolate.

"Jack, é linda! Obrigada."

"Esta noite você vai sair comigo e com a Heidi", ele me informou. "Essa é a outra parte da comemoração."

Heidi era uma das integrantes do harém de mulheres com quem Jack saía. Como ele era muito franco a respeito de não querer se amarrar, nenhuma delas parecia esperar qualquer compromisso da parte dele.

"Eu não quero ser a vela no seu encontro", avisei.

"Você não vai nos incomodar", ele disse. "E você nem é uma vela de sete dias. É mais uma velinha de trinta minutos."

Revirei os olhos. Fazia tempo que eu já tinha aceitado que era uma verdade inexorável da vida eu ser o alvo de piadas de baixinhos dos meus irmãos imensos.

"Estou cansada", eu disse. "Acredite em mim, não sou capaz de sair para festejar com você e Heidi. Um drinque e é provável que eu apague."

"Se isso acontecer, eu ponho você em um táxi e te mando para casa." Jack me deu um olhar inflexível. "Eu vou arrastar você daqui se preciso, Haven. Estou falando sério."

Embora eu soubesse que ele jamais usaria de força comigo, senti que fiquei pálida e rígida na minha poltrona. *Não me toque*, eu quis dizer, mas as palavras ficaram presas atrás dos meus dentes, debatendo-se contra eles como pássaros selvagens engaiolados.

Jack piscou, surpreso, enquanto me observava.

"Ei... eu só estava brincando, querida. Pelo amor de Deus, não olhe para mim desse jeito. Eu fico me sentindo culpado para caramba, e não sei o motivo."

Eu me forcei a sorrir e relaxar.

"Desculpe. Foi só uma lembrança ruim."

Eu refleti que Nick não iria querer que eu saísse à noite, que me divertisse e conhecesse pessoas. Ele iria querer que eu ficasse em casa, isolada. Só por isso eu decidi que iria sair, para contrariá-lo.

"Tudo bem", eu me ouvi dizer. "Acho que aguento um tempinho. O que eu estou usando serve?", eu vestia uma saia simples, blusa de gola rulê preta e scarpins.

"Claro. É só um bar normal."

"Não é o tipo de bar para se conhecer gente?"

"Não. Esse é um tipo de bar para se beber depois do trabalho, para relaxar. Depois é que se vai para o bar de conhecer gente. E se conhecer alguém legal lá, vai com esse alguém para um bar tranquilo, sossegado. E se funcionar, leva a companhia para casa."

"Nossa, isso parece muito trabalhoso", eu comentei.

Vanessa apareceu na abertura do cubículo, esguia, elegante e afetada.

"Que divertido", ela disse, seu olhar desviando de Jack para o presente sobre a mesa. Ela me confundiu com um sorriso caloroso. "Bem, você merece uma recompensa, Haven... Você fez um ótimo trabalho esta semana."

"Obrigada", fiquei surpresa e agradecida por ela me elogiar na frente do meu irmão.

"Fez mesmo", ela acrescentou, sorrindo. "Nós vamos ter que dar um jeito de usar seu tempo de maneira mais produtiva", ela piscou para Jack. "Alguém gosta de enviar e-mails para os amigos quando deveria estar trabalhando."

Aquilo não era verdade — eu me senti ultrajada —, mas não podia discutir com ela na frente do Jack.

"Eu não sei de onde você tirou essa ideia", eu disse, calma.

Vanessa deu uma risadinha.

"Eu reparei como você minimiza os programas quando eu passo", ela se virou para Jack. "Eu ouvi dizer que vocês dois vão sair?"

Senti um aperto no coração ao perceber que ela queria ser convidada.

"Vamos", Jack disse, tranquilo. "Nós precisamos de algum tempo em família."

"Que ótimo. Bom, eu vou ficar em casa, descansando e me preparando para a semana que vem." Ela piscou para mim. "Não festeje demais, Haven. Vou precisar que você esteja a toda velocidade na segunda-feira."

Querendo dizer, pensei com amargura, que eu ainda não tinha alcançado minha velocidade máxima.

"Tenha um bom fim de semana", eu disse e fechei meu notebook.

Jack não tinha exagerado — era um bar bem à vontade, mesmo que o estacionamento parecesse uma exposição de carros de luxo. O interior era moderno, nada romântico e lotado, com revestimento de madeira escura nas paredes e iluminação fraca. Eu gostei da namorada do Jack, Heidi, que era risonha e animada.

Era uma daquelas noites de inverno em que o clima de Houston não conseguia decidir o que queria fazer. A chuva ia e vinha, e algumas rajadas de vento nos acertavam por baixo do guarda-chuva enquanto Jack nos levava para dentro. Percebi que Jack era cliente assíduo daquele lugar — ele parecia conhecer o segurança na porta, dois dos barmen, algumas garçonetes e praticamente todo mundo que passava pela nossa mesa. Na verdade, Heidi também parecia conhecer todo mundo. Eu fui apresentada a um desfile contínuo de Houstonitas exaustos que pareciam desesperados para conseguir seu primeiro drinque naquela noite de sexta-feira.

Algumas vezes, Heidi me cutucava por baixo da mesa quando algum homem atraente passava por nós.

"Ele é bonito, não é? Eu o conheço, posso apresentar vocês dois. E aquele ali adiante — também é bonito. Qual dos dois você prefere?"

"Obrigada", eu disse, agradecendo o esforço dela. "Mas ainda não superei o divórcio."

"Ah, você precisa arrumar um cara para tirar o atraso", Heidi brincou. "Os caras para tirar o atraso são os *melhores*."

"São mesmo?"

"Eles nem sonham em querer um relacionamento sério, porque todo mundo sabe que ninguém quer isso logo depois do divórcio. Eles só querem estar no comitê de boas-vindas quando você recomeçar a fazer sexo. É o seu momento de *experimentar*, garota!"

"O mundo é minha placa de Petri", eu disse, levantando o copo.

Depois de beber lentamente um Martini e meio de vodca, eu estava pronta para ir para casa. O bar estava ainda mais cheio, e os grupos de corpos passando pela nossa mesa me lembraram de salmões subindo a correnteza. Eu olhei para Jack e Heidi, que pareciam não ter pressa de ir a lugar algum, e senti aquele tipo de solidão que surge quando você está em uma sala cheia de gente que parece estar se divertindo, menos você.

"Ei, vocês dois... eu estou indo."

"Não pode", Jack disse, franzindo a testa. "Não são nem oito horas."

"Jack, eu já tomei dois drinques e conheci 328 pessoas...", eu parei para sorrir para Heidi, "...incluindo dois caras para tirar o atraso."

"Eu vou te apresentar para um deles", Heidi disse, entusiasmada. "E vamos sair todos em um encontro duplo!"

Quando o inferno e metade do Texas congelarem, eu pensei, mas sorri.

"Parece ótimo. Depois a gente combina. Tchau, queridos."

Jack começou a se levantar.

"Vou te ajudar a arrumar um táxi."

"Não, não... fique com a Heidi. Vou pedir para um dos porteiros me ajudar", sacudi a cabeça, exasperada, quando vi que ele parecia preocupado. "Eu consigo encontrar a porta da frente e arrumar um táxi. Na verdade, o 1800 Main é tão perto que dá para ir andando."

"Nem pense nisso."

"Eu não estou *planejando* ir andando, só estava dizendo que... não importa. Divirtam-se."

Aliviada com a perspectiva de voltar para casa e tirar meus sapatos de salto alto, eu me joguei na massa de corpos em movimento. Aquilo me deu uma sensação desagradável, estar perto de tanta gente.

"Não acho que seja exatamente uma fobia", Susan disse quando eu lhe contei que achava que tinha desenvolvido sexofobia. "Isso estaria no mesmo nível de um transtorno, e não estou convencida de que o problema esteja tão enraizado. O que acontece é que, após uma experiência como a que você teve com Nick, sua mente inconscientemente diz 'vou atribuir sentimentos de aversão e ansiedade ao sexo oposto, para que eu evite ser machucada outra vez'. É só uma questão de religar os fios."

"Bem, eu gostaria de religar os fios ignorando sexo, então. Porque acho que não está em mim virar gay."

"Você não precisa virar gay", Susan disse com um meio sorriso. "Você só precisa encontrar o homem certo. Vai acontecer quando você estiver pronta."

Olhando para o passado, eu desejei que tivesse feito sexo com alguém antes do Nick, pois alguma associação positiva poderia me ajudar a voltar à ativa. Com tristeza, eu imaginei com quantos homens eu teria que me deitar antes de começar a gostar de sexo. Eu não era boa para adquirir gostos novos.

A massa de gente engrossava perto do bar. Cada banco estava ocupado, com centenas de drinques dispostos ao longo do mosaico reluzente de mesas pelo salão. Não havia outro modo de chegar à porta que não acompanhando o rebanho. Uma sensação de asco revirava meu estômago toda vez que eu sentia o toque impessoal de um quadril, uma barriga, um braço. Para me distrair, comecei a calcular quanta gente havia naquele bar além da lotação estabelecida pelo Corpo de Bombeiros.

Alguém no rebanho tropeçou ou hesitou. Foi um efeito dominó, com uma pessoa esbarrando na outra até eu sentir o impacto de um ombro no meu. O ímpeto me lançou de encontro aos bancos junto ao balcão, fazendo com que eu derrubasse minha bolsa. Eu teria batido forte no balcão se alguém sentado ali não tivesse me apoiado.

"Desculpe, moça", alguém na multidão falou.

"Tudo bem", eu disse, ofegante, à caça da minha bolsa.

"Espere, pode deixar que eu pego", disse o rapaz sentado no banco, abaixando-se para pegar a bolsa.

"Obrigada."

Quando o sujeito se endireitou e me entregou a bolsa, eu me deparei com dois olhos azuis que fizeram tudo parar; o som das vozes, a música de fundo, cada passo, piscada, respiração, batida de coração. Só uma pessoa que eu conhecia tinha olhos daquela cor. Deslumbrantes. Diabolicamente azuis.

Eu demorei para reagir, tentando fazer meu coração voltar a funcionar, e então meu pulso batia forte demais, rápido demais. Tudo que eu conseguia pensar era na última vez — a única vez — em que vi Hardy Cates. Eu estava enroscada nele na adega da casa do meu pai.

Capítulo 6

As pessoas atrás de mim me empurravam, tentando conseguir a atenção do barman. Eu estava para ser pisoteada. Hardy Cates murmurou algo e me ajudou a subir no banco que ele estava ocupando. Eu estava muito atordoada para me opor. O assento de couro ainda guardava o calor do corpo dele. Hardy ficou de pé com uma mão no balcão e outra no encosto do banco, protegendo-me. Aprisionando-me.

Hardy estava um pouco mais magro do que eu me lembrava, um pouco mais maduro, temperado pela vida. A expressão experiente combinava com ele, sobretudo porque em algum lugar, no fundo daqueles olhos azuis, ainda espreitava um convite perigoso para brincar. Ele possuía aquela autoconfiança masculina que era mil vezes mais potente do que a simples beleza. Uma aparência perfeita pode deixar você sem ação, mas esse tipo de carisma sexy faz seus joelhos bambearem. Eu não tinha dúvida de que toda mulher disponível naquele bar estava babando nele.

De fato, um pouco acima do contorno do ombro dele, eu vi uma loira pernuda no banco ao lado me fuzilar com os olhos. Eu tinha caído, literalmente, no meio da conversa dos dois.

"Srta. Travis", Hardy olhou para mim como se não pudesse acreditar que eu estava lá. "Perdão. Eu quis dizer Sra. Tanner."

"Não, eu... sou Travis de novo", ciente que eu estava gaguejando, resolvi me explicar: "Estou divorciada."

Não houve mudança na expressão dele, a não ser um ligeiro aumento naqueles olhos azuis. Ele pegou o copo e deu um gole. Quando seu olhar voltou para o meu, ele parecia estar examinando meu interior. Eu fiquei muito corada ao me lembrar outra vez da adega.

A loira continuava me fulminando com o olhar. Eu gesticulei para ela e balbuciei.

"Vocês me desculpem por interromper. Eu não pretendia... por favor, podem continuar com seu... foi bom revê-lo, Sr..."

"Hardy. Você não está interrompendo nada. Nós não estamos juntos", ele olhou por cima do ombro e a luz amarela do bar se derramou pelas camadas de seu cabelo escuro brilhante. "Com licença", ele disse para a mulher, "eu preciso pôr a conversa em dia com esta velha amiga."

"Claro", a outra disse com um sorriso falso.

Hardy se voltou para mim e o rosto da mulher mudou. Se olhares matassem, eu teria caído morta ali mesmo.

"Eu não vou roubar seu lugar", eu disse, começando a deslizar do banco. "Eu já estava indo embora. Está muito lotado aqui...", senti o ar me faltar quando minhas pernas tocaram as dele, e eu voltei para o banco.

"Dê só um minuto", Hardy respondeu. "Logo mais a lotação vai diminuir", ele gesticulou para o barman, que apareceu com uma velocidade espantosa.

"Sim, Sr. Cates?"

Hardy olhou para mim, erguendo uma sobrancelha.

"O que você vai tomar?"

Eu preciso mesmo ir, eu quis lhe dizer, mas o que saiu foi:

"Dr. Pepper, por favor."

"Dr. Pepper, com cerejas extras", ele disse ao barman.

"Como você sabe que eu gosto de marasquino?", perguntei, surpresa.

A boca dele se curvou com um sorriso preguiçoso. Por um instante eu esqueci como se respira.

"Eu só imaginei que você é do tipo que gosta de extras."

Ele era muito grande. Estava muito perto. Eu ainda não tinha me livrado do hábito de avaliar um homem em termos de quanto estrago poderia causar em mim. Nick tinha me deixado com hematomas e fraturas, mas Hardy podia matar uma pessoa normal com um gesto da mão. Eu sabia que alguém como eu, com toda minha bagagem e meu possível caso de sexofobia não tinha nada que fazer perto de Hardy Cates.

As mãos dele continuavam à minha volta, apoiadas no braço do banco e no balcão do bar. Eu senti a tensão de impulsos opostos; o desejo de me afastar dele e uma atração que pinicava como fagulhas dentro de mim. Ele tinha afrouxado a gravata cinza-prateado e soltado o botão mais alto da camisa, revelando um pedaço da camiseta branca por baixo. A pele do pescoço era lisa e bronzeada. Eu imaginei, por um segundo, qual seria a sensação do corpo dele por baixo das camadas de tecido, se ele continuava tão duro como eu me lembrava. Uma agitação composta de curiosidade e pavor fez com que eu me remexesse no banco.

Eu me virei, grata, quando o barman trouxe minha bebida, um *highball* efervescente de Dr. Pepper. Cerejas vermelhas brilhantes flutuavam na superfície. Eu tirei uma do copo e puxei a fruta do cabo com os dentes. Ela estava suculenta e pegajosa, e rolou, doce, pela minha língua.

"Você veio sozinha, Srta. Travis?", Hardy perguntou. Tantos homens do tamanho dele tinham vozes incompatíveis, agudas demais, mas Hardy possuía uma voz profunda, feita para preencher um peito imenso.

Eu pensei em lhe dizer que me chamasse pelo primeiro nome, mas eu precisava manter todas as barreiras possíveis entre nós, ainda que tênues.

"Eu vim com meu irmão Jack e a namorada dele", respondi. "Eu trabalho para ele, agora. Jack tem uma empresa de administração imobiliária. Estávamos comemorando minha primeira semana", peguei outra cereja e a comi devagar, e percebi que Hardy me observava com uma expressão absorta, ligeiramente vidrada.

"Quando eu era pequena, comia isso aqui de monte", contei. "Eu roubava potes de marasquino da geladeira. Eu comia as frutas como se fossem doces e despejava o suco no refrigerante."

"Aposto que você era uma garotinha fofa. Uma moleca."

"Com certeza uma moleca", eu concordei. "Eu queria ser como meus irmãos. Todo Natal eu pedia um jogo de ferramentas para o Papai Noel."

"Alguma vez ele atendeu o seu pedido?"

Eu meneei a cabeça com um sorriso amargo.

"Muitas bonecas. Roupas de balé. Um forninho de brinquedo", empurrei outra cereja com um gole de Dr. Pepper. "Minha tia finalmente me deu um conjunto de ferramentas, mas eu tive que devolver. Minha mãe disse que aquilo não era adequado para uma garotinha."

Ele torceu o canto da boca.

"Eu também nunca recebi o que queria."

Eu me perguntei o que era, mas entrar em assuntos pessoais dele estava fora de questão. Tentei pensar em algo mais neutro. Algum assunto de trabalho.

"Como estão indo seus negócios no mundo do petróleo?", perguntei.

Pelo que eu sabia, Hardy e outros dois sujeitos tinham começado uma pequena empresa de recuperação avançada de petróleo. Eles iam atrás de reservas esgotadas ou maduras depois que as grandes empresas não as consideravam mais rentáveis. Usando tecnologias especializadas de recuperação, eles conseguiam localizar restos da reserva. Dava para ganhar bastante dinheiro daquele modo.

"Estamos indo bem", Hardy respondeu, tranquilo. "Nós compramos concessões de alguns campos maduros e tivemos bons resultados com injeção de CO_2. Também compramos uma participação em uma propriedade parada no Golfo, o que está trazendo um bom retorno." Ele me observou tomar o Dr. Pepper. "Você cortou o cabelo", Hardy disse com a voz baixa.

Ergui a mão e passei os dedos pelas camadas curtas.

"Estava atrapalhando."

"Ficou lindo", ele disse.

Fazia tanto tempo que eu não recebia um elogio de qualquer tipo que minha língua ficou presa.

Hardy me observava com um olhar intenso.

"Eu nunca pensei que teria a oportunidade de dizer isso para você", ele começou, "mas naquela noite..."

"Eu prefiro não falar sobre isso", eu o interrompi, às pressas. "Por favor."

Hardy atendeu meu pedido e ficou em silêncio.

Meu olhar recaiu sobre a mão que descansava no balcão. Ela tinha dedos longos e parecia muito capaz. A mão de um trabalhador. As unhas estavam cortadas quase até o sabugo. Eu fiquei pasma pela quantidade de pequenas cicatrizes em forma de estrela em alguns dos dedos.

"O que... do que são essas marcas?", perguntei.

Ele contraiu um pouco a mão.

"Eu fazia cercas depois da aula e no verão, durante a adolescência. Colocava arame farpado para os rancheiros da região."

Eu estremeci ao pensar nas farpas do arame entrando nos dedos dele.

"Você fazia isso com as mãos nuas?", perguntei.

"Até conseguir dinheiro para comprar luvas."

O tom dele era casual, mas eu senti uma pontada de culpa, consciente de como minha criação privilegiada tinha sido diferente da dele. E pensei de quanta determinação e ambição ele devia ter precisado para sair da vida em um estacionamento de trailers, o gueto de alumínio, e chegar aonde chegou na indústria do petróleo. Poucos homens conseguem esse feito. É preciso trabalhar duro. E ser impiedoso. Dava para acreditar que ele fosse assim.

Nossos olhares se encontraram, ficaram assim e a voltagem que trocamos quase me fez cair do banco. Eu fiquei toda vermelha e senti calor por baixo das roupas, dentro do sapato, ao mesmo tempo que fui tomada por um arrepio nervoso. Eu nunca quis tanto me afastar de alguém.

"Obrigada pelo drinque", meus dentes estavam batendo. "Eu tenho que ir, eu... foi bom te rever. Boa sorte com tudo", eu saí do meu lugar e vi, aliviada, que a multidão tinha diminuído e havia um caminho possível até a porta.

"Vou te acompanhar até o carro", Hardy anunciou, deixando uma nota sobre o balcão. Ele pegou o paletó.

"Não precisa, obrigada. Eu vou pegar um táxi."

Mas ele saiu comigo mesmo assim.

"Você vai perder seu lugar no bar", eu murmurei.

"Sempre existe outro lugar no bar", senti a pressão casual da mão dele nas minhas costas e me recolhi por instinto. O toque foi retirado no mesmo instante. "Parece que continua chovendo", ele observou. "Você tem um casaco?"

"Não", eu disse, abrupta. "Tudo bem, não me importo de me molhar."

"Quer que eu te leve?", o tom de voz dele ficou mais delicado, como se tivesse reconhecido meu nervosismo crescente, ainda que não entendesse o motivo para tanto.

Eu sacudi a cabeça.

"Eu vou de táxi mesmo."

Hardy disse algumas palavras para um dos porteiros, que saiu para a calçada.

"Nós podemos esperar aqui dentro", ele disse, "até um táxi encostar."

Mas eu não podia esperar. Eu tinha que fugir dele. Eu estava tão ansiosa de ficar parada do lado dele que fiquei com medo de ter um ataque de pânico. A lateral do meu maxilar latejava sem motivo, e minhas costelas doíam onde Nick as tinha chutado, embora eu já estivesse curada. A ressonância das velhas feridas. *Eu vou demitir minha terapeuta*, eu pensei. *Eu não devia estar assim tão perturbada depois de todo o tempo que já passei com ela.*

"Divórcio ruim?", Hardy perguntou e seu olhar baixou para minhas mãos. Eu percebi que agarrava minha bolsa como se fosse um salva-vidas.

"Não, o divórcio foi ótimo", eu retruquei. "O casamento que foi uma droga", eu forcei um sorriso. "Preciso ir. Se cuida."

Incapaz de continuar dentro do bar, eu corri para a calçada, embora o táxi ainda não tivesse chegado. Eu fiquei parada na garoa como uma idiota, respirando com dificuldade, enrolada nos meus próprios braços. Minha pele parecia pequena demais para o meu corpo, como se eu tivesse sido embrulhada em plástico. Alguém se aproximou por trás e, pelo modo como senti os pelos da minha nuca eriçarem, eu soube que Hardy tinha me seguido.

Sem falar nada, ele colocou seu paletó nos meus ombros, envolvendo-me em lã forrada de seda. A sensação foi tão boa que eu estremeci. O cheiro dele estava à toda volta, aquele tempero suave, ensolarado, do qual eu nunca esqueci... Deus, como era bom. Reconfortante e estimulante ao mesmo tempo. Feromônio da melhor qualidade. Eu queria poder levar o paletó dele para casa comigo.

Não ele, só o paletó.

Eu me virei para olhar para ele, para as gotas de chuva cintilando nos fios castanhos de seu cabelo. A água atingia meu rosto em pequenos golpes frios. Hardy se movia devagar, como se pensasse que um movimento repentino poderia me assustar. Eu senti uma das palmas dele se amoldar ao lado do meu rosto, e seu polegar tirou gotas de chuva da minha face como se fossem lágrimas.

"Eu ia perguntar se posso ligar para você", eu o ouvi dizer, "mas acho que já sei a resposta."

A mão dele desceu até o meu pescoço, acariciando a lateral com o dorso dos dedos. Ele estava me tocando, eu pensei, espantada, mas no momento não me importei. Parada na chuva, envolta em seu paletó, aquela era a melhor sensação que eu tinha em um ano.

A cabeça dele baixou para perto da minha, mas ele não tentou me beijar, só ficou olhando para o meu rosto e eu encarei aquele azul intenso. Com a ponta dos dedos, ele explorou a parte de baixo do meu maxilar e subiu até a maçã do meu rosto. O polegar dele era um pouco caloso, áspero como a língua de um gato. Eu fui tomada por um calor entorpecente quando imaginei qual seria a sensação se ele...

Não.

Não, não... eu precisaria de *anos* de terapia antes de estar pronta para isso.

"Me dê seu número de telefone", ele murmurou.

"Isso seria má ideia", eu consegui dizer.

"Por quê?"

Porque eu não saberia lidar com você, pensei.

"Minha família não gosta de você", foi o que eu disse.

Hardy sorriu, sem mostrar arrependimento, e seus dentes brancos brilharam no rosto bronzeado.

"Não me diga que eles ainda guardam rancor por aquele negócio que não deu certo?"

"Os Travis são meio sensíveis nesse aspecto. Além disso...", eu parei para lamber uma gota de chuva no canto da minha boca, e o olhar dele acompanhou, alerta, o movimento. "...eu não sirvo de substituta da Liberty."

O sorriso desapareceu do rosto dele.

"Não. Você não serve de substituta de ninguém. E isso aconteceu há muito tempo."

Começou a chover mais forte, e o cabelo dele ficou escuro e escorrido como pelo de lontra. Seus cílios se projetavam acima dos olhos azuis. Ele ficava bem, molhado. Ele até cheirava bem, molhado, uma mistura de pele limpa e algodão encharcado. A pele dele parecia quente sob a névoa de gotículas. Na verdade, enquanto estávamos ali, rodeados pela cidade, por chuva e pela noite, ele parecia ser a única coisa quente do mundo.

Ele tirou uma mecha encharcada do meu rosto, e outra, mantendo o rosto impassível, severo. Apesar de todo seu tamanho e toda sua força, ele me tocava com uma delicadeza da qual Nick nunca foi capaz. Nós estávamos tão próximos que eu podia ver a textura de sua pele barbeada, e eu soube que aquele toque masculino seria delicioso nos meus lábios. Eu senti uma dor aguda e doce em algum lugar embaixo da minha caixa torácica. Sonhadora, eu lembrei do quanto eu desejei ter ido com ele naquela noite do casamento, para beber champanhe sob a lua linda. Não importava como aquilo poderia ter acabado, eu desejei ter ido.

Mas agora era tarde demais. Uma vida tarde demais. Um milhão de desejos tarde demais.

O táxi encostou.

O rosto de Hardy continuou perto do meu.

"Eu quero te ver de novo", ele disse em voz baixa.

Meus órgãos internos se transformaram em uma mini-Chernobyl. Eu não conseguia me entender, por que eu queria tanto ficar com ele. Qualquer pessoa racional saberia que Hardy Cates não tinha interesse verdadeiro em mim. Ele queria provocar minha família e atrair a atenção da minha cunhada. E se para conseguir isso ele tivesse que transar com uma garota da família, melhor ainda. Ele era um predador. E, para meu próprio bem, eu tinha que me livrar dele.

Então eu colei um sorriso de desdém por cima do pânico e olhei para ele com uma expressão que dizia, *eu sei o que você quer, amigo*.

"Você adoraria comer uma Travis, não é?", enquanto dizia isso, eu estremeci por dentro com minha própria grosseria.

Hardy respondeu com uma encarada longa que fritou cada neurônio que eu possuía. E depois disse, com delicadeza:

"Só uma pequena Travis em especial."

Eu fiquei vermelha. Senti contrações em lugares que eu nem sabia que tinham músculos. E fiquei espantada que minhas pernas estavam funcionando quando fui até o táxi e entrei.

"Onde você mora?", Hardy perguntou, e, como uma idiota, eu lhe disse. Ele entregou uma nota de vinte para o taxista, o que era um pagamento muito exagerado, já que meu prédio ficava a poucos quarteirões de distância. "Leve-a com cuidado", ele avisou, como se eu fosse feita de alguma substância frágil que podia quebrar com o primeiro solavanco da estrada.

"Sim, senhor!"

E só quando o táxi se afastou que eu percebi que ainda estava com o paletó dele.

A coisa normal a fazer teria sido mandar o paletó para a lavanderia imediatamente — havia um serviço no prédio — e mandar entregá-lo para Hardy na segunda-feira.

Mas às vezes o normal simplesmente não acontece. Às vezes, a loucura parece boa demais para se resistir. Então eu fiquei com o paletó, sem lavar, o fim de semana todo. Eu ficava indo até ele para cheirá-lo. Maldito paletó, com o cheiro de Hardy Cates, era igual a crack. Eu me rendi, afinal, e o vesti por algumas horas enquanto assistia a um filme em DVD.

Depois telefonei para meu melhor amigo, o Todd, que há pouco tempo tinha me perdoado por não falar com ele há meses, e lhe expliquei a situação.

"Estou tendo um caso com uma peça de roupa", revelei.

"Tem liquidação na Neiman's?".

"Não, não é para mim. É o paletó de um cara", fui em frente e lhe contei tudo sobre Hardy Cates, até mesmo o que aconteceu no casamento de Liberty e Gage, quase dois anos antes, e concluí contando sobre o encontro com ele no bar. "E eu acabei de vestir o paletó e assistir a um filme dentro dele. Na verdade, estou com ele agora, enquanto falo com você. Quão distante de normal é isso? Em uma escala de um a dez, qual o nível da minha loucura?"

"Depende. Que filme você assistiu?"

"Todd!", eu protestei, querendo uma resposta séria dele.

"Haven, não me peça para definir os limites do que é normal. Você sabe como eu fui criado. Uma vez meu pai colou pelos púbicos em uma pintura e a vendeu por um milhão de dólares."

Eu sempre gostei do pai de Todd, Tim Phelan, mas nunca entendi a arte dele. A melhor explicação que eu ouvi foi que Tim Phelan era um gênio revolucionário, cujas esculturas explodiam as noções convencionais de arte e exibiam materiais comuns como goma de mascar e fita crepe dentro de um novo contexto.

Quando criança, com frequência eu ficava perplexa com a assustadora inversão de papéis na casa dos Phelan, onde os pais pareciam crianças e seu único filho, Todd, tinha que ser o adulto.

Foi só por meio da insistência de Todd que a família adotou horários para comer e dormir. Ele tinha que arrastá-los para as reuniões de pais e mestres embora seus pais não acreditassem no sistema de notas. Todd não conseguiu, contudo, controlar o gosto extravagante deles na decoração da casa. Às vezes, o Sr. Phelan estava passando pelo corredor, parava para desenhar ou pintar algo diretamente na parede, e depois continuava. A casa toda parecia cheia de grafites inestimáveis. E quando chegava o Natal, a Sra. Phelan pendurava a árvore, que eles chamavam de arbusto Bodhi, de cabeça para baixo no teto.

Todd havia se tornado um decorador de interiores muito bem-sucedido, em grande parte devido à sua capacidade de ser criativo sem exagerar demais.

O pai dele desdenhava de seu trabalho, o que para Todd era um tremendo elogio. Na família Phelan, Todd me disse uma vez, bege era um ato de desafio.

"Então", Todd disse, voltando ao assunto do paletó, "posso ir até aí para cheirá-lo?"

Eu sorri.

"Não, porque você ia querer ficar com o paletó, e eu tenho que devolver. Mas só amanhã, o que significa que eu ainda tenho pelo menos doze horas com ele."

"Eu acho que esta semana você precisa conversar com Susan sobre os motivos de você ter tanto medo de um cara por quem se sente atraída", Todd sugeriu, "que o máximo que consegue é ficar acariciando o paletó dele. Quando o cara não está dentro do paletó."

Eu fiquei instantaneamente na defensiva.

"Eu já lhe disse, ele é um inimigo da família e eu..."

"Conversa mole", Todd me interrompeu. "Você não teve nenhum problema em mandar sua família para o inferno quando quis ficar com o Nick."

"É, e como nós pudemos perceber, minha família tinha razão."

"Não importa. Você tem o direito de ficar com quem quiser. Eu não acho que você está com medo da reação da sua família. Eu acho que é outra coisa." Uma pausa longa, especulativa, e então ele perguntou com delicadeza, "Foi tão ruim assim com o Nick, querida?"

Eu nunca contei para o Todd como meu marido tinha me agredido fisicamente. Eu ainda não tinha chegado a um ponto em que conseguia conversar à vontade sobre aquilo com alguém a não ser Gage, Liberty ou a terapeuta. A preocupação na voz de Todd quase acabou comigo. Eu tentei responder, mas demorei uma eternidade para conseguir produzir algum som com minha garganta apertada.

"Foi", eu suspirei, afinal. Meus olhos ficaram cheios de água e eu os limpei com a mão. "Foi muito ruim."

Então foi a vez de Todd esperar um pouco, antes de conseguir falar.

"O que eu posso fazer?", ele apenas perguntou.

"Você está fazendo. Está sendo meu amigo."

"Sempre."

Eu sabia que ele estava sendo sincero. E me ocorreu que a amizade era muito mais confiável, para não dizer durável, que o amor.

CAPÍTULO 7

Quando um apartamento do 1800 Main ficava disponível, não permanecia assim muito tempo, apesar do preço milionário. Não importava se era uma unidade de 90 metros quadrados — o tamanho do meu apartamento de gerente, que eu adorava pelo aconchego — ou 400, dali tinham-se as melhores vistas de Houston. O prédio também oferecia serviços de recepcionista e manobrista 24 horas, cozinhas planejadas revestidas de granito e quartzo, luminárias de vidro de Murano, banheiros com chão de mármore travertino e banheiras romanas, armários que mais pareciam uma garagem, além de um clube no sexto andar com piscina olímpica e academia com personal trainer.

Apesar de todas essas comodidades, Gage e Liberty tinham se mudado dali. Liberty não gostava de morar em prédio, e ela e Gage concordaram que Matthew e Carrington precisavam viver em uma casa com quintal. Eles tinham um rancho ao norte de Houston, mas era muito longe da cidade e dos escritórios de Gage para que fosse a residência principal da família. Então, eles encontraram um terreno no bairro de Tanglewood e construíram uma casa em estilo europeu.

Depois que o apartamento ficou vazio, nossa corretora de locações, Samantha, começou a mostrá-lo para potenciais compradores. Mas antes que qualquer pessoa pudesse visitar um imóvel no 1800 Main, Samantha pedia referências bancárias ou de alguma firma de advocacia, para garantir que o interesse da pessoa era legítimo.

"Você ficaria espantada", ela me disse certa vez, "com a quantidade de malucos que gostariam de conhecer um apartamento de luxo."

Ela também revelou que cerca de um terço dos nossos moradores tinha pagado pelo imóvel em dinheiro, pelo menos metade era de executivos e quase três quartos era de gente que Samantha considerava "novos ricos".

Cerca de uma semana depois que mandei entregar o paletó lavado a seco de Hardy no escritório dele, recebi uma ligação de Samantha. Ela parecia tensa e dispersa.

"Haven, não posso ir trabalhar hoje. Meu pai teve dores no peito durante o fim de semana e está no hospital fazendo exames."

"Oh, sinto muito ouvir isso. Eu posso ajudar de alguma forma?"

"Pode", ela gemeu. "Você pode contar para a Vanessa? Eu me sinto péssima. Ela deixou claro que nós deveríamos avisar com 24 horas de antecedência uma ausência por motivo de doença."

"Vanessa não está aqui", eu a relembrei. "Ela tirou um fim de semana prolongado, lembra?"

Pelo que eu sabia, Vanessa tinha um namoro à distância com um sujeito de Atlanta, e ia visitá-lo pelo menos uma vez por mês. Ela não contou para ninguém o nome dele nem o que fazia, mas tinha me dado dicas de que era alguém podre de rico e poderoso, e que ele estava "comendo na mão" dela, claro.

Eu não podia me importar menos com quem quer que Vanessa estivesse namorando, mas tentei fazer cara de impressionada para não ofender. Vanessa parecia esperar que eu ficasse fascinada pelos detalhes banais de sua vida. Às vezes, ela repetia as mesmas histórias, como aquela em que ficava presa no trânsito, ou que a massagista disse que ela estava em ótima forma, duas ou três vezes, mesmo quando eu dizia que ela já tinha me contado aquilo. Eu tinha certeza de que ela fazia de propósito, embora não conseguisse entender o motivo, ou por que ela só fazia isso comigo.

"Mais alguma coisa, Sam?", eu perguntei.

"Eu agradeceria se você pudesse ir até o meu computador e imprimir o plano de marketing mais recente para o Sr. Travis. Ele disse que iria até aí hoje, e seria muito bom ele dar uma olhada nisso."

"Vou fazer chegar nas mãos dele", eu disse.

"Ah, e mais uma coisa... tem um cliente que vai hoje às nove ver o apartamento. Você pode mostrar o imóvel para ele? Por favor, diga que eu sinto muito não poder estar presente, e que ele pode me ligar no celular se tiver qualquer pergunta."

"Claro. Ele é qualificado?", eu perguntei.

"Ele é tão qualificado que eu fico até meio tonta só de estar no mesmo ambiente que ele." Um suspiro dramático. "Solteiro e cheio da grana. Droga! Eu estava tão ansiosa por este dia. Meu único consolo é saber que Vanessa também não vai estar aí para conhecê-lo."

Eu dei uma risadinha.

"Pode deixar que vou falar algumas coisas boas a seu respeito para ele", eu disse.

"Obrigada. E garanta que ele tenha o número do meu celular."

"Pode deixar."

Enquanto eu refletia sobre a expressão "solteiro e cheio da grana", um arrepio engraçado percorreu minha espinha, e de algum modo... eu soube. Eu *soube* quem era o Sr. Solteiro-e-cheio-da-grana, e me perguntei que diabos ele poderia estar querendo.

"Samantha", perguntei, desconfiada, "qual é o..."

"Ligação em espera", ela disse. "É o meu pai. Preciso desligar."

A ligação terminou e eu larguei o telefone. Fui até o computador da Samantha e abri sua agenda, bem quando David, o recepcionista, tocou o intercomunicador.

"Samantha, o Sr. Cates está aqui na recepção."

Quando minha suspeita foi confirmada, eu me vi ficar sem fôlego. Senti um misto de estarrecimento e preocupação, além de, por mais estranho que pareça, achar graça naquilo. Minha voz soou estranha aos meus próprios ouvidos.

"A Samantha não veio hoje", eu disse ao David. "Diga ao Sr. Cates que a Srta. Travis vai mostrar o imóvel para ele. Vou descer em um minuto."

"Pois não, Srta. Travis."

Eu dei uma conferida rápida em um espelho compacto, apliquei protetor labial colorido e afastei a franja comprida do rosto. Eu vestia calças marrom-escuro e um suéter com gola em v. Infelizmente, eu tinha escolhido calçar uma sapatilha sem salto nesse dia. Se eu soubesse que iria ver Hardy Cates, teria calçado meus saltos mais altos, para não lhe dar muita vantagem na altura.

Dei uma conferida no arquivo que Samantha tinha sobre Hardy e passei os olhos pelo relatório de pré-qualificação. Quase derrubei os papéis ao ver os números. Quando Hardy disse que sua empresa estava "indo bem", ele esqueceu de mencionar que estava no meio do processo de se tornar obscenamente rico. A propriedade no Golfo que ele disse estar "trazendo um bom retorno" deve ter sido um achado e tanto. *Realmente* um achado. E tanto.

Hardy Cates estava no caminho de se tornar um barão do petróleo. Com toda certeza, eu era a última pessoa que poderia repreendê-lo por isso. Meu pai tinha laços imensos com a indústria petrolífera. E até meu irmão mais velho, com sua empresa de energia alternativa, não tinha cortado os combustíveis fósseis de uma vez do seu portfólio. Suspirando, eu fechei o arquivo e peguei o elevador até a portaria residencial.

Hardy estava sentado em uma poltrona de couro preto perto da recepção, de onde conversava com David. Ele me viu e se levantou, e meu coração começou a bater tão rápido que eu me senti um pouco tonta.

Eu coloquei uma máscara profissional, um sorriso profissional e estendi a mão assim que cheguei perto dele.

"Sr. Cates."

"Olá, Srta. Travis."

Demos um aperto de mãos firme, impessoal e ficamos olhando um para o outro. Nós podíamos muito bem ser estranhos. Mas havia um brilho nos olhos de Hardy que fazia o calor arder na superfície da minha pele.

"Eu sinto muito que Samantha não esteja disponível esta manhã", eu comecei.

"Eu não sinto", ele passou um olhar rápido e minucioso por mim. "Obrigado por devolver meu paletó. Você não precisava ter mandado lavar."

Aquilo chamou a atenção de David. Ele olhou para nós, passando o olhar de um para outro com interesse indiscreto.

"Receio que tudo que eu vá conseguir fazer", eu disse, alegre, para Hardy, "é acompanhá-lo em uma visita inicial, para que você possa ter uma ideia de como é o apartamento. Não sou corretora, e a Samantha é a única pessoa que pode responder com precisão a suas perguntas."

"Tenho certeza de que você vai conseguir responder qualquer pergunta que eu tiver."

Nós fomos até o elevador, de onde saíram duas mulheres; uma mais velha, outra com idade próxima da minha. Elas pareciam mãe e filha saindo para fazer compras. Quando entrei no elevador e me virei para a porta, vi que as duas tinham olhado para trás para dar uma conferida em Hardy.

Eu tive que admitir que aquele homem estava demais usando jeans. A calça ficava levemente agarrada nos quadris dele e delineava as longas linhas dos notáveis músculos de suas coxas. E embora eu estivesse me esforçando para não conferir o traseiro dele, minha visão periférica estava se divertindo.

Eu apertei o botão do décimo-oitavo andar. Quando o elevador começou a subir, nós ficamos em cantos afastados.

Hardy me estudava com interesse sincero. Seu suéter de caxemira azul descansava sobre as linhas definidas do peito dele.

"Agradeço por dedicar algum tempo para mim hoje, Srta. Travis."

Eu decidi que nós tínhamos que começar a nos tratar pelo primeiro nome. Ele estava começando a dizer "Srta. Travis" com um toque tão exagerado de respeito que começava a parecer deboche.

"Você pode me chamar de Haven", eu murmurei.

"Haven", ele repetiu. O som do meu nome pronunciado lentamente me deu uma pontada apreensiva de prazer.

"O que você está fazendo aqui?", perguntei, abrupta. "Está realmente interessado neste apartamento?"

"Por que não estaria?"

"Eu vi seu endereço no formulário de pré-qualificação. Você está morando em Post Oak. Não vejo por que iria querer sair de lá."

"Aquele lugar é alugado", ele disse, tranquilo. "Não é meu. E prefiro esta localização."

Eu estreitei os olhos.

"Você sabe quem morava neste apartamento, não sabe?"

"Seu irmão e sua cunhada. E daí?"

"E daí que eu acho um pouco esquisito você querer vir morar no lugar em que Gage e Liberty moravam."

"Se você tiver outro apartamento disponível, eu gostaria de ver também."

Nós saímos do elevador no hall que dava acesso aos corredores que formavam uma letra H, decorados em tons serenos de creme e cinza. Eu me virei para encarar Hardy. O ar entre nós quase estalava de tensão.

"A localização deste prédio não é tão melhor que Post Oak", eu afirmei. "Na verdade, em termos de custo-benefício, é provável que seja melhor você continuar onde está."

Hardy ergueu uma sobrancelha, parecendo se divertir.

"Você está tentando usar alguma nova tática de vendas comigo?"

"Não. Só estou tentando entender seu verdadeiro motivo."

"O que você acha?"

Eu encarei de frente aqueles olhos impenetráveis.

"Eu acho que você tem alguma questão mal resolvida com a minha cunhada."

O sorriso dele sumiu.

"Você errou feio, querida. Nós nunca nem dormimos juntos. Eu desejo tudo de melhor para a Liberty, mas não a quero desse jeito", ele se aproximou, sem me tocar, mas senti que ele estava prestes a... bem, eu não sabia dizer o que. Senti um arrepio nervoso descer pela minha coluna. "Então, tente de novo", ele provocou. "Você não pode me manter fora daqui se não tiver um bom motivo."

Eu me afastei dele e tomei fôlego.

"Você é um criador de confusão", eu disse. "Esse é um ótimo motivo."

Ele esboçou um sorriso com o canto da boca.

"Eu fui quando tinha meus vinte e poucos anos. Essa fase já passou."

"Pois me parece que você ainda tem um pouco disso."

"Não, senhora. Sou completamente domesticado."

Eu tive uma ideia vaga de como ele deve ter sido na escola, um garoto malandro tentando convencer a professora de sua inocência. E o charme manhoso dele era tão irresistível que eu tive que me virar para esconder um sorriso.

"Claro que é", eu disse e o conduzi até o apartamento.

Parando na porta, comecei a digitar os números na fechadura eletrônica. Eu estava impregnada pela intensidade da presença de Hardy, tão grande e forte atrás de mim. Lá estava aquele cheiro outra vez, perturbador.

Eu apertei a última tecla, sem prestar atenção no que estava fazendo. Embora eu tivesse digitado aquela senha milhares de vezes enquanto estive hospedada com Gage e Liberty, devo ter errado algum número. Em vez de produzir o clique que sinalizava sua abertura, a fechadura emitiu uma série de bipes.

"Desculpe", eu disse sem fôlego, tentando olhar para qualquer lado, menos para ele. "Eu digitei a senha errada. Quando isso acontece, ela demora um pouco para reiniciar. Você pode mudar a combinação para qualquer número que..."

"Haven", ele me interrompeu em voz baixa e esperou até eu conseguir olhar para ele.

Eu agarrei a maçaneta como se minha vida dependesse disso. Eu tive que pigarrear antes de conseguir produzir algum som.

"O q-que foi?"

"Por que eu deixo você tão nervosa?", a voz dele era suave e alcançou um lugar sensível e dolorido dentro de mim. Um sorriso irônico tocou os lábios dele. "Você está com medo que eu vá tentar alguma coisa com você?"

Eu não consegui responder. *Eu não aguento isso*, pensei, desesperada. Senti uma onda de calor e camadas de cor me recobrindo. Meu coração operava com batimentos dolorosos. Tudo que eu conseguia fazer era encarar Hardy sem piscar, minhas costas pressionando a porta enquanto ele se curvava sobre mim. Ele se aproximou até eu começar a sentir a pressão dos músculos firmes de seu corpo em vários lugares ao mesmo tempo. Eu fechei os olhos, mortificada pelas rajadas rápidas da minha própria respiração.

"Então vamos acabar logo com isso", Hardy murmurou, "para que você pare de se preocupar."

Ele baixou a cabeça e aproximou a boca da minha. Eu pus meus punhos entre nós, com meus braços sobre o peito em um bloqueio rígido. Eu não consegui me fazer empurrá-lo, mas também não consegui deixá-lo me abraçar por completo. Ele colocou os braços à minha volta, um abraço firme, mas gentil, como se estivesse tomando cuidado para não me esmagar. Nossas respirações se misturaram e o calor cresceu em um ritmo agitado.

Os lábios dele se moveram, capturando meu lábio superior, depois o inferior, abrindo-os. Toda vez que eu pensava que o beijo iria parar, continuava mais um pouco, ia mais fundo, e minha garganta pinicava como se

eu estivesse ingerindo algo doce. Eu senti o toque sedoso da língua dele...
um gosto suave... outro... eu me senti fraca, dissolvendo-me na sensação.

A delicadeza dele foi me desarmando até eu quase esquecer o nó de
medo no estômago. Eu fiquei ali respirando-o, sentindo-o... mas ele estava
à minha volta toda, poderia me dominar facilmente se quisesse. Eu não
conseguia lidar com aquele sentimento de impotência, não importava o
quanto ele fosse gentil. Afastando minha boca, eu interrompi o beijo com
um lamento.

Os lábios de Hardy roçaram o alto da minha cabeça e ele me soltou
aos poucos. Ele baixou o rosto para mim, um calor azul em seus olhos.

"Agora me mostre o apartamento", ele sussurrou.

Por pura sorte — eu ainda não conseguia extrair um pensamento
coerente do meu cérebro — consegui digitar a combinação correta e abrir
a porta.

Como eu não tinha certeza de que conseguiria caminhar sem camba-
lear, deixei Hardy explorar o imóvel sozinho. Ele vagou pelo apartamento
de três dormitórios e examinou acabamentos, utensílios e vistas em cada
aposento. Na área de estar, um imenso janelão de vidro que ocupava toda a
parede revelava uma vista espetacular de Houston, uma cidade sem zonea-
mento que se espraiava em uma confusão de escritórios, shopping centers e
mansões e barracos, o barato e o grandioso se misturando à vontade.

Observando a silhueta longilínea de Hardy em frente às janelas, pensei
que o apartamento combinava com ele. Ele queria mostrar para os outros
que tinha chegado para ficar. E não se podia culpá-lo por isso. Em Houston,
se você queria um lugar à mesa, tinha que possuir as roupas, os carros, o
apartamento no arranha-céu, a mansão. A mulher alta e loira.

Precisando quebrar o silêncio, eu afinal reencontrei minha voz.

"A Liberty me contou que você costumava trabalhar em plataformas
de petróleo", eu me encostei no balcão da cozinha enquanto o observava.
"O que você fazia?"

Ele me olhou por cima do ombro antes de responder.

"Eu era soldador."

Não é de admirar, eu pensei, e não percebi que tinha falado isso em
voz alta até ele responder.

"Não é de admirar o quê?"

"Que você... tenha esses ombros e esses braços", eu disse, envergonhada.

"Oh", ele se virou para mim, as mãos ainda enfiadas nos bolsos. "É, eles
normalmente pegam os sujeitos maiores para fazer a soldagem nas plataformas,
as coisas que não puderam fazer nas oficinas em terra firme. Então eu tinha

que carregar um *power-con* de trinta quilos por toda a plataforma, subindo e descendo escadas... isso faz você entrar em forma bem rápido."

"*Power-con* é um tipo de gerador?"

Ele anuiu.

"Os modelos mais novos são feitos com os cabos afastados, para que duas pessoas possam carregar juntas. Mas a versão antiga, a que eu tinha que levar comigo, só podia ser carregada por um. Diacho, meus músculos ficavam tão doloridos...", ele sorriu e massageou a nuca, como se lembrasse de incômodos antigos. "Você deveria ter visto os outros soldadores de plataforma. Eles me faziam parecer minúsculo."

"Eu não consigo imaginar isso", admiti.

Ele se aproximou de mim sorrindo e foi se encostar do outro lado do balcão.

"Você gostava de trabalhar como soldador?", perguntei, hesitante. "Quero dizer, era isso que você queria fazer?"

"Eu queria fazer qualquer coisa que me tirasse de Welcome."

"A cidade em que você cresceu?"

Ele anuiu.

"Eu estourei um dos joelhos jogando futebol, então adeus chance de uma bolsa na faculdade. E em Welcome, se você não for para a faculdade, suas opções são limitadas. Eu sabia soldar, por causa do meu trabalho com cercas. Não precisei de muita coisa para ganhar um certificado. E eu tinha um amigo que trabalhava na manutenção de uma plataforma. Ele me disse que soldadores ganhavam oitenta pratas por hora."

"Você imaginou que chegaria a... aqui?", eu gesticulei para o apartamento imaculado e reluzente à nossa volta.

"Não", Hardy respondeu de imediato. "Eu nunca imaginei que...", mas enquanto ele encarava meus olhos, parou de falar. Parecia que ele pesava as consequências de suas palavras, imaginando como eu reagiria se ele dissesse a verdade. "Sim, eu sabia aonde iria chegar", ele disse, afinal, a voz suave. "Eu sempre soube que faria o que fosse necessário. Vivendo em um estacionamento de trailers, correndo com um grupo de garotos descalços... minha vida toda estava traçada para mim, e eu com certeza não gostava do que via. Então eu sempre soube que aproveitaria minha oportunidade quando ela aparecesse. E se ela não viesse, eu faria algo acontecer."

Quando eu começava a entender que motivação tremenda ele devia possuir, fiquei surpresa por perceber algo parecido com vergonha escondido no fundo daquela confissão.

"Por que você se sente constrangido em admitir que é ambicioso?"

Ele me deu um olhar demorado, como se nunca tivessem lhe feito aquela pergunta. Uma pausa cautelosa.

"Eu aprendi desde cedo a não falar sobre isso", ele respondeu, afinal. "Do contrário, os outros debocham de você."

"Por quê?"

"Funciona como caranguejos em uma caixa." Vendo que eu não tinha entendido, ele explicou, "Você pode manter vários caranguejos em uma caixa baixa, e nenhum deles vai conseguir fugir. Porque assim que um deles tenta escalar a lateral do recipiente, os outros o puxam de volta."

Nós nos encaramos diretamente, nossos antebraços apoiados no balcão entre nós. Aquilo estava muito íntimo, muito forte, como se alguma corrente elétrica corresse entre nós dois. Eu me afastei e desviei o olhar, interrompendo a ligação.

"O que você fazia em Dallas?", eu o ouvi perguntar.

"Eu trabalhei em um hotel durante algum tempo. Depois fiquei em casa por cerca de um ano."

Os olhos de Hardy faiscaram em um brilho de deboche.

"Fazendo o quê? Sendo uma esposa-troféu?"

Eu preferiria morrer a deixar que ele soubesse a verdade.

"Sim", eu disse, despreocupada. "Foi bem entediante."

"Foi por isso que seu casamento acabou? Você ficou entediada?"

"Mais ou menos", lendo a expressão dele, eu declarei em tom de pergunta: "Você acha que eu sou mimada, não é?"

Ele não se preocupou em negar.

"Eu acho que você deveria ter casado com alguém que soubesse fazer você se divertir."

"Eu simplesmente não deveria ter casado. Não nasci para isso."

"Nunca se sabe. Você pode querer tentar de novo um dia desses."

Eu neguei com a cabeça.

"Nenhum homem nunca mais vai ter esse poder sobre mim."

Um leve traço de desprezo se fez ouvir na voz dele.

"Você tinha todo o poder, querida. Você é filha de um milionário."

É claro. Era assim que parecia do lado de fora. Ninguém pode imaginar que eu não tivesse poder nenhum, sobre nada.

"Todo esse papo sobre casamento é entediante", eu disse. "Principalmente o meu. E eu prefiro que você não me chame de querida." Eu saí de trás do balcão, meus braços cruzados sobre o peito. "O que você achou do apartamento?"

"Eu gostei."

"Espaço demais para um homem solteiro, não acha?"

"Eu cresci em uma família de cinco dentro de um trailer. Depois disso, nenhum espaço é grande demais."

Eu tentei me lembrar do que Liberty tinha me falado sobre a família dele.

"Dois irmãos e uma irmã, certo?"

"Certo. Rick, Kevin e Hannah", uma sombra passou pelo rosto dele. "Minha irmã morreu no ano passado. Câncer de mama. Lutou muito. Dupla mastectomia, quatro meses de quimioterapia. Ela foi ao Centro Anderson de Oncologia da Universidade do Texas. Eu a teria levado a qualquer lugar no mundo, mas todos disseram que esse era o melhor lugar. Perto do fim, eles começaram a lhe dar Arimidex, que ela disse ser pior que quimioterapia. Nada impedia que os marcadores de câncer continuassem crescendo."

"Eu sinto muito." Eu queria expressar o quanto eu o entendia, até mesmo nas coisas que ele não tinha dito. Eu me peguei indo na direção dele e me encostei no mesmo lado do balcão que ele estava. "Eu sei como é perder alguém desse modo. Minha mãe também morreu de câncer de mama. Só que ela nunca passou por quimioterapia. Quando descobriram, era tarde demais. Ela estava no estágio quatro, com metástases no pulmão. Minha mãe preferiu ter uma vida mais curta, com mais qualidade, em vez de estendê-la com cirurgia e tratamentos, que de qualquer modo não teriam funcionado."

"Quantos anos você tinha?", ele perguntou.

"Quinze."

Olhando para mim, ele esticou a mão para afastar minha franja, que tinha caído sobre um olho.

"Haven... se você me disser para não ficar com o apartamento, eu não fico. Do contrário, eu quero morar aqui. Mas você decide."

Eu arregalei os olhos.

"Eu... eu... sua decisão não tem nada a ver comigo. Não me torne parte dela."

"Você se incomodaria se eu morasse aqui?"

"Claro que não", eu disse, um pouco rápido demais.

Ele abriu um sorriso preguiçoso.

"Eu não sou um homem de muitos talentos... mas os poucos que eu tenho são bons. Um deles é sempre saber quando alguém está mentindo para mim."

Eu não tive escolha senão admitir a verdade.

"Tudo bem. Talvez me incomode um pouco."

"Por quê?"

Ele era bom em me deixar sem jeito. Eu podia sentir meu pulso acelerando, agitado. Eu não sabia o que Hardy tinha, que fazia com que conseguisse vencer minhas defesas. Droga, como ele era astucioso. Agressivo, dominador, mas esperto o bastante para disfarçar tudo isso com um charme tranquilo. Ele era dez vezes mais homem que Nick e era simplesmente demais, em todos os sentidos. Eu imaginei que, se algum dia eu o deixasse se aproximar de mim, eu teria o que merecia, e o resultado não seria bonito.

"Olhe", eu disse, incisiva, "você mudando para cá ou não, não estou interessada em nenhum tipo de... sei lá o que... com você."

O olhar dele não se afastou do meu. Seus olhos estavam um tom mais escuro.

"Defina 'sei lá o que' ", ele pediu.

"Neste caso significa sexo."

"Esse é outro dos meus talentos", ele se gabou.

Agitada do jeito que eu estava, quase sorri.

"Tenho certeza de que isso vai deixar algumas das moradoras do 1800 Main bem felizes", eu fiz uma pausa para acrescentar ênfase. "Mas eu não serei uma delas."

"Entendi. Então onde eu vou ficar, Haven? Aqui ou em Post Oak?"

Eu fiz um gesto impaciente para indicar que tanto fazia.

"Venha para cá, se quiser. O país é livre."

"Tudo bem, então eu virei."

Eu não gostei do modo como aquilo soou, como se nós tivéssemos feito algum tipo de acordo.

Capítulo 8

"O cacete que ele vai morar aqui", Jack exclamou, indignado, andando de um lado para outro no escritório, mais tarde naquele dia. Ele tinha passado para uma visita rápida, para ver como as coisas estavam indo. Embora ele nunca admitiria, acredito que Jack se sentia aliviado por Vanessa não estar presente. Sempre que estava por perto, ela ficava dando sinais discretos de que pretendia que o relacionamento deles fosse além do campo profissional. Ainda bem que ele não parecia interessado.

Enquanto Jack fumegava por causa do Hardy, eu fiquei sentada atrás da minha escrivaninha, tentando entender um software novo com o qual ainda estava atrapalhada.

"Eu penso assim", argumentei, erguendo os olhos do computador, " 'Mantenha os amigos perto, e os inimigos mais perto.' Que jeito melhor existe de descobrir o que Hardy Cates está tramando do que com ele no nosso prédio?"

Aquilo fez Jack pensar.

"Eu acho que isso faz algum sentido. Mas por que ele quer morar *aqui*? Tem alguma coisa a ver com Gage e Liberty..."

"Não. Honestamente, não acho que seja isso. Acredito que ele teria ficado com outro apartamento se houvesse."

Jack sentou na borda da minha mesa.

"Ele está armando alguma jogada. Eu posso garantir."

Ele parecia tão certo que eu olhei para ele com cara de interrogação.

"Você já o conheceu?"

"Já, há cerca de um ano. Ele estava com uma garota que eu tinha namorado e por acaso eu a vi em uma boate. Então nós três conversamos por alguns minutos."

"E o que você achou dele?"

Um sorriso irônico curvou os lábios de Jack.

"Odeio ter que admitir, mas se não fosse pelo que ele fez com o acordo de biocombustível do Gage, e por ter aparecido sem convite no casamento, eu poderia ter gostado do sujeito. Nós conversamos sobre caça e pesca e ele me pareceu um cara ponta firme. E, gostando dele ou não, é preciso admitir que a empresa dele está mandando bem."

"Como você acha que ele conseguiu isso?"

"Ele reuniu uma equipe ótima, e sabe negociar bons contratos. Mas, acima de tudo, ele tem o dom de encontrar petróleo. Pode chamar de sorte, habilidade, o que for, mas algumas pessoas têm e outras não. Ele pode não ter feito faculdade, mas tem um conhecimento que não se tem como ensinar. Não sou eu quem vai subestimá-lo", Jack passou a mão pelo cabelo castanho, parecendo pensativo. "Joe também o conheceu."

Eu pisquei, surpresa.

"O quê? Joe, nosso irmão?"

"É. Joe tirou a fotografia para aquele perfil que fizeram sobre ele na *Texas Monthly*, ano passado."

"Que coincidência", eu disse, pensativa. "O que Joe falou sobre ele?"

"Não me lembro. Você vai ter que perguntar para ele", Jack franziu o rosto. "Você acha que Cates tem algum tipo de vingança em andamento contra a família Travis?"

"Vingança por que motivo?"

"Porque Gage casou com a antiga namorada dele?"

"Isso seria levar as coisas um pouco longe demais", ponderei, cética. "Quero dizer, eles nem transaram."

Jack ergueu as sobrancelhas.

"Como você sabe disso?"

"Ele me disse."

"Você estava conversando sobre sexo com Hardy Cates?", ele perguntou no mesmo tom que teria usado para dizer *até você, Haven?*

"Não foi desse jeito", eu disse, constrangida. "Foi um tipo de referência casual."

Jack me encarou por um longo momento.

"Se ele sequer olhar na sua direção, vou limpar o chão com a bunda dele..."

"Jack, fale baixo..."

"...e vou deixar isso *muito* claro para ele antes que o contrato seja assinado."

"Se você vai me envergonhar desse jeito, pode procurar uma nova assistente de gerência. Eu juro, Jack. Nem uma palavra para o Hardy."

Um silêncio comprido enquanto meu irmão me encarava.

"Você está interessada nesse Cates?", ele perguntou.

"*Não!*"

"Ótimo. Porque — e não leve isso para o lado pessoal — eu não confio na sua capacidade de escolher um cara decente. Se você gosta de alguém, ele provavelmente não presta."

"Essa é uma *imensa* violação de limites", eu disse, indignada.

"Uma o quê?"

"Isso quer dizer que eu não faço nenhum comentário sobre o tipo de mulher que você namora, e você não tem o direito de julgar minhas escolhas."

"É, mas...", Jack parou e fez uma careta. "Você tem razão. Não é da minha conta. É só que... eu queria que você conhecesse algum cara legal, sem tanta história."

Eu tive que rir. Minha irritação desapareceu e eu estendi o braço para tocar a mão dele.

"Se um dia você encontrar um", eu disse, "por favor, me apresente."

Meu telefone celular tocou e eu o peguei na minha bolsa.

"Tchau, Jack", eu disse e atendi o telefone. "Alô?"

"Haven."

O som da voz do Hardy foi um choque sutil e agradável.

"Oi", eu disse e fiquei brava comigo mesma pela voz resfolegante.

Jack, que estava saindo do meu cubículo, parou na entrada e me olhou com curiosidade. Eu acenei para ele ir embora, mas ele continuou onde estava, observando e escutando.

Eu adotei um tom decidido, profissional.

"Você tem alguma pergunta sobre o apartamento? Eu vou lhe dar o número da Samantha..."

"Eu já tenho o número dela. Eu queria falar com você."

"Oh", eu mexi em uma caneta que estava sobre a mesa. "Como eu posso ajudá-lo?"

"Eu preciso que você me indique alguém para ajeitar o apartamento — escolher a mobília, as cores, esse tipo de coisa."

"Um decorador de interiores?"

"Isso, mas alguém bom. O que eu contratei para o meu apartamento anterior cobrou uma fortuna e deixou o lugar parecendo um bar de Forth Worth."

"E esse não é o seu estilo?"

"É *exatamente* o meu estilo. Esse é o problema. Eu preciso melhorar minha imagem."

"Você não precisa se preocupar com isso", eu disse. "O estilo formal já era. À vontade e confortável é a tendência."

"Eu tenho um sofá que pastava a céu aberto."

Não pude deixar de rir ao ouvir aquilo.

"Você quer dizer couro de vaca? Com as manchas e tudo? Oh, Deus, você realmente precisa de ajuda." Eu pensei em Todd. "Eu conheço alguém, mas ele não é barato."

"Tudo bem, desde que seja bom."

"Você quer que eu ligue para ele e marque algo?"

"Seria ótimo, obrigado. E queria te pedir um favor, será que você poderia estar presente quando eu me encontrar com ele?"

Eu hesitei e meus dedos apertaram a caneta.

"Eu não acho que poderia ajudar."

"Eu preciso da sua opinião. Meu tipo de decoração costuma envolver couro, pelos e chifres. Você não faz ideia do tipo de coisa que conseguem me convencer."

"Tudo bem", eu disse, relutante. "Vou estar presente. Quando você pode?"

"Estou preso o resto do dia e amanhã, terminando um AFE. Então depois de amanhã, ou qualquer outro dia, estaria bom para mim."

"O que é um AFE?"

"Basicamente, é um orçamento, com todas as estimativas para perfuração e finalização de um poço, incluindo salários, serviços e equipamento. Você pode se dar muito mal se não fizer um AFE bem feito e garantir que todo mundo o siga. Isso é muito importante para empresas pequenas com orçamento limitado."

"Então é você que faz todo mundo seguir o AFE?"

"É, eu sou o sócio mau", Hardy admitiu. "Nenhum dos outros é bom nisso. Um é geofísico e se concentra no lado científico, e o outro não sabe lidar com confronto. Então, sobra para mim. Eu sei que não administrei direito um projeto quando não recebo pelo menos algumas ameaças de morte ao longo do caminho."

"Eu aposto que você é bom em confrontos", eu disse.

"Tenho que ser, às vezes. Mas não sou assim por natureza."

"Claro", concordei, sorrindo com ceticismo. "Mais tarde eu ligo para passar o horário."

"Tudo bem, chefe."

O sorriso continuava pregado nos cantos da minha boca quando ergui o rosto e vi Jack ali. Eu não sabia dizer se ele estava carrancudo ou debochando, mas sua expressão não era de felicidade.

"Não me diga que você estava falando com Hardy Cates."

"Eu estava falando com Hardy Cates. O que é que tem?"

"Eu não ouvia você dando suas risadinhas desde o colégio."

"Eu não estava dando risadinhas", retruquei na defensiva. "Eu nunca dou risadinhas. E antes que você diga qualquer coisa, lembre-se dos meus limites pessoais."

"Veja se Hardy Cates se lembra dos seus limites pessoais", Jack resmungou e saiu do meu cubículo.

"Sabe", Todd comentou, "Eu já tive muitos clientes com gosto terrível para decoração. Mas eles nunca admitem isso. Eles me contratam e depois ficam um tempão discutindo o projeto. Este é o primeiro cliente que admite ter um gosto horroroso."

"Eu acho que ele parece ter orgulho disso", eu pontuei.

Nós estávamos no elevador a caminho do décimo-oitavo andar, onde iríamos encontrar Hardy em seu novo apartamento.

"Eu lhe contei o que Beebe Whitney disse quando eu falei para ela que iria fazer o projeto do apartamento dele?", Todd perguntou.

Beebe era a garota mais linda do colégio, para não mencionar que foi a chefe das animadoras de torcida e princesa da classe. Quando ela se casou, deu uma das maiores festas que Houston já tinha visto, e se divorciou onze meses depois.

"Não, o que foi?"

"Ela disse, 'Você pode até cuidar do apartamento dele, Todd, mas eu cuidei *dele*'."

Fiquei de boca aberta.

"Beebe Whitney transou com Hardy Cates?", sussurrei, escandalizada.

Os olhos azuis-esverdeados de Todd brilharam de deleite.

"Um caso de uma noite. Eles se conheceram na 'lua de divórcio'."

"O que é uma lua de divórcio?"

"É a viagem que as pessoas fazem depois do divórcio... você sabe, como uma lua de mel. Você não fez a sua?"

Eu lembrei que estava deitada no apartamento de Gage e Liberty com um suporte para as costelas e uma concussão e dei um sorriso sombrio.

"Não exatamente."

"Bem, Beebe fez. Ela foi para Galveston, e lá teve uma grande festa em que Hardy Cates estava presente. Então, depois que eles conversaram por algum tempo, foram para o quarto dela no hotel. De acordo com Beebe, eles fizeram sexo a noite toda, em todas as posições possíveis, e quando acabou ela estava se sentindo uma prostituta barata. Ela disse que foi fabuloso."

Eu pus a mão no abdome, onde alguns nervos estavam pulando. Pensar em Hardy fazendo sexo com alguém que eu conhecia era desconcertante — de um modo estranho.

"Pena que ele seja hétero", Todd acrescentou. "Heterossexualidade é tão limitante."

Eu lhe dirigi um olhar de censura.

"Faça um favor para mim e não tente nada com o Hardy."

"Claro. Você está dizendo que chegou primeiro?"

"Não. Nada disso. Eu só não quero que você o deixe nervoso. Com certeza ele não é bi-qualquer-coisa."

Enquanto saíamos do elevador e nos dirigíamos ao apartamento, eu imaginei o que Hardy pensaria de Todd. Meu amigo não tinha nada de afeminado, mas ainda assim transmitia uma energia de que era capaz de jogar dos dois lados do campo. As pessoas normalmente gostavam dele. Todd tinha um ar descolado e tranquilo, de quem se sente à vontade consigo mesmo.

"Eu acho que você vai se entender bem com o Hardy", eu disse. "Depois vou querer saber sua opinião sobre ele."

Todd tinha uma habilidade infalível de ler os outros, de cavoucar os segredos que as pessoas revelavam sem nem mesmo saber. Linguagem corporal, hesitações verbais, diminutas mudanças de expressão... Todd enxergava tudo com a sensibilidade que um artista tem para os detalhes.

Quando chegamos à porta, vimos que já estava aberta.

"Olá?", eu chamei, hesitante enquanto entrávamos no apartamento.

Hardy veio nos receber, seu olhar passeando por mim antes de se deter no meu rosto.

"Oi", ele sorriu e esticou a mão para mim. Ele segurou minha mão um instante a mais, deslizando seu polegar pela minha palma antes que eu a puxasse.

Ele vestia um terno de grife, uma linda camisa social e um relógio bom. Sua gravata estava um pouco solta, como se ele a tivesse afrouxado, e seu cabelo caía em camadas marrons que praticamente imploravam para serem tocadas. Ele ficava bem em trajes civilizados, mas ainda assim havia nele um toque de lutador, um indício de que não tinha sido feito para ficar preso em terno e gravata.

"Posso ajudar você com isso?", ele perguntou a Todd, que carregava uma pilha de materiais, incluindo um portfólio, catálogo de amostras, desenhos e pastas.

"Não, está tudo bem", Todd apoiou a pilha no tampo de quartzo cinza do balcão. Ele deu um sorriso amigável para Hardy e estendeu a mão. "Todd Phelan. Seu apartamento é ótimo. Acho que nós podemos fazer algo espetacular com este lugar."

"Espero que sim", Hardy apertou a mão dele com firmeza. "Eu vou fazer o possível para deixar o caminho livre e não atrapalhar."

"Você não precisa deixar o caminho livre. Eu pretendo levar seus gostos e desgostos em conta." Fazendo uma pausa, Todd acrescentou com um sorriso, "Nós podemos até incluir o sofá de vaca, se você tiver uma ligação sentimental com ele."

"Ele é muito confortável", Hardy disse, com ar sonhador. "Eu tenho boas lembranças desse sofá."

"Nós todos vamos agradecer se você guardar essas lembranças para si", eu disse, enfaticamente.

Hardy sorriu para mim.

"Na ausência da mobília", Todd continuou, "esta reunião vai ter que ser no balcão da cozinha. Se você se aproximar, Hardy, vou lhe mostrar algumas ideias que comecei a desenvolver. Eu tenho uma cópia da planta, então já conheço a disposição..."

Enquanto Hardy rodeava o balcão para se aproximar dele, Todd virou para mim e fez *Uau* com a boca, e seus olhos turquesa cintilaram de alegria. Eu o ignorei.

Os dois se debruçaram sobre o livro de amostras.

"Está vendo essa paleta de cores?", Todd começou. "Tons terrosos, caramelos, verdes botânicos, um pouco de abóbora aqui e ali para realçar. Este seria um ambiente muito confortável. E ajudaria a suavizar a esterilidade do acabamento."

Eles concordaram com texturas e tons naturais, e com mobília feita sob encomenda. A única preferência que Hardy manifestou foi não querer um monte de mesinhas e cadeiras espalhadas pelo ambiente. Ele queria peças grandes que não o fizessem se sentir apertado.

"É claro", Todd concordou. "Um homem grande como você... Quanto você mede, um metro e oitenta e cinco, um e noventa...?

"Um e oitenta e oito."

"Certo", Todd me lançou um olhar de pura malícia. Era claro que ele tinha achado Hardy tão delicioso quanto eu achei. Mas ao contrário de mim, Todd não sentia nenhum conflito a respeito.

"O que você acha?", Hardy me perguntou quando eles tiraram algumas páginas de amostras do catálogo e as colocaram lado a lado sobre o balcão. "Você gosta disso?"

Quando me aproximei dele, senti o toque leve de sua mão nas minhas costas. Uma onda de calor percorreu minha coluna, chegando na base no crânio.

"Eu gosto", falei. "Mas ainda tenho reservas quanto ao sofá de vaca."

"Ele acrescenta um toque extravagante", Todd insistiu. "Vai funcionar. Dê uma chance ao sofá."

"Nada de sofá de vaca se ela não quiser", Hardy disse para Todd.

Todd arqueou a sobrancelha, irônico, ao olhar para mim.

"Que tal laranja, Haven? Podemos usar laranja ou é demais para você?"

Eu estudei a paleta e toquei uma amostra do veludo cor de chocolate. "Na verdade, eu gosto deste marrom."

"Já estou usando isso na poltrona", Todd argumentou.

"Então faça a poltrona laranja e o sofá marrom."

Todd refletiu sobre isso e fez anotações.

Eu ouvi o toque de um telefone celular. Hardy olhou para nós dois.

"Desculpem. Vocês se importam se eu atender? Vou terminar o mais rápido possível."

"Fique à vontade", Todd disse. "Nós estamos à vontade."

Hardy atendeu o celular e foi até o quarto ao lado.

"É o Cates", ele disse e fez uma pausa enquanto a pessoa do outro lado da linha falava. "É só ter certeza de que eles vão penetrar devagar com a broca quando forem enfiar... e eu quero que acertem o ângulo, entendido? O equipamento aguenta. É, nós não vamos penetrar muito fundo, nada além de um raio médio..."

Não existe atividade com terminologia mais fálica do que a atividade petroleira. Depois de ser exposta a três minutos de uma conversa com penetração, buracos, fluidos e brocas, até uma freira beneditina teria pensamentos impuros. Todd e eu ficamos em silêncio, escutando com avidez.

"...diga-lhes que vai ser de comprido, na horizontal."

"Eu queria ver o comprido dele na horizontal comigo", Todd comentou.

Eu sufoquei uma risada.

"Eu admito, ele é fofo."

"Fofo? Não! Ele é sexy como o diabo. Infelizmente, também é muito hétero. Então... é seu."

Eu meneei a cabeça.

"O divórcio ainda está muito perto. Eu não o quero. Além disso, ele sabe ser um cretino, e eu já tive muito disso."

"Você deixa que ele te toque", Todd observou como quem não quer nada.

"Eu não deixo", falei e arregalei os olhos.

"Deixa sim. Uns toquezinhos aqui e ali. Ele põe a mão no seu braço, nas suas costas, fica perto de você, fazendo com que se acostume com ele... é um ritual de acasalamento. Como a marcha dos pinguins."

"Não tem nada a ver com ritual de acasalamento. É uma coisa do Texas. As pessoas aqui são muito de toque."

"Principalmente quando elas querem comer você no meio da semana que vem."

"Todd, *cale a boca*", eu murmurei e ele abafou uma risada.

Nós dois fingimos estar olhando o livro de amostras quando Hardy voltou para a sala.

Mais alguns minutos de discussão e então Hardy olhou para o relógio.

"Eu sinto muito ter que pedir isto... mas vocês se importam se nós terminarmos alguns minutos antes?"

"Claro que não", Todd disse. "Eu já tenho mais que o suficiente para começar."

"Obrigado. Agradeço a compreensão", Hardy afrouxou a gravata e desabotoou o colarinho da camisa. "Hora de tirar a fantasia. Nós estamos com problema de perfuração em um poço secundário, e eu preciso ir até o local ver o que está acontecendo", ele pegou a pasta e um chaveiro e sorriu para mim. "Até aqui o buraco está seco. Mas eu estou com a sensação de que logo vai esguichar."

Não me arrisquei a olhar para o Todd.

"Boa sorte", eu disse. "A propósito, tudo bem se eu e Todd ficarmos mais alguns minutos?"

"Claro."

"Eu tranco quando formos embora."

"Obrigado", Hardy passou por mim, roçando os dedos levemente na minha mão que descansava sobre o balcão. O toque ligeiro provocou sensações que subiram pelo meu braço. O olhar dele conectou-se com o meu em um piscar de azul profano. "Tchau."

A porta se fechou atrás dele. Eu me apoiei no balcão, tentando pensar direito, mas meu cérebro tinha me abandonado.

Passaram-se pelo menos trinta segundos antes de eu olhar para o Todd. Os olhos dele estavam ligeiramente nebulosos, como se estivesse acordando — de má vontade — de um sonho molhado.

"Eu não sabia que ainda faziam homens desse jeito", ele suspirou.

"Que jeito?"

"Descolado, durão, com uma masculinidade antiquada. Do tipo que só chora se alguém atropelar o cachorro dele. Um cara de peito largo em que podemos saciar nossos patéticos complexos paternos."

"Eu não tenho um complexo paterno patético."

"Ah, não? Diga-me que você não se imaginou sentada no colo dele", Todd sorriu quando eu corei. "Você sabe o que é o cheiro dele, Haven? Testosterona, transbordando pelos poros."

Eu cobri as orelhas com as mãos e ele soltou uma gargalhada. Todd esperou até eu tirar as mãos das orelhas antes de continuar.

"Você precisa tomar cuidado com ele, querida", ele disse em tom mais sério.

"Cuidado? Por quê?"

"Eu tenho a sensação de que por baixo do exterior de olhos azuis e moço trabalhador, ele é um pouco conturbado."

Senti meus olhos arregalando.

"Conturbado do tipo doente?"

"Não. Conturbado tipo conturbado, ardiloso, que gosta de desafiar regras, fazer intrigas."

"Não concordo. Ele é igual ao Jack. Um homem direto, franco."

"Não, isso é o que ele quer que você pense. Mas não acredite nisso nem por um minuto. É uma fachada, esse papel de caipira simplório que ele interpreta. Ele faz isso para envolver as pessoas. E então ele dá o bote."

"Você está dizendo que Hardy é algum tipo de mestre da manipulação?", eu perguntei, cética. "Ele veio de um estacionamento de trailers, Todd."

"A única pessoa que eu conheço que é quase tão boa nesse tipo de dissimulação calculada... *quase* tão boa... é o seu pai."

Eu dei uma risada incrédula, mas senti um arrepio percorrer minha coluna.

"Você acha que ele é um homem mau?"

"Não. Mas tem muita coisa borbulhando por baixo da superfície. Mesmo quando interpreta o sujeito comum, ele está analisando e aprendendo o tempo todo."

"Você captou tudo isso só de conversar sobre sofás com ele?"

Todd sorriu.

"As pessoas revelam demais quando falam de seus gostos pessoais. E eu captei muita coisa enquanto o observava observando você. Acho que você ainda vai passar muito tempo com ele, querida."

"Você acha que eu devo ficar longe dele?", perguntei, com a voz esganiçada.

Todd demorou um bom tempo para responder.

"Meu conselho é: se você está disposta a ir nessa direção, vá de olhos abertos. Pode ser legal deixar que alguém manipule você, Haven, desde que saiba o que está acontecendo."

"Eu não quero ser manipulada."

"Ah, eu não sei", um sorriso tocou os lábios dele. "Com um homem desses... isso pode ser divertido."

Quando terminou meu horário de almoço, eu voltei para o meu cubículo e a voz suave e clara de Vanessa soou no intercomunicador.

"Haven, venha ao meu escritório, por favor."

Eu pensei no mesmo instante que não tinha feito nada errado, portanto não poderia ser nenhum problema, mas cada uma das palavras dela me atingiu como se eu tivesse sido alvejada no coração com uma arma de pregos.

Eu tinha certeza de que o fim de semana romântico da Vanessa não tinha ido bem, porque ela voltou com um humor do cão. Ela usava a mesma máscara de serenidade de sempre, mas quando estávamos só nós duas no escritório, ela derrubava "por acidente" o porta-lápis e me pedia para recolher tudo do chão. E então ela derrubava uma pasta e me pedia para recolher os papéis que tinham se espalhado pela sala. Eu não podia acusá-la de fazer essas coisas de propósito. Afinal, todo mundo tem momentos atrapalhados. Ela parecia quase jovial quando eu terminava de reunir os papéis.

Eu percebi que, em um curto período de tempo, tinha aparecido outra pessoa na minha vida para eu temer.

"Ela faz o mesmo tipo de manipulação egoísta, pomposa, que o Nick fazia", eu contei para Susan durante nossa última sessão. "Só que ela é mais dissimulada. Ela é uma narcisista furtiva. Deus, quantos desses babacas existem por aí?"

"Mais do que deveriam existir", ela constatou, pesarosa. "Eu já vi diversas estastísticas, mas dá para dizer que de três a cinco por cento da população ou tem fortes tendências ou já tem o transtorno instalado. E embora eu tenha lido que três quartos dos narcisistas são homens, minha experiência pessoal diz que a divisão é meio a meio."

"Bem, o que eu faço para parar de atrair esse tipo de gente? Eu quis saber e Susan sorriu.

"Você não atrai narcisistas, Haven. Nenhum de nós pode se furtar a ter que lidar com um narcisista de vez em quando. Mas eu diria que você está melhor equipada do que a maioria para lidar com isso."

Sim... eu sabia como lidar com narcisistas. Você nunca pode discordar deles. Você tem que parecer espantada com tudo que eles fazem, e não perder nenhuma oportunidade de adulá-los ou elogiá-los. Basicamente, você tem que se vender de todas as formas possíveis, até que não reste nada da sua dignidade, autoestima ou alma.

Vanessa não se preocupou em erguer os olhos da mesa quando entrei pela porta aberta em seu escritório.

"Eu gostaria que você batesse na porta antes de entrar", ela disse, ainda concentrada na tela do computador.

"Oh. Claro", eu voltei para o corredor, bati no batente da porta e esperei por uma resposta. Vanessa não disse nada, continuou digitando. Eu fiquei na entrada, onde esperei dois minutos inteiros até ela finalmente parar e olhar para mim.

"Pode entrar."

"Obrigada", eu disse com extrema educação.

"Sente-se."

Eu sentei na cadeira em frente à sua mesa e olhei para ela, esperando. Era injusto que alguém tão podre por dentro pudesse ser tão bonita. Os olhos dela eram redondos e leves em um rosto oval, e seu cabelo caía em uma perfeita onda clara sobre os ombros.

"Eu gostaria que você arrumasse a área do café e limpasse a máquina", Vanessa disse.

"Eu limpei a máquina ontem", afirmei.

"Receio que você tenha que limpar de novo. O gosto do café não está bom." Ela ergueu as sobrancelhas. "A menos que você acredite que isso é muito humilde para você? Eu não quero que você faça nada que a deixe constrangida, Haven."

"Não, tudo bem", eu lhe dei um sorriso vazio, inócuo. "Não tem problema. Algo mais?"

"Sim. A respeito de suas atividades no horário de almoço."

Eu não respondi, só fiquei olhando, inocente, para ela.

"Você estava fazendo alguma coisa com o novo morador no apartamento dele, esta tarde."

"Eu o apresentei a um decorador de interiores. Ele me pediu."

"Você não pediu minha autorização."

"Eu não me dei conta de que era preciso", eu disse com cautela. "Foi mais um favor pessoal."

"Bem, eu tenho uma regra que deveria ter explicado antes, Haven. Não é possível 'ficar pessoal' com nenhum dos moradores deste prédio. Isso pode gerar confusão e impedi-la de fazer seu trabalho com eficiência."

"Pode acreditar, eu não...", eu me interrompi. Ela tinha me pegado desprevenida. "Não existe *nada* acontecendo entre mim e o Sr. Cates."

Pelo menos parte da minha consternação deve ter sido percebida por Vanessa, porque a felicidade dela era óbvia. O rosto dela se suavizou com a preocupação típica de uma irmã mais velha.

"Fico feliz em saber disso. Porque alguém com seu histórico de relacionamentos fracassados podia arrumar uma confusão enorme com o morador."

"Eu..."

Meu *histórico* de relacionamentos fracassados? Eu só tive um. Um casamento fracassado. Eu ardi de vontade de lembrar Vanessa que ela também tinha passado por um divórcio, e não podia ser a primeira a atirar pedras. Mas consegui manter minha boca fechada enquanto meu rosto ficava vermelho.

"Então", Vanessa disse com um sorriso gentil, "nada de encontros particulares com o Sr. Cates, certo?"

Eu olhei para aqueles olhos claros, para aquele rosto tranquilo, impassível.

"Certo", eu meio que sussurrei. "Mais alguma coisa?"

"Na verdade... eu reparei que uma das máquinas de lanche perto da sala de reuniões não está funcionando. Eu gostaria que você pegasse o número da assistência técnica na máquina e pedisse que viessem consertá-la."

"Vou fazer isso agora mesmo", forcei meus lábios em um sorriso e me levantei. "Posso ir agora?"

"Pode."

Eu saí do escritório dela e limpei a máquina de café, pensando sombriamente que eu podia aguentar qualquer coisa que Vanessa Flint inventasse.

······················ CAPÍTULO 9 ······················

O aviso de Vanessa para eu ficar longe dos moradores foi desnecessário. Eu já tinha me decidido a aceitar a avaliação que Todd fez de Hardy. Eu não iria chegar nem perto dele. Meu cara para tirar o atraso, se e quando eu arrumasse um, não seria manipulador nem conturbado. Ele seria alguém com quem eu saberia lidar, alguém que não me oprimisse. E, embora Hardy fosse apenas cerca de sete ou oito anos mais velho que eu, ele tinha muito mais experiência que eu em todos os sentidos. Com relação a sexo, ele tinha "atacado o pote de doces" vezes demais, como Tia Gretchen gostava de dizer.

Mas no dia seguinte à mudança de Hardy para o 1800 Main, eu encontrei um pacote embrulhado sobre a minha mesa, amarrado por uma bela fita vermelha. Como não era meu aniversário nem qualquer feriado em que se dá presentes, eu fiquei perplexa.

Kimmie estava parada na entrada do meu cubículo.

"Deixaram aí há alguns minutos", ela informou. "Foi um dos caras mais bonitos que eu já vi. Olhos azuis e músculos bronzeados."

"Deve ser o novo morador", eu disse, aproximando-me do pacote como se pudesse conter uma bomba. "O Sr. Cates."

"Se esse é o tipo de morador que estamos atraindo", Kimmie brincou, "vou trabalhar aqui para sempre. Sem salário."

"Eu ficaria longe dele, se fosse você", eu me sentei à mesa. "Ele não respeita as mulheres."

"A gente pode sonhar, não pode?"

"Vanessa o viu trazer o pacote?", eu lhe dei um olhar vago. "Ela o conheceu?" Kimmie sorriu.

"Não só ela o conheceu, com também o cobriu de beijos, assim como Samantha e eu. E ela tentou de tudo para descobrir o que tem nesse pacote, mas ele não contou."

Ótimo, eu pensei e segurei um suspiro. Não precisava ser um gênio para saber que eu iria limpar a máquina de café pelo menos dez vezes naquele dia.

"Bem... você não vai abrir?", Kimmie perguntou.

"Depois", eu disse. Só Deus sabia o que havia dentro daquela caixa. Eu iria esperar até poder abri-la em particular.

"Haven... você está louca se acha que vai conseguir tirar esse presente do escritório sem deixar Vanessa saber o que é."

Embora Kimmie parecesse gostar da nossa chefe, era do conhecimento de todos que nenhum detalhe do que acontecia dentro do escritório escapava à atenção de Vanessa.

Eu coloquei o pacote no chão. Era pesado e produziu um clangor metálico. Seria algum tipo de utensílio? Eu pedi a Deus que não permitisse ser algum brinquedo erótico bizarro.

"Eu não tenho que deixá-la se meter em assuntos da minha vida particular."

"Aham", Kimmie olhou com ceticismo para mim. "Espere até Vanessa voltar do almoço. Sua privacidade vai durar tanto quanto um cubo de gelo no sol do meio-dia."

Não foi surpresa, é claro, que Vanessa tenha ido diretamente para o meu cubículo quando voltou. Ela vestia um tailleur branco imaculado, com uma blusa rosa-claro que combinava com o esmalte e o brilho labial. Fiquei tensa quando ela meio que se sentou na beirada da minha mesa e me encarou de cima para baixo.

"Nós tivemos um visitante enquanto você estava fora", ela comentou, sorrindo. "Parece que você e o Sr. Cates estão se dando bem."

"Eu procuro me dar bem com todos os moradores", respondi.

Ela pareceu achar graça.

"Com quantos deles você está trocando presentes, Haven?"

Eu a encarei sem piscar.

"O Sr. Cates e eu não estamos trocando presentes."

"Então o que é isso?", ela apontou para a caixa ao lado da minha mesa.

"Eu acredito que seja um gesto de agradecimento. Porque eu recomendei o decorador de interiores."

"Você acredita?", ela riu baixo. "Bem, vamos parar de acreditar e descobrir logo o que é isso."

Eu lutei para não deixar o desespero tomar conta da minha voz.

"Estou ocupada demais para mexer com isso agora. Eu tenho muitas..."

"Oh, sempre há tempo para presentes", Vanessa disse, alegre. "Vamos, Haven. Abra."

Eu xinguei em pensamento Vanessa, eu mesma e, principalmente, Hardy Cates, por me colocar nessa situação. Esticando a mão para a caixa, eu a puxei para o meu colo. Ao primeiro som de papel sendo rasgado, os outros empregados, incluindo Kimmie, Rob e Phil, apareceram na entrada do meu cubículo. Eu tinha uma plateia.

"Ei", Kimmie disse com um sorriso, "até que enfim você vai abrir essa coisa."

De cara fechada, eu tirei o papel, fiz uma bola e a joguei no lixo. O presente, fosse o que fosse, estava dentro de uma inócua caixa branca. Se fosse algo constrangedor, pensei, eu iria matar Hardy Cates logo em seguida. Segurando a respiração, eu ergui a tampa e descobri uma maleta rosa feito de plástico moldado.

Tinha uma etiqueta presa a um cabo, com poucas palavras:

Espero que isso lhe dê uma mãozinha.
H.

"É alguma coisa para banho?", Kimmie perguntou. "Maquiagem? Joia?"

"Joia numa caixa deste tamanho?", soltei os fechos prateados.

"Estamos no Texas", Kimmie argumentou.

"Vamos lá", Vanessa disse, quando eu hesitei na hora de levantar a tampa.

Antes que eu pudesse me segurar, um sorriso imenso, incontrolável, tomou conta do meu rosto quando eu abri a caixa. Era um conjunto de ferramentas completo, com um martelo de cabo rosa, uma trena, uma chave inglesa e um conjunto de chaves de fenda.

"Um *conjunto de ferramentas*?", Kimmie perguntou, atônita. "Bem, é diferente."

Até Vanessa pareceu decepcionada. Sem dúvida, ela estava esperando algo escandaloso ou comprometedor, ou pelo menos caro. Mas um conjunto de ferramentas de presente dificilmente sugeria um caso tórrido.

Infelizmente para mim, aquilo foi mais eficiente que um baú cheio de diamantes. Aquilo sugeria que Hardy Cates me entendia, de verdade, de um modo que nenhum outro homem tinha entendido. De um jeito que Nick nunca nem chegou perto. Aquilo me assustava quase tanto me agradava.

"Legal", eu disse, amena, e me virei para esconder minhas faces ruborizadas. Eu fechei o conjunto de ferramentas e o coloquei no chão ao lado da minha escrivaninha.

Vanessa ficou na minha mesa até todo mundo voltar ao trabalho. Eu podia sentir o olhar dela na minha nuca, mas a ignorei e fiquei concentrada na tela do meu notebook.

"Você é mesmo ruim com os homens, não é?", eu a ouvi dizer em uma voz baixa para que ninguém mais ouvisse. "Eu teria feito com que ele me desse algo muito melhor que isso."

Eu me convenci de que a única coisa decente a ser feita era agradecer a Hardy pelo presente. Então naquela noite eu subi até o apartamento dele, depois de jantar, na esperança de que ele não estivesse em casa. Meu plano era deixar uma garrafa de vinho e um bilhete na soleira, e assim evitar qualquer contato com ele.

Mas quando eu saí do elevador no décimo-oitavo andar, eu vi Hardy digitando a senha na fechadura da porta. Ele tinha acabado de treinar — estava usando calças de moletom e uma camiseta molhada que grudava em todas as linhas do seu tronco. O físico dele não era musculoso, mas... poderoso. Trincado. Dava para ver os contornos dos músculos em suas costas. Seus bíceps esticavam as mangas da camiseta. O cabelo em sua nuca estava encharcado de suor. Um brilho úmido recobria sua pele.

Ele era um macho grande e fumegante, e eu quase podia sentir o cheiro de sal, suor e pele quente de onde estava. Eu senti impulsos conflitantes de repulsa e desejo. Eu quis saboreá-lo. Eu quis colocar minha boca nele, em qualquer parte dele. Eu também quis sair correndo na direção oposta o mais rápido que podia.

Eu consegui sorrir e segurei a garrafa de vinho à minha frente quando ele se virou para olhar por cima do ombro.

"Oi", ele disse, com a voz suave, o olhar fixo no meu.

"Oi." Tive a sensação de que demorei um tempo absurdo para chegar até ele, como se o corredor tivesse se transformado em uma esteira que se movia em sentido oposto. Quando finalmente cheguei até ele, estiquei a garrafa de vinho com um gesto esquisito. "Obrigada", agradeci. "Pelo presente. Adorei."

"Vamos entrar", ele convidou ao abrir a porta.

"Não, obrigada. Eu só queria lhe dar isto...", nossos dedos se tocaram quando ele pegou a garrafa comigo, e eu puxei a mão para trás.

Ele pareceu achar graça, e um brilho de provocação passou por seus olhos.

"Você não quer ver como ficou a decoração do Todd?"

"Eu... quero. Acho que vou entrar um instante", eu segui Hardy apartamento adentro. Ele acendeu as luzes e eu fiquei de boca aberta com a mudança operada naquele lugar. Ele tinha sido transformado em um recanto rústico, mas sofisticado. Os ricos tons terrosos de madeira e estofamento combinavam com a parede de janelas. Havia um mínimo de mobília — algumas peças grandes e confortáveis, incluindo um sofá fundo, poltronas e um divã baixo, plano, estofado com couro cor de caramelo. Uma pintura estilizada em três partes, retratando uma boiada, estava pendurada em uma parede. Perfeito.

"Não sei quanto você pagou ao Todd", eu disse, "mas valeu a pena!"

"Foi o que ele me disse", Hardy admirou a garrafa de vinho. "Napa. Vinho da montanha. Eu gosto deles, principalmente dos Cabernets."

"Você já foi a alguma degustação de vinho?", perguntei e fiquei vermelha ao lembrar de quando ele me colocou na mesa da adega do meu pai e ficou entre minhas...

"Algumas", Hardy colocou a garrafa sobre o balcão. "Eu aprendi um pouco aqui e ali. Mas nunca entendi o retro-olfato..."

"É bem sutil. Às vezes ajuda se você mantiver o vinho na boca e deixar que atinja a temperatura do seu corpo...", Hardy se aproximou e eu esqueci por completo o que estava falando. Meu olhar foi para a pele bronzeada de seu pescoço, a cavidade úmida na base dele. "Então...", eu disse, "Preciso ir. Vou deixar você tomar seu banho." Pensar nele nu, com água quente escorrendo por todos aqueles músculos duros, toda aquela energia comprimida, esfrangalhou ainda mais minha compostura.

"Você não viu o restante do apartamento", ele disse.

"Deve estar uma maravilha."

"Você deveria pelo menos ver o quarto."

Eu vi a malícia cintilando nos olhos dele. Hardy estava me provocando.

"Não, obrigada."

Hardy se inclinou sobre mim, todo músculos e hormônios, apoiando uma mão na parede.

"Alguém já lhe disse", ele perguntou casualmente, "que seus olhos são da cor exata de Dr. Pepper?"

Eu ri, desarmada.

"Esse tipo de cantada funciona para você?"

Ele pareceu se deleitar com o fato de eu ter achado graça.

"Até que funciona, com a mulher certa."

"Eu não sou a mulher certa."

"Você e Todd... são amigos há muito tempo?"

Eu anuí.

"Desde o fundamental."

Um vinco apareceu entre as sobrancelhas morenas dele.

"Você costuma sair com ele?"

"Tipo em encontros, você quer dizer? Não."

A expressão dele desanuviou, como se minha resposta tivesse confirmado algo de que ele desconfiava.

"Ele é gay, então."

"Bem, não. Todd é do tipo 'vale tudo'. Ele já teve relacionamentos com homens e mulheres. Ele é aberto a qualquer possibilidade, porque acredita que o exterior de uma pessoa é só a embalagem. É um ponto de vista até que bem esclarecido, se você parar para pensar."

"Eu não sou esclarecido", Hardy disse. "Eu só estou interessado em embalagens que incluam seios", por um instante o olhar dele baixou para o meu peito, demonstrando um interesse que eu achei injustificado, considerando minha falta de volume. Ele voltou o olhar para o meu rosto. "Haven, tem uma coisa que eu vou fazer amanhã à noite... estão reabrindo um teatro..."

"O Harrisburg?" O teatro de renome nacional tinha passado por um ano de reformas depois que seu subsolo foi arrasado por uma inundação. A reabertura receberia celebridades locais e nacionais, para não mencionar a elite política e social do Texas. "Eu vou com o Todd."

"Um dos meus sócios fez uma doação em nome da empresa. Então eu estou meio obrigado a ir."

Eu tive a impressão de que Hardy ia me convidar para ir com ele. Um encontro. Eu me senti quente e sufocada com essa ideia. Eu não estava pronta para um encontro com ninguém, muito menos com ele.

"Pode ser que nós nos encontremos lá", eu tentei parecer casual. "Mas se nossos caminhos não se cruzarem... divirta-se."

"Você também."

"Legal. Até qualquer hora", eu me virei e fiquei mexendo na maçaneta. Ele me rodeou e a segurou.

"Deixe que eu abro para você."

Esperei com uma impaciência que beirava o pânico, pronta para fugir. Mas Hardy parou antes de abrir a porta.

"Haven", ele esperou até que eu me voltasse para ele, ficando com nossos corpos alinhados de frente, quase se tocando. A consciência que tínhamos um do outro era tão intensa que eu quase podia sentir a pressão dele na minha pele — sua dureza e seu peso. Eu não conseguia deixar de imaginar como seria o sexo com ele, se eu sairia esmagada e machucada, se ele seria delicado.

E então eu me perguntei se ele já tinha batido em uma mulher.

De algum modo, eu não conseguia conceber isso, que aquelas mãos poderosas poderiam infligir danos em alguém mais vulnerável que ele próprio, rompendo vasos, deixando hematomas. Mas Nick tinha me ensinado que coisas inimagináveis eram possíveis.

Quando eu reunisse coragem para tentar de novo, não poderia ser com uma criatura tão excessivamente masculina. Mas talvez isso fosse parte da atração, saber lá no fundo que sentimentos reais, uma ligação real, nunca seria possível com Hardy.

Eu encarei os olhos dele, hipnotizada pelo azul. Mesmo sabendo que era errado, eu quis me derreter nele, ser esmagada por aquele corpo enorme, sólido e... deixar acontecer. Respirar. Confiar.

"Fique", ele pediu com gentileza, "e tome este vinho comigo."

"Você... precisa tomar banho."

Um sorriso lento cruzou a boca dele.

"Você também pode tomar o banho comigo."

"Certo", eu disse, carrancuda, enquanto minha cabeça se enchia de imagens de pele masculina ensaboada e músculos molhados. "Até parece."

Hardy abriu a porta e me deixou escapar.

"Teria sido divertido", ele disse às minhas costas enquanto eu atravessava o corredor.

E eu tive que esconder o sorriso, sem coragem de olhar para trás.

Depois disso, eu me senti agitada a noite toda. Meu sono foi fraturado por sonhos, e de manhã acordei dolorida e de mau humor. Eu me dei conta de que todos os meus encontros com Hardy Cates começavam a parecer preliminares.

"Starlight Experience" era o tema da noite, que trazia cantores e músicos em homenagem aos irmãos Gershwin. Pelo menos 500 pessoas se acotovelavam pelo teatro enquanto um jazz animado preenchia o ambiente. Gershwin era uma escolha perfeita para a noite, transmitindo uma sensação de prazeres misturados e espontâneos.

O Harrisburg, na verdade, era constituído por dois teatros. O superior tinha cerca de quatro andares de altura e um palco italiano tradicional, para espetáculos convencionais. Mas o teatro inferior foi o que eu achei mais interessante. Com um palco modular, com chão segmentado, cada uma de suas seções era montada sobre seus próprios pistões pneumáticos independentes. Assim o palco podia ser reconfigurado em qualquer formato que a produção exigisse. As paredes também eram segmentadas, permitindo uma infinidade de projetos.

Embora eu fosse imune a qualquer sentimento romântico por Todd, gostei de vê-lo de smoking. A julgar pelos olhares que ele recebeu, a maioria das pessoas também gostou. Esguio e felino, o smoking caía com uma folga elegante em seu corpo magro.

Todd me levou às compras e escolheu meu vestido, um pretinho básico longo e colado ao corpo com decote drapeado e tiras de veludo preto. A frente era relativamente comportada, mas o decote nas costas ia tão fundo que não pude usar nada por baixo.

"Essa é a vantagem de não ter seios grandes", Todd me falou. "Você não precisa de sutiã para ficar empinada."

"Não estou preocupada com a frente", rebati. "Nem em ficar empinada. O que me preocupa é que estou sentindo ventar em lugares onde o sol normalmente não bate."

Mas Todd examinou minha vista traseira e garantiu que eu não estava exibindo o cofrinho. Não iria aparecer nada, ele disse, desde que ninguém ficasse muito perto e olhasse de cima para baixo.

Como eu esperava, a maior parte da minha família estava lá, incluindo meu pai, Liberty e meus três irmãos. Liberty estava arrebatadora em um vestido vermelho de seda, com o tecido cintilante drapeado e retorcido ao redor de seu corpo voluptuoso.

"Não consigo parar de olhar para sua mulher", Todd confessou para Gage. "É como olhar para uma fogueira."

Gage sorriu e passou o braço pela cintura de Liberty. A banda começou a tocar *Embraceable You* e Liberty olhou para ele.

"Você quer dançar", Gage convidou, interpretando o olhar dela, e Liberty anuiu. Ele pegou a mão dela e murmurou, "Vamos, então", em um tom de voz que a fez corar. Os dedos dos dois se entrelaçaram de leve enquanto ele a conduzia até a pista.

"Ela treinou você direitinho, garoto", Todd falou para eles, e se sentou perto de Jack e de mim. Do outro lado da mesa, um desfile interminável de gente parava para cumprimentar meu pai.

"Ela faz bem para ele", Jack comentou, observando Liberty dançar com nosso irmão. "Ele se soltou bastante desde o casamento. Nunca pensei que veria o Gage ficar tão maluco por alguém."

Eu sorri para Jack.

"Vai ser assim com você, também", eu disse. "Algum dia você vai encontrar alguém e vai achar que lhe acertaram na cabeça com um porrete."

"Eu me sinto assim todo sábado à noite", Jack brincou.

"Sua acompanhante é uma gata", Todd elogiou enquanto a namorada *du jour* de Jack se aproximava da nossa mesa, voltando do banheiro feminino. "Qual é o nome dela? Essa é a Heidi?"

Jack empalideceu.

"Não. Deus, por favor não a chame assim. Essa é a Lola. Ela e Heidi brigaram em público na semana passada."

"Por que motivo?", eu perguntei, e então revirei os olhos quando vi a expressão de culpa no rosto do meu irmão. "Deixe para lá. Não quero saber."

"Tem mais uma coisa que você também não vai querer saber", Todd me disse.

Em resposta ao meu olhar de interrogação, ele acenou com a cabeça para o outro lado da mesa, onde meu pai continuava recebendo cumprimentos. Senti um aperto no coração quando vi Hardy Cates parado ali, apertando a mão dele. Hardy não envergava um smoking com a facilidade lânguida de um aristocrata, mas com a vaga impaciência de alguém que preferiria estar tomando uma gelada com os amigos. Contido e preso pelas roupas civilizadas, ele parecia mais do que nunca uma força da natureza.

Meu pai o encarava com muito interesse nos olhos. Como sempre, ele foi sutil como uma machadinha. E como sempre, todo mundo prendeu a respiração enquanto ele falava.

"Você está planejando arrumar confusão com os Travis?", meu pai falou em tom amigável. "Está tentando dar algum golpe em nós?"

Hardy o encarou de frente, um malandro novo medindo um malandro velho, com respeito.

"Não, senhor."

"Então por que você foi morar no meu prédio?"

Um leve sorriso tocou os lábios de Hardy.

"Os Travis não são os únicos que desejam uma vista do andar mais alto."

Eu não precisei olhar para o rosto do meu pai para saber que ele adorou ouvir aquilo. Adorou. Por outro lado, ele não era de se esquecer de rixas antigas.

"Tudo bem", ele disse para Hardy, "você já demonstrou respeito pelo líder da matilha. Pode ir, agora."

"Obrigado. Mas você não é o Travis que eu vim ver."

E então Hardy olhou para mim.

Eu estava sendo caçada bem na frente da minha família. Eu dei um olhar rápido, desesperado, para Todd, implorando em silêncio por ajuda. Mas ele estava apreciando demais o espetáculo.

Enquanto o olhar coletivo de todo o clã Travis focou em mim, eu olhei para Hardy.

"Boa noite, Sr. Cates", eu disse com o tom de voz mais normal que consegui. "Está se divertindo?"

"Espero que sim."

Um mundo de confusões se escondia naquelas três palavras.

"Ei, Cates", Jack cumprimentou, ficando de pé e dando um tapa no ombro de Hardy. "Que tal nós irmos pegar uma cerveja no bar?"

Hardy não cedeu.

"Não, obrigado."

"Por minha conta. Eu insisto."

Como se as coisas já não estivessem bem ruins, Gage e Liberty voltaram para a mesa. E Gage, que era mais do que um pouco possessivo no que dizia respeito à sua mulher, deu uma encarada mortífera em Hardy."

Liberty pegou a mão de Gage e a segurou com firmeza.

131

"Hardy", ela cumprimentou com um sorriso tranquilo "Há quanto tempo. Como você está?"

"Ótimo. E você?"

"Fantástica", ela respondeu. "Nós temos um garotinho, agora. Matthew."

"Ouvi dizer. Parabéns."

Gage encarava Hardy de um modo que eriçou os pelos dos meus braços.

"O que você quer?", ele perguntou em voz baixa.

O olhar de Hardy voltou para mim, onde ficou enquanto ele respondia. "Eu quero dançar com a sua irmã."

Antes que eu pudesse responder, Gage o fez por mim.

"Sem chance."

E Jack disse quase ao mesmo tempo:

"Acho que não."

Meu pai olhou para mim e ergueu as sobrancelhas.

E meu irmão Joe escolheu aquele momento para chegar por trás da minha cadeira e colocar uma mão sobre o meu ombro.

"Estamos com algum problema?", ele perguntou, sem se dirigir a ninguém em particular.

Eu me senti sufocada por eles, os homens da minha família, que estavam tão decididos a me proteger que nem pensaram em considerar minha opinião. Eu afastei a mão do Joe.

"Nenhum problema", eu respondi. "O Sr. Cates só me convidou para dançar. E eu vou aceitar..."

"De jeito nenhum", disse Joe, recolocando a mão no meu ombro.

Irritada, eu dei uma cotovelada no flanco dele.

"Não pedi sua opinião."

"Mas devia pedir", Joe murmurou, olhando feio para mim. "Preciso conversar com você, Haven."

"Depois", eu disse, mortificada. Nós estávamos fazendo uma cena. As pessoas começavam a olhar.

"*Agora*", Joe insistiu.

Eu o encarei, incrédula.

"Pelo amor de Deus", eu protestei, "mesmo para uma família de texanos malucos e controladores, isso é ridículo."

Hardy tinha armado uma carranca

"Enquanto seu comitê decide se você tem permissão para dançar", ele me disse, "eu vou esperar no bar."

Ele saiu andando tranquilo e eu fuzilei Joe, que costumava ser o irmão que menos interferia.

Claro que isso não queria dizer muita coisa. Mas ainda assim...

"Com licença", Joe disse para o restante dos Travis e me afastou da mesa.

"O que está acontecendo?", eu perguntei com um sussurro tenso enquanto nós serpenteávamos em meio à multidão. "Por que é um problema tão grande eu dançar com Hardy Cates?"

"Esse cara é o problema", Joe disse, calmo, "e todo mundo sabe disso. Com tantos homens aqui para escolher, por que pensar nele? Você está *assim tão* decidida a irritar a família?"

"Notícia extraordinária, Joe: existem algumas coisas na vida que eu decido sem levar a família em consideração."

"Tem razão", ele concedeu, depois de um momento. "Mas eu não vou ficar em silêncio se a vir caminhando na direção de um buraco no chão. Não se eu puder evitar que você caia dentro dele."

"O que eu fizer ou não fizer com Hardy Cates só é da minha conta", eu disse. "Eu vou lidar com as consequências."

"Tudo bem. Desde que você entenda que são grandes as chances de você ser usada."

Eu dei um olhar duro para ele.

"Por que está dizendo isso?"

"Dois anos atrás, pouco depois que você se casou, eu fui chamado para fazer as fotos do perfil que a *Texas Monthly* escreveu sobre ele. Por exigência dele. Eu passei quase um dia inteiro com ele. Nós conversamos sobre muitas coisas, mas o que eu percebi, perto do fim da sessão de fotos, foi que todas as conversas levavam a uma pessoa... ele ficava fazendo perguntas, cavando informações, querendo detalhes particulares..."

"Sobre a Liberty", eu murmurei.

"Não, diacho. Não sobre a Liberty. Sobre *você.*"

"O quê?", eu perguntei com a voz fraca.

"Ele disse que vocês dois se conheceram no casamento."

Meu coração pareceu parar.

"Ele lhe contou como?"

"Não, mas você causou uma impressão e tanto nele, para dizer o mínimo. Então eu deixei claro para ele que você era proibida. Que tinha se casado. Mas isso pareceu não importar nem um pouco para ele. Ainda assim ele queria saber mais. Isso me deu uma sensação ruim, mesmo na época", Joe parou de falar e me observou com os olhos do mesmo castanho-escuro que os meus. "E agora você está saindo de um divórcio, vulnerável, e ele está atrás de você."

"Ele não está *atrás* de mim, só me convidou para dançar."

"Ele está atrás de você", Joe repetiu com firmeza. "De todas as mulheres que estão aqui, ele foi atrás de você. Por que será, Haven?"

Uma onda fria passou por mim. *Merda*. Talvez eu fosse de novo a mulher no Astrodome. Talvez minha atração por Hardy fosse um modo de masoquismo autodestrutivo.

"Ele tem algum plano", Joe concluiu. "Ele quer deixar uma marca, ou se vingar dos Travis, tirar alguma coisa de nós. E ele não vai ver nenhum problema em te usar para conseguir isso. Porque ele deve pensar que não existe nada mais excitante para você do que um cara que sua família não aprove."

"Isso não é verdade", eu protestei.

"Eu acho que é", Joe passou a mão pelo cabelo, parecendo exasperado. "Pelo amor de Deus, Haven, encontre outra pessoa. Se você quer conhecer alguém, eu conheço milhares de..."

"Não", eu disse de mau humor. "Eu não quero conhecer ninguém."

"Então vamos voltar para a mesa."

Eu sacudi a cabeça. A ideia de voltar para a mesa da família como uma criança repreendida era intolerável.

"Você quer dançar?", Joe perguntou.

Isso provocou um sorriso relutante em mim.

"Com o meu *irmão*? Não, isso seria patético demais. Além do que, você detesta dançar."

"Verdade", Joe disse, parecendo aliviado.

"Eu vou até o banheiro conferir minha maquiagem", eu disse. "Eu volto para a mesa em alguns minutos."

Depois que Joe saiu de perto, eu vaguei desconsolada pelo salão. Era óbvio que eu não devia ter ido à reinauguração do teatro. Devia ter ficado em casa. Eu precisava pensar nas coisas, incluindo em por que, apesar do que eu própria achava, e da convicção da minha família de que aquilo era um erro, eu continuava atraída por Hardy Cates.

Mas antes de me dar conta do que estava fazendo, eu fui parar no bar.

Foi fácil localizar a figura montanhosa de Hardy. Ele estava apoiado no bar com um copo baixo na mão. Ele parecia estar conversando com alguém, embora seu ombro bloqueasse minha visão. Eu me aproximei, hesitante, e inclinei a cabeça para tentar ver quem estava com ele.

Ele conversava com uma mulher. É óbvio. Era inconcebível que um homem com aquela aparência não atrairia atenção feminina. A mulher era magra e peituda, e envergava um vestido dourado brilhante. Isso tudo, mais o cabelo louro-claro, fazia com ela parecesse uma estatueta de algum prêmio.

Fiquei rígida quando vi o rosto dela.

"Oi, Vanessa", eu disse, quase sem voz.

Capítulo 10

Vanessa Flint me olhou daquele jeito ao qual eu já estava acostumada, que dizia que ela não queria ser interrompida. Mas sua voz soou calorosa e amigável.

"Haven, que bom encontrá-la aqui! Está se divertindo?"

"Não tenho palavras para descrever", respondi. Aquela definitivamente não era minha noite. De todas as pessoas com quem Hardy podia se envolver, tinha que ser com minha chefe dos infernos. O destino estava tentando me mostrar que aquilo não ia funcionar de jeito nenhum.

Hardy apoiou o copo no balcão.

"Haven...", ele começou.

"Olá, Sr. Cates", eu disse com frieza. "Tenham uma boa noite, vocês dois. Eu já estou de saída."

Sem dar chance de reação a Vanessa ou a Hardy, eu me virei e comecei a abrir caminho entre a multidão. Sentindo náuseas e pálida de raiva, eu percebi que minha família estava certa quanto a Hardy. Ele era um problema do qual eu não precisava.

Eu já tinha cruzado metade do salão quando senti que ele estava atrás de mim, tocando no meu braço. Fiquei rígida e virei para encará-lo. O rosto dele estava duro como granito.

"Volte para Vanessa", eu disse para ele. "Se ela pensar que eu o tirei dela, vou ter que limpar o banheiro do escritório durante a próxima semana inteira."

"Eu não estava com ela. Eu só estava tomando uma bebida. Eu deveria ficar esperando sozinho no canto enquanto você se decidia a meu respeito?'

"Não, no canto, não", eu o fuzilei com os olhos. "Mas você podia ter esperado pelo menos cinco minutos antes de encontrar uma substituta."

"Ela não era uma substituta. Eu estava esperando por você. E você precisou bem mais do que cinco minutos para decidir se queria dançar comigo. Não vou aceitar esse tipo de tratamento de você nem da sua família, Haven."

"Depois do que você fez, o que estava esperando? Flores e tapete vermelho? Eles têm todo direito de desconfiar dos seus motivos."

"E quanto a você? Quais você acha que são meus motivos?"

"Eu não acredito que você quer que eu responda na frente de toda essa gente."

"Então vamos para algum lugar reservado", ele disse por entre os dentes crispados. "Porque eu juro por Deus que quero essa resposta."

"Tudo bem", minha cabeça paralisou, congelada de pânico, quando eu o senti pegar meu pulso. Da última vez que fui agarrada por um homem furioso, eu acabei no hospital. Mas o jeito que ele me segurava, embora firme, não machucava. Eu me obriguei a relaxar e fui com ele em meio à multidão.

Uma cantora entoava "Summertime", a melodia sensual e quente que nos envolvia como fumaça.

Eu estava em um tipo de torpor quando saímos do salão e atravessamos a confusão na recepção. Nós chegamos a um conjunto de portas, mas fomos obrigados a parar quando alguém entrou no nosso caminho. Gage. Os olhos dele chamejaram como relâmpagos engarrafados quando ele passou os olhos por nós, sem perder nenhum detalhe, incluindo o modo como Hardy agarrava meu pulso.

"Você precisa de mim?", Gage perguntou em voz baixa.

Hardy parecia estar pronto para cometer um homicídio.

"Ela está bem", ele respondeu.

Meu irmão não ligou para ele e manteve o olhar em mim. Eu senti uma onda de gratidão por Gage, e entendia como era difícil para ele me deixar sair com um homem que desprezava. Mas Gage sabia que a escolha era minha. Ele estava lá para oferecer ajuda se eu precisasse.

"Está tudo bem", eu o tranquilizei. "Não preciso de nada."

Meu irmão anuiu, embora fosse óbvio que ele estava se esforçando para não interferir. Quando saímos de perto dele, Gage ficou olhando para mim como se estivesse me vendo ir embora com o próprio Lúcifer. Eu sabia que Gage temia por mim. Ele não confiava em Hardy Cates.

Pensando bem, eu também não.

Hardy me puxou para além do conjunto de portas e dobrou uma esquina, entrando mais fundo no prédio até nós finalmente pararmos em algum tipo de escadaria de serviço, que cheirava a concreto, metal e umidade. O lugar era silencioso, a não ser por um som de goteira e pelo ritmo irregular da nossa respiração. Uma luz acima projetava um brilho fluorescente incerto sobre nós.

Hardy me encarou, imenso e sombrio, contra a parede de concreto.

"Agora", ele disse, brusco. "Diga-me o que você não queria dizer lá dentro."

Então eu falei.

"Acho que se eu não fosse uma Travis, você não me daria nem bom dia. Eu acho que você quer mostrar para o meu irmão Gage que, se ele ficou com a Liberty, você vai se vingar dele dormindo com a irmãzinha. Eu acho que você tem mais motivos escusos do que quer admitir para si mesmo. Eu acho..."

Eu parei com uma exclamação quando ele me agarrou. Uma sensação selvagem me agitou, um misto de medo, raiva e, inacreditavelmente, excitação.

"Errado", ele vociferou, com o sotaque forte e marcado pelo desdém. "Eu não sou assim tão complicado, Haven. A verdade é que eu te quero desde que a conheci naquela maldita adega. Porque aqueles cinco minutos com você me deram mais prazer e tesão do que todo o tempo que já fiquei com qualquer mulher antes ou depois. Não tenho nenhum plano secreto contra sua família, Haven. Nenhum motivo escuso. Falando claramente, eu só estou interessado em te comer até passar mal."

Meu rosto ficou rígido de espanto. Antes que eu pudesse encadear algumas sílabas coerentes, Hardy me beijou. Eu o empurrei e ele levantou a boca. Hardy murmurou algo que me pareceu obsceno, mas eu não consegui ouvir direito com o pulso latejando nas orelhas.

Ele pegou minha cabeça com as duas mãos, e seus dedos se curvaram ao redor do meu crânio. Os lábios dele encontraram os meus outra vez. Seu gosto e seu calor eram insuportavelmente doces enquanto sua língua penetrava na minha boca. O prazer daquilo passou gritando por mim, a fome atingindo uma fome igual, fazendo tudo pegar fogo. Eu me abri para ele, e tremia tanto que mal conseguia ficar em pé. Hardy passou o braço ao meu redor, protegendo minhas costas do toque frio do concreto, enquanto sua outra mão desceu pela frente do meu corpo. Eu retribuí o beijo, lambendo dentro de sua boca do mesmo modo que ele fazia com a minha. Eu estava com muitas sensações, perdendo o controle.

Ele afastou a boca da minha, procurando apressado a lateral do meu pescoço. O maxilar barbeado raspando na minha pele enviou choques de deleite até o meu ventre. Eu o ouvi murmurar alguma coisa dizendo que, se eu frequentei uma faculdade de elite, devia pelo menos ser esperta o bastante para saber quando um homem quer ir para a cama comigo. Só que ele disse isso de forma muito mais grosseira.

"Eu não sou um cavalheiro", ele continuou, agarrando meu corpo, sua respiração quente no meu corpo. "Eu não sei levar você para a cama com palavras bonitas ou boas maneiras. Tudo que eu posso dizer é que eu te quero mais do que jamais quis uma mulher. Eu desrespeito qualquer lei para ficar com você. Se você tivesse ido comigo na noite em que nos conhecemos, eu teria te levado para Galveston e ficado com você lá uma semana. E iria fazer de tudo para que você nunca mais quisesse ir embora."

Conforme o braço atrás de mim arqueou meu torso para cima, percebi que ele tinha puxado a alça do meu vestido, deixando meu seio nu. Ele o envolveu com a palma da mão, e com o polegar ficou provocando o bico até ficar duro e rosado, e então ele se abaixou para tocá-lo com a língua. Eu arqueei as costas, arfando, enquanto ele beijava o mamilo ereto, fechando a boca sobre a carne rígida. Ele chupava com cadência, enviando ondas de prazer pelo meu corpo, lambendo entre cada chupada. Eu segurei a cabeça dele perto de mim, lágrimas ardendo nos cantos dos meus olhos porque a sensação era muito boa.

Ele se ergueu e voltou a colar sua boca à minha, o beijo intenso e entorpecente.

"Me deixe entrar na sua cama", ele murmurou. "Eu faço de qualquer jeito que você quiser... devagar, demorado, forte, suave... Inferno, eu até tento fazer como um cavalheiro, se é isso que funciona para você. Você acha que eu te quero porque é uma Travis? Eu queria que você fosse qualquer pessoa, menos uma porra de uma Travis. Sua gente me olhou com desprezo minha vida toda."

"Eu nunca desprezei você", rebati, tremendo de frustração e desejo. "Se você soubesse alguma coisa sobre mim, nunca pensaria isso."

"Então qual é o problema?", ele rugiu. "Seu ex-marido? Ainda gosta dele?"

"Não", minhas mãos seguravam as dobras da lapela dele, meus dedos se agarrando ao tecido liso.

"Diga que você não me quer. Diga, e eu deixo você em paz."

"Eu não sou boa nisto", eu explodi. "Meu Deus, isso não é óbvio? Nick foi o único homem com quem eu dormi. Não consigo levar isto na brincadeira."

Eu não pretendia admitir aquilo. Mas eu estava indefesa, exposta, com medo de que não conseguiria aguentar a dor do modo como Hardy iria me magoar. Sexo, dor e medo estavam misturados na minha cabeça.

Hardy ficou imóvel. Em um momento contundente, tudo mudou. Ele ergueu meu rosto, sua mão apoiada na minha nuca. Seus olhos estavam azuis mesmo no escuro, enquanto ele me encarava. Aos poucos seu toque foi ficando mais delicado, tornando-se protetor, e sua mão livre acariciou a pele arrepiada no meu braço. Eu percebi que ele estava atônito. Não tinha lhe ocorrido que eu talvez fosse inexperiente demais para saber como jogar aquele jogo.

"Haven...", a delicadeza na voz dele piorou ainda mais meu tremor. "Eu não sabia. Eu pensei..."

"Que eu era uma garota mimada de River Oaks? Uma esnobe..."

"Calma."

"Mas eu..."

"*Calma!*"

Eu fiquei em silêncio e deixei que ele me abraçasse. Fui engolida pelos braços dele, presa contra aquele peito duro. Parte de mim queria escapar. A outra parte ansiava por aquilo, por ser segura, tocada. Ele acariciou meu cabelo, e as pontas dos dedos se moveram com delicadeza pela curva do meu crânio. Eu senti alguma coisa ceder, uma rigidez interna se dissolvendo.

Nós balançamos um pouco parados ali, de pé, como se as sensações fossem uma corrente marítima que nos empurrava. Hardy abrigou o rosto no meu pescoço. Eu me virei para encontrar sua boca, e ele me deu o que eu queria, beijando-me com um apetite lento até eu ficar fraca e tonta. O braço dele ao meu redor estava firme, oferecendo aconchego e apoio. Com a mão livre ele segurou as dobras do meu vestido e levantou o tecido.

Eu dei um pulo quando a mão dele se fechou sobre o meu quadril nu. Ele beijou minha garganta e disse coisas que eu não entendi por inteiro, frases carinhosas, palavras para me tranquilizar, acalmar, enquanto afastava minhas coxas. Ele me tocou, abrindo-me ternamente, a ponta de um dedo se movendo sobre a carne em círculos provocantes, cada vez menores até alcançar o centro. Eu me contorci, desamparada, enquanto ele acariciava aquele ponto latejante, sem parar, e cada vez que os calos de seu dedo passavam pela superfície molhada do meu clitóris, um soluço de prazer subia pela minha garganta.

Eu me derreti nele, gemendo, enquanto a necessidade de sexo, de ser preenchida, pulsava através de mim. Virando minha boca para a dele, deixei que me beijasse tão fundo quanto quisesse, acolhendo as estocadas agressivas de sua língua. A mão esquerda dele me soltou e foi para os fechos de sua calça... e foi aí que o desastre aconteceu.

Quando eu o senti tão imenso e duro em mim, todo o prazer desapareceu. Apenas... desapareceu. De repente, tudo que eu podia ver, ouvir, sentir, era aquela última vez com Nick, a dor excruciante, as estocadas brutais que só eram amenizadas pela lubrificação do meu próprio sangue. Minha garganta e meu estômago pulsaram de náusea, e o corpo masculino junto ao meu se tornou repulsivo, seu peso insuportável, e eu comecei a me debater sem pensar.

"Não", eu gemi, me virando, empurrando-o com força. "Não. Eu não quero. Eu não quero. Eu...", percebendo que minha voz estava ficando mais alta, eu mordi o lábio para ficar quieta.

"O que foi?", ouvi Hardy perguntar, sua respiração ofegante saindo com dificuldade.

Eu estava tremendo, hostil, com cada célula do meu corpo entrando em modo de autodefesa.

"Me deixe em paz!", eu estrilei. "Tire suas mãos de mim." Eu briguei com meu vestido, tentando recolocá-lo no lugar com dedos que tremiam violentamente.

"Haven...", a voz dele estava irregular. "Eu machuquei você? O que foi?"

"Eu não sou de trepar em lugares públicos", eu disse com frieza, indo na direção da porta. Se ele me tocasse de novo eu iria desmoronar... eu ficaria louca. "E não gosto de ser pressionada."

"Como se eu tivesse te pressionado. Você estava querendo."

"Não se iluda, Hardy."

Ele estava corado, perigosamente excitado e irritado demais. Aos poucos, ele começou a colocar sua própria roupa no lugar. Quando ele falou de novo, sua voz estava baixa e controlada.

"Existe uma palavra, Haven, para o tipo de mulher que faz o que você está fazendo."

"Tenho certeza que você conhece muitas palavras interessantes", eu disse. "Talvez você devesse ir dizê-las para alguma mulher que esteja interessada."

E antes que ele pudesse responder, eu saí pela escada como se estivesse fugindo de uma prisão.

Não sei como eu encontrei o caminho de volta ao teatro modular, com os sons de dança e risos rodopiando à minha volta. Fiquei apavorada ao perceber o quanto as coisas estavam erradas comigo, que eu não conseguia tolerar a ideia normal de fazer sexo com um homem pelo qual eu me sentia atraída. Eu me senti humilhada pelo modo como tinha acabado de me comportar. Hardy não tinha escolha senão pensar que eu era uma vaca que gostava de provocá-lo. Ele nunca mais iria querer nada comigo. Esse pensamento me deixou aliviada, de certa forma, mas ao mesmo tempo tive vontade de começar a chorar.

Todd logo me encontrou. Ele estava conversando com um sujeito no bar, passeando os olhos preguiçosamente pelo salão, quando me viu entrar. Ele se aproximou de mim, com os olhos focados no meu rosto pálido e nos lábios inchados por beijos.

"Você está com cara de quem acabou de transar com os Dallas Cowboys", ele disse. "Titulares e reservas."

"Por favor, você pode me chamar um táxi?", eu sussurrei.

A preocupação aqueceu os olhos turquesa dele.

"Eu vou levá-la para casa, querida. Venha, apoie-se em mim."

Mas eu me encolhi quando ele tentou colocar o braço nos meus ombros.

"Tudo bem", Todd continuou, tranquilo, como se não tivesse notado minha reação bizarra. "Por que você não pega meu braço e nós vamos até a saída?"

Ele me levou até o 1800 Main em seu BMW Coupé, não fez perguntas e manteve um silêncio confortável até nós chegarmos ao meu apartamento no sétimo andar. Todd havia decorado o local com uma mistura eclética de móveis antigos e algumas peças que ele não queria mais. Tons de creme e branco eram contrabalançados por madeira escura. E Todd ainda acrescentou alguns toques extravagantes, como o cartaz retrô com uma garota havaiana com o qual ele cobriu o lado de dentro da minha porta de entrada.

Vendo meu rosto transtornado, Todd pegou a manta de chenille verde no meu sofá e a colocou sobre os meus ombros. Eu me aninhei no canto do sofá e puxei os pés para dar espaço para ele.

"Deve ter sido uma dança e tanto", Todd comentou, desamarrando a gravata-borboleta. Ele a deixou solta ao redor do pescoço e relaxou no sofá ao meu lado, gracioso como um gato. "O que aconteceu?"

"Nós não dançamos", eu falei, entorpecida.

"Oh?"

"Ele me levou para um canto escuro em algum lugar. Uma escada de serviço."

"Apenas para o meu puro deleite, por favor, conte-me... ele é bom?"

Eu senti que meu rosto ficava roxo.

"*Tão* bom assim?", Todd perguntou.

Uma risada trêmula escapou da minha garganta. Eu não sabia se conseguiria colocar em palavras.

"Sabe quando alguém te beija, e você sabe que aquilo é só um degrau para outra coisa? Como se estivessem querendo apenas acabar logo com aquilo? Bem, Hardy beija como se essa fosse a única coisa no mundo que ele quer fazer. Cada beijo é como um ato sexual completo", eu fechei meus olhos por um segundo, enquanto lembrava. "E ele gosta de segurar o rosto."

"Hummm. Adoro isso. E um dos seus irmãos flagrou vocês dois?"

"Não, fui eu. Eu ferrei com tudo. Entrei em pânico no meio da coisa."

Houve um silêncio demorado.

"Entrou em pânico como? O que você... Haven, tira as mãos da frente do rosto e olha para mim. Sou eu, o Todd, pra mim você pode dizer o que aconteceu."

"Eu fiquei com medo. Mais do que com medo. Eu o empurrei e saí correndo o mais rápido que podia."

"Com medo do quê?"

"Eu senti o... você sabe, o... dele."

Todd me deu um olhar irônico ao ver minha hesitação.

"Entusiasmo?", ele sugeriu. "Pau? Bengala? Cacete? Ora, Haven, não vamos conversar sobre isso como dois adolescentes."

Eu fiz uma careta de deboche.

"Minhas conversas não costumam ter ereção como assunto."

"Que pena...", ele disse. "As melhores conversas costumam ter. Continue, querida."

Eu inspirei fundo.

"Enquanto nós estávamos nos beijando, eu senti a ereção dele, e todo desejo desapareceu. Puf. Depois do que eu passei com o Nick, sentir *aquilo* tem muitas conotações ruins para mim."

"O que foi que você passou?", ele perguntou em voz baixa. "Você nunca me contou. Embora eu tenha minhas suspeitas."

"Na noite em que eu deixei o Nick...", eu desviei o olhar de Todd enquanto me obrigava a falar, "...nós fizemos sexo violento."

"Sexo violento?", Todd perguntou, "Ou estupro?"

"Eu não sei", eu estava me afogando em vergonha. "Quero dizer, nós estávamos casados. Mas eu não queria fazer, e ele me forçou, então eu acho..."

"Foi estupro", ele afirmou. "Não importa se você está casada ou não. Se você não quer fazer e alguém te força, é estupro. Puta merda, que vontade de matar aquele filho da puta!" O rosto de Todd estava sombrio, com uma fúria que eu nunca tinha visto antes, mas quando ele olhou para mim, sua expressão mudou. "Haven, querida... você sabe que se a mulher está pronta, excitada, não vai doer. Principalmente se o homem sabe o que está fazendo, e eu não tenho dúvida de que Hardy sabe."

"É, mas ainda que minha razão saiba disso, meu corpo não sabe. Então, assim que eu senti aquela *coisa* enorme encostada em mim, eu só consegui sentir um pânico que me deixou cega. Eu fiquei com ânsia de vômito. Meu Deus", eu puxei mais a manta verde à minha volta, como se fosse um casulo.

"Você ainda não falou com a terapeuta sobre isso?"

Eu sacudi a cabeça.

"Nós ainda estamos trabalhando meus problemas de limites. E ela vai estar de férias pelas próximas duas semanas, então vou ter que esperar até ela voltar para me ajudar a lidar com isso."

"Sexo não envolve limites?"

Eu fiz uma careta para ele.

"Eu tinha coisas mais importantes do que sexo com que me preocupar."

Todd abriu a boca para replicar, mas pareceu pensar melhor a respeito e a fechou.

"Então", ele continuou depois de um instante, "bem quando as coisas estavam começando a ficar quentes, você disse ao Hardy para parar."

"É", eu apoiei o queixo nos meus joelhos dobrados. "E eu... eu não fui muito legal com ele."

"O que ele falou? Qual foi a reação dele?"

"Ele não disse muita coisa. Mas deu para perceber que ficou furioso."

"Bem, é, os homens tendem a ficar muito frustrados quando são deixados na mão — sexualmente falando. Mas a questão é, o Hardy não te machucou, certo? Ele não tentou te obrigar a fazer algo que não queria?"

"Não."

"Eu diria que isso significa que você estará segura com ele."

"Eu não me senti segura."

"Eu acho que neste momento, segurança não é um sentimento, é um processo. Que começa com confiança. Por que você não tenta contar para o Hardy algumas das coisas que me contou?"

"Ele não vai conseguir lidar com isso. Eu sei que não. Ele vai estar a caminho da saída antes mesmo que eu termine de explicar o caso complicado que eu sou."

"Você não é um caso complicado", Todd disse, com calma, "e ele não é uma droga de um banana, Haven. Eu acho que a razão de você se sentir atraída por ele é que, lá no fundo, sabe que ele pode lidar com qualquer coisa que você atirar nele."

"Mas e se ele não quiser?"

"Estas são suas opções: você pode dar a ele uma chance de ser um herói, ou pode pular fora sem nunca descobrir. E depois você vai ter que lidar com o mesmo problema com o próximo homem pelo qual se sentir atraída."

"Ou..."

"Ou o quê?"

Nervosa, eu umedeci os lábios.

"Eu poderia praticar com você primeiro."

Eu nunca tinha visto o Todd ficar sem palavras. Mas ele arregalou os olhos, abriu e fechou a boca, como um peixe, por pelo menos dez segundos.

"Você está me pedindo para transar com você?", ele conseguiu dizer, afinal.

Eu anuí.

"Se eu vou entrar em pânico ou vomitar no meio da coisa, prefiro estar com você. E se eu conseguir ir até o fim com você, já sei que vou conseguir com o Hardy."

"Oh, merda", Todd começou a rir meio sem jeito, pegou minha mão e beijou a palma. "Querida. Haven. Não", ele continuou segurando minha mão e deitou a face delicadamente na minha palma. "Eu adoraria ajudá-la com isso, querida amiguinha, e me sinto honrado por você ter pedido. Mas neste momento você não precisa de um pinto amigo. Você precisa de muito mais que isso. E, em algum lugar, não muito longe daqui, tem um enorme casca-grossa de olhos azuis morrendo de vontade de te mostrar o que é bom para tosse. Se eu fosse você, daria uma chance a ele", senti o sorriso dele na borda da minha mão quando acrescentou, "isso se você conseguir ignorar o fato de ele ser tão feio e magricela, é claro."

Quando ele soltou a minha mão, eu a fechei, como se o beijo de Todd fosse uma moeda da sorte.

"Todd, quando você dançou com a Liberty... ela falou alguma coisa sobre o Hardy?"

Ele anuiu.

"Liberty me falou que, apesar daquela coisa que aconteceu com o negócio do Gage, ela não vê perigo em você e Hardy se interessarem um pelo outro. Baseada no que ela sabe dele do tempo em que os dois moraram naquela cidadezinha de merda..."

"Welcome."

"Isso, tanto faz", Todd não era nem um pouco fã da vida em cidades pequenas. "Baseada nisso, Liberty não acha que ele vá te machucar. Ela me contou que Hardy sempre se esforçou para sair do caminho dela para não a iludir, e que ele fazia o possível para ajudá-la. Na verdade, ela acredita que vocês dois podem fazer bem um ao outro."

"Não consigo ver como", eu disse, melancólica, "se eu não consigo nem ficar perto da ereção dele sem surtar."

Todd sorriu.

"Um relacionamento vai um pouco além de uma ereção. Se bem que, se você quiser minha opinião... saber o que fazer com uma é um bom problema para se ter."

Depois que Todd foi embora, eu tomei um banho demorado, vesti um pijama de flanela e me servi uma taça de vinho. Imaginei onde Hardy estaria naquele momento, se ele tinha ficado no teatro depois que eu fui embora.

A tentação de ligar para ele era quase avassaladora, mas eu não tinha certeza do que queria falar, nem de quanto eu conseguiria me explicar.

Eu retomei meu lugar no canto do sofá e fiquei encarando o telefone em seu berço. Eu queria ouvi a voz de Hardy. Relembrei aqueles momentos febris na escada antes de ficar com medo, quando a boca e as mãos dele passearam por mim, devagar, com carinho... foi tão bom. Tão inacreditavelmente bom...

O telefone tocou.

Assustada, eu coloquei o vinho de lado, quase derrubando-o na minha pressa. Agarrei o telefone e respondi com alívio ofegante.

"Alô?"

Mas a voz não era do Hardy.

"Oi, Marie."

Capítulo 11

"Nick...", eu senti como se cristais de gelo se formassem nas minhas veias. "Como você conseguiu meu número? O que você quer?"

"Só quero saber como você está."

A voz dele era tão familiar. Aquele som pulverizou os últimos meses como se tivessem sido apenas um sonho. Se eu fechasse os olhos, poderia quase acreditar que estava de volta ao apartamento de Dallas e que ele logo chegaria do trabalho.

Então mantive os olhos abertos, como se uma piscada pudesse resultar em morte. Eu fiquei encarando a trama da capa creme do sofá até conseguir distinguir cada um dos fios.

"Estou ótima", eu disse. "E você?"

"Não tão bem." Uma pausa extensa. "Ainda tentando me convencer de que acabou mesmo. Eu estou com saudades, Marie."

Ele parecia triste. Alguma coisa na voz dele puxou uma culpa pesada, sombria, do meu coração.

"Meu nome é Haven", respondi. "Não atendo mais por Marie."

Eu achei que isso fosse provocá-lo, mas ele me surpreendeu.

"Tudo bem, Haven", ele disse apenas.

"Por que você está ligando?", perguntei, abrupta. "O que você quer?"

"Só conversar por um minuto", Nick parecia resignado e um pouco irônico. "Nós ainda temos permissão para conversar?"

"Acho que sim."

"Eu tive muito tempo para pensar. Eu quero que você entenda algo... eu nunca pretendi que as coisas saíssem do controle como saíram."

Eu agarrava o telefone com tanta força que até me surpreendi que o plástico não quebrasse. Eu acreditava nele. Nunca pensei que Nick quisesse ou planejasse ser como ele era. Devia existir alguma coisa em seu passado, em sua infância, que o transformou em uma pessoa problemática. Uma vítima, assim como eu fui.

Mas isso não significava que ele podia se safar de todo mal que me fez.

Eu sentia um arrependimento imenso por tudo que nós dois perdemos... e tudo que nunca tivemos. Eu me senti nauseada e exausta.

"Você me odeia, Haven?", Nick perguntou, com a voz suave.

"Não. Eu odeio o que você fez."

"Eu também odeio o que eu fiz", ele suspirou. "Eu fico pensando... se nós tivéssemos mais tempo juntos, se tivéssemos tido a chance de resolver nossos problemas sem seu irmão aparecer para fazer essa porra de divórcio acontecer tão depressa..."

"Você me machucou, Nick", foi tudo que eu consegui falar.

"Você também me machucou. Você mentiu para mim o tempo todo, sobre coisas pequenas, grandes... você não se abriu para mim."

"Eu não sabia como fazer para lidar com você. A verdade o deixava furioso."

"Eu sei, mas são necessárias duas pessoas para fazer um bom casamento. E eu tinha que lidar com muita coisa — ser rejeitado pela sua família, ter que trabalhar que nem um cachorro para te sustentar —, e você sempre me culpou por não ser capaz de resolver os seus problemas."

"Não", eu retruquei. "Talvez você se culpasse, mas eu nunca me senti assim."

"Você nunca esteve *comigo* de verdade. Nem quando fazíamos amor. Eu percebia que você não estava gostando. Não importava o que eu fizesse, você nunca reagia do modo que as outras mulheres reagem. Mesmo assim, eu tinha esperança de que você melhorasse."

Droga! Nick sabia como me atingir, como despertar a sensação de insuficiência que eu me esforcei tanto para superar. Nick sabia coisas sobre mim que ninguém mais sabia. Nós estaríamos sempre ligados por nosso fracasso mútuo, que fazia parte das nossas identidades individuais. Aquilo nunca seria apagado.

"Você está namorando alguém?", eu o ouvi perguntar.

"Não me sinto à vontade para falar disso com você."

"Isso quer dizer que sim. Quem é?"

"Não estou namorando ninguém. Eu não dormi com mais ninguém. Você não precisa acreditar, mas é verdade", no mesmo instante eu me odiei por contar isso, e por sentir que ainda devia satisfações a ele.

"Eu acredito em você", Nick disse. "Você não vai perguntar o mesmo para mim?"

"Não. Não me importa se você está namorando. Não é da minha conta."

Ele ficou em silêncio por um instante.

"Fico feliz que você esteja bem, Haven. Eu ainda te amo."

Isso fez meus olhos lacrimejar. Fiquei tão feliz que ele não pudesse me ver.

"Eu gostaria que você não me ligasse mais, Nick."

"Eu ainda te amo", ele repetiu e desligou.

Eu recoloquei o telefone na base lentamente e enxuguei as lágrimas enfiando o rosto no sofá. Fiquei nessa posição até que comecei a sufocar, e então ergui a cabeça e inspirei fundo.

"Eu pensei que te amava", eu disse em voz alta, embora Nick não pudesse me ouvir.

Mas eu não sabia o que era amor. E me perguntei se é possível ter certeza, quando nós pensamos amar alguém, que isso seja verdade.

No dia seguinte, choveu.

Durante os eventuais períodos de seca, Houston fica tão seca que, como diz uma piada local, "as árvores até subornam os cachorros". Mas quando chovia, chovia de verdade. E, como qualquer cidade praticamente plana construída ao redor de um pântano, Houston tinha sérios problemas de escoamento de água. Durante um aguaceiro, a água subia nas ruas e escorria pelos bueiros, galerias e rios que a conduziam até o Golfo do México. No passado, inúmeras pessoas foram mortas por inundações, com seus carros virados ou levados ao tentarem atravessar a água que subia. Às vezes, as inundações arrebentavam oleodutos, a rede de esgoto, derrubavam pontes e tornavam inacessíveis algumas vias principais.

O alerta de enchente foi anunciado depois do almoço, e mais tarde veio a enchente de fato. As pessoas receberam a notícia com calma, já que os moradores de Houston estavam acostumados com enchentes e, de modo geral, sabiam que ruas evitar durante a volta para casa à noite.

No fim do dia, eu fui a uma reunião na Torre Buffalo para discutir um novo sistema on-line para processar pedidos de manutenção. Vanessa, a princípio, pretendia ir à reunião, mas ela mudou de ideia e me mandou em seu lugar. Ela me disse que a reunião era mais para recolher informações, e ela tinha coisas mais importantes para fazer do que conversar sobre software. "Descubra tudo sobre esse sistema", ela me recomendou, "e amanhã eu lhe faço algumas perguntas." Tive certeza de que seria um inferno se eu não soubesse responder alguma pergunta dela. Então resolvi descobrir cada detalhe desse programa, decorar o código-fonte se fosse preciso.

Fiquei aliviada, embora intrigada, que Vanessa não tivesse dito nem uma palavra sobre nosso encontro no Harrisburg, na noite anterior. E ela não perguntou nada sobre o Hardy. Eu tentei interpretar o humor dela, mas isso era como tentar prever o tempo, uma empreitada incerta, na melhor das hipóteses. Com sorte, ela teria considerado que o assunto não estava à sua altura.

Embora a Torre Buffalo ficasse a poucos quarteirões do 1800 Main, eu fui de carro, porque chovia a cântaros. O edifício era um dos arranha-céus mais antigos, uma estrutura revestida de granito vermelho que me lembrava o estilo de prédios dos anos 1920.

Depois de estacionar em um dos níveis mais baixos da garagem subterrânea, verifiquei minhas mensagens no telefone. Vi que Hardy tinha ligado e senti um frio na barriga. Apertei o botão para ouvir a mensagem.

"Oi." O tom dele era brusco. "Precisamos conversar sobre a noite passada. Ligue para mim quando sair do trabalho."

Era tudo. Eu ouvi a mensagem de novo, e desejei poder cancelar a reunião e ir encontrá-lo naquele momento. Mas não iria demorar. Eu encerraria o compromisso o mais rápido possível e depois ligaria para ele.

Quando eu e a consultora do software, Kelly Reinhart, terminamos, passavam alguns minutos das seis. Poderíamos ter demorado mais, só que recebemos uma ligação da segurança do prédio dizendo que o nível mais baixo da garagem estava inundando. O andar estava quase vazio, pois a maioria das pessoas já tinha ido embora, mas ainda havia um ou dois carros lá, e era melhor tirá-los.

"Droga, um deles é o meu", eu disse para Kelly, fechando o notebook e guardando-o na minha pasta. "É melhor eu ir ver o meu carro. Tudo bem se eu ligar para você amanhã, para esclarecer os últimos itens que nós não vimos hoje?"

"Claro", Kelly disse.

"E você?... também vai para a garagem?"

"Eu não vim de carro hoje. Está na oficina. Meu marido vai me pegar às seis e meia. Mas eu desço de elevador com você, se quiser companhia..."

"Não, não...", eu sorri e peguei minha pasta. "Está tudo bem."

"Ótimo. Tudo bem então. Pode ligar aqui ou vá até a sala da segurança na recepção se tiver problemas. Do jeito que este prédio velho tem infiltrações, seu carro deve estar debaixo d'água a esta altura", Kelly fez uma careta.

"Que sorte a minha", eu ri. "O carro é novo."

Como a maioria das pessoas que trabalham no prédio já tinha ido embora, o local estava silencioso e um pouco sinistro, com portas fechadas e vidraças escuras. Os trovões ribombavam lá fora, fazendo com que eu estremecesse dentro do meu tailleur. Fiquei feliz de estar indo para casa. Um dos meus sapatos estava incomodando, e o zíper da minha calça com fecho lateral arranhava minha pele. E eu estava com fome. Acima de tudo, era grande minha ansiedade para encontrar Hardy e lhe pedir desculpas pela noite anterior. E eu iria lhe explicar... alguma coisa.

Eu entrei no elevador e apertei o botão do nível mais baixo da garagem. As portas fecharam e a descida foi suave. Mas quando cheguei lá embaixo, o elevador deu um solavanco estranho, eu ouvi alguns estalos e tudo pareceu morrer. As luzes, o sistema hidráulico, tudo parou. Eu soltei um ganido assustado por ficar na completa escuridão. Pior, eu ouvi a água correndo, como se alguém tivesse ligado uma torneira dentro do elevador.

Preocupada, mas não em pânico, eu tateei o painel ao lado da porta, apertei alguns botões, mas nada aconteceu.

"Telefone", eu disse em voz alta, tentando me tranquilizar com o som da minha própria voz. "Estas coisas sempre têm um telefone." Meus dedos encontraram o botão de um telefone viva-voz embutido na parede. Eu apertei o botão, segurei, mas não tive resposta.

Eu me considerei com sorte por não ser uma daquelas pessoas que tem fobia de elevador. Eu estava mantendo a calma. E com calma comecei a procurar meu telefone celular dentro da pasta. Alguma coisa gelada passou pelo meu pé. A princípio eu pensei que fosse uma corrente de vento, mas um segundo depois eu senti o frio molhado nos meus scarpins, e me dei conta de que havia alguns centímetros de água dentro do elevador.

Com cuidado, peguei o celular e o acionei. Usando-o como uma lanterna improvisada, apontei a telinha brilhante para o meu entorno para ver por onde a água estava entrando.

Uma água de aspecto oleoso esguichava pela abertura entre as portas fechadas. Isso já era bastante ruim. Mas quando movi a luz do celular para cima, vi que a água não vinha só pela parte de baixo das porta. Ela vinha também do alto.

Como se todo o elevador estivesse submerso.

Mas isso não era possível. Não tinha como o poço estar inundado por quase três metros de água... isso não significaria que todo o andar da garagem estava inundado? Isso não poderia ter acontecido no tempo que passou desde que eu cheguei no prédio. Mas, *merda*... um poço de elevador cheio de água explicaria por que todos os sistemas elétricos pareciam ter sofrido um curto-circuito.

"Que loucura", eu murmurei, e o ritmo do meu coração acelerou com a ansiedade enquanto eu digitava o número da central telefônica do prédio. Depois de chamar duas vezes, entrou uma mensagem gravada listando os números dos ramais principais. Assim que ouvi os três dígitos da segurança, eu os digitei. Mais dois toques... sinal de ocupado.

Praguejando, eu digitei novamente o número da central e tentei o ramal da Kelly. A secretária eletrônica atendeu. "*Oi, aqui é a Kelly Reinhart. Estou fora da minha mesa, mas se você deixar uma mensagem depois do toque, eu retorno sua ligação assim que possível."*

Eu deixei uma mensagem, tentando parecer profissional, mas urgente.

"Kelly, aqui é a Haven. Estou presa dentro de um dos elevadores na garagem e a água está entrando. Você pode me fazer um favor e avisar à segurança que eu estou aqui embaixo?"

A água continuava entrando e rodeava meus tornozelos.

Quando terminei a ligação, vi que o sinal de bateria fraca do telefone começou a piscar. Com pouca carga restando, resolvi que não iria me arriscar. Telefonei para a emergência da polícia, observando meu dedo tocar os números como se pertencesse a outra pessoa. E eu escutei, incrédula, a ligação ser atendida e direcionada para uma mensagem gravada. *"No momento, estamos recebendo um volume grande de ligações. Todos os circuitos estão ocupados. Por favor, continue na linha até um operador ficar disponível."* Eu esperei cerca de um minuto, o que me pareceu uma eternidade, e encerrei a ligação quando ficou claro que ninguém iria atender. Disquei novamente, com extremo cuidado, e dessa vez não consegui nada a não ser sinal de ocupado.

Meu telefone emitiu um sinal sonoro para me fazer saber que a bateria estava quase no fim.

Com a água já batendo nas minhas panturrilhas e entrando sem parar, eu parei de fingir que continuava calma. De algum modo, eu consegui fazer aparecer a lista de chamadas recentes na tela do telefone. Eu apertei o número do Hardy.

Tocou. Uma vez... duas... arfei de alívio quando ouvi a voz dele.

"Cates", ele atendeu.

"*Hardy*", eu engasguei, incapaz de pronunciar as palavras rápido o suficiente. "Sou eu. Preciso de você. Preciso de ajuda."

Ele não perdeu tempo.

"Onde você está?"

"Torre Buffalo. No elevador. Estou presa em um elevador na garagem, e a água está entrando, muita água...", o telefone bipou outro aviso de bateria fraca. "Hardy, está me ouvindo?"

"Repita."

"Um elevador na Torre Buffalo. Estou presa na garagem, dentro do elevador, e está enchendo de água, e eu preciso de...", o telefone bipou e morreu. Eu estava de novo na escuridão. "Não", eu gemi alto, quase gritando. "Droga. Hardy? Hardy?"

Nada além de silêncio. E o som da água jorrando.

Senti o desespero crescendo, e cheguei a pensar se não deveria me entregar a ele. Mas como isso não ajudaria em nada, e eu tinha certeza de que também não me sentiria melhor, eu engoli o sentimento e inspirei profundamente.

"Ninguém se afoga em um elevador", eu disse em voz alta.

A água alcançou meus joelhos, e estava gelada. O cheiro dela também era ruim, parecia uma mistura de óleo, produtos químicos e esgoto. Eu tirei o computador da pasta, abri e tentei, em vão, conseguir algum sinal de internet. Pelo menos, com a tela iluminada, o elevador não estava completamente no escuro. Eu olhei para o teto, revestido por um painel de madeira com luzinhas embutidas, todas apagadas. Não deveria haver um alçapão ali? Talvez estivesse escondido. Eu não consegui pensar em um modo de subir até lá e procurar.

Eu me aproximei da lateral da porta e tentei o telefone interno de novo, bem como todos os outros botões, mas nada aconteceu. Eu tirei um dos meus sapatos e usei o salto para bater nas paredes enquanto gritei pedindo ajuda por alguns minutos. Quando eu cansei de bater, já estava com água nos quadris. Eu sentia tanto frio que meus dentes batiam e os ossos das pernas doíam. A não ser pelo barulho da água entrando, tudo o mais era silêncio. A tranquilidade imperava na garagem, menos na minha cabeça.

Eu percebi que estava em um caixão. Eu iria morrer naquela caixa de metal.

Eu li em algum lugar que afogamento não era um modo ruim de se morrer. Havia modos piores. Mas aquilo era tão injusto. Eu nunca tinha feito nada com a minha vida que valesse a pena colocar no obituário. Eu não realizei nenhum dos objetivos que tinha na faculdade. Nunca me entendi com meu pai, não de verdade. Eu nunca ajudei os menos afortunados. E nunca nem tinha feito um sexo decente.

Eu acreditava que as pessoas, diante da morte, ocupavam-se com pensamentos nobres, mas eu me vi pensando naqueles momentos na escada do teatro com Hardy. Se eu tivesse ido em frente, pelo menos teria tido uma experiência sexual boa na vida. Mas até isso eu estraguei. Eu o queria. Eu o queria tanto. Nada estava concluído na minha vida. Eu fiquei ali, esperando meu afogamento, não com resignação, mas com uma raiva corrosiva.

Quando a água chegou ao meu sutiã, fiquei cansada de segurar o computador e o deixei afundar. Ele foi descendo, flutuando, e chegou ao chão do elevador em meio a uma água tão poluída que mal dava para ver o brilho da tela antes que um curto-circuito a apagasse de vez. Era tão desorientadora, a escuridão fria à minha volta. Encolhida em um canto, eu apoiei minha cabeça na parede, suspirei e aguardei. Eu imaginei como seria a sensação quando o ar acabasse e eu tivesse que puxar água para os meus pulmões.

O som de uma pancada forte no teto me fez estremecer como se tivesse sido atingida por uma bala. Eu virei a cabeça de um lado para outro, sem ver nada, com medo. *Blam*. Algo raspava no teto, produzia ruídos de ferramentas contra metal. O teto rangeu e o elevador todo balançou como se fosse um barco a remo.

"Tem alguém aí?", eu gritei, meu coração ribombando.

Ouvi o som abafado e distante de uma voz humana.

Estimulada, esmurrei a parede do elevador com meu punho.

"Socorro! Estou presa aqui embaixo!"

Houve uma resposta que não consegui ouvir. Quem quer que fosse, continuou trabalhando no teto do elevador, batendo e empurrando até um chiado metálico preencher o ar. Uma parte do painel de madeira foi puxado para trás. Eu me encolhi contra a parede enquanto ouvia coisas quebrando e se partindo e detritos caindo na água. Então, o facho de luz de uma lanterna penetrou na escuridão do elevador e refletiu na água.

"Estou aqui", eu disse com um soluço, saindo do meu canto. "Estou aqui embaixo. Tem como você me tirar daqui?"

Um homem se debruçou sobre o buraco do teto, e então eu pude ver seus ombros e o rosto iluminados pela luz refletida.

"É bom você saber logo", disse Hardy, alargando a abertura com um gemido de esforço, "que eu cobro caro por resgates em elevadores."

CAPÍTULO 12

"Hardy! Hardy..."

Ele tinha ido me salvar. Eu quase perdi as estribeiras naquele instante. Em meio à torrente desesperada de alívio e gratidão, havia pelo menos uma dúzia de coisas que eu queria dizer para ele naquele momento. Mas a primeira coisa que saiu foi um fervoroso:

"Eu sinto tanto não ter feito sexo com você!"

Escutei Hardy rir baixo.

"Eu também. Mas querida, tem uns caras da manutenção comigo, e eles podem ouvir tudo que estamos dizendo."

"Não me importa", eu disse, desesperada. "Me tire daqui que eu juro que vou transar com você."

Eu ouvi um dos funcionários da manutenção oferecer, com sotaque espanhol:

"Pode deixar que eu tiro a moça daí."

"Esta aqui é minha, *amigo*", Hardy disse, bem-humorado, e se projetou mais para dentro do elevador, com um braço estendido. "Consegue pegar minha mão, Haven?"

Ficando na ponta dos pés, eu me estiquei toda. Nossas mãos se encontraram e os dedos dele desceram para se fechar em torno do meu pulso. Mas minha pele estava recoberta daquela mistura escorregadia e minha mão deslizou por entre os dedos de Hardy. Eu caí com as costas na parede.

"Não consigo", tentei parecer calma, mas minha voz estava esfiapada. Tive que sufocar um soluço. "A água está oleosa."

"Tudo bem", ele disse rapidamente. "Está tudo bem. Não, não chore, querida, eu vou descer. Fique de lado e segure no corrimão."

"Espere, você também vai ficar preso aqui...", eu comecei, mas Hardy já estava baixando os pés e as pernas. Segurando na estrutura do teto, ele desceu suavemente e ficou pendurado um instante. Quando ele desceu na cabine com uma queda controlada, o chão se mexeu e o nível da água subiu. Eu chafurdei na água suja e pulei nele, subindo em seu corpo antes mesmo que ele conseguisse se mover.

Hardy me pegou com firmeza, passando um braço por baixo do meu traseiro e outro, forte e sólido, pelas minhas costas.

"Peguei você", ele disse. "Minha garota corajosa."

"Nem tão corajosa", travei meus braços atrás de sua nuca e enterrei meu rosto nele, tentando acreditar que Hardy realmente estava ali comigo.

"Você é, sim. A maioria das mulheres estaria histérica a esta altura."

"Eu ia ch-chegar lá", falei com a boca no colarinho dele. "Você s-só me pegou antes do processo começar."

Ele me puxou para mais perto.

"Você está salva, querida. Está tudo bem agora."

Eu tentei controlar meus dentes, para que não batessem.

"Mal consigo acreditar que você está aqui."

"É claro que estou aqui. Sempre que você precisar", ele apertou os olhos para o buraco no teto, onde um dos homens da manutenção segurava uma lanterna para nos ajudar a enxergar. "Manuel", Hardy disse, "vocês têm uma bomba de poço aqui?"

"Não", foi a resposta pesarosa. "Este prédio é velho. Só os novos têm bombas."

A mão de Hardy subiu e desceu pelas minhas costas trêmulas.

"Acho que isso não ia fazer muita diferença, mesmo. Alguém pode ir desligar o disjuntor principal? Eu não quero que esta coisa comece a se mexer enquanto nós estivermos tirando ela daqui."

"Não precisa. Está desligado."

"Como você sabe?", Hardy perguntou.

"Tem um mecanismo de desarme automático."

Hardy meneou a cabeça.

"Eu quero que alguém vá até a sala de máquinas e verifique se essa coisa está mesmo desligada."

"Tudo bem, *jefe*", Manuel usou um rádio portátil para falar com o supervisor na sala de segurança. O supervisor disse que enviaria o único guarda disponível até a sala de máquinas para desligar a chave geral dos elevadores, e avisaria quando estivesse feito. "Ele disse que não consegue falar com a polícia", Manuel nos contou. "A emergência está arrebentada. Ligações demais. Mas a empresa do elevador vai mandar um técnico."

"A água está subindo", eu falei para Hardy, meus braços presos com firmeza em sua nuca e minhas pernas enroladas em sua cintura. "Vamos sair *agora*."

Hardy sorriu e afastou o cabelo que estava caído no meu rosto.

"Só vai demorar um instante para eles encontrarem a chave geral. Finja que nós estamos em uma banheira de hidromassagem."

"Minha imaginação não é tão boa", eu disse.

"É óbvio que você nunca morou em uma plataforma de perfuração", Ele passou a mão pelos meus ombros. "Você se machucou? Algum corte ou hematoma?"

"Não, só fiquei com um pouco de medo."

Ele soltou uma exclamação de compaixão e me apertou ainda mais.

"Você não está com medo agora, está?"

"Não", era verdade. Parecia impossível que qualquer coisa ruim pudesse acontecer enquanto eu me segurava naqueles ombros tão firmes. "Só estou c-com frio. Não entendo de onde essa água está vindo."

"O Manuel disse que caiu uma parede entre a garagem e a galeria de águas pluviais. Nós estamos sendo invadidos por um monte de água."

"Como você me encontrou tão depressa?"

"Eu estava indo para casa quando você ligou. Eu corri para cá e encontrei Manuel e o colega dele. Nós pegamos o elevador de serviço até o andar acima deste, e abri as portas com uma chave de fenda torta." Ele alisava meu cabelo enquanto falava. "O alçapão do elevador foi um pouco mais difícil... eu tive que arrancar uns parafusos com o martelo."

Nós ouvimos um pouco de estática e uma voz metálica no rádio de comunicação acima de nós.

"Tudo bem, *jefe*", Manuel gritou. "A chave foi desligada."

"Ótimo", Hardy apertou os olhos para Manuel. "Eu vou erguê-la até vocês. Não a deixem cair na lateral — ela está escorregadia." Ele puxou minha cabeça para trás até me olhar nos olhos. "Haven, eu vou te empurrar para cima, então você vai se apoiar nos meus ombros e vai deixar que a puxem. Entendeu?" Eu anuí, relutante, sem querer deixá-lo. "Quando estiver em cima do elevador", ele continuou, "não toque em nenhum dos fios ou cabos ou em qualquer coisa. Tem uma escada na lateral do poço de elevador. Tenha cuidado enquanto estiver subindo. Você está escorregadia como um peixe engraxado."

"E você?"

"Eu vou ficar bem. Ponha seu pé na minha mão."

"Mas como v-você v-vai..."

"Haven, pare de falar e me dê seu pé."

Fiquei espantada com a facilidade com que ele me levantou, uma manzorra embaixo do meu traseiro para me empurrar até os dois funcionários da manutenção. Eles me pegaram por baixo dos braços e me puxaram para o alto do elevador, segurando-me como se temessem que eu pudesse escorregar para o lado. E provavelmente escorregaria, pois estava coberta de lodo.

Normalmente, eu conseguiria subir a escada com facilidade, mas meus pés e minhas mãos ficavam escorregando. Foram necessários esforço e concentração para eu conseguir chegar ao patamar em que Hardy tinha aberto a porta do hall. Lá estavam mais algumas pessoas para me ajudar; alguns funcionários dos escritórios, o supervisor de segurança e o guarda, o recém-chegado técnico do elevador e até Kelly Reinhart, que não parava de repetir, horrorizada, que "eu estava com ela meia hora atrás... não consigo acreditar... acabei de vê-la..."

Eu ignorei todo mundo, não por indelicadeza, mas por puro medo. Fiquei esperando ao lado da porta aberta e me recusei a sair dali, onde gritei, ansiosa, o nome de Hardy. Ouvi sons de coisas caindo na água e alguns grunhidos, além de alguns dos palavrões mais feios que escutei na vida.

Manuel foi o primeiro a aparecer, e seu colega veio atrás. Hardy, afinal, emergiu pela porta, pingando e coberto pelo mesmo lodo escuro que eu, com o terno colado ao corpo. Eu sabia que ele não estava cheirando melhor que eu, seu cabelo estava de pé em alguns pontos. Ainda assim, era o homem mais lindo que já vi na minha vida.

Eu me joguei nele, envolvi sua cintura com meus braços e enfiei minha cabeça em seu peito. O coração dele batia forte sob a minha orelha.

"Como você saiu?"

"Eu apoiei um pé no corrimão, me segurei na estrutura do teto e me puxei para cima. Eu quase escorreguei e caí para dentro da cabine, mas Manuel e Juan me seguraram."

"*El mono*", Manuel disse, como se para explicar, e eu senti uma risada sacudir o peito de Hardy.

"O que isso significa?", perguntei.

"Ele me chamou de macaco."

Levando a mão ao bolso de trás, Hardy pegou uma carteira de onde extraiu algumas notas encharcadas e pediu desculpas pela condição em que o dinheiro estava. Os funcionários da manutenção riram e disseram que o dinheiro valia assim mesmo e depois todos apertaram as mãos.

Eu fiquei com os braços agarrados em Hardy enquanto ele conversou com o técnico do elevador e com o supervisor de segurança por alguns minutos. Embora eu estivesse em segurança, não conseguia me fazer soltá-lo. E ele não parecia se importar que eu ficasse pendurada nele, e de vez em quando passava a mão pelas minhas costas. Um caminhão de bombeiros parou do lado de fora do prédio com as luzes piscando.

"Escutem", Hardy disse para o supervisor de segurança, entregando-lhe um cartão de visita encharcado, "nós precisamos parar de conversar agora. Ela já sofreu bastante. Eu preciso cuidar dela e nós dois precisamos nos limpar. Se alguém quiser saber de alguma coisa, podem falar comigo amanhã."

"Certo", o supervisor disse. "Eu entendo. Diga se eu puder ajudar de algum modo. Cuidem-se, vocês dois."

"Ele foi legal", eu disse enquanto Hardy me levava para fora do edifício, passando pelo caminhão de bombeiro e pela van de uma equipe de televisão.

"Ele quer muito que você não o processe", Hardy respondeu, levando-me para o carro dele, que estava parado em fila dupla. Era um sedã prateado Mercedes, com um estofamento bege-creme imaculado.

"Não", eu disse, desanimada. "Não posso entrar nesse carro assim, toda suja e nojenta."

Hardy abriu a porta e me fez entrar.

"Entre, querida. Nós não vamos andar até em casa."

Eu fiquei tensa durante todo o curto percurso até o 1800 Main, sabendo que estávamos arruinando o interior do carro dele.

E o pior ainda estava para acontecer. Depois que Hardy estacionou o carro na garagem do nosso prédio, nós nos aproximamos do elevador que levava à recepção. Eu parei como se tivesse levado um tiro e olhei do elevador para a escada. Hardy parou ao meu lado.

Definitivamente, a última coisa que eu queria naquele momento era estar dentro de outro elevador. Era demais. Eu senti todos os meus músculos ficarem tensos e rejeitarem essa ideia.

Hardy ficou em silêncio, deixando que eu lutasse com as minhas opções.

"Droga", resmunguei. "Não posso evitar elevadores pelo resto da minha vida, posso?"

"Não em Houston." A expressão de Hardy era bondosa. Logo, logo, eu pensei, a bondade vai se transformar em pena. Isso foi o bastante para me colocar em movimento.

"Coragem, Haven", murmurei para mim mesma e apertei o botão de subir. Minha mão ficou tremendo. Enquanto o elevador descia até a garagem, eu esperei como se estivesse diante dos portões do inferno.

"Não sei bem se eu cheguei a lhe agradecer pelo que você fez", eu disse, meio brusca. "Então... obrigada. E eu quero que você saiba que eu... normalmente não sou de criar problemas. Quero dizer, não sou dessas mulheres que precisam ser salvas o tempo todo."

"Você pode me salvar da próxima vez."

Isso conseguiu me fazer sorrir, apesar de toda minha ansiedade. Era a coisa certa a ser dita.

As portas se abriram e eu simplesmente me obriguei a entrar na caixa de metal. Eu fiquei encolhida em um canto e Hardy me seguiu. Antes que as portas se fechassem, Hardy me puxou para um abraço de corpo inteiro e nossas bocas se juntaram, e pareceu que tudo que eu tinha sentido naquele dia, angústia, raiva, desespero e alívio, tudo se juntou em uma explosão de puro calor.

Eu respondi com beijos frenéticos e puxei a língua dele para dentro da minha boca, querendo o gosto e o toque dele em todo meu ser. Hardy soltou uma exclamação curta e forte, como se pego de surpresa pela minha reação. Ele segurou minha cabeça com a mão e sua boca possuiu a minha, faminta e doce.

Em questão de segundos nós chegamos à recepção. As portas se abriram com um bipe irritante. Hardy se afastou e me puxou para fora do elevador, para a recepção de mármore preto brilhante. Eu acredito que nós parecíamos um par de criaturas do pântano ao passar pela mesa do recepcionista a caminho do principal elevador residencial.

David, o recepcionista, ficou de boca aberta quando nos viu.

"Srta. Travis? Meu Deus, o que aconteceu?"

"Eu tive um pequeno... bem, um tipo de... acidente na Torre Buffalo", eu disse, tímida. "O Sr. Cates me ajudou a escapar."

"Eu posso ajudar em alguma coisa?", David ofereceu.

"Não, nós estamos bem." Eu dei um olhar significativo para David. "E não existe *nenhuma* necessidade de mencionar isso para qualquer pessoa da minha família."

"Claro, Srta. Travis", ele disse, um pouco rápido demais. E enquanto nos dirigíamos ao elevador residencial, eu o vi pegar o telefone e começar a discar.

"Ele vai ligar para o meu irmão Jack", eu disse, entrando no elevador. "Eu não estou com vontade de falar com ninguém, especialmente com meu irmão intrometido..."

Mas Hardy estava me beijando de novo, dessa vez apoiando as mãos na parede, uma de cada lado da minha cabeça, como se fosse perigoso demais me tocar. O beijo quente, de boca aberta, continuou por um longo tempo, e o prazer que aquilo me proporcionou foi devastador. Eu estiquei as mãos e toquei a curva volumosa dos ombros dele, os músculos contraídos e rígidos.

Eu fiquei vagamente espantada com o efeito que o toque de minhas mãos teve nele, o modo como a boca dele agarrou a minha com ainda mais intensidade, parecendo que ele estava se deliciando com algo que poderia lhe ser tirado. Ele estava excitado, e eu senti vontade de tocá-lo *lá*, de pôr minha mão no volume crescente. Meus dedos trêmulos deslizaram pela superfície lisa do abdome dele, passando por cima da fivela de metal do cinto. Mas o elevador parou e Hardy agarrou meu pulso, puxando-o para trás.

Os olhos dele tinham um tom quente e suave de azul, e ele estava corado como se estivesse febril. Hardy sacudiu a cabeça e me puxou do elevador. Nós estávamos no décimo-oitavo andar, indo para o apartamento dele. Eu o acompanhava de boa vontade, e esperei ao lado da porta enquanto ele digitava a senha. Ele errou, o que provocou um bipe irritante. Ele xingou, e eu segurei uma risada. Ele me olhou torto, tentou de novo e a porta abriu.

Levando-me pela mão como se eu fosse uma criancinha, Hardy me conduziu até o chuveiro.

"Fique à vontade", ele disse. "Eu vou usar o outro banheiro. Tem um roupão atrás da porta. Mais tarde eu pego umas roupas no seu apartamento."

Nenhum banho tinha sido tão gostoso como aquele. E duvidava que no futuro algum chegasse perto. Eu deixei a temperatura da água quase escaldante e gemi de prazer quando ela caiu sobre meus membros frios e doloridos. Eu ensaboei e enxaguei meu corpo e meu cabelo três vezes.

O roupão de Hardy era grande demais para mim, e ficou pelo menos um palmo arrastando no chão. Eu me enrolei nele, naquele cheiro que estava se tornando familiar. Amarrei o cinto bem apertado, enrolei as mangas várias vezes e me observei no espelho embaçado pelo vapor. Meu cabelo tinha formado vários cachos. Como eu não tinha nenhuma ferramenta de cabeleireiro que não escova ou pente, vi que não poderia fazer nada.

Eu esperava me sentir esgotada depois de tudo que tinha passado, mas na verdade eu me sentia viva, hiperestimulada, com a trama macia do roupão roçando minha pele sensível. Fui até a sala de estar e vi Hardy vestido com jeans e camiseta branca, o cabelo ainda molhado do banho. Ele estava de pé perto da mesa, tirando sanduíches e recipientes de sopa de um saco de papel.

Com o olhar, ele me avaliou da cabeça aos pés.

"Eu pedi que o restaurante nos mandasse comida", ele disse.

"Obrigada. Estou faminta. Acho que nunca senti tanta fome."

"Isso acontece depois de um trauma. Sempre que havia um problema na plataforma — um acidente ou incêndio —, depois nós comíamos como lobos."

"Incêndio numa plataforma deve ser uma coisa assustadora. Como isso acontece?"

"Ah, explosões, vazamentos...", ele sorriu antes de acrescentar, "soldadores..." Ele terminou de arrumar a comida. "Pode começar a comer. Eu vou até seu apartamento pegar roupas para você, se me disser a senha."

"Fique, por favor. Eu posso esperar. Este roupão é confortável."

"Está bem", Hardy puxou uma cadeira para mim. Quando eu me sentei, espiei a televisão, que exibia o noticiário local. Quase caí da cadeira quando a apresentadora disse, "...e agora, mais sobre a enchente. Nós ficamos sabendo que no começo desta noite uma mulher não identificada foi resgatada de um elevador inundado na Torre Buffalo. De acordo com o pessoal da segurança no local, a água que entrou no andar mais baixo da garagem fez o elevador parar de funcionar. Empregados do edifício disseram que a mulher parecia estar em boas condições depois do resgate e não precisou de cuidados médicos. Vamos contar mais desta história para você conforme ela se desenrolar..."

O telefone tocou e Hardy olhou para o identificador de chamadas.

"É o seu irmão Jack. Eu já falei com ele e disse que você está bem, mas ele quer ouvi de você."

Oh, diacho, eu pensei. Jack deve ter ficado animado por saber que eu estou com Hardy.

Eu peguei o telefone e apertei o botão de falar.

"Oi, Jack", eu disse com a voz alegre.

"Uma coisa que ninguém quer", meu irmão começou, "é que a irmã seja a mulher não identificada no noticiário. Coisas ruins acontecem com a mulher não identificada."

"Eu estou bem", eu lhe disse, sorrindo. "Só fiquei um pouco molhada e suja, só isso."

"Você pode achar que está bem, mas deve estar em choque. Você pode ter ferimentos de que nem se deu conta. Por que diabos o Cates não te levou para o hospital?"

Meu sorriso desapareceu.

"Porque eu estou ótima. E não estou em choque."

"Eu vou até aí pegar você. Vai ficar no meu apartamento esta noite."

"Sem chance. Eu já vi seu apartamento, Jack. É uma fossa. É tão ruim que meu sistema imunológico fica mais resistente toda vez que eu te visito."

Jack não riu.

"Você não vai ficar com o Cates depois de ter passado por algo tão traumático..."

"Lembra da nossa conversa sobre limites, Jack?"

"Danem-se os limites. Por que você ligou para ele quando tem dois irmãos que trabalham a poucos quarteirões da Torre Buffalo? Gage e eu poderíamos ter cuidado de tudo muito bem."

"Eu não sei por que liguei para ele, eu...", dei um olhar constrangido para Hardy. Ele estava me observando com uma expressão insondável e depois foi para a cozinha. "Jack, eu falo com você amanhã. Não venha para cá."

"Eu disse para o Cates que, se ele encostar em você, pode se considerar um homem morto."

"Jack", eu murmurei, "vou desligar agora."

"Espere...", ele fez uma pausa e adotou um tom fofo. "Você é minha irmã caçulinha, Haven, podia me deixar ir até aí pegar v..."

"Não. Boa noite."

Eu desliguei no momento em que um palavrão soava no telefone.

Hardy voltou à mesa, trazendo um copo cheio de gelo e um líquido efervescente.

"Obrigada", eu disse. "Dr. Pepper?"

"Isso. Com suco de limão e um toque de Jack Daniels. Achei que poderia ajudar com seus nervos."

Eu lhe dei um olhar divertido.

"Meus nervos estão ótimos."

"Talvez. Mas você ainda parece um pouco tensa."

Estava delicioso. Eu tomei uns goles grandes, ávidos, até Hardy tocar minha mão.

"Opa, calma aí. Tome devagar, querida."

Demos uma pausa na conversa enquanto tomávamos a sopa de vegetais e comíamos os sanduíches. Eu terminei minha bebida e suspirei devagar, sentindo-me melhor.

"Você me dá outra?", perguntei, empurrando meu copo vazio para ele.

"Em alguns minutos. O Jack Daniels é meio sorrateiro."

Eu me virei para o lado, para encará-lo, passando meu braço pelo encosto da cadeira.

"Não precisa me tratar como se eu fosse uma adolescente. Sou uma mulher adulta, Hardy."

Hardy meneou a cabeça lentamente, seu olhar cravado no meu.

"Eu sei disso. Mas de certa forma você continua sendo... inocente."

"Por que você diz isso?"

A resposta dele foi delicada.

"Por causa do modo como você lida com certas situações."

Eu senti uma onda de calor subir ao meu rosto ao imaginar se ele se referia ao meu comportamento na escadaria do teatro.

"Hardy", engoli em seco, "sobre a noite passada..."

"Espere", ele tocou meu braço que estava sobre a mesa, os dedos traçando com delicadeza o desenho formado pelas veias no meu pulso. "Antes de falarmos disso, me conta uma coisa. Por que você ligou para mim em vez de ligar para seus irmãos? Fico feliz por você ter ligado, mas eu gostaria de saber o motivo."

O calor tomou conta de mim, então, espalhando-se pela minha pele nua por baixo do roupão. Eu me senti impregnada de excitação e desassossego, imaginando até onde eu ousaria ir com ele, e o que Hardy faria se eu lhe contasse a verdade.

"Na verdade eu nem pensei no assunto. Eu só... queria você."

Os dedos dele me acariciavam calorosa e preguiçosamente, indo do pulso até meu cotovelo e voltando.

"Noite passada", eu o ouvi murmurar, "você estava certa ao me afastar. A primeira vez não pode ser em um lugar daqueles. Você estava certa em parar, mas o modo como você parou..."

"Desculpe", eu disse, sincera. "Eu, na verdade..."

"Não, não se desculpe." Ele pegou minha mão e começou a brincar com os meus dedos. "Eu pensei a respeito mais tarde, depois que esfriei um pouco. E concluí que você não teria reagido daquela maneira se não tivesse algum tipo de... problema na cama... com seu marido", ele olhou para mim, aqueles olhos azuis assimilando cada nuança da minha expressão.

"Problema na cama" era um eufemismo e tanto, eu pensei. Hesitei, em silêncio, querendo mais que qualquer coisa me abrir com ele.

"Ele foi mesmo seu primeiro?", Hardy perguntou. "Isso é bem incomum nos nossos dias."

Eu anuí.

"Eu acho", consegui falar, "que de um modo distorcido, eu estava tentando agradar minha mãe. Mesmo depois de ela morrer. Eu sentia que ela teria preferido que eu esperasse. Ela teria me dito que boas garotas não ficam transando por aí. E eu tinha tanta coisa para compensar. Eu nunca fui o tipo de filha que ela queria — nem que meu pai queria. Eu sentia que devia isso a ela, tentar ser boa." Eu nunca tinha admitido isso para ninguém, antes. "Só mais tarde eu me dei conta de que, se desejasse ficar com alguém, isso era problema só meu."

"E aí você escolheu o Nick."

"É", retorci meus lábios. "Não foi uma boa ideia, como acabei percebendo. Era impossível satisfazê-lo."

"Eu sou fácil de satisfazer", ele continuava brincando com meus dedos.

"Ótimo", eu disse, insegura, "porque tenho certeza de que não sei fazer direito."

Todo movimento cessou. Hardy ergueu os olhos famintos de desejo da minha mão. Brilhantes e calorosos.

"Eu não...", ele teve que fazer uma pausa para respirar. Sua voz estava rouca. "Eu não me preocuparia com isso, querida."

Eu não conseguia tirar os olhos dele. Eu me imaginei debaixo dele, com seu corpo dentro do meu, e meu coração começou a se debater. Eu precisava me acalmar.

"Eu queria outro Jack Daniels, por favor", consegui dizer. "Dessa vez sem Dr. Pepper."

Hardy soltou minha mão, ainda me encarando. Sem falar palavra, ele foi até a cozinha e trouxe dois copos de dose e a garrafa com o característico rótulo preto. Ele serviu as doses de modo impessoal, como se estivesse se preparando para um jogo de pôquer.

Hardy virou o dele, enquanto eu beberiquei o meu, deixando o líquido suave, ligeiramente doce, aquecer a superfície dos meus lábios. Nós estávamos sentados muito próximos. O roupão acabou escorregando, revelando meus joelhos nus, e eu o peguei olhando para eles. Quando ele inclinou a cabeça, a luz refletiu em seu cabelo castanho-escuro. Não aguentei mais — eu precisava tocá-lo. Deixei meus dedos roçar a lateral da cabeça dele, brincando com os fios curtos e sedosos. Uma das mãos dele desceu sobre o meu joelho, envolvendo-o com seu calor.

Ele levantou o rosto e toquei seu rosto, a aspereza masculina da barba raspada, e levei meus dedos à maciez de seus lábios. Explorei o formato proeminente de seu nariz, chegando à curva hipnotizante da ponte.

"Você disse que me contaria um dia", eu lembrei. "Como quebrou o nariz."

Hardy não queria falar sobre isso. Dava para ver pela expressão em seus olhos. Só que eu tinha arriscado muito ao confiar nele, ao ser honesta, e ele não iria escapar. Então, ele deu um aceno curto com a cabeça e se serviu de mais uma dose e, para meu arrependimento, tirou a mão do meu joelho.

"Foi meu pai que quebrou", ele disse sem emoção, depois de uma longa pausa. "Ele era alcoólatra. Mas bêbado ou sóbrio, eu acho que ele só se sentia bem quando estava machucando alguém. Ele abandonou a família quando eu ainda era novo. E eu preferia de verdade que ele tivesse ficado longe para sempre. Mas de vez em quando ele aparecia em casa, quando não estava na cadeia. Ele espancava minha mãe para valer e a engravidava, depois sumia com cada centavo que conseguia roubar dela."

Ele sacudiu a cabeça, o olhar distante.

"Minha mãe é uma mulher alta, mas ainda assim ela é delicada. Um vento forte é capaz de arrastá-la. Eu sabia que um dia ele a mataria. Uma das vezes em que ele voltou — eu tinha onze anos —, eu lhe disse para nem tentar, que eu não o deixaria se aproximar dela. Não me lembro do que aconteceu em seguida, só que eu acordei no chão me sentindo como se tivesse sido pisoteado por um touro de rodeio. E meu nariz estava quebrado. Minha mãe apanhou quase tanto quanto eu. Ela me disse para nunca mais enfrentar meu pai. Disse que isso só o deixava ainda mais enlouquecido. Era mais fácil para ela se nós deixássemos que ele fizesse logo o que queria, porque aí ele ia embora."

"Por que ninguém o deteve? Por que ela não se divorciou dele, ou conseguiu uma ordem de restrição ou algo assim?"

"Ordem de restrição só funciona se você se algemar a um policial. E minha mãe achou que era melhor levar os problemas dela para a igreja. Lá, ela foi convencida a não se divorciar. Disseram que era a missão especial dela salvar a alma dele. De acordo com o ministro, nós todos devíamos fazer daquilo uma questão de oração, para que o coração do meu pai fosse tocado, que ele visse a luz e fosse salvo", Hardy abriu um sorriso amargo. "Se eu tinha alguma chance de ser um homem religioso, desapareceu aí."

Fiquei arrasada pela revelação de que Hardy também tinha sido vítima de violência doméstica. Mas de um modo pior que o meu, porque aconteceu quando ele era só uma criança. Controlei com cuidado o tom da minha voz quando perguntei:

"Então, o que aconteceu com seu pai?"

"Ele reapareceu alguns anos depois disso. Eu já estava muito maior, então fiquei na porta do trailer e não o deixei entrar. Mamãe ficou tentando me empurrar para o lado, mas eu não cedi. Ele...", Hardy parou e massageou a boca e o queixo, devagar, sem olhar para mim. Eu estava com uma sensação eletrizante de que ele ia me contar algo que nunca tinha contado para ninguém.

"Continue", eu sussurrei.

"Ele veio para cima de mim com uma faca, me acertou aqui do lado. Eu torci o braço dele e o fiz largar a faca. Então lhe dei uma surra, e bati até ele prometer que sumiria dali. E ele nunca mais apareceu. Está na prisão agora." O rosto de Hardy estava rígido. "A pior parte foi que minha mãe ficou sem falar comigo por dois dias."

"Por quê? Ela ficou brava com você?"

"Foi o que pensei, no começo. Mas então percebi... ela ficou com medo de mim. Depois que eu surtei para cima do meu pai, ela não conseguia ver diferença entre nós dois." Ele olhou para mim e disse, em voz baixa, "Eu também tenho uma história pesada, Haven."

Eu percebi que ele me disse isso como um aviso. E entendi uma coisa a respeito dele, que Hardy sempre usou essa noção de ter uma história pesada para não ficar muito íntimo de ninguém. Porque deixar alguém se tornar muito íntimo implica deixar que te machuquem. Eu sabia tudo desse tipo de medo. Eu vivia com ele.

"Onde ele te acertou com a faca?", perguntei, com a voz embargada. "Mostre para mim."

Hardy me encarou com o olhar vidrado de um bêbado, mas eu sabia que não era culpa do Jack Daniels. Um rubor cruzava as maçãs de seu rosto e a ponte do nariz. Ele puxou a barra da camiseta, revelando os músculos firmes do seu flanco. Uma cicatriz fina e branca se destacava no bronzeado sedoso. Ele só observou, paralisado, enquanto eu escorregava da minha cadeira e me ajoelhava diante dele, para me inclinar entre suas coxas e beijar a cicatriz. Hardy parou de respirar. Meus lábios tocaram sua pele quente, e os músculos das pernas estavam tão tensos que senti como se encostasse em ferro.

Ouvi um gemido acima da minha cabeça e fui tirada de entre os joelhos dele como se fosse uma boneca de pano. Hardy me carregou até o sofá e me deitou no estofado de veludo. Ele se ajoelhou ao meu lado e puxou o cinto do roupão. Sua boca cobriu a minha, quente e doce do uísque enquanto ele abria a frente do roupão. A mão dele estava quente quando tocou meu seio, curvando-se sob a inclinação suave, firmando-o para sua boca.

Os lábios dele tocaram o bico duro, e ele passou a língua ali em movimentos suaves. Eu me contorci debaixo dele, incapaz de me manter parada. Meu mamilo enrijeceu de um modo quase dolorido, e sensações de prazer se espalhavam pelo meu corpo a cada lambida. Eu gemi e pus meus braços em volta da cabeça dele, e minha coluna pareceu se dissolver quando ele passou para o outro seio. Meus dedos afundaram nos fios sedosos de seu cabelo e apertaram sua cabeça. Às cegas, puxei sua boca para a minha, que Hardy tomou com selvageria, como se não conseguisse ir fundo o bastante.

A mão dele desceu forte sobre meu abdome, apertando a curva da cintura. Então senti a ponta do seu dedo mínimo roçando o triângulo escuro. Choramingando, eu ergui o quadril. A mão dele desceu mais, e enquanto ele brincava com os pelos macios, algo dentro de mim começou a latejar intensamente. Até aquele momento, eu nunca tinha sentido que poderia morrer de puro desejo. Eu gemi e o puxei pela camiseta. A boca de Hardy voltou à minha, me chupando de leve quando eu gemia, como se pudesse saborear aqueles sons.

"Por favor, me toque", eu pedi, apertando as almofadas de veludo com os dedos dos pés. "Hardy, por favor..."

"Onde?", ouvi um sussurro diabólico, enquanto ele acariciava os pelos úmidos entre as minhas coxas.

Eu afastei os joelhos, com o corpo totalmente trêmulo.

"Aqui. Aqui."

Ele soltou um suspiro que foi quase um ronrom, e seus dedos me abriram, encontrando calor e umidade, concentrando-se no lugar que me deixava louca. Ele roçou meus lábios inchados com a boca, puxando-os com delicadeza. Sua mão saiu de dentro das minhas pernas, e Hardy me recolheu em seus braços como se pretendesse me levantar, mas ele só me abraçou com extrema suavidade, colando nossos corpos trêmulo e arfantes. Ele baixou a cabeça e beijou o arco do joelho, a elevação macia de um seio, a corda tensa do meu pescoço.

"Me leve para a cama", eu pedi, rouca. Eu peguei um dos lóbulos da orelha dele entre os dentes e passei minha língua ali. "Me leve..."

Hardy estremeceu e me soltou. Ele se virou e se sentou no chão, de costas para mim. Apoiou os braços nos joelhos dobrados e baixou a cabeça, com a respiração saindo em rajadas profundas e duras.

"Não posso...", a voz dele estava abafada. "Esta noite não, Haven."

Hardy demorou um momento longo e desanimador para responder. Ele voltou o rosto para mim, ajoelhando-se com as coxas afastadas. Ele aproximou as mãos para fechar o roupão e me cobrir, um gesto tão cuidadoso que pareceu mais íntimo do que aquilo que aconteceu antes.

"Não é certo", ele disse. "Não depois de tudo isso que você passou. Eu estaria me aproveitando de você."

Eu não podia acreditar. Não quando tudo estava indo tão bem, quando parecia que todo meu medo tinha desaparecido. Não quando eu o desejava tanto.

"Não estaria, não", eu retorqui. "Eu estou ótima. Eu *quero* dormir com você."

"Você não está em condições de tomar uma decisão dessas neste momento."

"Mas...", eu me sentei e esfreguei o rosto. "Hardy, você não acha que está esquecendo de pensar no que eu estou sentindo? Depois de me deixar desse jeito, você...", eu me interrompi quando um pensamento horrível me ocorreu. "Você está se vingando. É isso? Por causa da noite passada?"

"Não", ele disse, contrariado. "Eu nunca faria isso. Não se trata disso. E caso você não tenha notado, estou tão excitado quanto você."

"Então eu não tomo parte na decisão? Não tenho direito a voto?"

"Esta noite, não."

"*Droga*, Hardy...", meu corpo todo latejava. "Você vai me deixar sofrendo só para provar alguma tese absolutamente desnecessária?"

A mão dele deslizou pela minha barriga.

"Eu vou terminar o seu lado."

Era como receber a oferta de um tira-gosto quando o prato principal não estava disponível.

"*Não*", eu disse, o rosto vermelho de frustração. "Não quero um serviço pela metade, eu quero um ato sexual inteiro, do começo ao fim. Eu quero ser vista como uma mulher adulta que tem o direito de decidir o que fazer com o próprio corpo."

"Querida, eu acho que nós já provamos, sem sombra de dúvida, que eu te vejo como uma mulher adulta. Mas não vou me aproveitar de alguém que acabou de passar por uma experiência de quase morte, e depois eu trouxe para o meu apartamento, servi álcool e agora está sentindo gratidão por mim. Não vou fazer isso."

Eu arregalei os olhos.

"Você acha que eu dormiria com você por *gratidão*?"

"Não sei. Mas eu quero dar um ou dois dias de tempo para essa sensação passar."

"Já passou, seu cretino!", eu sabia que não estava sendo justa com ele, mas não pude evitar. Ele tinha me deixado na mão no momento em que meu corpo estava prestes a pegar fogo.

"Estou tentando ser um cavalheiro, droga!"

"Ora, que bela hora para começar."

Eu não podia continuar naquele apartamento nem mais um minuto — tive receio de fazer alguma coisa que seria vergonhosa para nós dois. Como me jogar em cima dele e implorar. Lutando para me erguer do sofá, eu voltei a amarrar o cinto do roupão na cintura e me dirigi à porta.

Hardy veio atrás de mim no mesmo instante.

"Aonde você vai?"

"Para o meu apartamento."

"Deixa eu pegar suas roupas primeiro."

"Não se preocupe. As pessoas sempre estão de roupão quando voltam da piscina."

"Só que não estão nuas por baixo."

"E daí? Você acha que eu vou encontrar alguém tão cheio de tesão que vai me atacar no corredor? Quem me dera ter essa sorte!"

Abri a porta e saí para o corredor. Eu me senti grata pelo surto revigorante de raiva — assim não me preocupei com o elevador.

Hardy veio atrás e ficou do meu lado até as portas do elevador se abrirem. Nós entramos juntos, os dois descalços.

"Haven, você sabe que eu estou com a razão. Vamos conversar sobre isso."

"Se você não quer fazer sexo, eu não quero conversar sobre nossos sentimentos."

Ele passou a mão pelo cabelo, parecendo confuso.

"Bem, com toda certeza essa é a primeira vez que uma mulher me diz isso."

"Eu não lido bem com rejeição", murmurei.

"Não é rejeição, é um adiamento. E se Jack Daniels te deixa assim tão mal-humorada, nunca mais vou te servir outra dose."

"Não tem nada a ver com o uísque. Eu sou mal-humorada de nascença."

Hardy pareceu perceber que não importava o que ele dizia, tudo só me deixava mais irritada. Então ele aguardou em silêncio estratégico até chegarmos à minha porta. Eu digitei a combinação e entrei.

Hardy ficou olhando para mim. Ele estava impossivelmente desgrenhado, apetitoso e sexy. Mas não estava arrependido.

"Eu te ligo amanhã", ele disse.

"Não vou atender."

Hardy passou um olhar preguiçoso e demorado pelo meu corpo, as dobras de seu próprio roupão à minha volta, meus dedos dos pés crispados e nus. Algo parecido com um sorriso puxou um canto de sua boca.

"Você vai atender."

Fechei a porta de súbito. Eu não precisava ver a cara dele para saber que estava com um sorriso arrogante nela.

Capítulo 13

Eu apareci para trabalhar às oito e meia da manhã seguinte e fui imediatamente rodeada por Kimmie, Samantha, Phil e Rob. Todos demonstraram alívio por eu estar bem e perguntaram sobre a inundação, como tinha sido ficar presa no elevador e como eu saí.

"Eu consegui telefonar para um amigo antes que a bateria do telefone acabasse", expliquei. "Ele apareceu e... bem, tudo ficou bem depois disso."

"Foi o Sr. Cates, não foi?", Rob perguntou. "David me contou."

"Sr. Cates, o morador deste prédio?", Kimmie perguntou e sorriu quando eu confirmei, constrangida.

Vanessa veio até o meu cubículo, parecendo preocupada.

"Haven, você está bem? A Kelly Reinhart me ligou e contou o que aconteceu noite passada."

"Estou bem", eu disse. "Pronta para o trabalho, como sempre."

Ela riu. Talvez eu tenha sido a única a notar um tom condescendente na voz dela.

"Você é valente, Haven. Que ótimo."

"A propósito", Kimmie falou, "nós recebemos meia dúzia de ligações esta manhã, perguntando se você é a mulher do elevador. Eu acho que a imprensa local quer aproveitar para fazer um drama com uma Travis. Então eu banquei a boba e disse que, pelo que eu sabia, não era você."

"Obrigada", eu agradeci, percebendo que Vanessa tinha estreitado os olhos ligeiramente. Embora eu não gostasse de ser uma Travis, ela gostava ainda menos.

"Muito bem, pessoal", Vanessa disse, "vamos voltar ao trabalho." Ela esperou até os outros saírem do meu cubículo antes de continuar, "Haven, por favor, venha ao meu escritório para nós tomarmos um café e discutirmos sua reunião com Kelly."

"Vanessa, sinto muito, mas eu não vou conseguir me lembrar de tudo que falamos."

"Está no seu computador, não está?"

"Eu não tenho mais o computador", eu disse, em tom de desculpa. "Ele afundou."

Vanessa suspirou.

"Oh, Haven. Eu gostaria que você tomasse mais cuidado com material da empresa."

"Desculpe, mas não foi possível salvá-lo. A água estava subindo e..."

"Consulte suas notas, então. Você tomou notas, não tomou?"

"Tomei, mas estavam na minha pasta... e tudo nela foi perdido. Vou ligar para Kelly e tentar reconstruir nossa reunião o melhor que eu puder, mas..."

"Falando sério, Haven, você não podia ter cuidado melhor da sua pasta?", ela me deu um olhar de censura. "Precisava entrar em pânico e deixar tudo cair?"

"Vanessa", eu disse, com cuidado, "a inundação do elevador foi mais do que uma poça de água no chão", era óbvio que ela não tinha entendido o que aconteceu, mas a última coisa que se podia dizer para Vanessa era que ela não tinha entendido algo.

Ela revirou os olhos e sorriu como se eu fosse uma criança inventando histórias.

"Com sua disposição para o drama, não dá para saber o que realmente aconteceu."

"Ei!", uma voz tranquila e profunda nos interrompeu. Jack. Ele entrou no cubículo e Vanessa se virou para ele. Com os dedos esguios, ela graciosamente prendeu uma mecha de seu cabelo claro e perfeito atrás da orelha.

"Olá, Jack."

"Olá para você também", ele entrou e me observou com cuidado, depois esticou os braços e me puxou para o peito em um abraço breve. Eu fiquei um pouco rígida. "É, não ligo a mínima para o fato de você não gostar de ser tocada", Jack disse, continuando o abraço. "Você me deu um susto enorme noite passada. Eu passei no seu apartamento há alguns minutos e não tive resposta. O que você está fazendo aqui?"

"Eu trabalho aqui", eu disse com um sorriso forçado.

"Hoje não. Você vai tirar o dia de folga."

"Eu não preciso", protestei, consciente do olhar pétreo de Vanessa.

Jack finalmente me soltou.

"Precisa, sim. Relaxe. Tire uma soneca. E depois ligue para Gage, Joe, papai e Todd... todo mundo quer falar com você. Ninguém te ligou em casa porque acharam que estava descansando."

Eu fiz uma careta.

"Vou ter que repetir toda a história quatro vezes?"

"Receio que sim."

"Jack", Vanessa interrompeu cheia de doçura, "não acho que seja necessário fazer Haven tirar o dia de folga. Nós vamos tomar conta dela. E isso pode ajudá-la a não pensar no trauma de ficar presa no elevador."

Jack olhou de modo estranho para Vanessa.

"Ela não ficou só presa no elevador", ele rebateu. "Minha irmã ficou aprisionada como um peixe num balde. Eu conversei com o sujeito que a tirou de lá, na noite passada. Ele disse que a cabine do elevador estava quase cheia de água e totalmente escura. E que ele não conhece outra mulher que teria enfrentado aquilo tão bem quanto Haven."

Hardy disse isso a meu respeito? Fiquei agradecida e lisonjeada... e também fascinada pelas contrações rápidas e sutis que se operaram no rosto da Vanessa.

"Ora, *é claro* que você deve tirar o dia de folga!", ela exclamou, assustando-me ao passar o braço pelos meus ombros. "Eu não fazia ideia de que tinha sido tão ruim, Haven. Você deveria ter me contado." Ela me deu um aperto afetuoso. O aroma seco e caro de seu perfume e a sensação de seu braço ao meu redor fizeram minha pele arrepiar. "Pobrezinha. Vá para casa descansar. Posso fazer alguma coisa por você?"

"Obrigada, mas não", eu disse e me afastei dela. "Falando sério, eu estou bem. E quero ficar."

Jack me deu um olhar afetuoso.

"Pode ir andando, querida. Você vai tirar o dia de folga."

"Eu tenho uma tonelada de coisas para fazer", protestei.

"Não ligo a mínima. Tudo vai continuar aqui amanhã. Certo, Vanessa?"

"Certo", ela disse, bem-disposta. "Pode acreditar, não vai ser problema cobrir a falta da Haven hoje", ela deu um tapinha nas minhas costas. "Cuide-se, querida. E pode me ligar se precisar de qualquer coisa."

Os saltos altos dela deixaram buracos fundos no carpete do escritório quando ela saiu.

"Eu deveria mesmo ficar", falei para Jack.

A expressão dele era incoercível.

"Vá visitar o papai", ele disse. "Ele quer te ver. E não faria mal a nenhum de vocês dois se tentassem conversar como duas pessoas civilizadas, só para variar."

Soltei um grande suspiro e peguei minha bolsa.

"Tudo bem. Tem faltado agitação na minha vida mesmo."

Enfiando as mãos nos bolsos, Jack apertou os olhos para mim.

"Ei...", ele começou, a voz baixa, "o Cates tentou alguma coisa com você, noite passada?"

"Você está perguntando como amigo ou como irmão?"

Ele precisou refletir a respeito.

"Amigo, eu acho."

"Muito bem", eu continuei com o sussurro mais baixo possível. "Eu tentei alguma coisa com ele, e fui rejeitada. Ele disse que não queria se aproveitar de mim."

Jack piscou, incrédulo.

"Ora, vejam só."

"Ele foi muito autoritário", eu reclamei, azeda. "E essa atitude de 'Eu sou o homem, eu é que decido' não funciona muito bem comigo."

"Haven, ele é texano. Nós não somos conhecidos por nosso tato e sensibilidade. Se você quer encontrar um cara assim, vá procurar um metrossexual. Ouvi dizer que existem muitos em Austin."

Um sorriso relutante surgiu em meio à minha indignação.

"Aposto que você nem sabe o que é um metrossexual, Jack."

"Eu sei que não sou um", ele sorriu e sentou no canto da minha mesa. "Haven, todo mundo sabe que não morro de amores pelo Hardy Cates. Mas tenho que tirar o chapéu para ele neste momento. Ele fez a coisa certa."

"Como você pode defendê-lo?"

Os olhos pretos do meu irmão brilharam.

"Mulheres", ele disse. "Vocês ficam doidas quando um homem tenta algo com vocês, e ficam mais doidas quando ele não tenta. Juro que não dá para entender."

Alguns homens favorecem as filhas. Meu pai não é um deles. Talvez se tivéssemos passado mais tempo juntos, eu e papai poderíamos ter encontrado algo em comum, mas ele sempre foi ocupado demais, ambicioso demais. Ele conferiu a responsabilidade de criar a filha para o controle exclusivo da minha mãe, e não importa o quanto ela tenha tentado me moldar, é impossível fazer uma peça quadrada se encaixar em um buraco redondo.

E quanto mais minha mãe tentava me transformar no tipo certo de filha, mais minha atitude piorava. Minhas coisas que ela considerava não femininas — meu estilingue, minha pistola de chumbinho, meu conjunto de caubói e índio, meu boné de beisebol dos Rangers, que Joe tinha me dado — desapareciam ou eram doadas. "Você não vai querer isso", ela dizia quando eu reclamava. "Essas coisas não são próprias para garotinhas."

As duas irmãs da minha mãe foram simpáticas à causa dela, já que era óbvio que eu era um caso perdido. Mas eu desconfiava que secretamente elas se comprazziam com aquela situação. Embora seus maridos não tivessem sido capazes de comprar uma mansão para *elas* em River Oaks, as duas foram capazes de produzir minhas primas Karina, Jaci e Susan, todas perfeitas damas em miniatura. Mas minha mãe, que podia ter tudo o que queria nesse mundo, teve que se contentar comigo.

Eu sempre soube que nunca teria frequentado a Wellesley se minha mãe estivesse viva. Ela sempre foi uma antifeminista convicta, embora eu não tenha certeza de que ela própria soubesse os motivos. Talvez porque o sistema tenha sempre funcionado para ela, esposa de um homem rico. Ou talvez porque acreditasse que não era possível alterar a ordem das coisas, dada a natureza dos homens, e ela não era de ficar dando murro em ponta de faca. E muitas mulheres da geração dela acreditaram que tolerar discriminação era uma virtude.

Qualquer que fosse o motivo, eu e minha mãe tínhamos nossas diferenças. Eu me sentia culpada porque a morte dela tinha permitido que eu tivesse meus próprios valores e que eu fosse para a faculdade que queria. Meu pai não gostou muito disso, é claro, mas ele estava sofrendo demais para discutir. E é bem provável que a minha saída do Texas tenha sido um alívio para ele.

A caminho de River Oaks, telefonei para o meu pai, para ter certeza de que ele estaria em casa. Como meu carro tinha sido destruído pela inundação da garagem, eu dirigia um alugado. Fui recebida na entrada pela governanta, Cecily. Ela trabalhava para os Travis desde que eu me conhecia por gente. Ela já era velha quando eu era criança, com o rosto marcado por sulcos onde dava para esconder uma moeda.

Cecily foi para a cozinha e eu fui atrás do meu pai, que descansava na sala íntima. O aposento era tão grande que seria possível estacionar um tanque de guerra ali, e ostentava uma lareira em cada extremidade. Ele estava em um dos cantos, relaxando no sofá com os pés para cima.

Eu e meu pai não tínhamos passado algum tempo juntos *de verdade* desde o meu divórcio. Nós nos encontramos durante visitas curtas, com outras pessoas presentes. Parecia que nós dois sentíamos que uma conversa particular entre nós não valia o sofrimento.

Quando olhei para o papai, me dei conta de que ele estava envelhecendo. Seu cabelo tinha mais fios brancos que grisalhos, e seu bronzeado tinha desbotado, evidência de que passava menos tempo ao ar livre. E ele tinha um ar acomodado, a expressão de um homem que parou de se esforçar e tentar alcançar alguma coisa que está logo ali.

"Oi, pai", eu me inclinei para beijá-lo no rosto e me sentei ao lado dele.

Seus olhos escuros me inspecionaram com cuidado.

"Parece que você está inteira", ele constatou.

"Inteirinha", sorri para ele. "Graças a Hardy Cates."

"Você ligou para ele, foi?"

Eu sabia aonde aquilo ia dar.

"Liguei. Por sorte eu estava com meu celular." Antes que ele continuasse aquela linha de interrogatório, eu tentei despistá-lo. "Acho que vou ter uma boa história para contar para minha terapeuta quando ela voltar de férias."

Papai franziu a testa, desaprovando o que ouvia — como eu sabia que faria.

"Então você está enfiando a cabecinha nas mãos de um médico?", ele perguntou.

"Não diga 'enfiando a cabecinha', pai. Eu sei que é assim que as pessoas costumavam se referir a quem começava uma nova atividade, mas hoje tem um significado diferente."

"O que é?'

"É uma gíria para... bom... certas atividades na cama."

"Jovens", ele disse e meneou a cabeça.

Eu sorri para ele.

"Não fui eu quem inventou isso. Só estou tentando deixá-lo atualizado. Então... sim, estou indo a uma terapeuta, e ela me ajudou bastante até aqui."

"Isso é desperdício de dinheiro", meu pai resmungou, "pagar para alguém ouvir enquanto você reclama. Tudo que eles fazem é dizer o que você quer ouvir."

Pelo que eu sabia, meu pai não tinha o menor conhecimento a respeito de terapia.

"Você nunca me falou do seu diploma de Psicologia, pai."

Ele olhou feio para mim.

"Não diga às pessoas que você vai a uma terapeuta. Vão pensar que você tem algo de errado."

"Eu não fico envergonhada que os outros saibam que eu tenho problemas."

"Os únicos problemas que você tem são os que causou para si mesma. Como casar com aquele Nick Tanner, quando eu disse para não casar."

Sorri, pesarosa, enquanto refletia que meu pai nunca perdia uma oportunidade de dizer *eu te disse.*

"Eu já admiti que você estava certo quanto ao Nick. Você pode continuar me lembrando disso, e eu vou continuar admitindo que estava enganada, mas não acho isso muito produtivo. Além do mais, você estava errado no modo como lidou com a situação."

Os olhos dele cintilaram de contrariedade.

"Eu fui fiel aos meus princípios. Faria tudo de novo."

Eu me perguntei de onde ele tinha tirado sua ideia de paternidade. Talvez ele achasse que era bom para seus filhos terem a figura de autoridade que ele próprio não teve. Seu medo de admitir um erro, sobre qualquer coisa, parecia uma força para ele. Mas parecia uma fraqueza para mim.

"Pai", eu disse, hesitante, "eu queria poder contar com você mesmo quando estou fazendo algo errado. Eu queria que você pudesse me amar mesmo quando estou metendo os pés pelas mãos."

"Isso não tem nada a ver com amor. Você precisa aprender que as nossas escolhas na vida têm consequências, Haven."

"Eu já sei disso." Eu tinha enfrentado consequências que meu pai não fazia ideia. Se nós tivéssemos uma relação diferente, eu teria adorado me abrir com ele. Mas isso exigia um tipo de confiança que levava anos para se construir. "Eu não devia ter corrido para casar com Nick", admiti. "Eu deveria ter pensado melhor. Mas não sou a única mulher que já se apaixonou pelo homem errado."

"Sua vida toda", ele disse, amargo, "tudo que você sempre quis fazer foi o contrário do que eu e sua mãe dizíamos. Você era mais difícil do que os três garotos juntos."

"Mas eu não queria ser difícil. Eu só queria sua atenção. Eu teria feito qualquer coisa para ter um pouco do seu tempo."

"Você é uma mulher adulta, Haven Marie. E precisa superar o que teve ou não teve na infância."

"Eu estou superando", eu disse. "Cansei de esperar que você seja diferente do que é. Eu gostaria que você fizesse o mesmo por mim, e então talvez nós dois possamos parar de nos decepcionar um com o outro. De agora em diante, eu vou tentar fazer escolhas melhores. Mas se isso significa fazer algo que o irrite, que seja. Você não precisa me amar. Eu te amo de qualquer jeito."

Meu pai nem pareceu ouvir isso. Ele parecia decidido a descobrir alguma coisa.

"Eu quero saber o que está acontecendo entre você e Hardy Cates. Você está namorando ele?"

Eu abri um sorriso contido.

"Isso é assunto meu."

"Ele tem uma reputação ruim", papai me alertou. "Ele leva a vida ao máximo. Não serve para casar."

"Eu sei", concordei. "Eu também não sirvo."

"Estou avisando, Haven, ele vai te pisotear sem dó. Ele é um caipira irresponsável do leste do Texas. Não me dê outra razão para lhe dizer 'eu te disse'."

Eu suspirei e olhei para ele, aquele pai que sempre achava que sabia mais que todo mundo.

"Então me diz, papai... quem seria o cara certo para mim? Dê um exemplo de alguém que você aprovaria."

Reclinando-se no sofá, ele tamborilou os dedos grossos na barriga.

"O filho do George Mayfield, Fisher. Ele vai ganhar muito dinheiro, algum dia. Bom caráter. Família sólida. Bem-apessoado, também."

Eu fiquei horrorizada. Eu fui para a escola com Fisher Mayfield.

"Pai, ele tem a personalidade mais mole, mais sem-graça de todo o mundo. Ele é o equivalente humano a espaguete frio."

"E quanto ao filho do Sam Schuler?"

"Mike Schuler? Antigo amigo do Joe?"

Papai anuiu.

"O pai dele é um dos melhores homens que eu conheço. Temente a Deus. Trabalhador. E Mike sempre teve os melhores modos dentre todos os jovens que eu conheço."

"Mike virou um maconheiro, pai."

Meu pai pareceu ficar ofendido.

"Não virou, não."

"Pergunte ao Joe, se não acredita em mim. Mike Schuler é responsável, sozinho, pela receita anual de milhares de plantadores de maconha colombianos."

Meu pai meneou a cabeça, revoltado.

"Qual é o problema com esta geração?"

"Não tenho ideia", eu disse. "Mas se essas são suas melhores sugestões, pai... aquele caipira irresponsável do leste do Texas está me parecendo cada vez melhor."

"Se você começar algo com ele", meu pai disse, "faça-o entender que ele nunca vai colocar as mãos no meu dinheiro."

"Hardy não precisa do seu dinheiro", eu tive prazer em dizer. "Ele tem o próprio dinheiro, pai."

"Ele vai querer mais."

Depois de almoçar com meu pai, voltei para o apartamento e tirei uma soneca. Acordei repassando a conversa que nós tivemos e meditando sobre a falta de interesse dele em qualquer comunicação verdadeira entre pai e filha. Aquilo me deprimiu, saber que nunca receberia dele o mesmo tipo de amor que eu estava disposta a dar. Então telefonei para Todd e lhe contei sobre a visita.

"Você estava certo sobre uma coisa", eu disse. "Eu tenho mesmo um complexo paterno patético."

"Todo mundo tem, querida. Você não é especial."

Eu ri.

"Quer vir e tomar um drinque no bar?"

"Não posso. Tenho um encontro esta noite."

"Com quem?"

"Uma mulher muito gostosa", Todd disse. "Nós fazemos academia juntos. E você? Já fechou o acordo com o Hardy?"

"Não. Ele disse que iria ligar hoje, mas até agora...", eu parei quando ouvi o toque de chamada em espera. "Talvez seja ele. Preciso ir."

"Boa sorte, querida."

Passei para a segunda chamada.

"Alô?"

"Como está se sentindo?", a voz arrastada de Hardy fez despertar cada nervo meu.

"Ótima!", minha voz soou igual ao ar escapando de um balão. Eu pigarreei. "Como você está?... algum músculo distendido de ontem?"

"Não. Tudo funcionando."

Eu fechei os olhos e soltei a respiração enquanto absorvia o silêncio quente que se fez entre nós.

"Continua brava comigo?", Hardy perguntou.

Não consegui segurar o sorriso.

"Acho que não."

"Então você vai sair comigo para jantar hoje à noite?"

"Vou", meus dedos apertaram com força o telefone. Eu pensei no que estava fazendo, concordando em sair com Hardy Cates. Minha família teria um ataque. "Eu gosto de jantar cedo", avisei.

"Eu também."

"Passa no meu apartamento às seis?"

"Estarei aí."

Depois que ele desligou, fiquei sentada pensando durante alguns minutos.

Eu sabia que meu pai diria que eu não fazia ideia de onde estava me metendo ao sair com Hardy Cates. Mas quando se começa a sair com alguém, nunca se pode ter certeza daquilo em que se está envolvendo.

É preciso dar uma chance para que a pessoa mostre quem ela realmente é... e acreditar nela quando mostrar.

Eu vesti jeans, saltos altos e uma blusa frente única cor de narciso com um fecho brilhante sustentando o corpete. Usando uma chapinha, arrumei meu cabelo até ele ficar brilhante e com as pontas todas viradas para cima. Como o tempo estava úmido, usei um mínimo de maquiagem. Só um toque de rímel e um brilho cor de cereja nos lábios.

Eu percebi, então, que estava muito mais nervosa com a ideia de dormir com Hardy do que fiquei antes de dormir com Nick, quando era virgem. Provavelmente porque, com o primeiro, você imagina ter um desconto por ser iniciante. E não ajudava o fato de eu ter feito há pouco tempo um teste intitulado "Você é Boa de Cama?" em uma revista feminina e tirado uma nota que me punha na categoria "Gata Inibida". As sugestões que a revista dava para eu melhorar minhas "habilidade carnais" pareciam, em sua maioria, anti-higiênicas, desconfortáveis ou simplesmente sem graça.

Quando ouvi a campainha, alguns minutos antes das seis, a tensão tinha crescido até me fazer sentir como se meu esqueleto inteiro tivesse sido preso com parafusos de metal. Eu abri a porta, mas não era Hardy.

Lá estava meu ex-marido, vestindo terno e gravata, muito bem arrumado e sorridente.

"Surpresa", ele disse e agarrou meu braço antes que eu pudesse me mexer.

Capítulo 14

Eu recuei, tentando me soltar, mas ele me seguiu para dentro do apartamento. Nick não perdeu o sorriso em nenhum momento. Eu consegui me livrar da mão dele e o encarei, tentando evitar que o medo aparecesse no meu rosto.

Eu estava no meio de um pesadelo. Pensei que aquilo não podia ser real, só que a angústia, o medo e a raiva me rodeavam como insetos, e aquele sentimento era conhecido demais. Tinha sido minha realidade por quase dois anos.

Nick parecia saudável; em forma, um pouco mais cheio do que durante nosso casamento. O rosto mais arredondado lhe conferia uma infantilidade que não lhe caía bem. Mas de modo geral ele aparentava ser um homem conservador, respeitável e próspero.

Apenas alguém que o conhecia tão bem quanto eu saberia do monstro que existia ali dentro.

"Eu quero que você vá embora, Nick."

Ele soltou uma risada divertida, como se minha hostilidade contida fosse absolutamente inesperada.

"Meu Deus, Marie. Eu não a vejo há meses, e essa é a primeira coisa que você me diz?"

"Eu não o convidei. Como você descobriu meu apartamento? Como passou pela recepção?", David nunca deixava não moradores entrar no prédio sem primeiro obter aprovação.

"Eu descobri onde você trabalha e fui ao seu escritório. Conversei com a sua gerente, Vanessa. Ela me contou que você mora no prédio e até me deu o número do apartamento. E falou que eu podia subir. Boa garota. Disse que adoraria me mostrar Houston quando eu quisesse."

"Vocês dois têm muito em comum", eu disse apenas. Maldita Vanessa! Eu já tinha lhe contado o suficiente do meu passado para ela saber que eu não me dava bem com meu ex-marido. Não é de admirar que ela usasse a oportunidade para me causar problemas.

Nick adentrou mais no apartamento.

"O que você quer?", eu perguntei, recuando.

"Só pensei em aparecer para dizer oi. Estou na cidade para uma entrevista de emprego numa companhia de seguros. Eles precisam de um avaliador. Tenho certeza que a vaga é minha; sou o melhor candidato para o posto."

Ele ia fazer entrevista para um emprego em Houston? Fiquei nauseada só de pensar naquilo. Uma cidade com população de dois milhões ainda não era grande o bastante para eu dividir com meu ex-marido.

"Não estou interessada no seu plano de carreira", tentei manter a voz equilibrada. "Você e eu não temos mais nada que ver um com o outro." Eu me aproximei do telefone. "Saia ou eu vou chamar a segurança do prédio."

"Pare com o drama", Nick murmurou, revirando os olhos. "Eu vim lhe fazer um favor, Marie, se você me deixar falar..."

"*Haven*", eu rosnei.

Ele meneou a cabeça, como se estivesse enfrentando uma criança pequena dando chilique.

"Tudo bem. Por Cristo. Eu estou com algumas coisas suas. E gostaria de devolvê-las."

"Que coisas?"

"Coisas como um lenço, uma bolsa... e aquela pulseira linda de berloques que era da sua tia Gretchen."

Eu fiz meu advogado pedir a devolução da pulseira, mas Nick tinha afirmado que não encontrou. É claro que eu sabia que ele tinha mentido, mas a chance de recuperá-la me deixou balançada. Aquela peça do meu passado significava muito para mim.

"Ótimo", eu me ouvi dizendo, como se não fosse nada. "Onde ela está?"

"No meu hotel. Vamos marcar um encontro amanhã e eu a levo para você."

"É melhor você mandar entregar."

Ele sorriu.

"Você não pode ganhar algo sem me dar nada em troca, Haven. Você pode recuperar suas coisas, incluindo a pulseira, mas tem que se encontrar comigo. Só para conversar. Um lugar público está ótimo, se é isso que você quer."

"Tudo que eu quero é que você vá embora." Eu me perguntei quando Hardy apareceria. Provavelmente a qualquer minuto. E não dava para predizer o que aconteceria. Suor começou a surgir entre minha pele e as roupas, fazendo o tecido colar em alguns pontos. "Estou esperando alguém, Nick."

Mas no mesmo instante eu soube que não deveria ter dito isso. Em vez de fazê-lo ir embora, aquilo garantiu que ele ficasse. Nick queria ver quem era o próximo da fila.

"Você disse que não estava namorando."

"Bem, agora eu estou."

"Há quanto tempo você o conhece?"

Fiquei olhando impassivelmente para ele, recusando-me a responder.

"Ele sabe de mim?", Nick insistiu.

"Ele sabe que sou divorciada."

"Você já trepou com ele?", o tom dele era delicado, mas havia desprezo e raiva no olhar.

"Isso não é da sua conta."

"Talvez ele tenha mais sorte do que eu para derreter o seu gelo."

"Talvez ele já tenha tido mais sorte", eu retruquei, e tive a satisfação de vê-lo arregalar os olhos com uma surpresa furiosa.

Eu vi movimento, alguém chegando à porta... a figura grande e esguia de Hardy. Ele se deteve por um instante, avaliando a situação. E estreitou os olhos quando Nick se virou para ele.

Eu vi que Hardy entendeu no mesmo instante quem era meu visitante. Ele percebeu pela hostilidade pesada que pairava no ar e pela palidez do meu rosto.

Eu nunca pensei em fazer comparações físicas diretas entre os dois. Contudo, com ambos juntos na mesma sala, era impossível não fazer. Falando objetivamente, Nick era mais bonito, com feições mais delicadas, mais perfeitas. Mas a aparência masculina e a autoconfiança de Hardy faziam Nick parecer juvenil. Imaturo.

Enquanto Nick estudava Hardy, sua postura agressiva se amenizou, e ele chegou a recuar meio passo. Qualquer que fosse o tipo de homem que Nick estava esperando que eu namorasse, não era aquele. Meu ex-marido sempre se sentiu superior a todo mundo — eu nunca o tinha visto tão visivelmente intimidado.

Ocorreu-me que Hardy, um homem experiente e forte, era a versão autêntica do que Nick estava sempre fingindo ser. E como no fundo Nick sabia que era uma fraude como homem, de vez em quando ele sofria aqueles surtos explosivos de raiva, como o que me vitimou.

Hardy entrou no apartamento e veio até mim sem hesitação, roçando em Nick. Eu estremeci quando ele passou o braço à minha volta, seus olhos em um tom escuro de azul quando me encarou.

"Haven", Hardy murmurou. O som da voz dele pareceu destravar uma braçadeira apertada ao redor dos meus pulmões — eu não tinha consciência de que estava segurando a respiração. Eu inspirei um pouco de ar. A mão dele me apertou e eu senti um pouco da vitalidade de Hardy entrar em mim como uma corrente elétrica.

"Para você", Hardy disse e colocou algo na minha mão. Eu baixei os olhos para ver o que ele me oferecia. Flores. Um lindo buquê de cores variadas, cheirosas e farfalhando no papel que as envolvia.

"Obrigada", eu consegui dizer.

Ele apenas sorriu.

"Coloque-as na água, querida", e então, para meu grande espanto, senti ele me dar um tapinha no traseiro, bem na frente do Nick. O clássico sinal masculino de *isto é meu*.

Eu ouvi meu ex-marido inspirar fundo. Dando uma espiada nele, vi o brilho de raiva começando no colarinho da camisa e subindo rapidamente. Houve um tempo em que aquela onda de fúria teria significado um sofrimento indizível para mim. Mas não mais.

Eu senti uma mistura estranha de emoções... um tremor de desassossego nos joelhos ao notar a raiva de Nick... uma pontada de irritação com Hardy... mas principalmente uma sensação de triunfo ao saber que, não importava o quanto Nick quisesse me castigar, ele não podia mais.

E embora eu nunca tivesse ligado muito para o fato de Hardy ter um físico tão imponente, naquele instante foi algo que me deliciou. Porque só existe uma coisa que um valentão como Nick respeita — um valentão maior ainda.

"O que o traz a Dallas?", ouvi Hardy perguntar, como quem puxa conversa, enquanto eu ia até a pia da cozinha.

"Entrevista de emprego", Nick respondeu em um tom contido. "Eu sou Nick Tanner, ex-..."

"Eu sei quem você é."

"Não entendi seu nome", Nick disse.

"Hardy Cates."

Eu olhei para trás e percebi que nenhum dos dois ofereceu a mão para o outro apertar.

O nome lembrou Nick de alguma coisa — eu vi no rosto dele —, mas ele não conseguiu encontrar o contexto.

"Cates...", Nick repetiu. "Não foi você que teve algum desentendimento com os Travis um tempo atrás?"

"Dá para dizer que sim", Hardy respondeu, sem soar nem um pouco arrependido. Uma pausa proposital, e então ele acrescentou, "Mas agora estou me entendendo com um membro da família."

Ele se referia a mim, é óbvio. Provocando Nick de propósito. Dei um olhar de aviso para Hardy, que ele ignorou por completo, e percebi o tremor de afrontamento no rosto de Nick.

"Nick estava indo embora", eu disse, apressada. "Tchau, Nick."

"Eu ligo para você", Nick disse.

"Prefiro que não ligue", eu me voltei para a pia, incapaz de olhar para meu ex-marido por mais um instante.

"Você ouviu a moça", Hardy murmurou. E houve mais alguma coisa, uma breve troca de palavras antes que a porta fosse fechada com firmeza.

Eu soltei um suspiro trêmulo, sem notar que estava agarrando as hastes do buquê de flores, até que olhei para baixo e vi uma mancha de sangue no meu polegar direito. Um espinho tinha me picado. Eu passei a mão debaixo da água, para limpar, enchi um vaso e coloquei as flores nele.

Hardy veio por trás de mim e soltou uma exclamação contida ao ver o sangue na minha mão.

"Está tudo bem", eu disse, mas ele pegou minha mão e a colocou debaixo da água. Depois de enxaguar a ferida minúscula, ele pegou um pedaço de toalha de papel e dobrou algumas vezes.

"Mantenha pressão no machucado", ele ficou me olhando enquanto segurava o papel-toalha no meu dedo. Eu tinha ficado tão perturbada pela visita de Nick que não conseguia pensar em algo para dizer. Com tristeza, percebi que não podia jogar meu passado fora como um par de sapatos velhos. Eu nunca me livraria dele. Eu poderia me mudar, mas Nick sempre conseguiria me encontrar, voltar para a minha vida e me lembrar de coisas que eu faria de tudo para esquecer.

"Olhe para mim", Hardy disse depois de um minuto.

Eu não queria. Eu sabia que ele conseguia ler meu rosto com muita facilidade. Eu não podia deixar de lembrar do que Todd disse sobre ele... *"tem muita coisa borbulhando por baixo da superfície. Mesmo quando interpreta o sujeito comum, ele está analisando e aprendendo o tempo todo."*

Mas eu me obriguei a encará-lo.

"Você sabia que ele estava na cidade?", Hardy perguntou.

"Não, foi uma surpresa."

"O que ele queria?"

"Ele disse que está com umas coisas velhas minhas e que quer devolver."

"Que coisas?"

Meneei a cabeça. Eu não estava com vontade de contar para ele sobre a pulseira da tia Gretchen. E com certeza eu não queria explicar que a tinha deixado para trás porque fui espancada e jogada nos degraus de entrada da minha própria casa.

"Nada que eu queira," menti. Puxei minha mão da dele e retirei a toalha de papel. O sangramento tinha parado. "O que você disse para o Nick, na porta?"

"Eu disse que se ele aparecesse aqui de novo ia tomar uma surra."

Eu arregalei os olhos.

"Você não falou isso. Falou?"

"Falei", ele confirmou com um ar de convencimento.

"Seu arrogante... oh, não acredito que você tomou para si...", eu gaguejei até silenciar, furiosa.

Hardy não parecia nem um pouco arrependido.

"Era o que você queria, não? Nunca mais vê-lo?"

"É, mas não quero que você tome decisões por mim! Eu sinto como se tivesse passado minha vida toda rodeada por homens dominadores — e é provável que você se revele o pior de todos."

Ele teve coragem de rir disso.

"Você consegue dar conta de mim. Já lhe disse, sou manso."

Eu lhe dei um olhar sombrio.

"É, manso como um cavalo de rodeio amarrado."

Hardy me envolveu com os braços. Ele baixou a cabeça e sua voz baixa acariciou minha orelha.

"Parece que você vai ter um trabalhão, então."

Uma onda desconcertante de calor me atravessou, algo nascido da excitação, intenso demais para dar um nome. E com isso veio uma sensação de náusea, e eu me senti temerosa e perturbada com o desejo.

"Vale a pena tentar, não vale?", Hardy perguntou.

Eu não sabia muito bem do que ele estava falando.

"Eu... eu não vou tentar nada com você até me prometer que vai parar de ser tão autoritário."

Ele acariciou minha orelha com o nariz.

"Haven... você acha mesmo que vou ficar de lado, todo educado, enquanto outro homem vem cheirar a minha mulher? Se eu deixasse isso acontecer, eu não seria um homem. E com toda certeza não seria texano."

Eu respirava com dificuldade.

"Não sou sua mulher, Hardy."

As duas mãos dele se curvaram ao redor do meu crânio, inclinando meu rosto para cima. Os polegares dele tocaram minhas faces. Ele me deu um olhar que desmantelou meu cérebro e disparou um rubor erótico que me cobriu dos pés à cabeça.

"Isso é algo que nós vamos ter que corrigir."

Mais arrogância, eu pensei, absorta. Mas para vergonha da minha consciência politicamente correta, aquilo foi muito excitante, e injetou calor em todas as minhas veias. Meus punhos se fecharam por reflexo na camisa dele.

Era uma linda camisa cinza-claro que, provavelmente, custava o equivalente a uma mensalidade de uma casa de classe média. E eu vi que meu dedo tinha deixado uma brilhante mancha vermelha nela.

"Ah, não."

"O que foi?", Hardy olhou para minha mão. "Droga, está sangrando de novo. Nós precisamos colocar um Band-aid na sua mão."

"Não ligo para minha mão. Olhe sua camisa! Eu sinto muito."

Ele pareceu se divertir com a minha preocupação.

"É só uma camisa."

"Espero não tê-la arruinado. Talvez não seja tarde demais para enxaguar na pia...", eu comecei a mexer nos botões, franzindo o rosto ao ver o tecido manchado. "Tem seda no tecido? Talvez eu não devesse tentar lavar."

"Esqueça a camisa. Deixe-me ver sua mão."

"Só pode lavar a seco? O que diz a etiqueta?"

"Eu nunca leio a etiqueta."

"Mas que homem!", eu soltei outro botão... e mais um. Meus dedos diminuíram o ritmo, mas não pararam.

Eu o estava despindo.

Hardy não se mexia, só me observava, seu divertimento evaporando. O peito dele estava rígido sob a camiseta ofuscante de tão branca, que ele usava por baixo. A respiração dele foi acelerando conforme eu progredia com os botões.

Eu puxei a barra da camisa de dentro da calça jeans, e o tecido veio amassado e quente do corpo dele.

Que homem. Um macho bonito, extravagante, tentando tanto não parecer perigoso... ele era absolutamente hipnotizante. Minhas mãos tremiam quando peguei os punhos das mangas e empurrei os botões através das camadas de tecido duro de goma.

Hardy continuou parado enquanto eu puxava a camisa de seus ombros. Quando ela chegou aos pulsos, ele se moveu como num sonho, puxando os braços devagar das mangas. Ele jogou a peça de roupa no chão e estendeu as mãos para mim.

Eu fiquei fraca quando os braços dele me envolveram, e sua boca desceu sobre a minha com uma pressão quente e penetrante. Eu levei as mãos às suas costas, por baixo da camiseta, e encontrei os músculos poderosos ao lado da coluna.

Os lábios dele deslizaram pelo meu pescoço, explorando delicadamente até eu me contorcer e arquear para ficar mais perto dele. A excitação rugia dentro de mim, e eu parei de pensar, parei de tentar controlar qualquer coisa.

Hardy me levantou e me colocou sentada na pequena bancada da cozinha, e fiquei com as pernas penduradas. Eu fechei os olhos por causa do brilho artificial das luzes do teto. Sua boca veio até a minha, carinhosa e devoradora enquanto suas mãos se fecharam sobre as minhas coxas e as afastaram. Deus, o modo como ele beijava! Nunca tinha sido assim com Nick, ou qualquer outro, aquele calor urgente que derretia meu núcleo.

Minhas roupas pareciam apertadas demais, a frente única constrangia meus seios, e eu a puxei, frenética, para me livrar dela. Hardy afastou minhas mãos. Eu senti que ele lidava com o fecho, soltando-o nas costas.

A blusa se soltou e caiu na minha cintura. Meus seios pareciam pesados, doloridos, e os bicos ficaram duros ao serem expostos ao ar frio. Hardy passou um braço pelas minhas costas para apoiar meu corpo que fraquejava. Ele se curvou e sua boca quente navegou pela inclinação pálida do meu seio. Seus lábios viajaram devagar até o cume rosado. Um gemido cresceu na minha garganta enquanto ele chupava e mordiscava, indo de um seio para outro. Arfante, eu puxei a cabeça dele para mim, o cabelo parecendo uma seda grossa, seu aroma tão estimulante quanto capim-limão.

Ele me puxou para cima, seu braço espantosamente forte, e segurou minha cabeça com uma das mãos para se alimentar na minha boca outra vez. Seus dedos se fecharam sobre o mamilo ainda úmido de sua língua.

Eu me agarrei nele, tão perto, precisando de mais, só um pouco mais...

Ele pareceu compreender. Murmurando de encontro ao meu pescoço, Hardy puxou o botão do meu jeans, abriu o zíper e começou a puxá-lo pelos meus quadris.

Então algo em mim travou.

Eu fiquei fria sem motivo, como se tivesse sido jogada em um lago gelado. Eu vi o rosto de Nick, senti os braços de Nick à minha volta, suas pernas forçando as minhas. Senti uma pontada de dor no meu peito, como o começo de um ataque cardíaco, e meu estômago ficou embrulhado.

Eu desmoronei, chorando e o empurrando, quase caindo da bancada. Hardy me pegou e me baixou até meus pés encostarem no chão, mas eu já tinha surtado àquela altura, gritando com ele — não, afaste-se, não me toque, não — e eu empurrei, chutei e o afastei a unhadas, como se fosse um bicho selvagem.

Devo ter perdido a consciência por um instante, porque a próxima coisa que sei é que eu estava enrolada no sofá, com Hardy parado diante de mim.

"Haven, olhe para mim", ele disse e ficou repetindo até eu obedecer. Eu vi olhos azuis, não castanhos. Eu me concentrei desesperadamente neles.

Hardy tinha jogado sua camisa cinza-claro sobre meu peito nu.

"Inspire fundo", ele disse, paciente. "Não vou tocar em você. Não, fique tranquila. Respire."

Meu estômago sofria com espasmos tão dolorosos que eu tive certeza de que ia vomitar. Mas aos poucos a respiração curta foi se alongando e o enjoo passou. Hardy deu um breve aceno com a cabeça quando minha respiração voltou a algo parecido com o normal.

"Eu vou pegar água para você. Onde estão os copos?"

"À direita da pia", eu disse com a voz rouca.

Ele foi até a cozinha e eu ouvi a água correndo. Enquanto ele estava lá, eu me enrolei na camisa dele. Eu estava desajeitada, sofrendo espasmos que me faziam tremer. Quando eu percebi o que tinha acabado de acontecer, como eu tinha surtado com ele, tive vontade de morrer. Enterrei a cabeça nos meus braços. Eu pensei que estava tudo bem. A sensação estava tão boa, mas toda a excitação e o prazer se transformaram em pânico.

Havia alguma coisa muito errada comigo. E eu sabia que se não conseguisse ter intimidade com aquele homem, e logo, eu nunca conseguiria com mais ninguém. Eu nunca ficaria bem.

Afogada em desespero, eu me enrolei em um canto do sofá. Hardy sentou na mesa do café, de frente para mim. Ele me entregou o copo de água em silêncio. Minha boca estava seca como pó, e eu bebi com avidez. Mas depois de alguns goles, a sensação de náusea ameaçou voltar, e eu coloquei o copo de lado.

Eu me obriguei a olhar para Hardy. Ele estava pálido, apesar do bronzeado, e seus olhos tinham um brilho azul elétrico.

O vazio tomou conta da minha mente. Que diabos eu podia dizer para ele?

"Eu não pensei que iria fazer aquilo", eu me ouvi balbuciar. "Me desculpe."

O olhar dele travou no meu.

"Haven... com que tipo de problema nós estamos lidando?"

CAPÍTULO 15

Eu não queria *mesmo* entrar naquele assunto. Eu queria que Hardy fosse embora e me desse privacidade para verter lágrimas. Eu queria chorar e ir dormir, para nunca mais acordar. Mas estava claro que Hardy não iria embora até receber uma explicação. E Deus sabia que eu lhe devia uma.

Eu gesticulei, desajeitada, para uma cadeira do outro lado da mesa.

"Se você não se importa... eu vou ter mais facilidade para falar se você sentar ali."

Hardy negou com a cabeça. O único sinal de emoção no rosto dele eram as duas linhas cravadas entre suas sobrancelhas.

"Não posso", ele disse com a voz rouca. "Eu acho que já sei o que você vai me contar. E não quero estar longe quando você falar."

Eu desviei o olhar dele, encolhendo-me dentro de sua camisa. Eu só conseguia falar em arranques.

"O que acabou de acontecer foi... bem, eu me comportei desse modo porque... eu tenho alguns problemas que restaram do meu casamento. Porque Nick era... um abusador."

A sala ficou mergulhada em um silêncio mortal. Eu ainda não conseguia olhar para ele.

"Começou com pequenos detalhes", eu disse, "mas foi piorando com o tempo. As coisas que ele dizia, exigia... os tapas, gritos, castigos... eu o perdoava, e ele prometia nunca mais fazer aquilo... mas ele fazia, e piorava, e depois ele me culpava por provocá-lo. Ele sempre dizia que era minha culpa. E eu acreditava nele."

Eu fui em frente e contei tudo para Hardy. Foi terrível. Um acidente de trem que acontecia bem na minha frente, e eu não podia fazer nada a respeito, só que eu não estava apenas assistindo, eu era o trem. Eu confessei coisas que em um momento de sanidade teria a dignidade ou o bom-senso de filtrar. Mas não havia filtro. Todas as minhas defesas estavam derrubadas.

Hardy escutou com o rosto virado para o lado, o perfil na sombra. Mas seu corpo estava todo tenso, o relevo duro dos músculos contraídos em seus braços e nos ombros eram mais eloquentes que palavras.

Eu contei até mesmo o que aconteceu na minha última noite com Nick — o estupro, como fui jogada para fora, a caminhada descalça até o mercado. Enquanto falava, eu fui me encolhendo diante da lembrança do horror que eu tinha vivido.

Aquilo proporcionou certo alívio, contudo. Uma tranquilidade. Porque eu sabia que, com toda aquela bagagem que eu descarregava, qualquer chance de um relacionamento com Hardy iria desaparecer. Sílaba por sílaba. Nenhum homem quer ter que lidar com tudo isso. E era melhor assim, porque ficou evidente que eu não estava pronta para um relacionamento.

Então aquela era nossa despedida.

"Eu não quis enganar você", eu disse para ele. "Eu sabia desde o começo que era brincar com fogo, ter qualquer coisa com você. Mas...", meus olhos se encheram de água, e eu pisquei com força e falei atropelando as palavras. "Você é tão atraente e beija tão bem, e eu te queria tanto noite passada que achei que conseguiria ir até o fim, mas eu estou toda atrapalhada e simplesmente não consigo. Eu não consigo."

Fiquei em silêncio, então. Meus olhos não paravam de vazar. Eu não podia pensar em mais nada para dizer ao Hardy, a não ser que ele podia ir embora se quisesse. Mas ele se levantou e foi até a lareira, onde apoiou a mão na cornija. Ele ficou olhando para o vazio.

"Eu vou atrás do seu ex-marido", eu o ouvi dizer com a voz tranquila. "E quando eu terminar, não vai sobrar o bastante dele para encher a porra de uma caixa de fósforos."

Eu já tinha ouvido ameaças mais ruidosas e espalhafatosas, mas nunca uma feita com tanta calma e sinceridade, o que eriçou todos os pelos da minha nuca.

Hardy se virou para mim, então. Eu me senti empalidecer quando vi sua expressão. Não era a primeira vez que eu me via sozinha com um homem que tinha intenção de matar no olhar. Dessa vez, ainda bem, a violência não era dirigida a mim. Ainda assim, aquilo me deixou inquieta.

"Não vale a pena ir para a prisão por causa do Nick", eu disse.

"Não sei, não", Hardy me encarou por um momento e registrou minha intranquilidade. Então, ele suavizou sua expressão. "Onde eu fui criado, 'ele precisa ser morto' é uma estratégia de defesa válida."

Eu quase sorri ao ouvir isso. Deixei meus ombros cair, sentindo-me esgotada no rastro da minha catástrofe pessoal.

"Mesmo que você fizesse isso, não mudaria o modo como eu sou agora. Estou defeituosa", enxuguei os olhos com a manga da camisa. "Eu queria ter dormido com alguém antes de casar com o Nick, porque pelo menos assim eu teria alguma boa experiência relacionada ao sexo. Do jeito que eu fiquei, contudo..."

Hardy me observava intensamente.

"Na noite da reinauguração do teatro... você teve uma lembrança enquanto nos beijávamos, não foi? Por isso que você saiu correndo como um gato escaldado."

Eu anuí.

"Alguma coisa aconteceu na minha cabeça, e foi como se eu estivesse com o Nick, e tudo que eu pensava era que precisava ir embora para não me machucar."

"Foi sempre ruim assim com ele?"

Era humilhante falar da minha lamentável vida sexual, mas àquela altura já não me restava nenhuma dignidade.

"Começou bem, eu acho. Mas quanto mais o casamento ia em frente, piores as coisas ficavam no quarto, até chegar ao ponto em que eu só ficava esperando acabar. Porque eu sabia que não importava para o Nick se eu estava curtindo ou não. E isso me machucava, às vezes, quando eu estava... você sabe, seca." Se fosse possível morrer de constrangimento, eu teria caído morta naquele instante.

Hardy veio se sentar do meu lado no sofá, apoiando o braço no encosto. Eu recuei devido à sua proximidade, mas não consegui despregar os olhos dele. Era ridículo como ele estava viril naquela maldita camiseta branca, com aquele corpo comprido e os músculos assados pelo sol. Qualquer mulher tinha que estar louca para não ir para cama com ele.

"Eu acho que acabou, agora", eu disse reunindo o que me restava de coragem. "Certo?"

"Isso é o que você quer?"

Senti um nó na garganta. Eu sacudi a cabeça.

"O que você quer, Haven?"

"Eu quero *você*", soltei, e as lágrimas afloraram outra vez. "Mas não posso ter o que eu quero."

Hardy se aproximou, pegando minha cabeça em suas mãos, obrigando-me a olhar para ele.

"Haven, querida... você já me tem", eu olhei para ele por entre um borrão quente. Os olhos dele estavam cheios de preocupação angustiada e fúria.

"Eu não vou embora", ele disse. "E você não é defeituosa. Você está amedrontada, como qualquer mulher estaria depois do que aquele filho da puta fez." Uma pausa, um palavrão e uma inspiração profunda. Um olhar intenso. "Posso te abraçar agora?"

Antes que eu me desse conta do que estava fazendo, eu já tinha subido no colo dele. Hardy me aninhou e acalmou, estreitando-me nos braços, e aquele carinho estava tão bom que eu quase desejei poder continuar chorando. Enfiei o rosto na pele cheirosa do pescoço dele, encontrando o lugar em que sua barba aparada começava.

Ele virou a boca para a minha, acessível e quente, e isso foi tudo que eu precisei para voltar a esquentar, e meus lábios se abriram para recebê-lo.

Mas enquanto eu correspondia ao beijo dele, senti a pressão íntima da masculinidade dele debaixo de mim e fiquei rígida.

Hardy afastou a cabeça e me olhou com aqueles olhos de um azul fundido. "É isto?", ele levantou o quadril, e aquela linha dura me pressionou. "Sentir isso te deixa nervosa?"

Eu fiz uma careta e confirmei, ficando roxa de vergonha. Mas não tentei me afastar dele. Fiquei sentada ali, tremendo.

As mãos dele desceram dos meus ombros pelos braços, acariciando-me por cima da camisa.

"Quer que eu frequente a terapia com você? Será que ajudaria?"

Eu não conseguia acreditar que ele estaria disposto a fazer isso por mim. Tentei imaginar a cena; eu, Hardy e Susan discutindo meus problemas sexuais. Eu meneei a cabeça.

"Eu quero resolver isso agora", falei, desesperada. "Vamos só... vamos entrar no quarto e fazer. Não importa o que eu diga, nem se eu surtar, você me segura e vai em frente, até terminar, e..."

"*Diabos*, claro que não! Claro que não vamos fazer isso." Hardy estava quase cômico de tão horrorizado. "Você não é um cavalo para ser amansado. Você não precisa ser forçada, precisa...", ele inspirou fundo e eu me remexi no colo dele. "Querida", ele disse com a voz tensa, "eu não penso muito bem quando todo meu sangue sai do cérebro. Então acho que é melhor você se sentar do meu lado."

Uma pulsação quente latejava onde nos encostávamos, onde nossa carne se encaixava com perfeição. Eu percebi que não estava tão nervosa, depois que tive alguns instantes para me acostumar com ele. Eu me sentei montada sobre ele.

Hardy fechou os olhos e emitiu um som gutural. Eu vi o rosto dele ganhar cor. E senti uma reação crescendo na pressão grossa debaixo de mim.

Ele levantou as pálpebras, e seus olhos estavam mais azuis que o normal, em contraste com a pele bronzeada. Ele olhou para a frente da minha camisa — a camisa dele —, onde ela se abria revelando o espaço entre meus seios.

"Haven...", a voz dele estava rouca. "Nós não vamos fazer nada que você não esteja pronta. Você precisa se vestir, e aí vou te levar para jantar. Nós vamos tomar vinho e aí você pode relaxar. Vamos pensar nessa situação mais tarde."

Mas mais tarde era tarde demais. Eu queria resolver a situação naquele instante. Eu senti o calor emanando dele, e vi a umidade da transpiração em seu pescoço, e desejei beijá-lo. Eu queria dar prazer ao Hardy. E, por favor, Deus, eu queria pelo menos uma boa lembrança para substituir as ruins.

"Hardy", eu disse, hesitante, "você... faria algo por mim, só um pouco?"

Um sorriso tocou os lábios dele. Hardy esticou a mão e fechou o decote da camisa, depois usou as costas dos dedos para acariciar minha face.

"Um pouco", ele disse, "ou muito. É só me dizer o que você quer."

"Eu sinto que... se nós fôssemos para o quarto agora, e só tentássemos algumas coisas, eu... eu poderia aguentar, se você fosse devagar."

A mão dele parou.

"E se você tiver uma lembrança ruim?"

"Acho que isso não vai me incomodar tanto quanto antes, porque agora eu já te contei tudo, e eu sei que você entende meu problema. Então eu só vou te dizer se ficar com medo."

Ele ficou me observando por um longo instante.

"Você confia em mim, Haven?"

Eu ignorei uma contração na minha barriga.

"Confio."

Sem outra palavra, Hardy me tirou de seu colo e me pôs de pé, e me acompanhou até o quarto.

Minha cama era *vintage*, de latão, do tipo robusto, majestoso, que pesava uma tonelada e não se mexia um centímetro. Estava arrumada com lençóis e colcha de linho beges, e as fronhas eram feitas de renda tirada de antigos vestidos de casamento. No ambiente feminino do meu quarto, Hardy parecia ainda maior e mais masculino que de hábito.

Um ato tão normal, duas pessoas indo para a cama juntas. Mas para mim aquilo era um ato dotado de importância demais, emoção demais, tudo demais.

O ar-condicionado conferia um clima fresco ao quarto, e a renda nos travesseiros esvoaçava como asas de mariposas enquanto o ventilador de teto girava. Uma antiga luminária vitoriana jogava uma luz âmbar na cama.

Eu tentei parecer despreocupada, sentada na cama soltando as tiras finas das minhas sandálias de salto alto. Eu preferia não estar tão sóbria. Uma taça de vinho poderia ter me soltado um pouco. Talvez não fosse tarde demais. Talvez eu pudesse sugerir...

Hardy sentou ao meu lado, pegou meu pé e abriu a miniatura de fivela. Ele apertou meu pé descalço e passou o polegar pelo arco inferior antes de tirar o outro sapato. Passando um braço ao meu redor, ele fez com que nós dois deitássemos.

Eu esperei, tensa, que ele começasse. Mas Hardy só me abraçou, aquecendo-me com seu corpo, com um braço debaixo do meu pescoço. Ele passou a mão pelas minhas costas, pela cintura e pelos meus quadris, indo parar na minha nuca, como se eu fosse um animal arisco. E continuou até aquelas carícias durarem mais do que qualquer ato sexual que eu já tive com Nick.

"Eu quero que você entenda...", Hardy falou junto ao meu cabelo, "que está segura. Eu não vou te machucar de modo algum. E se eu fizer algo que você não queira, ou se você começar a sentir medo, eu paro. Não vou perder o controle." Estremeci quando senti que ele estava mexendo na frente da minha calça jeans e ouvi o fecho sendo aberto. "Eu só vou descobrir do que você gosta."

Meus dedos se agarraram na camiseta dele enquanto suas mãos se aventuravam dentro da cintura afrouxada do meu jeans.

"Eu também quero descobrir do que você gosta", falei.

"Eu gosto de tudo, querida", ele sussurrou, tirando minhas roupas como quem tira um curativo. "Eu já lhe disse, sou fácil de satisfazer."

A respiração dele desceu sobre mim com um calor doce quando ele arrastou a boca pelo meu pescoço e meus seios. Ele sabia o que estava fazendo, indo devagar.

"Relaxe", ele murmurou e seus dedos deslizaram por meus músculos tensos.

Eu agarrei a camiseta dele, tentei tirá-la. Hardy me ajudou, puxando a camada fina de algodão e jogando-a ao chão. A pele dele parecia marrom como canela em contraste com a roupa de cama clara. O peito dele tinha um pouco de pelo, tão diferente do peito liso do Nick. Eu passei os braços ao redor do pescoço dele e o beijei, arfando quando meus seios encostaram naqueles pelos quentes e titilantes.

Hardy me acariciava e explorava como se estivesse disposto a descobrir cada detalhe do meu corpo. Eu percebi que ele estava brincando comigo, me erguendo e virando, dando beijos em lugares inesperados. Ele era tão forte, com aquele corpo lindo e macio sob a luz tênue. Eu engatinhei sobre ele e esfreguei o nariz e o queixo nos pelos macios de seu peito. Eu arrastei os dedos até o abdome dele, onde a pele era lisa como cetim e rígida sobre os feixes de músculos. E desci mais, até o limite de sua calça... e ainda mais baixo, até a parte dele da qual eu tinha medo.

Observando meu rosto, Hardy relaxou de costas, permitindo que eu explorasse seu corpo. Eu o toquei por cima do jeans, desenhando, hesitante, a forma da sua ereção. A respiração dele ficou mais difícil e eu percebi como devia ser difícil para ele se controlar. Meus dedos vagaram até a base da virilidade, onde a carne era grossa e compacta, e eu o ouvi soltar um grunhido suave. Um arrepio de alegria passou por mim quando percebi o quanto ele gostou daquilo, e então fiz de novo, descrevendo um círculo com minha palma por cima do tecido teso.

Ele deixou escapar um gemido bem-humorado.

"Você está querendo me torturar, né?"

Eu neguei com a cabeça.

"Só estou tentando aprender o que você gosta."

Ele me puxou sobre seu peito, levando minha cabeça até a dele, e me deu outro daqueles beijos insaciáveis, até eu estar subindo e descendo no ritmo da respiração dele, como se flutuasse em ondas do oceano. Ele desceu as mãos até a calça e a abriu.

Eu hesitei antes de descer minha mão até lá e o segurar, cautelosa. Àquela altura eu não tinha dúvida de que Hardy era todo grande. Ali estava, como Todd diria, um pacote e tanto. Mas em vez de saudar minha descoberta com um *aleluia*, eu fiz uma careta.

"Você é demais para eu dar conta", eu disse, em dúvida. "Eu queria poder começar com algo menor e depois ir aumentando."

"Não posso lhe ajudar nisso, querida", Hardy pareceu estar sem fôlego. "Isso aí não está disponível em tamanho médio", ele me virou e eu senti sua boca nas minhas costas, beijando e mordiscando ao longo da minha coluna. Mas eu fiquei rígida ao lembrar que Nick gostava de me possuir por trás. A posição favorita dele. Toda a excitação crescente morreu, e eu comecei a suar de nervosa.

Hardy tirou a boca da minha pele e me virou para encará-lo.

"Com medo?", ele murmurou, a mão passando pelo meu braço.

Eu anuí com um sentimento misto de derrota e frustração.

"Eu acho que não gosto desse jeito, com você atrás de mim. Isso me lembra do...", eu parei, imaginando frustrada se algum dia conseguiria tirar Nick da minha cabeça, se conseguiria esquecer o que ele tinha feito. As más lembranças estavam entremeadas nos tecidos do meu corpo, trançadas com cada nervo. Nick tinha me arruinado para o resto da minha vida.

Hardy continuou a acariciar meu braço. Seu olhar estava distante, como se ele considerasse um pensamento em sua cabeça. Eu percebi que ele pensava em como lidar comigo, como vencer minhas defesas, e isso me deixou pesarosa e desconfiada.

A mão dele vagou do meu braço para o peito, e as pontas dos dedos dele descreveram círculos ao redor dos seios que Nick tinha reclamado serem pequenos demais.

Droga. Não tinha como a sensação boa voltar. Eu não conseguia parar de pensar no meu ex-marido, nos meus defeitos.

"Não está funcionando para mim", eu soltei. "Talvez nós devêssemos..."

"Feche os olhos", ele murmurou. "Só fique deitada."

Eu obedeci, cerrando os punhos ao lado do corpo. A luz da luminária produzia um brilho laranja apagado em minhas pálpebras. Ele foi descendo, pregando beijos do meu peito até a barriga. A língua dele entrou no buraco do meu umbigo e eu me contorci. A mão dele se acomodou em um dos meus joelhos.

"Calma", ele suspirou, descendo mais, até eu abrir os olhos. Eu estremeci e empurrei a cabeça dele.

"Espere", eu resmunguei. "Agora chega, eu não posso...", eu corei violentamente e comecei a tremer toda.

Hardy levantou a cabeça, a luz suave escorrendo como líquido por seu cabelo.

"Estou machucando você?"

"Não."

A mão dele pousou na minha barriga, descrevendo um círculo quente.

"Eu assustei você, querida?"

"Não, é só que... eu nunca fiz isso antes." Não preciso dizer que Nick nunca se interessou por qualquer atividade que aumentasse o meu prazer e não o dele.

Hardy contemplou meu rosto vermelho por um instante. Um brilho novo surgiu em seus olhos.

"Você não gostaria de tentar?", ele perguntou, com a voz suave.

"Bem, um dia, eu acho. Mas eu quero dar um passo de cada vez. Acho que é melhor eu me acostumar com as coisas normais antes de avançar...", eu me interrompi soltando um ganido quando ele baixou a cabeça outra vez. "O que você está fazendo?"

A voz dele soou abafada.

"Vá pensando no plano de um passo de cada vez. Quando terminar, você pode me avisar. Enquanto isso..."

Eu guinchei quando ele afastou minhas pernas e as segurou abertas.

Hardy soltou uma risada grave, *divertindo-se* com o meu incômodo. Não podia restar dúvida — eu estava na cama com o diabo.

"Me dê cinco minutos", ele insistiu.

"Isto não está em negociação."

"Por que não?"

Eu me retorci e ofeguei.

"Porque daqui a pouco eu vou morrer de vergonha. Eu... *não*. Estou falando sério, Hardy, isso é...", minha cabeça ficou vazia quando eu o senti lamber em cheio aquele lugar secreto e vulnerável. Eu tentei empurrar — sem força — a cabeça dele. Não havia como tirá-lo dali. "Hardy...", eu tentei de novo, mas as delicadas carícias úmidas abriram a pele fechada, e o prazer foi tão agudo que não consegui pensar nem me mexer. Ele continuou no centro da sensação, usando a ponta da língua, depois respirou no local latejante, e seu hálito acariciou a pele molhada. Meu coração batia tão rápido que eu mal ouvi seu sussurro debochado por cima da pulsação em minhas orelhas.

"Ainda quer que eu pare, Haven?"

Meus olhos estavam molhados. Eu estava tensa de prazer, que me fazia tremer, mas não era o bastante.

"Não. Não pare", fiquei chocada com o som da minha própria voz, tão rouca e baixa. E fiquei ainda mais chocada pelo modo como gritei quando ele enfiou um dedo, depois mais um, alargando a maciez molhada, enquanto com a boca ele desfraldava as dobras da pele. A sensação era excruciante, e meus quadris subiam e desciam. Mas o alívio parecia fora de alcance, enlouquecedor no modo como fugia de mim.

"Eu não consigo", gemi. "Não consigo chegar lá."

"Claro que consegue. Apenas pare de tentar."

"Não posso parar de tentar."

Os dedos sensuais dele começaram a entrar e sair devagar. Eu solucei quando a tensão começou a acumular, minha carne ondulando, fechando-se. Os dedos dele foram mais fundo. Sua língua não parava de me açoitar, e sua boca... sua boca... eu fui tomada por um vagalhão avassalador, e cada pulsação, respiração e impulso colaborou para espasmos violentos. Eu arqueei o corpo no prazer intenso, minhas mãos trêmulas seguraram na cabeça dele.

Hardy enfiou os dedos ao máximo e sua língua se esforçou para me dar os últimos choques de alívio. Quando ele retirou a mão, eu choraminguei e o puxei para cima. Ele me deitou de lado e me abraçou, e depois beijou as manchas de lágrimas nos cantos dos meus olhos.

Ficamos em silêncio por um minuto, meus pés nus entrelaçados aos dele, sua mão quente no meu bumbum. Eu senti a urgência por trás da imobilidade dele, como a tranquilidade enganadora do curral antes do touro sair em disparada.

Desci a mão até a cintura aberta do jeans dele.

"Tire isso", eu sussurrei.

Ainda respirando com dificuldade, Hardy negou com a cabeça.

"Já chega por hoje. Vamos parar enquanto estamos ganhando."

"Parar?", eu repeti, confusa e surpresa. "Não, não podemos parar agora", eu beijei o peito dele, deliciando-me com sua textura masculina, com os pelos quentes nos meus lábios. "Se você não fizer amor comigo, Hardy Cates, eu nunca irei perdoá-lo."

"Eu fiz amor com você."

"Por completo", eu insisti.

"Não sei se você está pronta para o pacote completo."

Eu o agarrei e subi e desci com a mão pela extensão dura e sedosa.

"Você não pode negar", eu lhe disse. "Seria muito ruim para a minha autoestima."

Eu massageei a ponta larga com o polegar, fazendo círculos lentos que extraíram um pouco de umidade. Um gemido baixo escapou dele, e Hardy enfiou a boca no meu cabelo. Descendo a mão, ele me fez soltá-lo. Pensei que ele iria me dizer para parar. Mas não.

"Minha carteira está na cozinha", ele disse com a voz embargada. "Preciso pegá-la."

Compreendi no mesmo instante.

"Nós não precisamos de camisinha. Eu tomo pílula."

Ele levantou a cabeça e olhou para mim.

Eu dei de ombros, meio sem graça.

"Como Nick nunca quis que eu tomasse anticoncepcionais, a pílula meio que se tornou uma questão de honra para mim. Eu me sinto mais no controle... mais segura... quando eu tomo. E o médico disse que não ia me fazer mal. Então nunca esqueço, nenhum dia. Pode acreditar, estamos seguros. Mesmo sem qualquer outra proteção."

Hardy levantou o tronco, apoiou-se em um cotovelo e ficou olhando para mim.

"Eu nunca fiz sem camisinha."

"Nunca?", eu perguntei, espantada.

Ele sacudiu a cabeça.

"Nunca quis me arriscar a engravidar uma mulher. Não queria a responsabilidade. Eu sempre jurei que, quando tivesse filhos, não iria abandoná-los do jeito que meu pai fez conosco."

"Você nunca teve uma namorada que tomasse a pílula?"

"Mesmo assim, sempre usei camisinha. Nunca fui fã do método *confie-na-mulher*."

Talvez alguma mulher pudesse se sentir ofendida com aquilo, mas eu entendia muito bem essas questões de confiança.

"Tudo bem", eu disse, aproximando-me para beijá-lo no queixo. "Vamos fazer do seu jeito."

Contudo, Hardy não se moveu. Ele continuou olhando para mim com aqueles olhos vivos, e eu senti que algo íntimo e visceral surgiu entre nós, uma sensação de ligação que eu achei um pouco mais do que assustadora. Parecia que todos os ritmos do meu corpo e do dele seguiam um metrônomo invisível.

"Você me deu sua confiança", ele disse. "Que o diabo me carregue se eu não fizer o mesmo."

Eu me deitei de costas, minha respiração acelerou e a dele também.

Hardy encostou em mim. Ele foi delicado... tão delicado... mas eu consegui sentir a força e o tamanho dele, e fiquei tensa. Ele empurrou com mais força, até nós dois sentirmos a maciez aconchegante e maleável cedendo lugar à dureza. Eu, recebendo-o dentro de mim. Abrindo-me para ele. Os olhos azuis ficaram lânguidos, nublados de prazer, com os cílios projetando sombras nas maçãs do seu rosto. Ele foi entrando em mim um centímetro de cada vez, dando-me tempo de me ajustar, de acomodar aquela invasão forte. Eu virei meu rosto para o braço dele, aconchegando minha face no músculo rígido.

Quando eu havia recebido o máximo que podia, Hardy me fez levantar os joelhos e os abrir mais, e me deu ainda mais. Tão apertado, molhado, meu corpo oferecia uma recepção aconchegante. Eu vi a preocupação em seu rosto ser substituída pelo desejo. Eu adorei o jeito como ele olhou para mim, como se quisesse me comer viva.

Eu me contorci, desconfortável com tudo aquilo dentro de mim, e Hardy estremeceu e arfou algumas palavras que soaram como *Oh Deus, por favor, não se mexa, Haven, querida, por favor...*

"Está gostoso?", eu sussurrei.

Hardy balançou a cabeça, esforçando-se para respirar. O rosto dele estava corado como se estivesse com febre.

"Não?", eu perguntei.

"Estava gostoso meia hora atrás", ele conseguiu dizer, seu sotaque arrastado como se tivesse acabado de tomar dez doses de tequila. "Quinze minutos atrás estava sendo o melhor sexo que eu já fiz, e neste momento... tenho certeza de que estou no meio de um ataque cardíaco."

Sorrindo, eu puxei a cabeça dele para a minha.

"O que acontece depois do ataque cardíaco?", eu sussurrei.

"Não sei", a respiração dele assobiou por entre os dentes e ele baixou a cabeça para o travesseiro, ao lado da minha. "Diabo", ele disse, desesperado, "não sei se consigo me segurar."

Eu levei minhas mãos até os flancos dele, até suas costas, onde senti, na ponta dos dedos, os músculos fortes contraídos.

"Não se segure."

Ele começou num ritmo cuidadoso, extraindo prazer do canal íntimo no qual nos uníamos. Uma das estocadas atingiu um lugar sensível, fundo e baixo, e nesse mesmo momento o corpo dele pressionou a frente do meu no ângulo certo. Uma fagulha de deleite me atravessou. Eu estremeci, surpresa, e enfiei os dedos nos quadris do Hardy.

Ele ergueu a cabeça e sorriu para os meus olhos arregalados.

"Acertei um lugar bom?", ele sussurrou e fez de novo, e de novo. Para meu constrangimento eterno, não consegui ficar quieta. Gemidos escalaram minha garganta até meus quadris estremecerem de encontro aos dele.

Dessa vez os espasmos não foram tão intensos, mas foram lentos e longos, contraindo-se ao redor dele até Hardy gozar. Ele enterrou os sons do prazer na minha boca e me beijou, e beijou, parando apenas quando faltou oxigênio para nós dois e ficamos completamente exauridos.

Fui tomada por uma letargia avassaladora depois disso. Eu cochilei um pouco, com o corpo dele ainda dentro do meu, e descobri que o sono depois do sexo era quase melhor que o próprio sexo. Acordei depois com ele duro dentro de mim, sem se movimentar, apenas preenchendo o espaço e passando as mãos por todo o meu corpo, acariciando e massageando. Eu fiquei deitada de lado, com uma perna sobre o quadril dele. Eu queria, precisava que ele se movesse, mas ele me manteve empalada e imóvel. Eu agarrei seu bíceps, seu ombro, tentando puxá-lo para cima de mim. Ele resistiu, deixando que eu me retorcesse como uma minhoca no anzol.

"Hardy", eu murmurei, suando até nas raízes do cabelo. "Por favor..."

"Por favor o quê?", ele lambeu meu lábio superior, depois o inferior.

Eu me balançava de encontro a seu corpo e afastei minha boca o suficiente para gemer.

"Você sabe."

Ele encostou a boca no meu pescoço. Eu senti a curva do seu sorriso. Sim, ele sabia. Mas continuou a me segurar presa a ele enquanto eu o agarrava e puxava. Afinal, ele pareceu dar uma estocada, mais uma suges-tão de movimento do que o vaivém verdadeiro. Mas foi o bastante. Aquilo me jogou no abismo, e meus músculos íntimos se contraíram acumulando sensações, e eu gozei com calafrios bruscos. Hardy deu uma estocada forte e parou, preenchendo-me com seu calor.

Ele continuou me beijando depois, seus lábios vagando docemente enquanto seus dedos acariciavam meu queixo, minhas bochechas e meu pescoço. Depois de um tempo, ele me tirou da cama e levou para o chuveiro. Sentindo-me drogada, eu me apoiei nele enquanto Hardy me lavava. As mãos dele foram delicadas enquanto me ensaboavam e enxaguavam. Escorregadia, vendada pelo vapor, eu descansei o rosto na superfície dura do peito dele. Ele baixou a mão e enfiou dois dedos dentro de mim. Eu estava dolorida e inchada, mas aquilo foi tão gostoso que não consegui evitar de empurrar meus quadris para frente. Eu ouvi um som baixo na garganta dele, e seu polegar girou ternamente sobre meu clitóris. Com habilidade infinita, ele me fez chegar a outro clímax, enquanto a água quente caía sobre mim e sua boca comia a minha.

Eu mal recordo de me enxugar e voltar para a cama, e logo caí no sono com a presença imponente de Hardy ao meu lado.

Algum tempo depois, eu acordei de um pesadelo, meu corpo alarmado pela percepção de um homem dormindo ao lado. Acordei de sobressalto, pensando por um instante que eu estava de novo com Nick, que não tinha conseguido fugir. Algo se movimentou do meu lado, um volume masculino, e eu inspirei profundamente.

"Haven", veio o murmúrio sonolento. O som me acalmou. "Sonho ruim?", o sono tinha deixado a voz dele suave e espessa, como veludo amarrotado.

"Aham."

A mão dele descreveu um círculo no meu peito, para acalmar meu coração disparado.

Eu suspirei e sosseguei nos braços dele. Os lábios dele desceram até meus seios e beijaram os bicos endurecidos e doloridos. Eu passei os braços ao redor da cabeça dele, sentindo o cabelo macio nos meus pulsos. Ele foi descendo devagar. Eu dobrei os joelhos e senti as mãos dele agarrarem meus tornozelos como algemas quentes, vivas. Mesmo no escuro, eu podia ver aqueles ombros largos e a silhueta da cabeça ancorada entre minhas coxas. Ele me lambia languidamente, alimentando-se do meu prazer, enviando tremores longos pelo meu corpo langoroso.

E quando eu adormeci dessa vez, não tive mais sonhos.

Capítulo 16

Eu sabia que minha aparência estava um desastre quando fui trabalhar na manhã seguinte, com círculos pretos debaixo dos olhos e arranhões de barba no pescoço. Não liguei. Eu me sentia mais em paz do que há meses. Anos. Talvez do que em toda a vida.

Eu ainda conseguia sentir o relevo do corpo do Hardy no meu, para não falar de uma certa dor que me lembrava de tudo que tínhamos feito. E apesar de todas as coisas com que eu podia e devia estar me preocupando, decidi aproveitar a simples satisfação humana de ter feito amor por completo.

"Ligue dizendo que está doente", Hardy suspirou de manhã. "Passe o dia na cama comigo."

"Não posso", eu retruquei. "Precisam de mim no trabalho."

"*Eu* preciso de você."

Isso me fez sorrir.

"Você já teve o bastante, por enquanto."

Hardy me puxou para seu peito e me beijou com vigor.

"Eu ainda nem comecei", ele disse. "Na verdade, ontem eu me segurei porque você anda sem prática."

No fim, acabamos concordando que nós dois iríamos para o trabalho, já que era sexta-feira e tínhamos coisas que precisavam ser feitas. Mas às cinco e meia daquela tarde, o fim de semana iria começar.

Antes de Hardy sair naquela manhã, eu lhe fiz um omelete de cinco ovos com queijo e espinafre, bacon fatiado e três torradas. Ele comeu tudinho. Em resposta ao meu comentário de que ele tinha esvaziado minha geladeira, Hardy respondeu que precisou trabalhar muito para me satisfazer, e que um homem tinha que comer para manter a força.

Sorrindo, eu entrei no meu cubículo e abri o notebook. Pensei que eu estava de tão bom humor que nada poderia estragá-lo.

Então Vanessa apareceu.

"Eu lhe enviei alguns e-mails sobre os mais recentes contratos de manutenção", ela disse sem me cumprimentar.

"Bom dia, Vanessa."

"Imprima os anexos e faça cópias. Quero tudo na minha mesa dentro de uma hora."

"Pode deixar." Então ela se virou para sair. "Espere, Vanessa. Tem uma coisa que nós precisamos conversar."

Ela se voltou para me olhar, espantada com o tom ríspido, para não falar da ausência do "por favor".

"Pois não?", ela disse com uma delicadeza perigosa.

"Eu não quero que você dê minhas informações pessoais para outras pessoas. Se alguém pedir meu endereço ou telefone residencial, *não* dê antes de verificar comigo. Eu acho que de agora em diante isso deve ser um procedimento padrão do escritório, para a segurança de todos."

Ela arregalou os olhos de modo dramático.

"Eu estava tentando lhe fazer um *favor*, Haven. Seu ex-marido disse que tinha algumas coisas para lhe devolver. É óbvio que você o deixou com tanta pressa que esqueceu de levar tudo." A voz dela ficou delicada como se estivesse tentando explicar alguma coisa para uma criancinha. "Não tente me pôr no meio dos seus problemas pessoais. Isso não é profissional."

Eu engoli em seco, querendo informá-la de que eu não tinha *deixado* o Nick, mas que tinha sido espancada e jogada para fora. Mas um dos truques favoritos de Vanessa era fazer acusações com sua voz mais doce, para que eu acabasse dizendo coisas que não deveria. Eu não iria cair mais nisso. E havia mais coisas na minha vida particular que continuariam particulares.

"Você não me fez um favor", eu disse, calma. "Nick não tem nada que eu queira. E você não está no meio de nada, Vanessa."

Ela meneou a cabeça e me lançou um olhar frio carregado de piedade.

"Ele me contou algumas coisas. Sobre como foi tratado. Ele foi muito encantador. Um pouco triste, na verdade."

Eu segurei um sorriso amargo. Como *ele* foi tratado? É isso que um narcisista faz. Ele a acusa de fazer o que ele fez, e pode ser tão convincente que você acaba duvidando de si mesma. Eu tinha certeza de que Nick tinha contado para todo mundo que fui eu que o tratei mal, que fui eu que o abandonei. Mas eu não podia controlar o que ele dizia, nem se os outros acreditavam nele.

"Ele sabe ser muito charmoso", eu concordei. "A aranha sabe como tecer sua teia."

"Toda história tem dois lados, Haven", desdém escorria de cada sílaba, como mel rançoso.

"É claro que sim. Mas isso não significa que os dois lados sejam válidos." É provável que eu devesse ter fechado a boca nesse instante, mas não consegui evitar de acrescentar, "E algumas pessoas *são* más por inteiro, Vanessa. Nick é um mal que eu não desejo para nenhuma mulher." *Nem você*, eu me limitei a pensar.

"Eu não tinha percebido como você é ingênua", retrucou minha chefe. "Espero que algum dia você aprenda a olhar para o mundo com um pouco mais de sofisticação."

"Vou me esforçar para tanto", murmurei e girei minha cadeira até ficar de costas para ela.

Não fiquei surpresa quando Nick me ligou no meio do dia. Eu já imaginava que Vanessa tivesse lhe dado meu número do trabalho. Ainda assim, o som da voz dele fez meu estômago revirar.

"Como foi seu encontro, ontem à noite?", Nick perguntou. "Aposto que não teve muita conversa depois que eu fui embora."

"Não me ligue no trabalho", respondi, seca. "Nem em casa, por falar nisso."

"Só tem uma coisa que uma mulher pode querer de um rato de academia como aquele", Nick continuou, "e não tem nada a ver com conversa."

Eu abri um sorriso, deliciando-me com o fato de meu ex-marido se sentir tão intimidado pelo Hardy.

"Ele não tem nada de rato de academia", eu rebati. "Acontece que ele é muito inteligente. E um bom ouvinte — o que é uma tremenda evolução para mim."

Nick pareceu não reparar no último comentário.

"Vocês nem saíram. Ficaram no apartamento e você deixou que ele te comesse a noite inteira, não foi?"

Eu me perguntei se Nick ficou de tocaia no meu apartamento. Isso me deu um arrepio.

"Não é da sua conta", eu retruquei.

"Eu queria que você tivesse metade dessa disposição enquanto nós estávamos casados. Foi só pôr uma aliança no seu dedo e você ficou frígida."

Houve um tempo em que aquele comentário me magoaria. E eu poderia até ter acreditado que era frígida. Mas agora eu sabia que não. E eu sabia exatamente o que Nick era, um narcisista incapaz de se importar com qualquer pessoa que não ele próprio. Eu nunca poderia mudá-lo, ou fazer com que ele tomasse ciência de suas falhas. Nick queria o que ele queria...

ele se compreendia tanto quanto um tubarão tem ciência do porquê mata e come. Era assim e pronto.

"Bem, graças a Deus você se livrou de mim", eu disse. "Faça um favor a nós dois e não me ligue de novo, Nick."

"E as suas coisas? E quanto à pulseira da sua tia..."

"Se isso significa ter que ver você de novo", eu disse, "não vale a pena."

"Eu vou jogar aquela merda no lixo", ele ameaçou. "Eu vou despedaçar e..."

"Eu tenho que trabalhar", desliguei na cara dele, sentindo-me vitoriosa e enojada ao mesmo tempo. Eu decidi não contar para o Hardy, nem para ninguém, sobre o telefonema do Nick. Hardy não precisaria de muita provocação para encontrar meu ex-marido e eliminá-lo da face da terra. E embora a perspectiva de Nick sumir de vez não me tirasse o sono, eu não gostava da ideia de visitar Hardy na prisão.

Ao longo das duas semanas seguintes, eu aprendi muita coisa a respeito do Hardy. Nós passamos cada minuto possível juntos. Não que tivéssemos planejado. Aconteceu apenas que ele se tornou a pessoa com quem eu mais queria estar. E o mais intrigante era que ele parecia sentir a mesma coisa.

"Parece fácil demais", eu comentei com Todd uma noite, pelo telefone, enquanto esperava Hardy chegar do trabalho. "Ele não faz joguinhos. Ele liga conforme prometeu. Aparece no horário. Ele me escuta de verdade. Ele é, tipo, perfeito. Dá até medo."

"Ninguém é perfeito. Você está escondendo algum detalhe. O que é? Ele deve ser do tamanho de um palito de dentes."

"Não. Na verdade, ele é o oposto disso."

Seguiu-se um silêncio pesado.

"Todd? Você continua aí?"

"Continuo. Só estou tentando pensar num bom motivo para continuar com a nossa amizade."

Eu sorri.

"Inveja não é nada atraente, Todd."

"Ajudaria se você me contasse pelo menos uma coisa que ele tem de errado. Uma falha. Mau hálito? Verrugas? Algum problema que exija spray antifungo?"

"Pelo no peito pode ser considerado um problema?"

"Ah, sim", Todd pareceu aliviado. "Não aguento carpete no peito. Não dá para ver os músculos."

Eu pensei que era melhor não discutir, ainda que discordasse. Havia algo de incrivelmente sexy e reconfortante em se aninhar em um peito largo e peludo.

"Haven", Todd disse, parecendo mais sério. "Lembre-se do que eu disse sobre ele."

"Aquilo de ele não ser um cara simples? Sobre ser problemático?"

"É, isso. Eu confio nos meus instintos. Então, tenha cuidado, querida. Divirta-se, mas mantenha os olhos abertos."

Depois eu refleti sobre o que significava manter os olhos abertos em um relacionamento. Eu achava que não estava idealizando o Hardy... era só que eu gostava de tudo a respeito dele. Eu gostava do jeito como ele falava comigo, e mais ainda do jeito como ele me escutava. Eu gostava principalmente do modo como ele era tátil. Ele me fazia massagens inesperadas nos ombros e me puxava para o colo, brincava com o meu cabelo, segurava minha mão. Eu não tinha sido criada em uma família de muito afeto físico — os Travis davam um valor exagerado ao espaço pessoal. E depois da minha experiência com Nick, pensei que nunca mais suportaria ser tocada.

Hardy tinha me encantado mais do que qualquer outro homem. Ele era envolvente, brincalhão... mas sempre, e em primeiro lugar, era um homem. Ele abria portas, carregava pacotes, pagava o jantar e ficaria mortalmente ofendido pela simples sugestão de que a mulher fizesse alguma dessas coisas. Tendo vivido com um marido que passava a maior parte do tempo inflando seu próprio ego frágil, eu admirava a autoconfiança de Hardy. Ele não tinha problema para admitir quando cometia algum erro ou se não entendia alguma coisa. Ele transformava essas ocasiões em oportunidades para fazer perguntas.

Conheci poucos homens, se é que algum, com uma reserva tão interminável de energia, ou com apetites tão vorazes. Para mim mesma, eu reconhecia que meu pai provavelmente tinha razão quando disse que Hardy queria mais... e isso não se limitava a dinheiro. Ele queria respeito, poder, sucesso, todas as coisas que deve ter ansiado quando o mundo o considerava um zé-ninguém. Mas a opinião do mundo não o oprimiu. Havia algo nele, um instinto impulsionado por orgulho e raiva, que o fazia acreditar que merecia mais.

Ele não era diferente do meu pai, que também tinha começado do zero. Pensar nisso era meio assustador. Eu estava me envolvendo com um homem que poderia acabar se mostrando tão ambicioso e determinado quanto Churchill Travis. Como se lida com um homem assim? Como se evita que isso aconteça?

Eu sabia que Hardy me via como uma mulher protegida. Comparada a ele, era provável que eu fosse. Quando viajei para o exterior, fui com amigas da faculdade e fiquei em bons hotéis, pagos com o cartão de crédito do meu pai. Quando Hardy viajou para o exterior, foi trabalhar em plataformas marítimas em lugares como México, Arábia Saudita e Nigéria. Catorze dias em alto-mar, catorze dias em terra. Ele aprendeu a se adaptar rapidamente a culturas e costumes estrangeiros. E me ocorreu que era desse modo que ele estava entrando na sociedade de Houston. Aprenda os costumes. Adapte-se. Encontre seu caminho.

Nós conversávamos até tarde da noite, trocando experiências sobre nossa criação, relacionamentos passados, episódios que nos mudaram. Hardy era aberto sobre quase tudo, mas havia alguns assuntos que ele não queria discutir. Seu pai, por exemplo, e o que ele fez para acabar na prisão. E Hardy preferia ficar de boca fechada sobre sua vida amorosa anterior, o que me deixava muito curiosa.

"Eu não entendo por que você nunca transou com a Liberty", eu disse uma noite. "Não se sentiu tentado? Deve ter se sentido."

Hardy me aninhou mais à vontade em seu peito. Nós estávamos em sua cama, uma *king-size* estilo Califórnia cheia de travesseiros preenchidos com microfibras Scandia. Por cima do colchão, quilômetros quadrados de lençóis de 800 fios e colcha de seda.

"Querida, qualquer homem com mais de 12 anos se sentiria tentado pela Liberty."

"Então por que você não transou com ela?"

Hardy acariciou a pele ao longo da minha coluna, investigando com delicadeza a depressão entre os músculos.

"Eu estava esperando por você."

"Rá. Os boatos dizem que você esteve muito ocupado com as mulheres de Houston."

"Eu não me lembro de nenhuma delas", ele disse, a voz neutra.

"Beebe Whitney. Esse nome lembra alguma coisa?"

Hardy me deu um olhar desconfiado.

"Por que você está falando nela?"

"Ela estava se gabando para o Todd de ter ficado com você na 'lua de divórcio' dela."

Ele ficou em silêncio por um instante, a mão brincando com o meu cabelo.

"Está com ciúmes?"

Diacho! sim, eu estava com ciúmes! Na verdade, eu estava espantada com a quantidade de veneno emocional produzido pela minha cabeça ao imaginá-lo na cama com Beebe e toda sua perfeição bronzeada artificialmente.

Eu confirmei com a cabeça encostada em seu peito.

Hardy me virou de costas e olhou para mim. A luminária brincava com suas feições bem definidas, e um raio de luz iluminou o sorriso tênue em seus lábios.

"Eu podia pedir desculpas por todas as mulheres que conheci antes de você, mas não vou."

"Não pedi para você fazer isso", eu disse, emburrada.

A mão dele deslizou por baixo do lençol e passou com delicadeza pelo meu corpo.

"Eu aprendi um pouco com cada mulher com que estive. E eu precisava aprender muito antes de estar pronto para você."

"Por quê?", eu fiz uma careta. "Porque eu sou complicada? Difícil?", lutei para manter a respiração estável quando ele pegou e apertou meu seio.

Hardy meneou a cabeça.

"Porque eu quero fazer tanta coisa com você. Quero te dar prazer de tantas formas", ele se inclinou para me beijar e roçou seu nariz no meu, um carinho brincalhão. "Aquelas mulheres eram só para eu praticar até chegar em você."

"Boa saída", eu disse de má vontade.

A mão dele cobriu meu coração com uma pressão leve e quente.

"Desde que eu me conheço por gente, eu queria ir para algum lugar, ser alguém. Eu via uns filhos da mãe que tinham tudo — carro de luxo, mansão, mulher linda. E eu dizia para mim mesmo, 'Fodam-se. Algum dia eu também vou ter tudo isso e vou ser feliz'." Ele torceu a boca. "E nos últimos anos eu consegui, afinal, as coisas que queria, mas não bastou. Eu continuava sendo um vagabundo infeliz. Quando estou com você, por outro lado..."

"O quê?", eu quis saber.

"Quando estou com você, eu sinto que finalmente tenho o que eu preciso. Posso relaxar e ser feliz", ele fez um desenho com a ponta do dedo no meu peito. "Você me desacelera."

"De um jeito bom, você quer dizer?"

"De um jeito bom."

"Eu nunca desacelerei ninguém", eu disse. "Não sou uma pessoa tranquila."

Um sorriso preguiçoso brincou nos lábios dele.

"Seja lá o que for que você faz, dá certo comigo."

Ele se abaixou e me beijou no pescoço, murmurando que eu era linda e ele me queria. Eu estremeci quando a penugem no peito dele passou de leve sobre os meus seios."

"Hardy?"

"Hum?"

Eu pus meus braços ao redor do pescoço dele.

"Às vezes eu tenho a impressão de que você está se segurando, na cama."

Ele se afastou para me observar e seu olhar me acariciou."

"Estou indo devagar com você", ele admitiu.

"Não precisa", eu disse, sincera. "Eu confio em você. Se me mostrar o que você quer, eu faço. Quero dizer, seja lá o que você e Beebe fizeram..."

Ele retorceu os lábios com um arrependimento divertido.

"Mas que coisa! Esqueça dela, meu amor. Eu passei só uma noite com ela e nunca voltei para a segunda."

"Bem, de qualquer modo", eu continuei, tomada por um espírito de competição, "você não precisa tomar cuidado comigo. Eu aguento."

Uma sugestão de divertimento se alastrou em um sorriso.

"Tudo bem", ele disse.

Eu puxei a cabeça dele para baixo. Alcançando a boca, eu o beijei com ardor. Ele reagiu sem hesitar, procurando as profundezas da minha boca até nós dois ficarmos sem ar.

Hardy me colocou de joelho, de frente para ele, com as mãos fechadas em meus braços — uma pegada forte, porém cuidadosa. O olhar dele era incandescente, mas sua voz, gentil.

"Quer tentar algo novo, Haven?"

Eu engoli em seco e anuí, enquanto meus quadris se projetavam à frente com um movimento sutil. Ele reparou. Eu vi como Hardy ficou excitado, o que me deixou tonta de prazer. As mãos dele deslizaram até meus pulsos. Ele levantou meus braços e me fez segurar no alto da cabeceira em ripas. Meus seios subiram com o movimento e os bicos endureceram.

Hardy me encarou no fundo dos olhos até eu me afogar nas profundezas do azul. A respiração dele era quente nos meus lábios.

"Segure-se", ele sussurrou, prendendo meus dedos na cabeceira.

E então vieram minutos escaldantes de intimidade... de uma tormenta habilidosa que me deu febre. Febre que levou à doçura. Ele esteve em todos os lugares, ao meu redor e dentro de mim. De algum modo eu sobrevivi, mas por pouco. Quando Hardy terminou comigo, minhas unhas tinham entalhado pequenas marcas na cabeceira, e eu não conseguia lembrar do meu próprio nome. Desabei lentamente nos braços dele. Cada um dos meus membros tremia de prazer.

"Só você", Hardy disse quando recuperou o fôlego. "Tudo que eu quero é você."

Eu senti como se estivesse caindo por entre as nuvens quando ele me baixou sobre os travesseiros. Caindo com tudo. E parecia não haver nada que eu pudesse fazer a respeito.

Capítulo 17

"Deixe-me ver se eu entendi", eu disse para Jack, de pé em frente à porta do apartamento dele. "Você não vai dar nenhuma folga ao Hardy, apesar de ele ter *salvado a minha vida* duas semanas atrás? O que ele precisa fazer para que você o trate com educação? Descobrir a cura do câncer? Salvar o mundo de um asteroide?"

Meu irmão parecia exasperado.

"Eu não disse que não seria educado. Isso eu posso fazer."

"Uau, você é o máximo."

Naquela noite, Hardy e eu iríamos a uma festa em prol das plataformas-recife, que era promovida por um conjunto de grandes empresas petrolíferas.

Plataformas-recife era um programa no qual as empresas cortavam a parte de cima de suas plataformas e as deixavam no leito oceânico para criar recifes artificiais. Como o fundo do Golfo do México é um lamaçal, as plataformas ajudam a criar um ambiente favorável para os peixes.

Apesar dos protestos de alguns ambientalistas, os peixes pareciam gostar das plataformas abandonadas. E as empresas de petróleo adoravam o programa, pois ele economizava milhões de dólares relativos à recuperação de plataformas. Assim, eles doaram uma exposição para o Aquário de Houston que mostrava, na opinião deles, o quanto o programa plataformas-recife beneficiava o Golfo.

Minha família estaria na abertura da exposição. E eu tinha feito meu melhor para deixar claro que eu não apenas iria com Hardy Cates mas esperava que os Travis se comportassem como seres humanos razoáveis. Mas parecia que isso era pedir demais. Eu liguei para Joe, que me avisou, de um jeito sombrio, que eu estava sendo usada por Hardy, como ele havia previsto. E agora Jack bancava o teimoso. Com certeza eu não esperava outra coisa do meu pai, cujas opiniões eram tão imutáveis quanto seu tipo sanguíneo.

Isso só deixava Gage para eu me preocupar... mas senti que ele seria decente com o Hardy, ainda que apenas por minha causa. Ele deu indícios disso quando falei com ele, depois do incidente no elevador.

"...tudo que eu disse foi que", Jack continuou, "Hardy Cates não ganha nenhum crédito com os Travis por fazer apenas o que qualquer homem teria feito. Eu já lhe disse, se você tivesse ligado para mim ou para o Gage, qualquer um de nós teria tirado você do elevador do mesmo jeito."

"Oh. Eu entendi."

"O quê?", ele apertou os olhos para mim.

"Você está com raiva porque não teve chance de bancar o machão e se exibir. Você não pode admitir que ninguém mais seja o herói. Você é o chefe dos homens da caverna e ninguém tem o porrete maior que o seu."

"Droga, Haven, pare de distorcer o que eu digo. Não tem nada a ver com o tamanho do meu porrete", ele olhou para o corredor. "Quer entrar um pouco, por favor?"

"Não, eu não tenho muito tempo para me arrumar. Eu vou para o meu apartamento. Eu só passei para lhe pedir que seja gentil com o meu...", eu me interrompi de repente.

"Seu o quê?", Jack exigiu saber.

Eu sacudi a cabeça, desconcertada. Só Deus sabia que palavra ou frase eu podia usar para Hardy. *Namorado* parecia tão colegial. E inadequado, pois Hardy parecia tão distante do colegial. Amante... bem, isso era antiquado e melodramático. Cara-metade? Amigo com benefícios? Não, não e não.

"Meu acompanhante", eu disse e lancei um olhar ameaçador. "Estou falando sério, Jack. Se você for um babaca com ele esta noite, vou arrancar sua pele como se fosse um búfalo."

"Eu não sei o que você está me pedindo. Se é minha aprovação, não vai ter. Ainda não sei o bastante sobre esse malandro... e o que eu sei não é consistente."

Minha irritação cresceu com a pretensão dele de que a minha vida amorosa dependia de sua aprovação.

"Eu não tô nem aí para sua aprovação", falei, brusca. "Só o mínimo de boas maneiras. Só estou pedindo para você não bancar o babaca por duas horas. Você acha que consegue fazer isso?"

"Merda", Jack murmurou, esticando a palavra ao máximo. "Mandona do jeito que você está ficando, eu quase sinto pena do sujeito."

O aquário tinha uma bela vista do horizonte de Houston a partir das janelas do salão de festas no terceiro andar. A recepção era para pelo menos 600 pessoas, que entravam em um vestíbulo com um grande tanque cilíndrico, passavam por uma viagem com os tubarões e visitavam exposições passadas que pretendiam imitar um naufrágio, um templo afundado, um pântano e uma floresta tropical.

As preocupações que eu tinha quanto a ir a uma festa com Hardy sumiram cinco minutos depois de nós chegarmos. Ele estava à vontade e era divertido, conversando com as pessoas e circulando comigo. Quando Hardy me apresentou aos seus sócios e às esposas deles, além de vários outros amigos, eu percebi que ele não era um estranho naquela multidão. Embora ainda não fizesse parte dos círculos mais tradicionais, como o da minha família, ele fazia parte de um grupo que tocava as empresas menores, mais ágeis, que preenchiam novos nichos.

Hardy e eu conhecíamos pessoas em comuns, e algumas delas me disseram, rindo, que ele seria um bom partido para a mulher que conseguisse mantê-lo na linha. Eu percebi que ele, com seu jeito enganosamente moroso, estava seduzindo a multidão com mais maestria do que eu já tinha visto. Ele parecia saber o nome de todo mundo, e tinha o dom de se concentrar na pessoa com quem estava conversando, como se ela fosse a mais importante da festa.

Ao mesmo tempo, Hardy era um acompanhante atencioso, e me pegou uma bebida no bar, mantinha a mão nas minhas costas, sussurrava coisas para me fazer rir. Enquanto conversávamos com um grupo, ele ajeitou, despreocupado, um elo da corrente dourada da minha bolsa, que eu levava no ombro.

Eu tinha me perguntado como Hardy me trataria quando estivéssemos com outras pessoas, se ele ia querer que eu agisse como um satélite dele. Foi assim que Nick sempre quis que eu agisse. Mas para minha surpresa, Hardy não parecia se importar que eu tivesse minhas próprias opiniões. Quando a conversa mudou para petróleo de xisto, por exemplo, um dos sócios de Hardy, um geofísico chamado Roy Newkirk, falava com entusiasmo das possibilidades de desenvolver xisto como alternativa ao petróleo convencional, e eu comentei que tinha lido que isso seria tão ruim para o meio ambiente quanto mineração de poço aberto. Mais ainda, que o processamento do xisto jogaria quantidades imensas de dióxido de carbono na atmosfera, coisa que eu achava criminosa. A não ser que alguém achasse que o aquecimento global não estava acontecendo rápido o bastante.

Roy recebeu meus comentários com um sorriso forçado.

"Hardy, eu não lhe avisei para não sair com uma mulher que sabe ler?"

Hardy pareceu se divertir com a minha sinceridade.

"Isso ajuda a diminuir as discussões", ele respondeu. "Não adianta nem tentar, se eu já sei que ela vai ganhar."

"Espero não ter incomodado você", eu murmurei para Hardy depois. "Desculpe não ter concordado com Roy."

"Eu gosto quando a mulher dá sua opinião", Hardy respondeu. "Além disso, você tem razão. A tecnologia está longe de ser adequada para que a extração valha a pena. Do jeito que as coisas estão, o processo é ruim para o meio ambiente *além* de ser caro demais."

Eu olhei em dúvida para ele.

"Se a tecnologia tornasse o processo mais barato, mas ainda fosse ruim para o meio ambiente, você o adotaria?"

"Não...", ele começou, mas antes que pudesse se explicar, fomos interrompidos por uma risada retumbante. Uma mão pesada no meu ombro me fez virar.

"Tio T.J.", eu exclamei. "Há quanto tempo!"

T.J. Bolt não era meu tio de verdade, mas eu o conhecia desde meu nascimento. Ele era o amigo mais chegado do meu pai, e eu suspeitava que teve uma queda pela minha mãe. Ele gostava demais de mulheres, e já tinha sido casado cinco vezes. T.J. era um dos personagens mais pitorescos na indústria petrolífera.

Ainda jovem, no leste do Texas, T.J. começou trabalhando em uma empresa de equipamentos de perfuração. De algum modo, ele conseguiu dinheiro para comprar terras e concessão mineral para alguns campos produtivos, e usou os lucros para comprar mais terras e depois ainda mais. Ele tinha os dedos numa variedade de negócios. E era cortejado por proprietários das maiores empresas incorporadoras, todas ávidas por negociar arrendamentos com grande potencial de lucro.

Eu nunca vi T.J. sem seu chapéu branco de couro de castor, com aba de doze centímetros e copa de quinze. Um chapéu de caubói com tais dimensões ficaria ridículo na cabeça de um homem de tamanho normal, mas T.J. era uma verdadeira montanha. Mais alto que Hardy, ele era pelo menos cinquenta por cento mais pesado. Um de seus pulsos carnudos ostentava um Rolex dourado com diamante. O dedo indicador do tamanho de uma linguiça carregava uma pepita de ouro no formato do Texas.

Mesmo quando era criança, eu fui submetida ao hábito desconcertante de T.J. beijar as mulheres de todas as idades nos lábios. Essa noite não foi exceção. Ele plantou um beijo enrugado em mim, cheirando a couro de sela, colônia doce e charutos La Única.

"O que a minha garota está fazendo", ele trovejou, "na companhia desse patife?"

"Boa noite, senhor", Hardy disse com um sorriso, estendendo a mão para T.J.

"Você já conheceu o Sr. Cates?", eu perguntei ao T.J.

"Nós conversamos um pouco sobre minha propriedade no condado de Gregg", T.J. disse. "Não chegamos a um acordo", ele piscou para mim. "Um homem tem que ter os bolsos bem fundos para negociar comigo."

"T.J. não quer os bolsos", Hardy disse, com certa amargura. "Ele quer a calça toda."

O homem mais velho riu com vontade. Ele pôs o braço carnudo à minha volta e apertou. E lançou um olhar significativo para Hardy.

"Veja se cuida bem desta garota", ele avisou. "Ela foi criada pela maior dama que já pisou no estado do Texas."

"Sim senhor, vou cuidar."

Depois que T.J. nos deixou com seus passos bamboleantes e artríticos, eu me virei para Hardy.

"Por que você não chegou a um acordo com ele?"

Hardy deu de ombros e abriu um sorriso irônico.

"Nós empacamos no bônus." Vendo que eu não tinha entendido, ele explicou. "Quando o proprietário assina o arrendamento, ele normalmente recebe um bônus do arrendatário. Às vezes, ele tem direito a um bônus bem substancial, se a terra parece promissora e existem poços produtivos por perto. Mas o bônus é sempre pequeno se a terra não promete."

"E o T.J. queria um bônus grande?", eu supus.

"Maior do que qualquer homem bom da cabeça pagaria. Eu acredito em riscos calculados, mas não em riscos malucos."

"Sinto muito que ele não estava disposto a ser razoável."

"Eu espero a minha hora", Hardy deu de ombros e sorriu. "Vai dar certo, mais cedo ou mais tarde. E Deus sabe que já tenho muito com que me preocupar." Ele me olhou com uma civilidade impecável. "Gostaria de ir para casa agora?"

"Não, por que eu...", mas me interrompi quando vi a fagulha nos olhos azuis dele. Eu sabia exatamente por que ele queria ir para casa.

"Nós ainda nem vimos toda a exposição", eu disse, acanhada.

"Querida, você não precisa ver o resto da exposição. Eu posso te contar tudo que você quiser saber sobre as plataformas-recife."

Meu sorriso tímido se alargou.

"Então você é um especialista?", eu tinha aprendido que ele guardava com precisão fatos e detalhes, então aquilo não me surpreenderia.

"Pode me perguntar o que quiser", ele disse, confiante.

Eu brinquei com um botão da camisa dele.

"As plataformas servem mesmo para aumentar a população de peixes?"

"De acordo com um biólogo que trabalha no Instituto de Ciência Marinha, sim. Os recifes atraem peixes, mas não tem como fazer números muito grandes virem aleatoriamente, de todo o oceano, para se reunirem na plataforma. Então, com certeza estão cultivando peixes ali", ele fez uma pausa e perguntou, esperançoso, "Já ouviu o bastante?"

Eu neguei com a cabeça, olhando para o pescoço dele, onde a pele era macia, bronzeada e apetitosa. Eu adorava o som da voz dele, seu sotaque grosso e doce como mel.

"A plataforma continua pertencendo à petrolífera depois que eles cortam a parte de cima?", perguntei.

"Não, ela é doada ao estado, que se torna o proprietário. Então a empresa doa metade da economia para o Programa de Recifes Artificiais."

"Quanto tempo demora para os peixes irem até a... estrutura que eles deixam na água?"

"Essa estrutura é chamada jaqueta da plataforma", Hardy mexeu na manga esvoaçante do meu vestido. "Depois que a jaqueta é derrubada no mar, e fica lá por uns seis meses, todos os tipos de planta e invertebrados se fixam nela. Um monte de coral se forma no topo, onde há mais luz, e então vêm os peixes. Ele se aproximou de mim e deixou sua boca tocar minha sobrancelha. "Quer ouvir sobre a cadeia alimentar?"

Eu inspirei o aroma dele.

"Ah, sim."

A mão dele pegou meu cotovelo, acariciando gentilmente.

"Um peixinho vem nadando pelo Golfo, então vem um peixão com fome..."

"Haven!"

Uma voz aguda e alegre nos interrompeu e eu senti um par de bracinhos ao redor da minha cintura. Era Carrington, a irmãzinha de Liberty, com o cabelo dourado dividido em duas belas tranças.

Eu a abracei e me dobrei para beijar o topo de sua cabeça.

"Carrington, como você está linda", eu disse, admirando sua minissaia e seus tamancos.

Ela ficou corada de prazer.

"Quando você vai vir dormir na minha casa de novo?"

"Não sei, querida. Talvez..."

"Você está com o *Hardy*?", ela interrompeu ao ver meu acompanhante. Ela foi abraçá-lo, sem parar de falar. "Haven, você sabia que Hardy levou minha mãe para o hospital na noite em que eu nasci? Tinha uma tempestade e estava tudo inundado, e ele nos levou até lá em uma velha picape azul."

Eu olhei para Hardy, sorrindo.

"Ele é muito bom em salvar pessoas."

O olhar dele ficou cauteloso quando mais duas pessoas se aproximaram — Gage e Liberty.

"Hardy", ela disse, pegando a mão dele e a apertando afetuosamente. Ele abriu um sorriso.

"Oi, Liberty. Como está o bebê?"

"Ótimo. Matthew ficou em casa com o avô. Churchill gosta de cuidar dele." Os olhos verdes dela cintilaram. "Ele é a babá mais barata que eu já consegui."

"Liberty", Carrington disse, puxando-a pela mão, "você quer ver as piranhas? Tem um tanque cheio delas ali adiante."

"Tudo bem", ela disse, rindo. "Com licença, pessoal. Nós já voltamos."

Liberty saiu, e Gage ficou observando Hardy por um instante. A tensão era sensível, até meu irmão estender o braço para apertar a mão de Hardy.

"Obrigado", Gage disse. "Sou seu devedor por ajudar minha irmã naquele elevador. Se existir qualquer coisa que eu possa fazer para recompensar..."

"Não", Hardy logo disse. Ele pareceu ser pego de surpresa pela sinceridade de Gage e baixou a guarda. Foi a primeira vez que eu vi um traço de constrangimento nele. "Você não me deve nada. Eu... depois da bobagem que eu fiz com o seu negócio de biocombustível..."

"Você mais do que compensou por aquilo há duas semanas", Gage atalhou. "A segurança — e a felicidade — da minha irmã significa tudo para mim. Enquanto você for bom com ela, não terá nenhum problema comigo."

"Entendido."

Eu não gostava que falassem de mim como se eu não estivesse ali.

"Ei, Gage", eu chamei a atenção dele, "você já viu o Jack? Ele disse que viria esta noite."

"Ele está aqui. Encontrou uma ex-namorada no bar. Parece que estão fazendo as pazes."

Eu revirei os olhos.

"Dava para formar uma fila daqui até El Paso com as ex-namoradas do Jack."

Foi então que ouvi o toque de um celular e Hardy levou a mão ao bolso interno do paletó. Olhando para o número, ele piscou duas vezes.

"Desculpem", ele disse para mim e Gage. "Tenho que atender esta. Vocês se importam se eu..."

"Fique à vontade", eu disse logo.

"Obrigado", Hardy atendeu o telefone e atravessou a multidão até chegar a uma porta que dava para o terraço.

Sozinha com Gage, sorri para ele, incerta, tentando decifrar se eu estava prestes a ouvir um sermão.

"Você está linda", meu irmão disse, passando os olhos por mim. "Você parece feliz."

Fazia muito tempo desde que alguém tinha dito isso para mim.

"Eu estou feliz", admiti, sentindo-me um pouco acanhada. "Gage, desculpe-me se isso dificulta as coisas para você, eu ficar com alguém do passado da Liberty..."

"Isso não dificulta nada para mim", Gage disse com delicadeza. E ele me surpreendeu ao acrescentar, "a gente não escolhe por quem se sente atraído. Quando eu conheci a Liberty, pensei que ela era um dos lanchinhos do papai — e sinto dizer que me comportei como um babaca", ele sorriu com ironia. "Mas mesmo então, ela tinha alguma coisa que mexia comigo de um jeito, toda vez que eu a via." Ele enfiou as mãos nos bolsos e franziu o rosto. "Haven, levando em conta como Cates te ajudou na Torre Buffalo, estou mais do que disposto a dar uma trégua para ele. Mas se ele te magoar..."

"Se ele me magoar, você tem minha permissão para arrancar o couro dele", eu disse, fazendo-o sorrir. Eu me aproximei um pouco mais, ciente da possibilidade de alguém mais me ouvir. "Se nós não dermos certo, contudo... eu vou ficar bem, Gage. Estou mais forte agora do que há alguns meses. Ele me ajudou a superar alguns dos problemas que tive com o Nick. Então, não importa o que aconteça no futuro, sempre serei grata ao Hardy por isso."

Hardy voltou e eu soube, só de olhar para ele, que algo de muito errado tinha acontecido. Não havia expressão no rosto dele, mas Hardy estava pálido como papel, apesar do bronzeado, e tinha o aspecto alheado de um homem cuja cabeça está trabalhando em múltiplos níveis.

"Haven", a voz, também, estava diferente, plana e áspera como uma folha de lixa, "acabei de receber uma ligação da minha mãe. Aconteceu uma coisa na família que eu tenho que resolver e tem que ser já."

"Oh, Hardy...", eu queria puxá-lo para perto, fazer alguma coisa que o reconfortasse. "Ela está bem?"

"Sim, ela está."

"Vamos agora mesmo..."

"*Não*", Hardy disse logo. Ao notar a força desnecessária em sua voz, ele fez um esforço para relaxar. "Não é nada com que você tem que se preocupar, querida. Eu preciso cuidar disso sozinho."

Gage interveio.

"Posso fazer alguma coisa?"

Hardy anuiu.

"Por favor, cuida da Haven. Faça com que ela chegue bem em casa." Ele olhou para mim, seus olhos estavam opacos. "Sinto muito. Detesto ter que deixá-la assim."

"Você me liga mais tarde?", perguntei.

"Claro. Eu...", ele parou de falar, como se lhe faltassem palavras, e olhou de novo para Gage.

"Pode deixar Haven comigo", Gage logo confirmou. "Não se preocupe com ela."

"Ótimo. Obrigado."

E Hardy nos deixou, cabeça baixa, suas passadas devorando o chão como se ele estivesse se preparando para destruir um obstáculo à frente.

"Talvez um de seus irmãos esteja doente, ou tenha sofrido um acidente", eu arrisquei.

Gage meneou a cabeça.

"Não dá para dizer, só que..."

"Só que?"

"Se fosse algo assim, acho que ele teria dito."

Fiquei atolada em preocupação por causa do Hardy.

"Ele deveria ter me levado com ele", murmurei. "*Detesto* ser deixada de lado. E não vou conseguir me divertir aqui sabendo que ele está lidando com algum problema misterioso. Eu deveria estar com ele."

Ouvi meu irmão suspirar.

"Venha, vamos encontrar Liberty e Carrington. Eu prefiro ir olhar um aquário cheio de peixes devoradores de gente a imaginar em que problema Hardy Cates pode estar se metendo."

················· CAPÍTULO 18 ·················

Eu pedi ao David, da recepção, para me ligar assim que visse o Hardy chegar ao 1800 Main.

"Não importa a hora", eu instruí. Se David considerou aquilo um pouco estranho, ou caso tenha se perguntado por que eu não esperava que o próprio Hardy me ligasse, ele não disse nada.

Ao verificar as mensagens do telefone, não vi nada a não ser duas chamadas perdidas, ambas de um número de Dallas. Tinha que ser o Nick. Eu tinha cortado relações com todas as outras pessoas que conhecia em Dallas — os colegas de trabalho no Darlington e todos que faziam parte do círculo de Nick e que me conheciam como Marie. Nick ficou furioso com minha rejeição, por eu não mostrar interesse em recuperar a pulseira de Gretchen. Por seguir em frente com a minha vida. Eu esperava que ignorá-lo o faria desistir, mas se ele insistisse em manter contato comigo, eu seria obrigada a tomar uma atitude. Talvez uma ordem de restrição?

Só que me lembrei de um comentário cínico do Hardy... *"Uma ordem de restrição só funciona se você se algemar a um policial."*

Pensei no que Hardy estaria fazendo naquele momento, com que tipo de problema ele estaria lidando. Fiquei muito tentada a telefonar para ele, mas imaginei que a última coisa de que ele precisava era um celular tocando enquanto estava no meio de alguma situação difícil. Então tomei um banho demorado, vesti uma calça de moletom e uma camisetona e tentei assistir TV. Devo ter passado por mais de cem canais a cabo, mas não encontrei nada bom.

Dormi um sono leve, as orelhas atentas a qualquer som. E então veio um toque estridente do telefone, que eu agarrei de imediato e apertei o botão de falar.

"Alô?"

"Srta. Travis. O Sr. Cates acabou de passar pela recepção. Ele está no elevador, agora."

"Ótimo. Obrigada, David", olhei para o relógio e vi que era uma e meia da madrugada. "Hum, ele parecia bem? Disse alguma coisa?"

"Não, Srta. Travis, ele não disse nada. Acho que ele parecia... cansado."

"Tudo bem. Obrigada."

"Não tem de quê."

Eu desliguei e me sentei com o telefone no colo, querendo que ele tocasse. Mas a droga da coisa permaneceu silenciosa. Esperei até ter certeza de que Hardy tinha tido tempo de chegar ao apartamento e então liguei para seu número fixo. Caiu na caixa postal.

Deitando no sofá, encarei o teto com uma impaciência exausta. Incapaz de aguentar mais, liguei para o celular do Hardy.

Outa gravação.

O que estaria acontecendo? Será que ele estava bem?

"Deixe-o em paz", eu disse em voz alta. "Vá para cama. Deixe-o dormir. Ele vai ligar amanhã, quando sentir vontade de conversar."

Mas não dei ouvidos a mim mesma. Minha preocupação com Hardy era muito grande.

Fiquei andando pelo apartamento por mais quinze minutos, e então telefonei de novo.

Sem resposta.

"Merda", eu murmurei, esfregando os olhos com os punhos fechados. Eu me sentia tensa, cansada e inquieta. Eu nunca iria conseguir dormir sem ter certeza de que Hardy estava bem.

Só uma batida rápida em sua porta. Talvez um abraço. Talvez ficarmos abraçadinhos na cama. Eu não lhe pediria para falar. Sem pressão. Eu só queria que ele soubesse que eu estaria ao lado dele, para o caso de ele precisar de mim.

Eu enfiei os pés em um par de pantufas de sola rígida e saí do apartamento para pegar o elevador até o décimo-oitavo andar. Senti frio na atmosfera elegante e estéril do corredor. Tremendo, fui até a porta dele e toquei a campainha.

Nenhum movimento. Nenhum som. E então um ruído leve dentro do apartamento. Esperei, esperei e percebi, incrédula, que Hardy não iria atender a porta. Meu rosto se retorceu em uma careta. Bem, isso era uma pena. Porque eu ficaria na porta dele e tocaria a campainha a noite toda, se fosse preciso.

Apertei o botão de novo.

Tive um pensamento repentino, terrível, de que talvez Hardy não estivesse sozinho. Que outra razão poderia haver para ele se recusar a me ver? Mas eu não conseguia me fazer acreditar que...

A porta abriu.

Fui apresentada a uma versão de Hardy que eu nunca tinha visto. O apartamento estava quase todo no escuro, com uma iluminação tênue vindo da sala, onde a cidade projetava um brilho artificial através das janelas compridas.

Hardy vestia camiseta branca e jeans, os pés descalços. Ele parecia grande, tenebroso e mau. E eu senti um cheiro forte, agridoce, de tequila barata, do tipo que se escolhe quando se quer ficar muito chumbado, e muito rápido.

Eu já tinha visto Hardy beber, mas nunca se exceder. Ele me disse que não gostava de sentir que perdia o controle. O que ele não disse, mas eu entendi, foi que ele não tolerava a ideia de se sentir vulnerável, física ou emocionalmente.

Meu olhar viajou do rosto sombrio para o copo vazio em sua mão. Uma sensação arrepiante cruzou minha espinha.

"Oi", eu consegui dizer, a voz saindo como um chiado. "Eu queria ver se você está bem."

"Estou bem", ele olhou para mim como se fôssemos estranhos. "Não posso falar agora."

Ele começou a fechar a porta, mas eu pus o pê no batente. Tive medo de deixá-lo sozinho — eu não gostei da expressão vazia, estranha, em seus olhos.

"Eu posso fazer alguma coisa para você comer. Ovos e torrada..."

"Haven", ele pareceu ter que reunir toda sua concentração para conseguir falar. "Eu não preciso de comida. Não preciso de companhia."

"Você não quer falar alguma coisa sobre o que aconteceu?"

Sem pensar, estiquei a mão para tocar seu braço, mas ele se retraiu. Como se meu toque fosse repulsivo. Eu fiquei estarrecida. A sensação foi bem estranha para mim, depois de todas as vezes que tinha feito exatamente isso com os outros, retraindo-me por reflexo. Eu nunca tinha pensado em como isso fazia as pessoas se sentirem.

"Hardy", eu disse, a voz suave. "Eu vou embora, prometo. Mas primeiro conte o que aconteceu. Só algumas palavras, para que eu entenda."

Eu pude sentir a raiva que emanava dele. Estava escuro demais para que eu visse a cor nos olhos dele, mas eles tinham um brilho quase malévolo. Ansiosa, eu me perguntei aonde o verdadeiro Hardy tinha ido. Ele parecia ter sido substituído por um gêmeo malvado.

"Eu não sei como você conseguiria entender", ele disse, rude, "se eu não entendo."

"Hardy, me deixa entrar", eu disse.

Ele continuou no caminho.

"Você não quer entrar aqui."

"Oh?", eu forcei um meio sorriso cético. "O que tem aí dentro que eu deveria temer?"

"Eu."

A resposta provocou uma ondulação de intranquilidade na minha pele. Mas eu não me mexi.

"O que você fez esta noite? Por que sua mãe te ligou?"

Hardy ficou parado com a cabeça baixa. O cabelo dele estava amarrotado como se ele o tivesse puxado várias vezes. Eu queria alisar aquelas mechas escuras e brilhantes, e também colocar minha mão naquela nuca firme. Eu desejava confortá-lo. Mas tudo que eu podia fazer era esperar, com uma paciência que nunca foi fácil para mim.

"Ela me pediu para tirar meu pai da cadeia", eu o ouvi dizer. "Ele foi preso esta noite por dirigir embriagado. Ele sabia que não devia ligar para ela. Eu tenho mandado dinheiro para ele nos últimos dois anos. Eu pago para que ele fique longe da minha mãe e dos meninos."

"Eu pensei que ele estivesse na prisão. Mas acho... que ele saiu?"

Hardy anuiu, ainda sem olhar para mim. A mão livre dele agarrava o batente da porta. Eu senti um aperto de repugnância ao ver como aqueles dedos eram brutalmente fortes.

"O que foi que ele fez", perguntei com muita delicadeza, "para ser preso?"

Eu não sabia se Hardy responderia. Mas ele respondeu. Às vezes os segredos mais bem guardados do mundo podem ser extraídos com a pergunta certa na hora certa.

Hardy falou em um suspiro frio, desanimado, como se fosse um criminoso se confessando. Eu soube que estava ouvindo coisas que ele nunca tinha contado para outro ser vivo.

"Ele cumpriu quinze anos por estupro com agravantes. Ele é um estuprador em série... faz coisas horríveis com as mulheres... nunca lhe deram liberdade condicional, pois sabiam que ele não mudaria. Mas a sentença acabou, e tiveram que libertá-lo. Ele vai fazer de novo. Eu não tenho como impedir. Não posso ficar de olho nele o tempo todo. Eu mal consigo mantê-lo longe da minha família..."

"Não", eu disse com a voz áspera, "sua função não é ser o guarda dele."

"...meus irmãos estão puxando a ele. O sangue ruim está falando mais alto. Eu tive que pagar fiança para o Kevin, mês passado, tive que pagar para a família de uma garota, para que não fizessem queixa."

"Não é sua culpa", eu disse, mas ele não estava ouvindo.

"...malditos bastardos, todos nós. Lixo branco que não vale nada..."

"Não."

Cada respiração arranhava audivelmente a garganta dele.

"Antes de eu deixar meu pai num hotel, esta noite, ele me disse...", Hardy parou, tremendo da cabeça aos pés. Ele oscilou para um lado e para outro.

Deus, ele estava tão bêbado.

"O que ele disse?", eu sussurrei. "O que foi, Hardy?"

Hardy sacudiu a cabeça, recuando.

"Haven", a voz dele estava baixa e gutural. "Vá embora. Se você ficar... não estou no controle. Eu vou usar você. Machucar você, entende? Caia fora."

Eu não acreditava que Hardy fosse capaz de me machucar — ou qualquer outra mulher. Mas a verdade era que eu não tinha certeza absoluta. Naquele momento, ele não parecia outra coisa que não um animal grande com dor, pronto para estraçalhar qualquer um que se aproximasse dele. E aquilo estava acontecendo pouco depois do meu divórcio. Eu tinha medo do que podia acontecer. Eu ainda lidava com minha própria raiva, meus próprios temores.

Mas existem certos momentos na vida em que nós temos que assumir certos riscos ou desistir para sempre. Se Hardy era capaz de me machucar, eu iria descobrir naquele instante.

Cada veia do meu corpo queimava com a carga de adrenalina. Eu me senti até tonta. *Tudo bem, seu desgraçado*, eu pensei num misto de coragem, raiva e amor. Um amor absoluto, escaldante, no momento em que Hardy mais precisava e menos queria. *Vamos ver do que você é capaz.*

Adentrei na escuridão e fechei a porta.

Hardy caiu sobre mim no segundo em que a fechadura estalou. Eu ouvi o baque do copo no chão quando ele o largou. Fui agarrada, girada, empurrada contra a porta por noventa quilos de masculinidade acelerada. Ele tremia, suas mãos tensas demais, os pulmões fazendo força. Ele me beijou com uma força contundente, lasciva, com a boca inteira, e continuou por vários minutos, até os tremores se acalmarem e sua ereção roçar em mim. Todas as emoções — raiva, pesar, autodesprezo, carência — encontraram escape no desejo puro.

Ele tirou minha camiseta e a jogou para o lado. Enquanto ele arrancava a própria camiseta, eu fui às cegas para a sala de estar, não para me afastar dele, mas para encontrar um lugar mais confortável que o chão do hall de entrada. Ouvi um rugido possessivo e fui agarrada por trás.

Hardy me empurrou sobre o encosto do sofá, dobrando-me para frente. Ele puxou a cintura do meu moletom para baixo. Minha pele ficou toda arrepiada e eu senti o peso do pânico como um bloco de gelo no meu estômago. Aquilo era tão parecido com o que Nick tinha feito. Outra lembrança pairava sobre mim, esperando para atacar. Mas eu apertei os dentes e firmei os pés, enrijecendo cada músculo.

Com Hardy parado atrás de mim, senti o toque da pele ardente, uma haste rígida encostada no meu traseiro. E me perguntei se ele estava transtornado demais para lembrar que eu tinha medo de fazer daquele jeito, porque tinha sido estuprada daquela forma. Talvez ele estivesse fazendo de propósito, para me punir, para me fazer odiá-lo. Uma de suas mãos passou pela minha coluna congelada e eu ouvi a respiração dele mudar.

"Vá em frente, seu maldito", eu explodi. Minha voz não aguentou. "Vá em frente e faça logo isso!"

Mas Hardy não se moveu, a não ser pela mão nas minhas costas. Sua palma deslizou para cima e para baixo, e então ao redor da minha cintura até a barriga. Ele se debruçou mais sobre mim e sua outra mão envolveu meu seio. Ele desceu a boca até meus ombros, minha coluna, e gemia e me beijava enquanto seus dedos trabalhavam lá embaixo, me abrindo. Eu só conseguia respirar em surtos. Meu corpo relaxava, resistia. Eu imaginei aquela mão com as cicatrizes em forma de estrelas... na última vez em que estivemos na cama, eu tinha me decidido a beijar cada uma daquelas marcas minúsculas. Ao lembrar disso fiquei molhada e comecei a reagir, sem controle, ao calor, aos toques e cheiros que tinham se tornado familiares.

"Faça", eu disse de novo, ofegante.

Ele pareceu não ouvir, concentrado que estava em acariciar a carne macia debaixo de seus dedos. Suas pernas pressionaram as minhas, aumentando minha abertura.

Os últimos traços de medo sumiram. Empurrei meus quadris para trás, tremendo quando senti seu membro rígido. Mas ele não entrou em mim. Ficou apenas me massageando, com uma delicadeza agonizante, fazendo com que eu enfiasse as unhas no sofá de veludo e respirasse em soluços.

A escuridão nos envolvia, fria e aconchegante, enquanto ele se concentrava. Eu choramingei. Todo meu ser estava concentrado no lugar em que ele encostava em mim, meus músculos internos se preparando.

Ele se movimentou para frente e eu fui tomada pelo prazer daquela penetração grossa. Ele entrou fundo e sua mão continuou no meu sexo, massageando e acariciando. Hardy me levou para o chão, de joelhos, e me puxou contra seu peito. Minha cabeça caiu para trás, sobre o ombro dele. Fui erguida e erguida, gemendo no ritmo escorregadio da carne entrando na carne até que o deleite irrompeu e se espalhou, inundando-me com um calor novo.

Hardy me deixou descansar nas coxas dele, seus braços me envolvendo. Quando minha respiração acalmou, ele me carregou para o quarto. Ele me segurava com força. Hardy estava em modo dominador. Aquilo era primitivo e até um pouco assustador, mas ao mesmo tempo me excitou além do que eu podia acreditar, o que me espantou. Eu teria que entender por que... eu precisava entender... mas não conseguia pensar com as mãos dele em mim. Ele se ajoelhou na cama, segurando-me pelo traseiro para tirar meus quadris do colchão.

Fui preenchida em uma estocada lenta. Uma das mãos dele foi até o triângulo molhado entre as minhas coxas. O ritmo e o carinho contínuos, enquanto me mantinham erguida e apoiada, fizeram com que eu mergulhasse em novas sensações; alcançando altos e baixos, gozando de novo. Quando meu prazer finalmente chegou ao fim, Hardy me empurrou sobre a cama, onde fiquei deitada com braços e pernas esparramados, e ele terminou dentro de mim com contrações violentas. Eu o enlacei num abraço apertado, adorando a sensação de seu corpo trêmulo sobre o meu.

Arfando, ele nos rolou de lado. Eu ouvi meu nome pronunciado com uma respiração difícil. Ele me manteve perto de si por um longo tempo. Suas mãos comprimiam meu corpo em intervalos lentos, moldando-me a ele.

Descansando a cabeça na curva do braço dele, eu dormi algum tempo. Ainda estava escuro quando acordei. Pela tensão no corpo de Hardy, senti que ele também estava acordado. Com o calor tomando conta de mim, eu me esfreguei devagar na pulsação insistente da ereção dele. Ele levou a boca ao meu pescoço e foi descendo pelo ombro, beijando e saboreando a pele macia.

Eu o empurrei pelos ombros e ele virou de costas sem dificuldade, deixando que eu montasse nele. Segurando seu sexo, eu o posicionei e sentei. Ouvi o assobio fraco da respiração dele por entre os dentes. Ele pôs as mãos nos meus quadris, deixando que eu encontrasse o ritmo. Ele pertencia totalmente a mim... eu soube, eu senti naquele momento de entrega masculina. Eu o estava cavalgando, dando-lhe prazer, e ele grunhia e arqueava os quadris para acompanhar cada movimento meu. As mãos dele deslizaram pelas minhas coxas até meu centro, acariciando-o com os polegares até eu gozar, e isso o fez chegar lá. Ele ficou rígido debaixo de mim quando seu prazer atingiu o ponto máximo. Ele passou a mão pela minha nuca e me puxou para um beijo. Um beijo vigoroso, temperado pelo desespero.

"Está tudo bem", eu sussurrei depois, no quarto silencioso, sentindo necessidade de reconfortá-lo. "Está tudo bem."

A manhã estava quase no fim quando eu acordei. As cobertas estavam ajeitadas com cuidado sobre mim, e minhas roupas arrancadas tinham sido recolhidas e colocadas nas costas de uma cadeira. Sonolenta, eu chamei Hardy de volta para a cama. Mas como minha resposta foi o silêncio, concluí que ele tinha me deixado sozinha em seu apartamento.

Rolei de bruços, franzindo um pouco o rosto quando senti um acúmulo de pequenas dores e pressões. Um sorriso constrangido se espalhou pelo meu rosto quando me lembrei da noite anterior. Eu poderia ter pensado que tinha sido um longo sonho erótico, só que meu corpo estava me avisando que tudo aquilo aconteceu de verdade.

Eu me sentia curiosamente leve e animada, quase febril de felicidade.

Aquela noite tinha sido diferente de tudo que eu havia experimentado antes. Sexo em um novo nível... mais profundo, mais intenso, abrindo-me emocional e fisicamente. Hardy tinha sido afetado do mesmo modo, o que deve tê-lo assustado para valer.

Eu percebi que Nick sempre encarou sexo como um tipo de anexação. Eu nunca fui um indivíduo para ele. Com certeza não fui alguém cujos pensamentos e sentimentos importavam. Isso significava que quando Nick fazia sexo comigo, não era nada além de um modo de masturbação.

Ao passo que Hardy, mesmo no momento de sua loucura, fez amor com meu corpo e minha mente, comigo. E ele me deixou penetrar suas defesas, ainda que sem querer.

Eu não acreditava mais na ideia de almas gêmeas, ou em amor à primeira vista. Mas eu começava a acreditar que, algumas vezes na vida, se você tiver sorte, pode encontrar alguém que é perfeito para você. Não que ele é perfeito, ou você, mas porque as falhas dos dois, combinadas, estão dispostas de um modo que permitem que dois seres separados se encaixem.

Hardy nunca seria o homem mais fácil com que se manter um relacionamento. Ele era complexo, decidido e, de certa forma, bruto. Mas eu adorava essas qualidades nele. Eu estava mais do que disposta a aceitá-lo do jeito que ele era. E não atrapalhava o fato de ele parecer igualmente disposto a me aceitar como eu era.

Bocejando, fui até banheiro, encontrei o roupão de Hardy e o vesti. A cafeteira estava arrumada na cozinha, com xícara e colher limpas na posição. Eu apertei um botão e logo o ar se encheu com o gorgolejo alegre do café sendo preparado.

Eu peguei o telefone sem fio do apartamento e liguei para o celular dele.

Sem resposta.

Desliguei.

"Covarde", eu disse com brandura. "Você pode fugir, Hardy Cates, mas não pode se esconder para sempre."

Mas Hardy conseguiu me evitar durante todo o sábado. E embora eu quisesse muito falar com ele, o orgulho não me deixava correr atrás dele como uma lagarta apaixonada do Texas, conhecida por atacar e rodear o macho em que está interessada. Eu decidi que aguentaria ser paciente com Hardy. Então deixei algumas mensagens descontraídas na secretária eletrônica e decidi esperá-lo.

Nesse meio-tempo, recebi um e-mail do Nick.

CAPÍTULO 19

"A coisa toda é doida", eu disse quando Susan terminou de ler o e-mail do Nick. Eu imprimi a mensagem e pedi a ela que o lesse durante nossa sessão semanal de terapia. "Ele inverteu tudo. Pôs de cabeça para baixo. É como *Alice no País das Maravilhas.*"

A mensagem tinha dez páginas e vinha recheada de acusações e mentiras. Eu me senti suja e maculada após ler aquilo, mas, acima de tudo, ultrajada. Nick tinha reescrito nosso casamento inteiro, colocando-se como vítima e me pintando como vilã. De acordo com Nick, eu fui uma esposa insana, histriônica e infiel, enquanto ele tentou em vão pacificar meus humores e surtos. E no final, quando ele perdeu a paciência comigo, foi porque eu fui longe demais ao rejeitar o esforço honesto dele para salvar nosso relacionamento.

"O que me deixa mais louca da vida", eu continuei, inflamada, "é como isto aqui é detalhado e convincente... como se Nick acreditasse nessa mentira toda. Mas ele não acredita, acredita? E por que ele escreveria isto para mim? Ele acha mesmo que eu vou comprar alguma parte dessa história?"

Susan estava com a testa enrugada.

"Mentir patologicamente é o modus operandi de um narcisista... eles não estão interessados na verdade, mas apenas em conseguir o que querem, que é atenção. Então, o que Nick está tentando conseguir de você é uma reação. Qualquer tipo de reação."

"Tipo, eu o odiar é tão bom quanto amar?"

"Isso mesmo. Atenção é atenção. A única coisa que Nick não consegue tolerar é indiferença. Isso cria o que é chamado de 'ferida narcísica'... e infelizmente este e-mail está dando fortes sinais disso."

Eu não gostei de ouvir aquilo.

"Então o que vai acontecer quando Nick sofrer sua ferida narcísica?"

"Ele pode tentar te assustar de algum modo, que para ele é outro modo de satisfação. E se você se recusar a reagir, ele pode querer agravar a situação."

"Ah, que ótimo. Isso significa mais telefonemas? Mais visitas inesperadas?"

"Espero que não. Mas sim, é provável. E se ele ficar bravo o bastante, pode querer te castigar."

O pequeno consultório de Susan ficou em silêncio enquanto eu digeria a informação. Não era justo. Eu pensei que me divorciar de Nick seria o bastante. Por que ele tinha que fazer isso comigo? Por que ele esperava que eu fosse uma atriz coadjuvante no filme da vida dele?

"Como eu faço para me livrar dele?", perguntei.

"Não existe uma resposta fácil. Mas se eu fosse você, guardaria este e-mail e documentaria toda interação com ele. E tente não estabelecer contato, não importa o que ele faça. Recuse presentes, não responda e-mails e cartas, e não fale com ninguém que se apresentar em nome dele", Susan olhou para o e-mail e franziu o rosto. "Se um narcisista se sentir inferior a algo ou alguém, isso acaba com ele até ele achar algum alívio. Até ele sentir que pode sair como o vencedor."

"Mas nós estamos divorciados", eu protestei. "Não há nada para ganhar!"

"Tem sim. Ele está lutando para manter a imagem que tem de si mesmo. Porque sem essa imagem de superioridade, dominância e controle... Nick não é nada."

A sessão com Susan não tinha ajudado muito a melhorar o meu humor. Eu me sentia ansiosa e brava, e queria conforto. E como Hardy continuava sem atender o telefone celular, ele foi parar no alto da minha lista de insatisfações.

Quando meu telefone enfim tocou, verifiquei, ansiosa, o identificador de chamada. Minha esperança murchou quando vi que era o meu pai. Suspirando, atendi e respondi com má vontade.

"Alô?"

"Haven", a voz dele estava impaciente e presunçosa de um jeito que eu não gostei. "Preciso que você venha aqui. Tem uma coisa sobre a qual precisamos conversar."

"Tudo bem. Quando?"

"Agora."

Eu teria adorado dizer para ele que tinha outro compromisso, mas nenhuma desculpa adequada me veio à mente. E como eu já estava entediada e irritada, cheguei à conclusão de que poderia ir vê-lo.

"Claro, pai", eu disse. "Já vou para aí."

Dirigi até River Oaks e encontrei meu pai em seu quarto, que era do tamanho de um apartamento pequeno. Ele relaxava em uma poltrona de massagem na área de estar, apertando os botões do painel de controle.

"Quer experimentar?", ele ofereceu, batendo no braço da poltrona. "Quinze tipos diferentes de massagem. Ela analisa os músculos das costas e faz recomendações. Ela também segura e alonga os músculos da coxa e da panturrilha."

"Não, obrigada. Eu prefiro que meus móveis fiquem com as mãos longe de mim", sorri para ele e me sentei em uma cadeira comum ao lado. "Como estão as coisas, pai? Sobre o que você quer falar comigo?"

Ele demorou um pouco para responder, enquanto digitava um programa de massagem no painel da poltrona. Esta começou a zumbir e ajustar a posição do assento.

"Hardy Cates", ele disse.

Eu meneei a cabeça.

"De jeito nenhum. Não vou conversar com você sobre ele. Seja o que for que você quer saber, eu não..."

"Não estou pedindo informações, Haven. Eu sei de algo sobre ele. Algo que você precisa ouvir."

Cada instinto meu me aconselhou a ir embora naquele instante. Eu sabia que meu pai tinha informações de todo mundo, e não teria escrúpulos de cavar sujeiras do passado de Hardy. Eu não precisava nem queria ouvir nada que Hardy não estivesse pronto para me contar. Além disso, eu tinha certeza de que sabia do que meu pai queria falar: o pai do Hardy, seu tempo na prisão e a detenção por dirigir bêbado. Então decidi ficar e ouvir meu pai, para colocá-lo em seu lugar.

O quarto ficou em silêncio, a não ser pelo zumbido dos rolos e engrenagens mecânicos. Vesti um sorriso tranquilo.

"Tudo bem, pode me falar."

"Eu te avisei sobre ele", papai disse, "e eu tinha razão. Ele vendeu você, querida. Então é melhor tirá-lo da sua cabeça e encontrar outra pessoa. Alguém que seja bom para você."

"Ele me vendeu?", fiquei olhando estarrecida para o meu pai. "Do que você está falando?"

"T. J. Bolt me ligou depois de te ver com Cates na sexta-feira à noite. Ele me perguntou o que eu achava de você ficar com um malandro como Cates, e eu lhe dei minha opinião."

"Que dupla de enxeridos!", eu disse, magoada. "Meu Deus, com todo dinheiro e tempo que vocês têm, não conseguem encontrar nada melhor para discutir do que a minha vida amorosa?"

"T.J. teve a ideia de expor o calhorda que Cates realmente é... para te mostrar o tipo de homem com que você tem andado. Depois que ele me contou, eu concordei. Então T.J. ligou para o Cates ontem..."

"Oh, *inferno*", eu sussurrei.

"...e lhe ofereceu um negócio. Ele disse que concordaria em assinar o contrato de arrendamento que Cates propôs um tempo atrás, abrindo completamente mão do bônus... *Se* Cates prometesse desistir de você para sempre. Nada de namorar, nem qualquer outro tipo de interação."

"E Hardy mandou T.J. ir se danar", eu disse.

Meu pai me olhou com pena.

"Não. Cates aceitou a oferta", ele se recostou na poltrona de massagem enquanto eu absorvia a informação.

Minha pele começou a coçar e pinicar. Minha cabeça rejeitava aquela ideia — Hardy nunca teria aceitado um negócio daqueles. Não depois da noite que nós passamos juntos. Eu sabia que ele tinha sentimentos por mim. Eu sabia que ele precisava de mim. Não fazia sentido que Hardy jogasse tudo isso fora. Não por um contrato que ele acabaria conseguindo com o tempo.

Que diabos estava se passando na cabeça do Hardy? Eu tinha que descobrir. Mas antes...

"Seu velhote manipulativo", eu ralhei. "Por que você tem que se meter na minha vida particular?"

"Por que eu te amo!"

"Amor significa respeitar os direitos e os limites do outro! Eu não sou uma criança. Eu... não, você não pensa em mim como criança, você pensa que eu sou um cachorro que você pode controlar com a guia do jeito que..."

"Eu não penso que você é um cachorro", papai me interrompeu, fazendo uma careta. "Agora acalme-se e..."

"Eu não vou me acalmar! Eu tenho todo direito de estar furiosa. Diga-me, você faria esse tipo de bobagem com Gage, ou Jack. Ou Joe?"

"Eles são meus filhos. São homens. Você é uma filha que já passou por um casamento ruim e estava se encaminhando para outro."

"Até você conseguir me tratar como um ser humano, pai, nosso relacionamento acabou. Cansei!", eu me levantei e pendurei a bolsa no ombro.

"Eu lhe fiz um favor", meu pai disse, irritado. "Eu só demonstrei que Hardy Cates não serve para você. Todo mundo sabe disso. Até ele sabe disso. E se você não fosse tão cabeça dura, também admitiria."

"Se ele realmente concordou com essa proposta do T.J.", eu disse, "então ele não me merece. Mas você também não, por fazer algo tão torpe."

"Você vai punir quem te deu a notícia?"

"Vou, pai, se quem me deu a notícia não consegue manter o nariz intrometido longe da minha vida", caminhei até a porta.

"Bem", eu ouvi meu pai murmurar, "pelo menos você está livre do Hardy Cates."

Eu me virei para fazer uma careta de desdém por cima do ombro.

"Eu ainda não estou livre dele. Não vou estar livre até descobrir o motivo. Um motivo *real*, não algum negócio malcheiroso que você e o T.J. inventaram."

Eu não tinha com quem conversar. Todo mundo tinha me avisado, incluindo Todd, que aquele era o tipo de atitude que eu podia esperar de Hardy Cates. Eu não podia ligar nem mesmo para Liberty, porque ele já tinha feito algo semelhante com ela uma vez, e Liberty não poderia me dizer que Hardy não faria aquilo. E eu me sentia uma idiota, porque ainda o amava.

Parte de mim queria deitar em posição fetal e chorar. Outra parte estava louca da vida. E uma terceira parte se concentrava em analisar a situação e tentar encontrar a melhor forma de lidar com ela. Eu decidi me acalmar antes de questionar o Hardy. Eu iria telefonar para ele na segunda-feira, depois do trabalho, e nós esclareceríamos tudo. Caso ele quisesse terminar tudo entre nós, eu teria que lidar com isso. Mas a coisa não seria resolvida por terceiros, por uma dupla de velhotes manipuladores.

O escritório estava inusitadamente calmo quando entrei, às oito da manhã de segunda. Os empregados, quietos e ocupados. Ninguém parecia disposto a contar detalhes do seu fim de semana, como normalmente fazíamos. Nada de fofoca em torno do bebedouro, nada de bate-papo amigável.

Quando a hora de almoço se aproximou, fui até o cubículo da Samantha para perguntar se ela queria ir comer um sanduíche comigo.

Samantha, sempre tão cheia de vida, parecia retraída e desanimada ali, sentada atrás de sua mesa. O pai dela tinha morrido duas semanas atrás, então eu sabia que ela precisava de algum tempo para voltar ao normal.

"Quer sair para almoçar?", perguntei com delicadeza. "Por minha conta."

Ela me deu um sorriso abatido e encolheu os ombros.

"Não estou com fome. Mas obrigada."

"Eu posso, pelo menos, trazer um iogurte para você, ou...", parei quando vi o brilho de uma lágrima debaixo de um dos olhos dela. "Oh, Samantha...", eu dei a volta na mesa dela e a abracei. "Sinto muito. Dia ruim, é? Pensando no seu pai?"

Ela anuiu e procurou um lenço de papel na gaveta da mesa.

"Em parte", ela assoou o nariz. "E em parte...", ela esticou a mão para uma folha de papel no outro canto da mesa e a empurrou para mim.

"O que é isto? Uma relação de despesas?", eu franzi a testa, curiosa. "Qual é o problema?"

"Meu pagamento é depositado automaticamente, todas as sextas-feiras. Então eu verifiquei o saldo da minha conta, esta semana, e estava muito mais baixo do que eu esperava. Hoje eu descobri o porquê." Ela abriu um sorriso torto. Seus olhos marejaram de novo. "Sabe aquele arranjo de flores imenso que a empresa mandou para o funeral do meu pai? Aquele com os nomes de todos vocês no cartão?"

"Sei...", eu quase não quis ouvir o que ela ia dizer a seguir.

"Bem, custou 200 dólares. E Vanessa descontou do meu salário."

"Oh, Deus."

"Eu não sei por que ela faria algo assim", Samantha continuou. "Mas eu a deixei brava por algum motivo. Acho que foram aqueles dias que eu tirei depois que meu pai morreu... ela está fria e estranha comigo desde então."

"Você tirou alguns dias para ir ao funeral do seu pai, Sam. Nenhuma pessoa normal ficaria brava com você por causa disso."

"Eu sei", ela soltou um suspiro trêmulo. "Vanessa deve estar sob muita pressão. Ela me disse que foi o pior momento para eu me afastar do trabalho. Ela parecia tão decepcionada comigo."

Eu me senti tomada por uma raiva vulcânica. Eu tive vontade de destruir o escritório como um Godzilla e pisotear a mesa da Vanessa. Se Vanessa queria me atacar e desmerecer, eu podia aguentar. Mas atingir a pobre Samantha logo depois de ela perder um ente querido... era demais.

"Não diga para ela que eu reclamei", Samantha sussurrou. "Eu não aguentaria arrumar mais problemas agora."

"Você não vai arrumar nenhum problema. E Samantha, a dedução desses 200 dólares foi um erro. Eles vão aparecer na sua conta agora mesmo."

Ela me deu um olhar de dúvida.

"Foi um erro", eu repeti. Puxando um lenço novo, enxuguei os olhos dela. "O escritório vai pagar pelas flores, não você. Eu vou dar um jeito nisto, está bem?"

"Está bem", ela conseguiu me dar um sorriso. "Obrigada, Haven."

O intercomunicador na minha mesa tocou. Como o escritório era organizado em um sistema de cubículos abertos, tudo que Vanessa dizia no intercomunicador era ouvido por todos.

"*Haven, venha ao meu escritório, por favor.*"

"Pode deixar", eu murmurei, saindo do cubículo da Samantha e indo para o escritório da Vanessa. Eu me demorei de propósito, tentando me acalmar antes de enfrentar minha chefe. Eu sabia que provavelmente seria demitida pelo que iria dizer, e que depois seria vítima de uma campanha de difamação muito eficaz. Mas isso não importava. Eu podia conseguir outro emprego. E o dano que ela pudesse fazer à minha reputação não era nem de perto tão importante como a atitude de enfrentá-la.

Quando cheguei ao escritório dela, Vanessa estava apertando o botão do intercomunicador outra vez.

"*Haven, venha ao meu...*"

"Estou aqui", eu disse, indo direto à mesa dela. Não me sentei. Fiquei de pé e a encarei.

Vanessa olhou para mim como se eu fosse uma formiga subindo pela parede.

"Espere na porta, por favor", ela disse em um tom frio, "até ser convidada. Nós já não passamos por isso vezes suficientes para você se lembrar, Haven?"

"Eu vou deixar essas regras de lado por alguns minutos. Isto é importante. Houve um erro com a folha de pagamento. E precisa ser corrigido."

Vanessa não estava acostumada com os outros estabelecendo a pauta.

"Eu não tenho tempo para isso, Haven. Não chamei você ao meu escritório para falar de folha de pagamento."

"Você não quer saber do que se trata?" Eu esperei. Quando ficou óbvio que ela não responderia, eu meneei a cabeça, bem devagar. "Não, porque você já sabe. Não foi um erro, foi?"

Um sorriso curioso, arrepiante, se espalhou pelos lábios dela.

"Tudo bem, Haven, vou entrar na sua brincadeira. O que aconteceu?"

"Samantha foi cobrada pelas flores que o escritório mandou para o funeral do pai dela", eu esperei algum tipo de reação, um ligeiro arregalar dos olhos, um brilho de vergonha, uma careta. Qualquer coisa. Mas Vanessa demonstrou toda emoção de um manequim de loja. "Nós vamos corrigir isso, certo?"

Um silêncio excruciante se passou. Silêncio era uma das armas mais eficazes da Vanessa... ela ficava me encarando até eu sentir que desmoronava como uma torre de blocos, e então dizia algo, qualquer coisa, só para preencher aquele vazio enervante. Mas eu sustentei o olhar dela. O silêncio se arrastou até se tornar engraçado. Mas eu consegui aguentar mais do que ela.

"Você está se excedendo", ela me informou. "Como eu decido gerenciar os empregados não é da sua conta, Haven."

"Então descontar o dinheiro do salário da Samantha é algum tipo de técnica de gerenciamento?"

"Eu acho que é melhor você sair do meu escritório agora mesmo. Na verdade, tire o dia de folga. Eu já aguentei demais a sua atitude malcriada."

"Se você não concordar em colocar o dinheiro na conta da Samantha", eu disse, "vou falar com o Jack."

Isso conseguiu uma reação. O rosto dela ficou sombrio e seus olhos chisparam.

"Sua vaca mimada!", ela explodiu, a voz ganhando um tom agressivo. "Nick me contou tudo sobre você... como você usa as pessoas, o quanto é egoísta. Como você mente e manipula os outros para conseguir o que quer. Preguiçosa, traidora, parasita chorona..."

"É, essa é a propaganda que o Nick faz de mim", fiquei me perguntando se ela realmente tinha saído com meu ex-marido. Senhor, como seria um encontro entre dois narcisistas? "Mas não era disso que nós estávamos falando, era? Você vai devolver o dinheiro dela ou vou ter que falar com o Jack?"

"Se você ousar falar uma palavra para ele, eu vou ter que dizer a verdade. Quando eu terminar de contar para ele como você é, Jack vai ficar tão enojado quanto eu. Ele vai lhe dizer para..."

"Vanessa", eu disse em voz baixa, "ele é meu irmão. Você é mesmo tão arrogante a ponto de pensar que vai conseguir fazer com que ele se vire contra mim? Você acha que ele vai ficar do seu lado, em vez do meu? Jack é leal. Você pode falar mal de mim o quanto quiser, mas isso não vai lhe ajudar em nada com ele."

O rosto dela começou a ficar manchado, a fúria trazendo marcas vermelhas que pareciam flutuar sobre a pele dela, como gotas de óleo sobre a água. Mas de algum modo ela conseguiu manter a voz sob controle.

"Saia do meu escritório, Haven. E não volte. Você acaba de ser despedida."

Eu estava calma por fora, embora meu coração estivesse em um ritmo alucinante.

"Foi o que eu achei que você diria. Tchau, Vanessa."

Fui até minha mesa pegar a bolsa. Quando virei no corredor, fiquei espantada de ver Samantha, Rob e Kimmie parados ali, todos com expressões idênticas de choque. Se eu não estivesse tão dispersa, poderia ter achado engraçado o jeito deles.

"O que está acontecendo?", perguntei, entrando no meu cubículo. Parei de repente quando vi Jack ao lado da minha mesa. Ele olhava para o intercomunicador, corado e com a boca crispada.

"Oi, Jack", eu disse, espantada. "O que você está fazendo aqui?"

"Eu vim te levar para almoçar", ele respondeu devagar.

Kimmie se aproximou e tocou meu braço.

"O intercomunicador estava ligado", ela murmurou.

Vanessa devia ter esquecido de desligá-lo quando eu irrompi no seu escritório. E Jack e os outros ouviram cada palavra.

Jack pegou minha bolsa e me entregou.

"Vamos", ele disse, a voz áspera.

Eu o acompanhei e fiquei branca quando me dei conta de que estávamos indo para o escritório da Vanessa.

Jack abriu a porta fechada sem bater e ficou parado na entrada, encarando-a com firmeza.

O rosto da minha chefe ficou branco.

"Jack", ela disse, surpresa. E então lhe deu um sorriso caloroso, e ela parecia tão agradável e elegante que eu fiquei atônita ao ver a mudança. "Que bom ver você. Entre, por favor."

Meu irmão sacudiu a cabeça, seus olhos escuros e frios. E ele disse três palavras em um tom que não deixava espaço para negociação.

"Arrume suas coisas."

Eu passei o resto da tarde com Jack, explicando como Vanessa tinha tentado me intimidar e manipular, e que agora estava querendo fazer a mesma coisa com Samantha. Quando eu terminei meu relato, Jack tinha parado de balançar a cabeça e praguejar. Ele parecia apenas enojado.

"Santo Deus, Haven... por que você não me contou nada antes?"

"Eu não queria bancar a estrela mimada. Eu queria o que fosse melhor para a empresa, e eu sabia que ela tinha feito um bom trabalho para você no passado."

"Dane-se a empresa", ele disse. "As pessoas são mais importantes que os negócios. Não me importa se um gerente é espetacular se ele se comporta como um terrorista filho da puta nos bastidores."

"A princípio, eu pensei que ela melhoraria com o tempo, ou que conseguiríamos encontrar um meio de convivência. Mas eu percebi que esse tipo de gente nunca melhora. Não tem como solucionar os problemas. Ela é igual ao Nick. Uma narcisista maligna. Ela não sente mais remorso por machucar um ser humano do que eu e você podemos sentir ao pisar em uma formiga."

Jack estava com os lábios brancos de tão contraídos.

"Você encontra muita gente assim no mundo dos negócios. E embora eu odeie dizer isso, parte desse comportamento... ser ambicioso, implacável e egoísta... pode fazer alguém ir longe em algumas empresas. Mas não na minha."

"Você vai mesmo se livrar dela?"

Ele anuiu de imediato.

"Ela já era. Vou ter que arrumar alguém para substituí-la." Uma pausa significativa. "Alguma ideia?"

"Eu posso fazer isso", eu logo me prontifiquei. "Não estou dizendo que vou ser perfeita. Vou cometer erros. Mas eu sei que posso assumir a responsabilidade."

O rosto do meu irmão se abriu em um sorriso.

"Você está cantando uma música diferente de quando começou."

Meu sorriso de resposta foi irônico.

"Minha curva de aprendizado anda bem acelerada."

Nós discutimos a situação do escritório por mais algum tempo, e então a conversa virou para assuntos pessoais. Não consegui evitar de contar ao Jack sobre meu desentendimento com nosso pai. A respeito de T.J., Hardy e do acordo de arrendamento.

Jack ficou satisfatoriamente furioso com a coisa toda, dizendo que eram todos uns babacas. Ele também concordou comigo que eu precisava chegar às verdadeiras razões para tal comportamento do Hardy, porque aquilo não fazia sentido.

"T.J. tem propriedades ótimas", Jack disse, "mas ele não está sozinho no mercado. E o seu garoto Hardy pode fazer negócio com quem ele quiser. Ele pode querer esse contrato, mas não *precisa* dele. Então eu diria que esse é o modo que Cates encontrou para terminar com você. Ele fez uma coisa que sabe que iria te forçar a acabar com tudo."

"Idiota passivo-agressivo", eu disse. "Se ele quer terminar comigo, vai ter que ser cara a cara."

Jack sorriu.

"Eu quase sinto pena do filho da mãe. Tudo bem, você lida com Cates enquanto eu esclareço algumas coisas para o nosso pai."

"Não", eu disse no mesmo instante. "Não faça nada com o papai. Você não pode consertar meu relacionamento com ele."

"Eu posso dar uns toques nele."

"Obrigada, Jack, mas não preciso disso, e *com certeza* chega de interferência."

Ele pareceu aborrecido.

"Bem, por que você gastou todo esse tempo reclamando para mim se não quer que eu faça algo a respeito?"

"Eu não quero que você resolva meus problemas. Só queria que você me escutasse."

"Pode parar, Haven. Converse com uma amiguinha se tudo que você quer é um par de orelhas. Nós, homens, *detestamos* quando vocês nos dão um problema e depois não nos deixam fazer nada a respeito. Isso faz a gente se sentir mal. E aí o único jeito de nos sentirmos melhores é rasgando uma lista telefônica ao meio ou destruindo algo. Então, vamos deixar isso claro — eu não sou um bom ouvinte. Eu sou um homem."

"Com certeza", eu levantei e sorri. "Quer me pagar uma bebida em um bar para se ir depois do trabalho?", falei, usando a terminologia dele.

"Agora a gente está falando a mesma língua", meu irmão disse, e saímos do escritório.

Era cedo ainda quando voltei para o meu apartamento. Eu me sentia melhor depois de um drinque e algumas horas na companhia tranquila do Jack. A coisa que mais me surpreendeu foi meu irmão não criticar Hardy, principalmente pela posição que ele tinha adotado antes.

"Não sou contra nem a favor dele", Jack me disse, depois de um grande gole de cerveja. "Eu consigo entender esse negócio com o T.J. de duas formas: ou Hardy fez a coisa errada pelo motivo errado...", outro gole demorado. "...ou ele fez a coisa errada pelo motivo certo."

"Como pode existir um motivo certo para o que ele fez?"

"Diacho, não sei. Dê uma chance para ele se explicar, é o que estou dizendo."

"Todd acha que Hardy é ardiloso e traiçoeiro", eu disse, desanimada.

Por alguma razão, aquilo fez Jack rir.

"Bem, você precisa se acostumar com isso, ainda mais tendo nascido na família Travis. Não existe nenhum de nós — talvez com a exceção do Gage — que não seja torto como o pinto de um pato. E o mesmo vale para o Todd."

"Você está me assustando", eu disse, mas não consegui segurar um sorriso envergonhado.

Eu continuava sorrindo quando entrei no meu apartamento, mas estava nervosa e só pensava em ver o Hardy. Quando vi a luz da secretária eletrônica piscando, meu coração deu um pequeno salto. Fui até a máquina e apertei o botão para ouvir a mensagem.

"Preciso ver você", era a voz do Hardy. "Por favor, ligue para mim quando chegar."

"Tudo bem", eu sussurrei, fechado brevemente os olhos. Mas eu os abri em seguida, porque alguma coisa tinha chamado minha atenção. Algo reluzente perto da base do telefone. Perplexa, estendi a mão para o objeto e fiquei atônita ao descobrir que era a pulseira de berloques. Da tia Gretchen. Mas como tinha ido parar ali? Estava com o Nick...

Antes que eu pudesse emitir qualquer som, alguém veio por trás de mim e uma mão se fechou no meu pescoço. O cano de uma pistola encostou, frio e duro, na minha têmpora. Eu soube o que estava acontecendo antes de ouvir a voz exultante.

"Agora eu te peguei, Marie."

Capítulo 20

Quando você se vê, de repente, no meio de uma situação perigosa, seu cérebro se divide em duas partes, uma que está de fato passando pela situação, e outra que se distancia e tenta compreender o que está acontecendo. E as duas partes não trocam, necessariamente, informação uma com a outra. Assim, eu precisei de alguns instantes para me concentrar no que Nick estava dizendo.

"...não pode me ignorar, sua vaca. Não pode me manter longe quando eu quero te ver."

Nick queria que eu soubesse que ele era poderoso. Ele queria provar que eu não podia vencê-lo.

Minha boca ficou tão seca que eu mal conseguia falar, enquanto o suor começou a brotar no meu rosto.

"É", eu disse com a voz sufocada. "Você encontrou mesmo um jeito de me ver. Como conseguiu? Não pode ter adivinhado a senha."

"Eu usei uma chave mestra."

Cada apartamento do condomínio possuía duas chaves mestras, no caso de uma emergência ou de alguém esquecer sua senha de entrada. Um conjunto de todas as chaves mestras ficava guardado em uma sala atrás do balcão de recepção. O outro ficava trancado no escritório da administração.

"Vanessa deu a chave para você", eu concluí sem acreditar. Aquilo era ilegal. Motivo não só para demissão mas para um processo. Ela me odiava tanto assim que arriscaria ir para a cadeia só para me afrontar?

Parecia que sim.

"Eu disse para ela que precisava deixar umas coisas com você."

"Bem, aqui está você", eu disse, a voz fraca. "Obrigada pela pulseira. Mas não precisava trazer a pistola, Nick."

"Você tem me ignorado..."

"Eu sinto muito."

"...me tratando como se eu não significasse nada para você." A pistola bateu na minha têmpora com força suficiente para deixar um hematoma.

Eu fiquei imóvel, os olhos se enchendo de água. "Mas agora eu tenho certeza de que significo algo, não é?"

"É", eu sussurrei. Talvez ele tivesse aparecido com a única intenção de me assustar. Mas ele estava se irritando enquanto fazia isso, deixando a raiva crescer. Depois que ele começava a ficar furioso, era uma avalanche, não dava mais para controlar.

"Você me ferrou no divórcio e me abandonou em Dallas, com todo mundo perguntando o que tinha acontecido, onde você estava... o que você acha que isso fez comigo, Marie? Você por acaso se importou com o que eu estava enfrentando?"

Eu tentei me lembrar do que Susan tinha me falado, que um narcisista precisava sair se sentindo o vencedor.

"É claro que sim", eu disse, a respiração entrecortada. "Mas todo mundo sabia que você podia arrumar coisa melhor. Todo mundo sabia que eu não era boa o bastante para você."

"É isso mesmo. Você nunca vai conseguir homem melhor que eu", Nick me empurrou com força e eu bati contra a parede e fiquei sem ar. A arma foi apertada contra meu crânio. Eu ouvi o clique da trava de segurança sendo retirada. "Você nunca tentou", ele murmurou, pressionando os quadris contra o meu traseiro. Uma onda de náusea passou por mim quando senti o volume da ereção dele. "Você nunca se esforçou. São necessárias duas pessoas para fazer um casamento dar certo, e você nunca fez parte, Marie. Você devia ter se esforçado mais."

"Me desculpe", eu disse, inspirando aos trancos.

"Você me abandonou. Foi embora do apartamento, descalça, como uma porcaria de sem-teto, só para fazer os outros ficarem com pena de você. Para me fazer parecer o vilão. E depois ainda fez o babaca do seu irmão forçar o divórcio. Quis jogar um pouco de dinheiro em mim, na esperança que eu desaparecesse. Essa papelada legal e toda essa merda não querem dizer nada para mim, Marie. Eu ainda posso fazer o que quiser com você."

"Nick", eu consegui falar, "vamos sentar e conversar o quanto você quiser, só abaixe a arma e...", eu fui interrompida por um grito de dor quando senti uma explosão seca atrás da minha orelha e ouvi um som metálico agudo. Um fio de líquido quente escorreu da minha orelha pelo pescoço. Ele tinha me acertado com a coronha da pistola.

"Com quantos homens você trepou?", Nick quis saber.

Não existia uma resposta boa para essa pergunta. Qualquer coisa que eu dissesse levaria a conversa para o Hardy, e o sentimento de humilhação do Nick provocaria uma erupção de fúria em grande escala. Eu tinha que acalmá-lo. Consolar seu ego machucado.

"Você é o único que importa", eu sussurrei.

"Você tem toda razão nisso", a mão livre dele agarrou meu cabelo. "Está vestida como uma puta, cortou o cabelo como uma puta. Antes você parecia uma dama. Uma esposa. Mas não conseguiu manter as aparências. Olhe só para você."

"Nick..."

"Cale a boca! Tudo que você diz é mentira. Toda vez que você tomou uma daquelas pílulas foi uma mentira. Eu queria te dar um bebê. Eu queria que nós tivéssemos uma família, mas tudo que você queria era ir embora. Sua vagabunda mentirosa!"

Ele usou a mão que me prendia pelo cabelo para me arrastar para o chão. A raiva dele estava em ebulição total, e ele gritou mais alguns palavrões e forçou a arma contra minha cabeça. Meus pensamentos e minhas emoções se desconectaram do que estava acontecendo, da violência íntima que iria acontecer. Igual à última vez, só que agora com uma arma na minha cabeça. Eu imaginei, atordoada, se ele puxaria o gatilho. O corpo dele esmagava o meu, pois Nick usava o próprio peso para me prender. O hálito dele estava fétido e alcoólico quando murmurou perto da minha orelha.

"Não grite, senão eu te mato."

Fiquei rígida; todos os meus músculos se contraíram. Eu queria tanto sobreviver. Minha boca foi tomada pelo sabor de sal e metal. O toque conhecido e asqueroso de sua mão me paralisou quando Nick começou a puxar a bainha da minha saia para cima.

Nós dois estávamos tão absortos em nossa luta selvagem — ele decidido a me machucar, eu a resistir com corpo e alma —, que nenhum de nós ouviu a porta se abrir.

O ar vibrou com um barulho bárbaro, e a sala toda explodiu, o caos irrompeu. Eu consegui olhar para cima, virando dolorosamente o pescoço, e vi uma forma brutal correndo para nós, e o cano de metal saiu do meu crânio quando Nick levantou a arma e atirou.

Silêncio.

Meus ouvidos ficaram temporariamente surdos, meu corpo ecoando a força do meu batimento cardíaco aterrorizado. O peso sufocante tinha sumido. Eu rolei para o lado e abri meus olhos embaçados. Dois homens se enfrentavam em uma briga sem limites, socando, esganando, enquanto sangue e suor voavam.

Hardy estava em cima de Nick, martelando sem parar. Eu pude ver que Nick ia perdendo o ímpeto conforme as lesões se acumulavam — ossos sendo fraturados, pele se rompendo. Ainda assim, Hardy não parava. Havia sangue por tudo — o flanco esquerdo de Hardy estava ensopado por uma mancha vermelha crescente.

"Hardy", eu gritei, ajoelhando-me. "Hardy, *pare*."

Ele não me ouviu. Tinha perdido a cabeça, com cada impulso e pensamento dedicado à destruição. Ele iria matar Nick. E a julgar pela quantidade de sangue que Hardy estava perdendo, ele iria também *se* matar.

A arma, jogada para longe da mão do Nick, tinha ido parar a alguns metros. Eu engatinhei até ela e a peguei.

"Hardy, deixe-o agora! Já chega! Acabou. Hardy..."

Nada que eu dissesse ou fizesse importaria. Ele estava em um surto alimentado por adrenalina.

Eu nunca tinha visto tanto sangue. Não conseguia acreditar que ele ainda não tivesse desmaiado.

"Droga, Hardy, eu preciso de você!", eu gritei.

Ele parou e olhou para mim, ofegante. Seus olhos estavam sem foco.

"Eu preciso de você", repeti e levantei, cambaleante. Fui até ele e o puxei pelo braço. "Venha comigo, venha para o sofá."

Ele resistiu, olhou para o Nick, que estava desmaiado, o rosto triturado e inchado.

"Está tudo bem agora", eu disse, continuando a puxá-lo. "Ele apagou. Já era. Venha comigo. Venha", eu repeti essas palavras várias vezes, tentando convencê-lo e puxando-o para o sofá. Hardy estava pálido e desfigurado. Seu rosto se contorcia enquanto o instinto matador ia diminuindo e a dor começava a atingi-lo. Ele tentou se sentar, acabou desabando, os punhos suspensos no ar. Ele tinha levado um tiro no flanco, mas havia tanto sangue que eu não consegui localizar o lugar exato nem a extensão dos danos.

Ainda segurando a arma, corri para a cozinha e peguei alguns panos de prato dobrados. Coloquei a arma na mesa de café e rasguei a camisa do Hardy.

"Haven", ele disse por entre a respiração ofegante, "ele te machucou? Ele..."

"Não. Eu estou bem", limpei o sangue e encontrei o ferimento, um buraco surpreendente de pequeno e bem definido. Mas eu não vi um ferimento de saída, o que significava que a bala tinha entrado e, era provável, ricocheteado, causando danos ao baço, fígado ou rim... eu queria me desaguar em lágrimas, mas me obriguei a segurá-las e coloquei a pilha de panos sobre a ferida. "Aguente firme. Vou colocar pressão no seu flanco para diminuir a hemorragia."

Ele soltou um gemido quando eu apertei. Os lábios dele estavam ficando cinza.

"Sua orelha...", ele começou.

"Não é nada. Nick me acertou com a arma, mas não foi..."

"Eu vou acabar com a raça dele...", Hardy tentou se levantar do sofá. Eu o empurrei de volta.

"Fique *parado*, seu idiota! Você levou um tiro. Não se mexa", eu pus a mão dele sobre os panos dobrados, para manter a pressão, enquanto corri para pegar o telefone.

Liguei para a polícia, David e Jack, enquanto mantinha os panos firmes sobre a ferida.

Jack foi o primeiro a chegar ao meu apartamento.

"Puta merda", ele exclamou quando viu a cena diante de si — meu ex-marido se remexendo no chão, eu e Hardy no sofá. "Haven, você está..."

"Ótima. Fique de olho no Nick para ele não fazer mais nada."

Jack ficou sobre meu ex-marido com uma expressão que nunca vi em seu rosto antes.

"Assim que eu tiver uma chance", ele falou para Nick com uma voz mortífera, "vou acabar com você, vou estripá-lo como um porco selvagem."

Os paramédicos chegaram, seguidos pela polícia. Os guardas de segurança do condomínio evitavam que vizinhos curiosos se aproximassem. Não percebi o momento exato em que Nick foi levado do apartamento pela polícia, pois estava preocupada demais com Hardy. Ele perdia e recuperava a consciência, sua pele estava úmida e fria, a respiração fraca e apressada. Ele estava confuso e me perguntou pelo menos três vezes o que tinha acontecido e se eu estava bem.

"Está tudo bem", eu murmurei, acariciando seu cabelo desgrenhado e segurando sua mão livre com firmeza enquanto um paramédico inseria uma agulha de soro. "Fique quieto."

"Haven... preciso te contar..."

"Pode contar depois."

"Erro..."

"Eu sei. Está tudo bem. Fique quieto e parado."

Dava para ver que ele queria falar mais alguma coisa, mas o outro paramédico colocou uma máscara de oxigênio nele e eletrodos de um monitor cardíaco. Depois, ele foi colocado em uma prancha estabilizadora para ser transportado. Eles atuaram com rapidez e eficiência. Aquilo que os profissionais de emergência chamam de "hora de ouro" tinha começado: o tempo entre o momento em que a vítima leva um tiro e o instante em que ela chega a um centro de trauma para tratamento. Se mais do que 60 minutos se passassem antes do início do tratamento, as chances de sobrevivência começavam a diminuir.

Eu fui com Hardy na ambulância até o hospital. Jack foi com seu próprio carro. Somente pelo bem de Hardy eu consegui manter a calma por fora. Por dentro, eu sentia uma angústia que parecia grande demais para um coração humano aguentar.

Nós chegamos na entrada de ambulâncias e os paramédicos puseram Hardy em uma maca e o levaram para dentro.

Liberty e Gage já estavam na unidade de trauma, pois tinham sido avisados por Jack. Imaginei que o resto da minha família não iria demorar a aparecer. Eu não tinha parado para pensar no meu aspecto, com os olhos injetados e toda ensanguentada, mas percebi, pela expressão deles, que minha aparência era motivo de preocupação. Liberty pôs a jaqueta dela por cima da minha blusa e limpou meu rosto com lenços de bebê que ela levava na bolsa. Quando descobriu o calombo atrás da minha orelha, ela e Gage insistiram para que eu fosse examinada, apesar dos meus gemidos de protesto.

"Eu não vou a lugar nenhum. Vou ficar aqui até descobrir o que está acontecendo com o Hardy..."

"Haven", Gage se pôs diante de mim, seu olhar penetrante travado no meu. "Vai demorar muito tempo até nós termos alguma notícia. Eles vão verificar o tipo sanguíneo, fazer radiografias e ressonância... pode acreditar, você não vai perder nada. Agora deixe alguém examinar sua cabeça. Por favor."

Fui limpa e recebi um curativo, depois voltei para a sala de espera da unidade de trauma. Conforme Gage tinha previsto, não havia nenhuma novidade. Hardy passava por cirurgia, embora ninguém soubesse dizer o que estava sendo operado, nem quanto tempo o procedimento iria demorar. Sentei e fiquei encarando, sem enxergar, uma televisão no canto da sala, pensando se deveria ligar para a mãe do Hardy. Decidi esperar até descobrir algo sobre o estado dele — de preferência algo tranquilizador — que pudesse informar junto com a notícia de que ele tinha sido ferido.

Enquanto eu esperava, a culpa me puxava como areia movediça. Eu nunca imaginei que Hardy sofreria pelos meus erros do passado. Se pelo menos eu nunca tivesse me envolvido com Nick... se pelo menos eu nunca tivesse começado um relacionamento com Hardy...

"Não pense isso", ouvi a voz delicada de Liberty ao meu lado.

"Não pense o quê?", perguntei com a voz fraca, erguendo o joelho para cruzar as pernas sobre a cadeira de plástico duro.

"Seja lá o que for que colocou essa expressão no seu rosto", ela passou o braço pelos meus ombros. "Você não tem culpa de nada disso. Você é a melhor coisa que já aconteceu com o Hardy."

"Ah, isso é óbvio", eu murmurei olhando para as portas que levavam ao centro cirúrgico.

Ela me apertou um pouco.

"Quando eu vi vocês dois na festa das plataformas-recife, na outra noite, não pude acreditar em como Hardy estava diferente. Eu nunca o vi tão relaxado e feliz. Confortável em sua própria pele. Não achei que alguém pudesse fazer isso por ele."

"Liberty... alguma coisa deu errado nos últimos dias. Papai e o tio T.J...."

"É, eu fiquei sabendo. Churchill me contou. Ele também me contou uma coisa que aconteceu hoje, e que você precisa muito ouvir."

"O que foi?"

"Acho que Churchill deveria contar para você", ela me cutucou para que eu olhasse para a entrada dos visitantes, por onde chegavam meu pai e Joe. Liberty ficou de pé e sinalizou para que meu pai se aproximasse. Ele se achegou e se sentou na cadeira ao meu lado. E apesar de toda minha raiva e da sensação de ter sido traída, eu me inclinei na direção dele e descansei a cabeça em seu ombro, inspirando aquele aroma paterno de couro.

"O que aconteceu, querida?", ele perguntou.

Eu mantive a cabeça no ombro dele enquanto contava. De vez em quando, a mão dele vinha tocar com delicadeza meu braço. Ele parecia surpreso por Nick ter feito algo tão maluco, e perguntou o que aconteceu para que ele enlouquecesse daquele modo. Pensei em contar para ele que Nick sempre foi assim, que as agressões dele tinham acabado com nosso casamento. Mas eu decidi guardar aquela conversa para um lugar e momento mais apropriados. Então, apenas meneei a cabeça, encolhi os ombros e disse que não fazia ideia.

E então meu pai me surpreendeu com o que disse a seguir.

"Eu sabia que o Hardy ia te ver esta noite."

Eu ergui a cabeça e olhei para ele.

"Sabia? Como?"

"Ele me ligou por volta das cinco horas da tarde. Disse que estava arrependido de ter concordado com o negócio do arrendamento, e que já tinha dito ao T.J. para cancelar. Ele disse que não estava com a cabeça no lugar no sábado e que tinha sido um erro dos dois lados — do nosso, por oferecer, e dele, por aceitar.

"Nisso ele acertou", eu disse apenas.

"Então o negócio foi cancelado", papai disse.

"Ah, não foi, não!", eu fiz uma careta de deboche para ele. "Vocês vão manter o seu lado. Você vai garantir que Hardy consiga o arrendamento pelo preço justo que ele ofereceu, e diga ao T.J. para esquecer o bônus. Se você fizer isso, estou disposta a lhe dar outra chance em um relacionamento normal entre pai e filha."

Eu estava decidida que, uma vez na vida, Hardy Cates ia conseguir tudo que queria.

"E você vai continuar a vê-lo?", meu pai perguntou.

"*Vou.*"

Papai sorriu.

"É provável que seja uma boa ideia, considerando o que ele me falou de você."

"O quê? O que ele falou?"

Meu pai meneou a cabeça.

"Ele me pediu para manter segredo. E eu cansei de me meter. Só que..."

Eu soltei uma gargalhada.

"Só que o quê? Droga, pai, por que você vai cansar de se meter justo quando finalmente tem alguma coisa que eu quero ouvir?"

"Eu posso lhe dizer uma coisa. Dois homens vieram me falar de seus sentimentos pela minha filha. Um deles foi o Nick. Não acreditei em nenhuma palavra que ele falou. Não porque você não merece ser amada. Mas Nick não foi sincero. Hardy Cates, por outro lado... ainda que seja um canalha e um caipira de nascença... eu acreditei nele hoje. Ele não tentou me vender alguma coisa. Ele só estava me contando como era. Eu respeito isso. E o que você decidir a respeito dele, eu também vou respeitar."

Duas horas se passaram. Eu andei de um lado para outro, assisti à TV e me enchi de café com gosto de queimado, leite em pó e adoçante. Quando eu pensei que iria explodir de tanta tensão por não saber nada, a porta foi aberta. Um cirurgião alto, de cabelos brancos, estava parado ali, vasculhando a sala de espera com o olhar.

"Algum familiar de Hardy Cates?", ele perguntou.

Fui correndo até ele.

"Sou a noiva dele", pensei que isso me daria acesso a mais informações. "Haven Travis."

"Dr. Whitfield."

Nós apertamos as mãos.

"O Sr. Cates usou toda sorte que tinha desta vez", disse o cirurgião. "A bala arranhou o baço, mas nenhum outro órgão foi danificado. Quase um milagre. Eu imaginei que a bala poderia ter ricocheteado mais um pouco, mas por sorte, não. Depois que retiramos a bala, pudemos fazer uma sutura relativamente simples no baço, salvando-o por completo. Considerando a idade e a excelente saúde do Sr. Cates, não há motivo para esperarmos qualquer tipo de complicação. Então eu diria que ele vai ficar no hospital por uma semana, depois mais quatro ou seis em casa para uma recuperação completa."

Eu senti meus olhos e o nariz arder. Passei a manga da blusa nos olhos para enxugá-los.

"Então ele não vai ter sequelas por causa disso no futuro? Um baço defeituoso ou algo assim?"

"Ah, não. Espero uma recuperação completa."

"Oh, meu Deus", eu soltei um suspiro que me fez estremecer. Foi um dos melhores momentos da minha vida. Não, foi *o* melhor. Eu me senti empolgada, fraca e sem fôlego. "Estou tão aliviada que me sinto até um pouco nauseada. É possível isso?"

"Ou é uma manifestação do alívio", disse delicadamente o Dr. Whitfield, "ou do café da sala de espera. É mais provável que seja do café."

A regra do hospital era que pacientes sob cuidados intensivos podiam ser visitados 24 horas por dia. A questão era, as visitas só podiam ficar quinze minutos por hora, exceto em circunstâncias especiais aprovadas pela equipe médica. Eu pedi ao Gage que mexesse quaisquer pauzinhos necessários para fazer com que eu pudesse entrar e sair à vontade. Meu irmão pareceu se divertir um pouco com isso, e me lembrou o quanto eu havia protestado contra usar poder e dinheiro para conseguir tratamento especial. Eu lhe disse que quando se está apaixonada, a hipocrisia vence os princípios. E Gage respondeu que, com certeza, ele entendia isso, e então foi conseguir permissão especial para que eu ficasse com Hardy o tempo que quisesse.

Eu cochilei em uma cadeira reclinável no quarto do Hardy a maior parte da noite. O problema é que um hospital é o pior lugar do mundo para se dormir. As enfermeiras entravam toda hora para trocar soro, verificar os monitores, a temperatura e a pressão arterial de Hardy. Mas eu recebia bem todas as interrupções, porque adorava ouvir como ele estava melhorando.

Quando o dia nasceu, Gage apareceu no hospital e disse que iria me levar para o apartamento para que eu pudesse tomar banho e me trocar. Eu não queria sair do lado de Hardy, mas sabia que devia estar com a aparência de alguma coisa atropelada, então seria uma boa ideia ir me arrumar um pouco.

Hardy já tinha acordado quando eu voltei às sete, e ele não estava nada satisfeito, para dizer o mínimo, quando se viu em um leito de hospital conectado a monitores. Eu entrei a tempo de ouvi-lo discutindo com uma enfermeira, exigindo que ela tirasse o soro e recusando-se a tomar o analgésico do qual ele, era óbvio, precisava. Ele não queria ser cutucado nem furado, Hardy protestava. Ele se sentia bem. Tudo de que precisava era um curativo e uma compressa gelada.

Eu vi que a enfermeira estava se divertindo ao discutir com aquele homenzarrão de olhos azuis à sua mercê, e não pude culpá-la. Ele parecia perdido, um pouco ansioso e absolutamente apetitoso.

E era meu.

"Hardy Cates", eu disse, entrando no quarto, "ou você se comporta ou eu piso no seu tubo."

A enfermeira pareceu chocada por minha falta de compaixão com o paciente.

Mas o olhar brilhante de Hardy encontrou o meu em um momento de alta voltagem, e ele relaxou, reconfortado de um modo que nenhuma compaixão melosa teria conseguido.

"Isso só funciona se for um tubo de oxigênio", ele respondeu.

Eu fui até a bandeja sobre a mesa de cabeceira e peguei os comprimidos de Vicodin que a enfermeira estava tentando fazer com que ele tomasse, e também um copo de água.

"Tome isto", eu mandei. "Chega de discutir."

Ele obedeceu e olhou de relance para a enfermeira, cujas sobrancelhas estavam ligeiramente arqueadas.

"Ela é pequena", Hardy lhe disse, "mas é brava."

A enfermeira saiu, sem dúvida imaginando por que um pedaço de mau caminho como aquele homem não poderia encontrar uma namorada mais legal. Quando a porta se fechou, eu fui até a cama e mexi um pouco com ele, ajeitando as cobertas e afofando o travesseiro. O olhar dele não deixou meu rosto.

"Haven", ele murmurou, "me tire daqui. Eu nunca estive em um hospital antes. Não aguento ficar preso a toda essa porcaria. Tudo que eu preciso é..."

"Renda-se ao processo", eu lhe disse, "e você vai sair daqui muito mais rápido", eu o beijei na testa. "Você vai se comportar se eu deitar aí com você?"

Sem hesitação, Hardy se afastou para o lado, grunhindo de dor com o esforço. Eu tirei os tamancos e subi na cama com cuidado, apoiando a cabeça no braço dele. Ele suspirou fundo, um som de contentamento.

Eu aninhei o rosto no pescoço quente dele, inspirando-o. Hardy cheirava a antisséptico e remédios, como se tivesse sido borrifado com *eau-de-hospital*. Mas debaixo do vazio esterilizado, eu encontrei a fragrância familiar dele.

"Hardy", murmurei, tocando seu pulso, "por que você aceitou aquele negócio estúpido com meu pai e o T.J.? E por que você o cancelou?"

A mão dele encontrou a minha, seus dedos longos se dobraram sobre a minha palma.

"Eu fiquei um pouco maluco depois que vi meu pai na noite de sexta-feira."

"É mesmo? Eu não reparei."

"Eu paguei a fiança dele e o deixei em um motel com um pouco de dinheiro. E eu lhe disse para sumir. Mas o que eu não contei para você... e deveria ter contado... é que nós conversamos por alguns minutos. E ele disse..." Hardy parou e apertou mais a minha mão.

Eu esperei enquanto ele tomava fôlego.

"Ele ficou bravo quando eu falei o que faria com ele se voltasse a procurar minha mãe", Hardy murmurou. "Ele disse que era engraçado ouvir isso de mim, porque... eu era a razão de eles terem se casado. Mamãe tinha parado de sair com ele, mas então ela teve que voltar porque estava grávida. Foi minha culpa ela ter ficado com aquele filho da puta. A vida toda dela foi um inferno por minha causa. Ela sofreu..."

"Não. Hardy...", eu levantei a cabeça e encarei aqueles olhos azul-escuro. Meu peito doía de compaixão. "Você sabe que não é bem assim. Você sabe que não foi sua culpa."

"Mas é fato que se eu não estivesse a caminho, mamãe não teria se casado com ele. E depois que ela foi viver com ele, a vida dela acabou."

Eu compreendia os sentimentos do Hardy, ainda que não concordasse com sua lógica. Mas a culpa irracional e a angústia que ele sentia não seriam resolvidas com um lugar-comum. Ele precisava de tempo e amor para fazer as pazes com a verdade. E eu tinha esses dois itens de sobra para lhe dar.

Hardy beijou minha cabeça. A voz dele saiu grave e áspera.

"Eu odeio ser filho dele. Eu odeio a metade de mim que é dele, e eu posso sentir essa parte que é ruim, baixa, desprezível, e quando Churchill e T.J. vieram até mim com a proposta, eu pensei, *por que não?* Eu tinha que deixar você de qualquer modo. Porque eu te amo demais para te arrastar para baixo comigo."

Ergui a mão para acariciar a linha rígida do maxilar dele.

"Por que você mudou de ideia?", sussurrei.

"Depois que me acalmei um pouco e tive a chance de raciocinar, eu pensei... eu te amo o bastante para tentar fazer por merecê-la. Eu faria qualquer coisa, seria qualquer coisa por você. Noite passada, eu fui até seu apartamento para implorar que você me desse outra chance. Eu estava tremendo, pensando que você talvez não me perdoasse pelo que aconteceu na sexta-feira à noite."

Eu corei ao me lembrar das horas compridas e eróticas que passamos na escuridão do apartamento dele.

"É claro que eu... quero dizer, não há nada para perdoar", minha voz baixou para um sussurro envergonhado. "Eu queria fazer tudo aquilo com você."

O corpo dele ficou tão quente que eu me perguntei se ele também estaria corando.

"Eu pensei que podia ter sido demais para você", ele disse. "Eu exagerei, depois de tudo que você passou com o Nick... bem, eu fiquei com medo de que você não me quisesse mais na sua vida. Então eu fui ao seu apartamento para lhe dizer que sentia muito. Que eu seria mais delicado daqui para frente. E mesmo se você não me quisesse mais, eu queria apenas que você... me deixasse ficar por perto. No caso de precisar de mim para alguma coisa."

Eu nunca o tinha visto assim tão humilde, e nunca imaginei que isso seria possível. Eu trouxe o rosto dele para o meu até os narizes quase se tocarem.

"Eu preciso de você para muitas coisas, Hardy. Para uma vida de coisas."

Ele me beijou com força surpreendente, a boca quente e exigente.

"Eu te amo", eu sussurrei. E foi um testemunho do vigor daquele homem que, apesar da perda de sangue, dos medicamentos e de um ambiente hospitalar que não tinha nada de romântico, ele tenha tentado vir para cima de mim — para valer.

"Não", eu disse com uma risada trêmula enquanto a mão livre dele passeava, descarada, pela frente do meu corpo. "Nós vamos fazer o monitor cardíaco disparar. E eles vão me pôr para fora por comprometer sua recuperação."

Mas Hardy não ligou para isso, é claro, e continuou a fazer o que tinha vontade.

"Sabe", eu disse, arqueando as costas um pouco enquanto ele beijava meu pescoço, "eu disse à equipe do hospital que era sua noiva, para que me deixassem ficar aqui com você."

"Eu odiaria fazer você passar por mentirosa", Hardy alisou meu cabelo. "Mas depois do que aconteceu na noite passada, você está se sentindo grata, e eu não quero tirar vantagem disso. Então amanhã, depois que a gratidão tiver passado... eu acho que vou pedir você em casamento."

"Eu acho que vou dizer sim", eu disse.

Hardy puxou minha testa para a dele, e eu fiquei perdida nas profundezas azuis e brilhantes de seus olhos.

"Logo?", ele sussurrou de encontro aos meus lábios.
"O mais breve que você quiser."

Depois eu pensei que talvez devesse ter me sentido nervosa com a ideia de casar de novo, à luz da minha experiência anterior. Mas tudo era diferente com Hardy. O amor dele vinha sem condições, e para mim isso era o maior presente que um ser humano podia dar para o outro.

"Sabe", confessei para o Hardy na noite do nosso casamento, "eu sou a mesma quando estou com você e quando não estou."

E como Hardy entendeu o que eu queria dizer, ele me puxou para seus braços, para seu coração.

······················ # Epílogo ····················

"Ele está no telefone, Sra. Cates", informou a secretária do Hardy. "Mas ele disse para fazê-la entrar assim que chegasse."

Estou no escritório do Hardy no Fannin, um edifício de alumínio e vidro que parece duas peças de quebra-cabeça encaixadas.

"Obrigada", eu digo à secretária, vou até a porta da sala do meu marido e entro.

Hardy está à sua mesa, o paletó jogado sem cuidado sobre uma cadeira. A gravata está solta e as mangas da camisa enroladas sobre os antebraços musculosos, como se ele estivesse tentando ficar mais confortável dentro da roupa de negócios. *Caipira*, eu pensei, com uma pontada de prazer possessivo.

Nós casamos há quase um ano e ainda não consigo me acostumar com a ideia de que ele é meu. Aquilo não é nada parecido, sob nenhum aspecto, com meu casamento com Nick. Ele, aliás, não é mais uma ameaça para mim nem para ninguém. Nick foi condenado por dois crimes de lesão corporal com agravantes e enviado para a penitenciária de Texarkana. E Vanessa Flint acabou indo embora de Houston. Da última vez que soube dela, Vanessa trabalhava como assistente de gerência em uma empresa de fertilizantes em Marfa.

Eu não passo muito tempo pensando no passado. Uma das bênçãos a que os seres humanos dão pouco valor é a capacidade de lembrar da dor sem voltar a senti-la. A dor dos ferimentos físicos há muito desapareceu, tanto em mim quanto em Hardy. E o outro tipo de dor, a que fere nosso espírito, também está curada. Tomamos cuidados com as cicatrizes um do outro. E nos deleitamos em um casamento que nós dois criamos e tornamos mais significativo a cada dia.

"...eu quero que você fique em cima deles para descobrir que tipo exato de fluido estão planejando injetar naquela abertura", Hardy diz.

Eu engulo um sorriso, pensando que a essa altura já devia estar acostumada com o jargão petroleiro.

"...estou menos preocupado com o fluxo do que com os aditivos que eles usam", Hardy faz uma pausa para ouvir. "Bem, eu não dou a mínima para os segredos da tecnologia de estímulo. É atrás de mim que a EPA vai vir se acontecer alguma contaminação do lençol freático, e..."

Ele para de falar quando me vê, e um sorriso lento, deslumbrante, começa a se abrir em seu rosto, o sorriso que sempre me deixa um pouquinho tonta.

"Vamos terminar esta conversa mais tarde", ele diz no telefone. "Apareceu algo aqui. Ok."

Deixando o telefone de lado, Hardy dá a volta na mesa, onde em seguida ele meio que senta, meio que se encosta, e estica as mãos para me puxar para o meio de suas coxas.

"Garota dos olhos castanhos", ele murmura e me beija.

"Tecnologia de estímulo?", eu pergunto, passando os braços ao redor do pescoço dele.

"É um modo de extrair petróleo difícil de alcançar de reservatórios de baixa permeabilidade", ele explica. "Você injeta fluidos no buraco do poço até eles ampliarem fendas subterrâneas o bastante para que o petróleo escape", as mãos dele deslizam pelos meus flancos e quadris. "Nós estamos trabalhando com um novo grupo de fractação hidráulica."

"Você podia ter terminado sua conversa", eu lhe digo.

"Eu não queria que você ficasse entediada."

"De jeito nenhum. Eu adoro ouvir suas conversas de negócios. É um linguajar tão *risqué*."

"Eu não sei muito bem o que *risqué* significa", Hardy diz, sua mão deslizando até meu bumbum, "mas eu acho que já fiz algo assim várias vezes."

Eu moldo meu corpo ao dele.

"*Risqué* é algo que sugere alguma indecência sexual", eu explico. "Você tem sido assim sua vida adulta inteira."

Aqueles olhos azuis brilham.

"Mas agora só com você", ele me beija devagar, como se precisasse demonstrar o que dizia. "Haven, querida... como foi a consulta?"

Nós temos conversado sobre a possibilidade de termos um filho. Hardy parece querer, mas está cauteloso, enquanto eu sinto o que deve ser uma imposição biológica. Eu quero ter um filho com ele. Eu quero a nossa família. E o que quer que a vida tenha reservado para nós, eu sei que iremos enfrentar juntos.

"O médico disse que estou perfeitamente saudável e pronta para ir em frente", eu digo para ele. "Agora o resto é com você."

Ele ri e me aperta mais.

"Quando nós começamos?"

"Esta noite?", eu deixo minha cabeça cair para trás, lânguida, enquanto os lábios dele passeiam pelo meu pescoço.

"Que tal na hora do almoço?"

"Nada disso. Eu quero música ambiente e preliminares."

Eu sinto a curva do sorriso dele na minha pele. Mas quando ele ergue a cabeça e olha nos meus olhos, o sorriso desaparece.

"Haven... eu não sei se vou ser um bom pai. E se eu não conseguir?"

Fico tocada pela preocupação dele, por seu desejo constante de ser o homem que ele acha que eu mereço. Mesmo quando discordamos, eu não tenho dúvida de que sou valorizada. E respeitada. E eu sei que nós dois damos valor um ao outro.

Eu me dei conta de que não se pode ser feliz de verdade sem que se conheça a tristeza. Todas as coisas terríveis pelas quais eu e Hardy passamos, durante nossa vida, criaram espaços dentro de nós onde a felicidade pode viver. Para não falar do amor. Tanto amor que parece não existir espaço para amargura dentro de nós.

"Eu acho que o fato de você se preocupar com isso", eu disse, "significa que é provável que você seja um ótimo pai."

Hardy sorri e me puxa para o abrigo de seu corpo, fazendo-me sentir em segurança. Ele me segura apertado, e a sensação é ótima. É disso que eu preciso.

"É isso", ele diz, a voz abafada no meu cabelo. "Vai ser na hora do almoço, querida. Pegue sua bolsa. Nós temos tempo para preliminares, mas não para música ambiente. A menos que você encontre alguma coisa no rádio do carro a caminho do apartamento."

Eu me viro e encontro seus lábios, e descubro que é quase impossível sorrir e beijar ao mesmo tempo. Eu não tenho intenção de discutir.

"Quem precisa de música ambiente?", eu digo.

E alguns minutos depois, estamos a caminho de casa.

AGRADECIMENTOS

Eu tenho que agradecer a muitas pessoas por suas contribuições ao meu trabalho e à minha vida durante um ano que se revelou exigente, mas alegre.

Mel Berger, homem forte e sábio, além de extraordinário agente literário. (E obrigada a Evan Goldfried pela paciência e eficiência, e também por seu incrível senso de humor.)

Jennifer Enderlin, que é uma pessoa magnífica e um sonho de editora.

Sally Richardson, Matthew Shear, Sara Goodman, John Karle, George Witte, Matt Baldacci, John Murphy, Dori Weintraub e meus outros amigos na St. Martin's Press que ajudaram a transformar meus sonhos em realidade.

Meus sogros, Ireta e Harrell Ellis, pelo amor incondicional, pela sabedoria e pela alegria abundante que trazem para nossa vida. E por serem os avós perfeitos.

Meu irmão, Ki, que sempre me entende, e que mora no meu coração.

Christina e Scott por serem maravilhosos de todas as maneiras.

Christina, Connie, Mary, Terri e Liz... Eu carrego todas vocês no meu coração, sempre. (Eu sei que repeti seu nome, Tina, mas você merece uma segunda menção.)

A diretoria do Romance Writers of America, não só pelo trabalho que desenvolve em nome do gênero romance mas também por me dar a oportunidade de falar na conferência do ano passado — foi uma experiência que eu sempre vou guardar na memória. Então, um grande obrigada para: Jill Limber, Sherry Lewis, Kelley St. John, Stephanie Feagan, Terri Brisbin, Michelle Monkou, Peggy Emard, Dorien Kelly, Linda Howard, Linda Winstead Jones, Karen Fox, Terri Reed, Geralyn Dawson, Donna Grant, Teresa Carpenter, Diane Pershing, Nicole Burnham, Julie Hurwitz e Trish Milburn.

E obrigada à equipe do RWA, que é o grupo de mulheres mais charmosas, trabalhadoras e talentosas que se pode encontrar: Allison Kelley, Nicole Kennedy, Judy Scott, Erin Fry, Stephani Fry, Dionne Cockrell, Kathleen Adey, Paula Levron e Aronika Horne.

A Geralyn e Susan por serem mulheres fantásticas e amigas queridas.

Sheila Clover, Michael Miller e Circle of Seven Productions pelo trabalho lindo que fizeram nos trailers dos meus livros.

Michelle Buonfiglio, que é linda, compreensiva e inteligente em tudo.

Cindy Blewett e Truly Texan, por seu incrível *web design* e por ser uma pessoa totalmente fabulosa.

A Rick Kittinger por seus conselhos técnicos e por encontrar a casa nova perfeita para nós, e, junto de sua mulher, Amy, pela amizade. Eu e Greg agradecemos antecipadamente pelas lembranças que criaremos no futuro.

A Sybil Cook, Jane Litte e Kristie Jenner por um almoço especial de que sempre irei me lembrar.

E, acima de tudo, ao meu filho e à minha filha, por terem paciência enquanto eu trabalho, por me darem os melhores abraços e beijos, e simplesmente por serem vocês mesmos. Não importa o que vocês façam ou aonde forem, sempre terei orgulho de vocês. Amor eterno da mamãe.

LEIA TAMBÉM

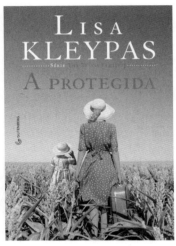

A Protegida
Lisa Kleypas
Tradução A C Reis

Uma escolha pode conduzi-la à felicidade... ou partir irremediavelmente seu coração. Liberty Jones é uma garota determinada, mas em sua vida pobre e difícil não há espaço para que consiga vislumbrar seus sonhos sendo realizados. Seu único consolo é a amizade e o amor que nutre por Hardy Cates, um jovem que possui ambições grandiosas demais para ficarem enterradas na pequena cidade de Welcome.

Apesar da atração irresistível que pulsa entre os dois, tudo o que Hardy não precisa é de alguém para atrapalhar seus planos de sucesso, e ele a abandona no momento mais difícil de sua vida: quando a mãe de Liberty morre tragicamente em um acidente, deixando um bebê para ela criar.

Mas a vida traz grandes surpresas e Liberty se vê sob a tutela de um magnata bilionário, que irá oferecer muito mais que proteção à irmã e a ela, mas também revelará uma forte ligação com o passado obscuro da família de Liberty. O que ela não espera é ter de lidar com Gage Travis, o filho mais velho do magnata; o rapaz não aprova a presença dela em sua casa e fará de tudo para afastá-la de sua família... Gage apenas esquece de também mantê-la longe de seu coração.

Este livro foi composto com tipografia Electra LT Std e impresso em papel Off-White 70 g/m² na gráfica Assahi.